HARRIUS
POTTER

et Camera Secretorum

Titles available in the Harry Potter series
(in reading order):
Harry Potter and the Philosopher's Stone
Harry Potter and the Chamber of Secrets
Harry Potter and the Prisoner of Azkaban
Harry Potter and the Goblet of Fire
Harry Potter and the Order of the Phoenix
Harry Potter and the Half-Blood Prince

Titles available in the Harry Potter series
(in Latin):
Harry Potter and the Philosopher's Stone
Harry Potter and the Chamber of Secrets
(in Welsh, Ancient Greek and Irish)
Harry Potter and the Philosopher's Stone

HARRIUS
POTTER

et Camera Secretorum

J. K. ROWLING

Translated by Peter Needham

BLOOMSBURY

First published in Great Britain in 1998
Bloomsbury Publishing Plc, 36 Soho Square, London W1D 3QY

This edition first published in 2007 by Bloomsbury Publishing Plc, New York and London
Bloomsbury Publishing Plc, 36 Soho Square, London W1D 3QY
Bloomsbury USA, 175 Fifth Avenue, New York, NY 10010

A CIP catalogue record of this book is available from the British Library

Cataloging-in-Publication Data is available from the Library of Congress
LCCN: 2006021586
Distributed to the trade in the US by Holtzbrinck Publishers

UK ISBN 978 0 7475 8877 1
10 9 8 7 6 5 4 3 2 1

US ISBN-10: 1-59990-067-X
US ISBN-13: 978-1-59990-067-4
10 9 8 7 6 5 4 3 2 1

FSC

Mixed Sources
Product group from well-managed
forests and other controlled sources

Cert no. SGS-COC-2061
www.fsc.org
© 1996 Forest Stewardship Council

Typeset by Palimpsest Book Production Ltd, Grangemouth, Stirlingshire
Printed and bound in Great Britain by Clays Ltd, St Ives plc

www.bloomsbury.com/harrypotter

For Séan P. F. Harris
getaway driver and foulweather friend

Séano P. F. Harris
aurigae fugaci et in rebus adversis amico

Dies Natalis Pessimus

rixa, res non insolita, inter ientaculum orta erat in aedibus Gestationis Ligustrorum numero quattuor signatis. Dominus Vernon Dursley horis matutinis expergefactus erat gemitu magno e conclavi Harrii, filii sororis uxoris, exorto.

'ter hac hebdomade factum est!' trans mensam infremuit. 'nisi potes strigem illam cohibere, ei abeundum erit!'

Harrius conatus est denuo rem explicare.

'*taedio* confecta est,' inquit. 'solet foris circumvolare. si modo mihi liceat eam noctu emittere ...'

'an videor stultus esse?' inquit Avunculus Vernon hirriens, frusto ovi fricti de mystace fruticoso pendente. 'scio quid eventurum sit si strix illa emissa sit.'

aciem ambiguam in uxorem Petuniam direxit et illa in eum.

Harrius conatus est redire ad causam, sed verbis eius obstrepuit ructus longus et magnus ex ore Dudlei, filii Dursleorum, emissus.

'plus laridi volo.'

'plus est in sartigine, melculum,' inquit Amita Petunia, oculis nebulosis in filium ingentem conversis. 'saginandus es nobis dum occasionem habemus ... quod dicunt de cibo illo scholastico non mihi placet ...'

'nugas, Petunia! ego nunquam esuriebam dum discipulus eram Scholae Smeltings,' inquit Avunculus Vernon vehementer. 'Dudley satis habet. nonne, fili?'

Dudley, qui tam amplus erat ut nates supra utrumque latus sellae culinae lapsae sint, subridens ad Harrium conversus est.

'da mihi sartaginem.'

'verbi magici oblitus es,' inquit Harrius stomachose.

incredibile erat quod familia reliqua passa est cum hanc sententiam simplicem audirent: Dudley anhelavit et de sella decidit cum fragore qui culinam totam tremefecit; Domina Dursley ululatum parvum edidit et manus ori admovit; Dominus Dursley saliens surrexit, venis temporum palpitantibus.

'volui "sodes" dicere!' inquit Harrius celeriter. 'nolui dicere –'

'QUID TIBI DIXI,' intonuit avunculus, mensam sputo spargens, 'DE UTENDO ILLO M-VERBO IN DOMO NOSTRA?'

'at ego –'

'NUM DUDLEO MINARI AUDES?' infremuit Avunculus Vernon, mensam pugnis pulsans.

'ego modo –'

'TE ADMONUI. MENTIONEM HUIUS INSOLENTIAE TUAE SUB HOC TECTO NON TOLERABO!'

Harrius oculos vertit ab ore purpureo avunculi ad amitam pallidam, quae vi usa conabatur cogere Dudleum se attollere.

'sit ita,' inquit Harrius, 'sit ita ...'

Avunculus Vernon resedit, spiritus ducens haud aliter ac rhinoceros anhelans et Harrium accurate spectans ab extremis oculis parvis et acutis.

ex quo Harrius domum rediit ad ferias aestivas agendas, Avunculus Vernon eo usus erat sicut pyrobolo iam iam exploturo, quod Harrius non erat puer usitati generis. re vera, non poterat esse generis inusitatioris.

Harrius Potter erat magus – magus qui nuper confecerat annum primum in Schola Hogvartensi Artium Magicarum et Fascinationis. et si Durslei animis invitis eum tempore feriato receperant, Harrius animo multo invitiore ad eos redierat.

desiderium Scholae Hogvartensis non aliter eum cruciabat ac dolor ventris continuus. castellum desiderabat cum transitionibus secretis et simulacris, studia sua (quamquam potest fieri ut Snapem, magistrum Potionum, non admodum desiderabat), epistulas a strigibus redditas, dapes in Atrio Magno consumptas, somnum in turre dormitoria captum in lecto quattuor postibus instructo, saltuarium Hagridum, quem visitabat in casula sita in campis iuxta Silvam Interdictam, et praesertim desiderabat

Quidditch, ludum maxime amatum ab hominibus magicis (postes sex alti, quattuor pila volantia, quattuordecim lusores in scoparum manubriis vecti).

libri incantamentorum Harrii, baculum, vestes, lebes, scoparum manubrium Nimbus MM, quo non erat genus praestantius, haec omnia in armarium sub scalis situm ab Avunculo Vernon conclusa erant simulac Harrius domum rediit. nihil enim Dursleorum intererat num Harrius locum in turma domestica ludi Quidditch ideo amissurus esset quod tota aestate se non exercuisset. nihil Dusleorum intererat num Harrius ad scholam rediturus esset pensis scholasticis omnino neglectis. Durslei erant inter illos homines a magis Muggles appellatos (guttam nullam sanguinis magici in venis habebant) et sententia eorum erat turpissimum magum in familia habere. Avunculus Vernon etiam strigem Harrii, Hedvigam, sera pensili usus in caveam incluserat, ne illa nuntios ad aliquem magicum ferret.

Harrius haudquaquam similis erat ceterae familiae. Avunculus Vernon, vir amplus, nullum collem habebat et mystacem ingentem et nigrum; faciem equinam et corpus macrum habebat Amita Petunia; Dudley erat flavus, rubicundus, porcinus. Harrius autem erat parvus et exilis, oculis viridibus et splendentibus, crinibusque nigerrimis et semper incomptis. perspecilla rotunda gerebat et in fronte erat cicatrix tenuis et fulguri similis.

quae cicatrix propter novitatem admirationem maximam movebat etiam inter magos. nam cicatrix erat signum solum rerum arcanarum quae tempore praeterito Harrius passus erat et causae cur undecim abhinc annos in limine Dursleorum relictus esset. unum annum natus Harrius nescio quo modo exsecrationi superfuerat ducis Voldemortis, incantatoris post hominum memoriam artibus nigris celeberrimi, cuius nomen plerique magi magaeque adhuc dicere timebant. parentes Harrii in impetu a Voldemorte facto interfecti erant, sed Harrius cum cicatrice fulgurali effugerat et nescio quo modo – nemo causam intellexit – potestas Voldemortis deleta erat eo ipso momento ubi frustra Harrium oppugnavit.

itaque a sorore matris mortuae et marito eius Harrius educatus erat. decem annos cum Dursleis vixerat, nunquam intellegens cur saepe se invito auctor esset rerum mirarum, ei fabulae confidens Dursleorum se cicatricem accepisse in collisione autocinetorum quae parentes interfecerat.

et tum, unum ipsum abhinc annum, Harrius acceperat epistulam a Schola Hogvartensi missam, et res tota patefacta erat. Harrius in scholam magicam admissus est qua ille et cicatrix celebres erant ... sed nunc annus scholasticus finem habuerat et redierat ut aestatem cum Dursleis ageret, redierat ad homines qui eum haud aliter tractabant quam canem qui in re male olenti se involverat.

Durslei ne memores quidem fuerant hodie forte esse diem natalem Harrii duodecimum. scilicet non multum speraverat; nunquam donum verum ei dederant, ne dicam placentam – sed diem omnino ignorare ...

eo momento, Avunculus Vernon tussiculam sollemniter edidit et inquit, 'iam, ut omnes scimus, hodie est dies maximi momenti.'

Harrius suspexit, vix ausus id credere.

'potest fieri ut hodie negotium maximum vitae totius conficiam,' inquit Avunculus Vernon.

Harrius ad panem tostum rediit. scilicet, cogitabat acerbe, Avunculus Vernon de cena illa stulta loquebatur. proxima hebdomade nihil aliud in ore habuerat. redemptor nescio qui dives et uxor ad cenam veniebant et Avunculus Vernon sperabat eum a se plurima empturum esse (societas Avunculi Vernon terebras fecit).

'puto nobis ordinem rerum iam denuo percurrendum esse,' inquit Avunculus Vernon. 'debemus omnes in statione esse octava hora. Petunia, tu eris ... ?'

'in exedrio,' inquit Amita Petunia statim, 'exspectans ut eos benigne apud nos accipiam.'

'bene, bene. et Dudley?'

'exspectabo ut ianuam aperiam.' Dudley risum induit taetrum et ineptum. 'an licet mihi pallia vestra sumere, Domine et Domina Mason?'

'eum *amabunt*,' clamavit Amita Petunia laetitiae plena.

'optime, Dudley,' inquit Avunculus Vernon. tum ad Harrium conversus est. 'et *tu*?'

'ero in cubiculo meo, strepitum nullum faciens et simulans me non adesse,' inquit Harrius voce surda.

'ita vero,' inquit Avunculus Vernon maligne. 'in exedrium eos ducam, te introducam, Petunia, potum eis offeram. hora octava et quadrante –'

'nuntiabo cenam paratam,' inquit Amita Petunia.

'et Dudley, tu dices –'

'an licet mihi te in triclinium ducere, Domina Mason?' inquit Dudley, bracchium crassum feminae invisibili offerens.

'homunculus meus absolutus et perfectus!' lacrimas naribus captavit Amita Petunia.

'et *tu*?' aspere inquit Avunculus Vernon Harrio.

'ero in conclavi meo, nullum strepitum faciens et simulans me non adesse,' inquit Harrius languide.

'recte sane. iam laudes nonnullae nobis inter cenam inducendae sunt. an tu aliquid comminisci potes, Petunia?'

'Vernon mihi dixit te in ludo Caledonico *eminere*, Domine Mason ... dic, sodes, ubi vestem illam emeris, Domina Mason ...'

'euge ... Dudley?'

'quid sentis de: "in schola libellus nobis scribendus erat de heroe nostro, Domine Mason, et ego scripsi de *te* ..."'

hoc nimium erat et Amitae Petuniae et Harrio. Amita Petunia subito lacrimas effundit et filium amplexus est, Harrius autem sub mensam descendit ne se ridentem viderent.

'et tu, puer?'

Harrius emergens gravem ostendere vultum nisus est.

'ero in conclavi, nullum strepitum faciens et simulans me non adesse,' inquit.

'non hercle erras,' inquit Avunculus Vernon magna cum vi. 'Masones nihil de te sciunt et sic manebit. cena confecta, tu, Petunia, Dominam Masonem in exedrium reduces ad potionem cafeariam sumendam, et ego de terebris loqui incipiam. si fortuna bona utemur, instrumentum erit subscriptum et signatum ante *Nuntios Decimae Horae*. cras eadem hora villam voluptariam in maiore insula Baleari quaeremus.'

Harrius non poterat nimis laetari de hoc. non putabat Dursleos se magis in maiore insula Baleari amaturos esse quam in Gestatione Ligustrorum.

'bene habet – in oppidum ibo ut vestimenta festiva mihi et Dudleo colligam. et *tu*,' inquit Harrio hirriens, 'ne amitam impediveris dum munditias facit.'

Harrius per ianuam posticam abiit. caelum erat splendidissimum, luce solis plenum. pratum transiit, in scamnum hortensium delapsus est, submissim cecinit, 'felix natalis mihi ... felix natalis mihi ...'

chartae nullae, dona nulla, et vesperem acturus erat simulans se non esse. tristis in saepem oculos direxit. nunquam se tam solum senserat. plus quam quidquam aliud in Schola Hogvartensi, plus etiam quam ludum Quidditch amicos optimos Ronaldum Vislium et Hermionem Grangeram desiderabat. illi autem haudquaquam eum desiderare videbantur. neuter eorum tota aestate ei scripserat, quamquam Ronaldus dixerat se Harrium invitaturum esse ut apud se maneret.

saepenumero Harrius caveam Hedvigae arte magica reseraturus et eam ad Ronaldum Hermionemque missurus fuerat, sed nimis periculosum erat. magis minoribus aetate legitima non licebat extra scholam arte magica uti. quod Harrius Dudleis non dixerat; sciebat eos solum timore ne se omnes in scarabaeos stercorarios mutaret impediri quominus *se ipsum* in armarium sub scalis situm cum baculo et manubrio scoparum includerent. domum regresso primo semestrio Harrio placuerat verba inepta submissim murmurare et spectare Dudleum cruribus crassis e conclavi quam celerrime ruentem. sed propter silentium longum Ronaldi et Hermionis sensit se adeo intercludi a mundo magico ut iam ne Dudleum quidem lacessere gauderet – et nunc Ronaldus et Hermione diei natalis eius obliti erant.

quid nunc non reddat pro nuntio a Schola Hogvartensi misso? a mago aut maga qualibet? paene ei placeat conspicere Draconem Malfonem, puerum maxime sibi invisum, dummodo pro certo habeat haec omnia non somnium fuisse.

nec tamen totus annus in Schola Hogvartensi iucundus fuerat. ad finem ipsum termini proximi Harrius obviam ierat, mirabile dictu, Voldemorti ipsi. quamquam Voldemort erat modo ruina personae prioris, tamen erat adhuc formidolosus, adhuc subdolus, adhuc animo intento ad potentiam reciperandam. Harrius manus Voldemortis iterum effugerat, sed aegerrime factum erat, et nunc etiam, post multas hebdomadas, Harrius saepe noctu experrectus est, sudore frigido madefactus, animo secum volvente ubi Voldemort nunc esset, memor vultus lividi et oculorum latorum et insanorum ...

Harrius subito se in scamno hortensio erexit. in saepem animo parum attento spectaverat – *et saepes respiciebat*. inter frondes apparuerant duo oculi virides et immanes.

Harrius saliens surrexit tum ipsum cum vox irridens trans pratum fluitavit.

'scio qui sit dies,' cecinit Dudley, ad eum anatis modo incedens.

oculi ingentes nictum fecerunt et evanuerunt.

'quid?' inquit Harrius, oculis suis locum aduc observans ubi illi fuerant.

'scio qui sit dies,' iteravit Dudley, proxime ei appropinquans.

'gratulor tibi,' inquit Harrius. 'itaque tandem nomina dierum didicisti.'

'hodie est *dies natalis* tuus,' inquit Dudley per ludibrium. 'cur chartas nullas habes? an amicos nullos etiam in loco illo monstruoso habes?'

'melius sit si tu non permittas matri audire te loquentem de schola mea,' inquit Harrius imperturbatus.

Dudley sursum traxit bracas, quae de natibus crassis delabebantur.

'cur in saepem spectas?' inquit suspiciosus.

'cogito quo incantamento eam facillime incendam,' inquit Harrius.

Dudley statim retro titubavit, pavorem vulto obeso praeferens.

'non p-potes – Paterculus te vetuit arte magica uti – dixit se te domo expulsurum esse – nec habes locum alium quo eas – nullos *amicos* habes qui te accipiant –'

'*fallacias praestigias!*' inquit Harrius voce feroci. 'hocus pocus – squigglium vigglium ...'

'MAAAAAATER!' ululavit Dudley, pedes suos offendens dum domum cursu redit. 'MAAAATER! id quod scis facit!'

Harrius momentum iucundum maximo emit. cum nec Dudley nec saepes quidquam mali passi essent, Amita Petunia sciebat eum non re vera arte magica usum esse, sed nihilominus caput ei submittendum erat cum illa plagam gravem in eum sartagine spumea dirigeret. tum pensas ei dedit, pollicita eum non ante cibum accepturum esse quam eas confecisset.

dum Dudley iacet otiosus spectans et sorbitiones gelidas edens, Harrius fenestras mundavit, autocinetum lavit, pratum secuit, areas floriferas purgavit, rosas deputavit et irrigavit, scamnumque hortensium repinxit. sol superne ardebat, urens collum aversum. Harrius sciebat sibi non respondendum fuisse conviciis Dudlei, sed Dudley id ipsum dixerat quod Harrius ipse putaverat ... forsan *re vera* nullos in Schola Hogvartensi amicos habebat ...

'utinam nunc possent videre Harrium Potterum istum!' saeviter cogitavit, stercus in areas floriferas spargens, tergo dolente, sudore de vultu fluente.

vespere septima hora et dimidia tandem audivit Amitam Petuniam se labore confectum arcessentem.

'huc veni! et plantas insiste in acta diurna!'

Harrius in umbram culinae splendentis libenter se contulit. in summo armario frigidario stabat mensa secunda cenae huius nocturnae: mons ingens cremae spumosae et violarum saccaratarum. in furno sibilabat caro suis assi.

'es celeriter! Masones mox aderunt!' voce mordaci inquit Amita Petunia, digito monstrans duo segmenta panis et massam casei in mensa culinae positam. vestem elegantiorem iam gerebat colore salmonis rubentis.

Harrius manus lavit et cenulam miseram devoravit. simulac finem fecit, patellam Amita Petunia eripuit. 'sursum! festina!'

cum ianuam sessorii praeteriret, Harrius Avunculum Vernon et Dudleum focalia nigra et vestimenta festiva gerentes vidit. modo pervenerat ad tabulatum superius cum tintinnabulum exterius sonuit et vultus furiosus Avunculi Vernon in scalis imis apparuit.

'memento, puer – sonitus unus ...'

Harrius suspenso gradu ad cubiculum transiit, intus lapsus est, ianuam clausit seque convertit in lectum collapsurus.

id tamen non facere poterat quod aliquis iam in eo sedebat.

Dobbii Admonitio

haud multum aberat quin exclamaret Harrius, sed sui compos maneret. animal parvum quod in lecto erat aures magnas vespertilionis habebat oculosque virides et prominentes instar pilarum manubriati reticuli ludi. Harrius statim sciebat id illo die mane se spectavisse e saepe hortensia.

dum alter alterum spectat, Harrius vocem Dudlei ab atrio audivit.

'an licet mihi pallia vestra sumere, Domine et Domina Mason?'

animal de lecto lapsum caput adeo demisit ut extremum nasi longi et macri tapete tetigerit. Harrius animadvertit id gerere aliquid simile veteri involucro pulvinari ita scisso ut foramina essent cruribus et bracchiis.

'hem – salve,' inquit Harrius trepide.

'Harri Potter!' inquit animal voce stridula quam Harrius pro certo habuit deorsum auditum iri. 'iamdiu Dobbius vult tibi obviam esse, domine ... quantus est honor ...'

'gr-gratias tibi ago,' inquit Harrius, parietem radens et in sellam iuxta scrinium descendens, proximus Hedvigae, quae dormiebat in cavea magna. rogare volebat 'quid es?' sed putabat id nimis agreste visurum esse, itaque potius inquit, 'quis es?'

'Dobbius, domine. tantum Dobbius. Dobbius, elphiculus domesticus,' inquit animal.

'oh – itane?' inquit Harrius. 'hem – nolo agrestis esse aut aliquid – sed vix opportune advenit in cubiculum meum elphiculus domesticus.'

a sessorio auditus est risus altus et insincerus Amitae Petuniae. elphiculus domesticus caput demisit.

'scilicet non est ut invitus in te inciderim,' inquit Harrius celeriter, 'sed, hem, an causa est praecipua cur hic adsis?'

'ita vero, domine,' inquit Dobbius intente. 'Dobbius venit ut tibi dicat, domine ... difficile est, domine ... Dobbius nescit a quo incipiat ...'

'sede,' inquit Harrius comiter, digito lectum demonstrans.

horrore perculsus est cum elphiculus lacrimas effundere coepit – lacrimas maxime clamosas.

'*s-sede!*' vagivit. '*nunquam ... nunquam unquam ...*'

Harrius putavit se audire voces a parte inferiore deficere.

'me paenitet,' susurravit, 'nolui te offendere aut aliquid.'

'offendere Dobbium!' inquit elphiculus voce strangulata. 'Dobbius *nunquam* a mago rogatus est ut sedeat – velut *aequalis* –'

Harrius conans dicere 'stt!' et simul aspectum consolantem habere Dobbium ad lectum reduxit ubi sedit sine fine tussiens similis pupae magnae et turpissimae. tandem se cohibuit et sedit oculis magnis in Harrium infixis, simul flens et adorans.

'non multis magis honestis, ut mihi videtur, obviam iisti,' inquit Harrius, eum hilarare conatus.

Dobbius abnuit. tum, admodum inexspectatus, exsiluit et coepit furiose caput in fenestram pulsare, clamans, '*malus* Dobbius! *malus* Dobbius!'

'desiste – quid facis?' Harrius sibilavit, exsiliens et Dobbium in lectum retrahens. Hedvig ululatu praeter solitum magno experrecta est et repagula caveae pennis ferociter caedebat.

'Dobbius sibi puniendus erat, domine,' inquit elphiculus, qui coeperat nescio quo modo oculis transversis tueri. 'Dobbius familiae suae paene male dixit, domine ...'

'familia tua?'

'familia magica cui Dobbius servit, domine ... Dobbius est elphiculus domesticus – debet servire uni domui et uni familiae in perpetuum ...'

'an sciunt te hic adesse?' rogavit Harrius curiose.

Dobbius inhorruit.

'non ita, domine, non ita ... Dobbius gravissime sibi puniendus erit quod te invisit, domine. propter hoc aures Dobbio in ianuam furni includendae erunt. si quando sciant, domine –'

'sed nonne animadvertent si tu aures in ianuam furni incluseris?'

'Dobbius id dubitat, domine. Dobbius semper debet se punire ob aliquid, domine. illi Dobbio permittunt rem gerere, domine. aliquando me admonent ut plures dem poenas ...'

'sed cur non abis? effugis?'

'elphiculus domesticus liberandus est, domine. et familia Dobbium nunquam liberabit ... Dobbius familiae serviet dum moriatur, domine ...'

Harrius oculos in eum infixit.

'et putavi me aerumnas ferre hic quattuor insuper hebdomadas mansurum,' inquit. 'prae illis Durslei paene videntur humani. nonne aliquis te iuvare potest? nonne ego possum?'

paene statim Harrium paenituit locutum esse. Dobbius rursus coepit ubertim flere, gratiam referens.

'oro obsecroque ut taceas,' sibilavit Harrius furens, 'si quid Durslei audiunt, si sciunt te hic adesse ...'

'Harrius Potter rogat num Dobbium iuvare possit ... Dobbius de magnitudine tua audivit, domine, sed de benevolentia tua nunquam sciebat ...'

Harrius, qui sensit faciem nonnihil calere inquit, 'quidquid de magnitudine mea audivisti sunt nugae merae. ne primus quidem sum anni mei in Schola Hogvartensi, quem locum habet Hermione, illa –'

sed celeriter tacuit, quod dolebat de Hermione cogitare.

'Harrius Potter est humilis et modestus,' inquit Dobbius reverenter, oculis globosis fulgentibus. 'Harrius Potter non loquitur de triumpho acto de Illo Qui Non Est Nominandus.'

'de Voldemorte?' inquit Harrius.

Dobbius aures vespertilicas manibus celeriter operuit et ingemuit, 'ah, noli loqui nomen, domine! noli loqui nomen!'

'da veniam,' inquit Harrius celeriter. 'scio multis hominibus id non placere – amicus meus Ronaldus ...'

tacuit rursus. dolebat quoque de Ronaldo cogitare.

Dobbius ad Harrium se inclinavit, oculis tam latis quam luces autocineti anteriores.

'Dobbius audivit aliquem dicentem,' inquit voce rauca, 'Harrium Potterum Duci Nigro iterum obviam isse paucas modo abhinc hebdomadas ... Harrium Potterum *denuo* effugisse.'

Harrius adnuit et oculi Dobbii subito lacrimis fulgebant.

'ah, domine,' singultavit, vultum detergens margine sordidi involucri pulvinaris quod gerebat. 'Harrius Potter est fortis et audax! tot pericula iam subiit! sed Dobbius venit ut Harrium Potterum defendat, ut eum moneat, etsi postea aures in ianuam furni includendae erunt. *Harrius Potter non debet redire ad Scholam Hogvartensem!'*

erat silentium ruptum modo tinnitu cultrorum et furcillarum ab inferiore parte audito et murmure longinquo vocis Avunculi Vernon.

'q-quid?' inquit Harrius balbutiens. 'sed redeundum est mihi – schola aperietur Kalendis Septembribus. nec aliam spem habeo. nescis qualis sit haec mea vita. hic sum *alienus.* sum pars mundi tui – in Schola Hogvartensi.'

'non ita, non ita, non ita,' inquit Dobbius voce stridula, caput tanta vi quatiens ut aures alarum modo moverentur. 'Harrius Potter manere debet ubi tutus erit. est maior, est melior quam ut amittatur. si Harrius Potter ad Scholam Hogvartensem redierit, erit in periculo mortis.'

'cur?' inquit Harrius attonitus.

'insidiae sunt, Harri Potter. insidiae quae res maxime terribiles hoc anno in Schola Hogvartensi Artium Magicarum et Fascinationis efficient,' susurravit Dobbius, captus tremore subito totius corporis. 'quod Dobbius iam multos scit menses, domine. Harrius Potter non debet se periculo offerre. nimis magnus est, domine!'

'quas res terribiles dicis?' inquit Harrius statim. 'quis insidiatur?'

Dobbius sonitum mirum quasi strangulatus edidit et tum caput in parietem insane incussit.

'sit ita!' clamavit Harrius, bracchium elphiculi rapiens ut eum prohiberet. 'intellego te non posse dicere. sed cur *me* admones?' cogitatio subita et iniucunda animum subiit. 'manedum – num hoc aliquo modo pertinet ad Vol- da veniam – ad Quendam? licet tibi tantum abnuere aut adnuere,' addidit celeriter, cum Dobbius capite rursus parieti admoto eum inquietaret.

leniter, Dobbius abnuit.

'non – non *Ille Qui Non Est Nominandus*, domine.'

sed oculi Dobbii lati erant et ille videbatur conari Harrio aliquid suggerere. Harrius tamen omnino haerebat.

'num fratrem habet?'

Dobbius abnuit, oculis etiam latioribus.

'itaque non possum animo concipere quis praeter eum occasionem habiturus sit rerum horribilium in Schola Hogvartensi efficiendarum,' inquit Harrius. 'primum adest Dumbledore – nonne scis quis sit Dumbledore?'

Dobbius caput inclinavit.

'Albus Dumbledore est praeses quem maximum Schola Hogvartensis unquam habuit. Dobbius audivit Dumbledorem non minus potentem esse quam Ille Qui Non Est Nominandus esset eo tempore cum maxime floreret. sed, domine,' Dobbius vocem ita remisit ut intente susurraret, 'sunt potestates quas Dumbledore non ... potestates quas nullus magus honestus ...'

et priusquam Harrius eum prohiberet, Dobbius de lecto desiluit, lucernam a scrinio Harrii rapuit caputque pulsare coepit cum ululatibus horrendis.

subito deorsum factum est silentium. duobus post secundis Harrius, corde valde micante, audivit Avunculum Vernon in atrium ingressum vocare, 'Dudley, ut mihi videtur, televisionem rursus non interrupit, furcifer parvulus!'

'festina! in vestiarium!' sibilavit Harrius, Dobbium insertans, ianuam claudens seque in lectum tum ipsum praecipitans cum ansa verteretur.

'quid – pro – di – inferi – tu – facis?' inquit Avunculus Vernon dentibus conclusis, os ori Harrii horribili modo admovens. 'pessum modo dedisti quod facete dicebam de lusore Japonico ludi Caledonici ... si sonitum alterum feceris, te paenitebit unquam natum esse, puer!'

pedibus planis e conclavi contendit.

tremebundus, Harrius Dobbium e vestiario emisit.

'videsne qualis sit haec vita?' inquit. 'videsne cur redeundum sit mihi in Scholam Hogvartensem? nec alio loco habeo – saltem *videor mihi* habere amicos.'

'amicos qui ne *scribunt* quidem ad Harrium Potterum?' inquit Dobbius callide.

'puto eos tantum – manedum,' inquit Harrius, frontem contrahens. 'quomodo tu cognovisti amicos meos non ad me scripsisse?'

Dobbius pedes huc illuc movere coepit.

'Harrius Potter non debet irasci – Dobbius id animo benevolo fecit ...'

'*an epistulas meas impedivisti?*'

'Dobbius eas hic habet, domine,' inquit elphiculus. pedem perniciter referens extra ictum Harrii, acervum magnum involucrorum ab interiore parte involucri pulvinaris quod gerebat extraxit. Harrius agnoscere poterat scriptum elegans Hermionis, litteras incomptas Ronaldi verbaque vix legenda quae videbantur venire ab Hagrido, saltuario Hogvartensi.

Dobbius nictavit, animo anxio Harrium suspiciens.

'Harrius Potter non debet irasci ... Dobbius sperabat ... si Harrius Potter putaret amicos sui oblitos esse ... fore fortasse ut Harrius Potter ad scholam redire nollet, domine ...'

Harrius non audiebat. conatus est epistulas rapere, sed Dobbius extra manus eius saliit.

'Harrius Potter eas habebit, domine, si Dobbio pollicitus erit se non ad Scholam Hogvartensem rediturum esse. ah, domine, huic periculo non debes obviam ire! nega te rediturum esse, domine!'

'non ita,' inquit Harrius iratus. 'da mihi epistulas amicorum!'

'nullam igitur optionem Harrius Potter Dobbio dat,' inquit elphiculus voce tristi.

priusquam Harrius moveretur, Dobbius ad ianuam cubiculi ruerat, eam aperuerat – et deorsum celeriter cucurrerat.

ore sicco, stomacho agitato, Harrius properans eum secutus est, conatus nullum facere strepitum. sex gradus imos saliens praeteriit, descendens more felis in tapete atrii, circumspiciens ubi esset Dobbius. e triclinio audivit Avunculum Vernon dicentem '... dic Petuniae fabulam illam valde ridiculam de plumbariis illis Americanis, Domine Mason, quam iamdudum cupit audire ...'

Harrius adverso atrio ad culinam cucurrit et sensit stomachum evanescere.

mensa secunda illa, mons cremae et violarum saccaratarum, opus summo artificio ab Amita Pecunia factum, sursum prope tectum volitabat. in summo armario in angulo posito latebat Dobbius.

'non ita,' inquit Harrius voce rauca. 'te imprecor ... me interficient ...'

'Harrius Potter debet dicere se non ad scholam rediturum esse –'

'Dobbi ... te imprecor ...'

'dic verba, domine ...'

'non possum!'

oculis tragicis Dobbius eum aspexit.

'Dobbio igitur id faciendum est ut prosit Harrio Pottero.'

mensa secunda ad solum cum fragore horrisono cecidit. patella fracta, fenestrae parietesque crema sparsae sunt. sonitum flagelli imitans, evanuit Dobbius.

ululatus ortus est a triclinio et Avunculus Vernon in culinam irrumpens Harrium invenit prae formidine rigidum, corpore toto mensa secunda Amitae Petuniae tecto.

primo, videbatur Avunculus Vernon rem totam colorare posse ('consobrinus modo filii – animo perturbato – non est apud se cum advenis obviam it, itaque sursum eum retinebamus ...') Masones obstupefactos in triclinium reppulit, Harrio promisit se eum paene vivum deglupturum esse cum Masones abiissent, peniculumque ei tradidit. Amita Petunia sorbitionem gelidam e cella frigorifica extraxit et Harrius, adhuc tremebundus, culinam purgare coepit.

poterat fieri ut Avunculus Vernon nihilominus negotium conficeret – nisi advenisset strix.

Amita Petunia cistam bellariolorum menthanorum post cenam edendorum iam offerebat cum ingens strix horrearia per fenestram triclinii illapsa est, epistulam in caput Dominae Mason demisit rursusque elapsa est. Domina Mason more strigae ululavit et domo cucurrit, clamans de hominibus insanis. Dominus Mason tantum satis diu mansit ut Dursleis diceret uxorem aves omnes maxime timere, parvi facientem quales aut quantae essent, et rogaret num forte id per iocum fecissent.

Harrius in culina stabat, se peniculo fulciens cum in eum

progressus est Avunculus Vernon oculis parvulis modo
daemonico micantibus.

'perlege eam!' maligne sibilavit, epistulam iactans quam strix
reddiderat. 'agedum – perlege eam!' Harrius eam cepit. non
inerat salutatio natalis.

> *Mafalda Hopkirk Adscripta Officio Usus Vetiti Artis
> Magicae in Ministerio Magico Salutem Dicit Domino
> Pottero.*
>
> *cognovimus Incantamentum Volitarium factum esse
> in domicilio tuo hodie vespere minuta duodecima horae
> decimae.*
>
> *ut scis, non licet magis minoribus aetate legitima
> incantamentis extra scholam uti, et si operam aliam
> huius generis susceperis, fieri potest ut a schola dicta
> expellaris (Decretum ad Moderandum Usum Magicae
> Artis a Minoribus Aetate Legitima, MDCCCLXXV,
> Caput C).*
>
> *quaesumus quoque ut memineris delictum gravis-
> simum esse rem magicam agere quam homines non-
> magici (Muggles) possint animadvertere, sub sectione
> XIII Legis de Rebus Arcanis Celandis Latae a
> Confederatione Internationali Magorum.*
>
> *sint tibi feriae laetae!*

Harrius ab epistula suspexit et gluttum fecit.

'nobis non dixisti tibi non licere extra scholam arte magica
uti,' inquit Avunculus Vernon, oculis insane micantibus. 'te
oblitum esse facere huius rei mentionem ... eam excidisse ex
animo ausim dicere ...'

minitans Harrio appropinquabat velut ingens canis
taurarius, dentibus omnibus nudatis. 'iam aliquid tibi nuntio,
puer ... te includam ... nunquam ad scholam illam redibis ...
nunquam ... et si conatus eris effugere arte magica usus – te
expellent!'

et ridens modo insano Harrium sursum retraxit.

nec Avunculus Vernon mentitus est. postridie mane pecuniam alicui numeravit qui repagulis fenestram Harrii occluderet.

ipse felium aditum ianuae cubiculi aptavit ut ter in die paulum cibi insereretur. mane et vespere Harrium liberaverunt ut lavatorio uteretur. quod reliquum erat diei, mansit in conclavi inclusus.

*

tribus post diebus, Durslei nullum paenitentiae signum dabant nec Harrius videre poterat quomodo e discrimine effugeret. iacebat in lecto spectans solem post repagula fenestrae cadentem et animo misero volvebat quid sibi eventurum esset.

quid prosit effugere e cubili arte magica si e Schola Hogvartensi expellatur quod id fecerat? vita tamen in Gestatione Ligustrorum nunquam peior fuerat. cum Durslei iam scirent se non experrecturos esse in vespertiliones frugiferos mutatos, telum amiserat quod solum habebat. etsi Dobbius Harrium a rebus horribilibus in Schola Hogvartensi futuris defenderat, tamen in tantis angustiis versabatur ut veri simile esset eum nihilominus fame moriturum esse.

increpuit aditus felium et manus Amitae Petuniae apparuit, inserens in conclave craterem iuris capsa conditi. Harrius cuius venter fame dolebat de lecto desiluit et eum rapuit. ius erat perfrigidum sed dimidium gluttu uno bibit. tum conclave ad caveam Hedvigae transiit et holera madida in imo cratere relicta in ferculum inane demisit. illa pinnas agitavit et eum magno cum fastidio contemplata est.

'non prodest cibum illum fastidire, nihil aliud habemus,' inquit Harrius voce atroci.

craterem in solo iuxta felium aditum reposuit et in lecto recubuit, nescio quo modo etiam magis esuriens quam fuerat antequam ius cepit.

fac eum quattuor hebdomadibus adhuc vivere, quid fiat si non adveniat in Scholam Hogvartensem? an aliquis mittatur ut inveniat cur non redierit? an possint cogere Dursleos eum liberare?

in conclavi tenebrae fiebant. defessus, ventre crepitante, animo quaestiones easdem quarum nulla erat solutio volvens, Harrius somno inquieto oppressus est.

in somnio vidit se spectaculo esse in saepto ferarum, charta caveae suae infixa cum titulo 'Magus Minor Aetate Legitima'.

per repagula homines eum intuebantur iacentem in lecto stramenticio, esurientem et imbecillum. in turba vidit faciem Dobbii et exclamavit, auxilium petens, sed Dobbius clamavit, 'Harrius Potter est tutus ibi, domine!' et evanuit. tum Durslei apparuerunt et Dudley repagula caveae quatiebat, eum irridens.

'desine,' Harrius murmuravit, capite aegro crepitu assiduo pulsato. 'noli me vexare ... res finem habeat ... conor dormire ...'

oculos aperuit. per repagula fenestrae luna fulgebat. et aliquis per repagula eum inspiciebat: aliquis cum lenticulis, capillis rubris nasoque longo.

extra fenestram Harrii aderat Ronaldus Vislius.

Cuniculus

'*Ronalde!*' spiravit Harrius, ad fenestram repens et eam sursum trudens ut per repagula loquerentur. 'Ronalde, quomodo tu – quid –?'

Harrius stupuit ore hianti cum prorsus intellegeret quid videret. Ronaldus se inclinabat e fenestra posteriore autocineti veteris caerulei coloris, quod statutum est *in medio aere*. subridebant Harrio a sedibus prioribus Fredericus et Georgius, fratres gemini Ronaldi natu maiores.

'an bene habet, Harri?'

'quid est hoc?' inquit Ronaldus. 'cur non epistulis meis respondisti? circa duodeciens te rogavi ut apud nos maneas, et tum Pater domum regressus nuntiavit te admonitum publicum accepisse quod coram Mugglibus arte magica usus esses ...'

'ego non id feci – et quomodo id cognovit?'

'in Ministerio officiis fungitur,' inquit Ronaldus. '*scis* nobis non licere incantamenta extra scholam facere –'

'ridiculum est quod tute id dicis,' inquit Harrius, autocinetum volitans intuens.

'hoc non pertinet ad legem,' inquit Ronaldus. 'hoc solum mutuati sumus, est Patris, *nos* non id fascinavimus. sed uti arte magica coram Mugglibus illis apud quos vivis ...'

'tibi dixi me non id fecisse – nimis longum erit rem iam explicare. pergratum tamen mihi feceris, si Hogvartensibus explicaveris Dursleos me hic inclusisse nec mihi permittere redire, et satis liquet me non posse me ipsum liberare arte magica usum quod Ministerium putabit id esse incantamentum secundum a me tribus diebus factum, itaque –'

'noli garrire,' inquit Ronaldus, 'venimus ut te nobiscum domum auferamus.'

'nec vos potestis me arte magica eripere –'

'non est opus nobis,' inquit Ronaldus, motu subito capitis sedes priores monstrans et subridens. 'oblitus es quos mecum habeam.'

'ad repagula id alliga,' inquit Fredericus, funem extremum ad Harrium iaciens.

'si expergiscentur Durslei, mortuus sum,' inquit Harrius, dum funem arte ad repagulum alligat, et Fredericus autocineti vim auget.

'noli te sollicitare,' inquit Fredericus, 'et pedem refer.'

Harrius in umbras iuxta Hedvigam se recepit, quae videbatur sentire quanti momenti res esset, et silentio sedebat. magis et magis aucta est vis autocineti et subito, cum sono aspero, repagula integra e fenestra extracta sunt dum Fredericus recta via in aera ascendit – Harrius cursu regressus ad fenestram repagula vidit paucos pedes supra terram suspensa. anhelans, Ronaldus ea sursum in autocinetum traxit. Harrius anxie aures erexit, sed sonitus nullus e cubiculo Dursleorum auditus est.

cum repagula essent tuta in sede posteriore cum Ronaldo, Fredericus quam proxime poterat retro vectus est ad fenestram Harrii.

'ascende,' inquit Ronaldus.

'sed quid fiet omnibus rebus meis Hogvartensibus ... baculo meo ... manubrio scoparum meo?'

'ubi sunt illa?'

'inclusa in armario sub scalis, nec possum e conclavi hoc exire –'

'in facili est,' inquit Georgius a sede priore viatoria. 'da spatium, Harri.'

Fredericus et Georgius magna cum cura per fenestram in conclave Harrii ascenderunt. certe laudandi sunt, putavit Harrius, ubi Georgius crinali ordinario e sinu extracto clausuram aperire coepit.

'magi multi putant tempus non esse terendum in dolis Mugglensibus huius modi cognoscendis,' inquit Fredericus, 'sed sentimus has artes discendas esse, etsi admodum tardae sunt.'

parvus erat crepitus et ianua lapsu aperta est.

'sic – vidulum tuum arcessemus – tu cape quidquid opus est tibi e cubili et trade extra Ronaldo,' sibilavit Georgius.

'cave gradum imum, crepitat,' Harrius respondens sibilavit, geminis in tabulatum obscurum evanescentibus.

Harrius circum cubile ruit, sua colligens et tradens per fenestram Ronaldo. tum Frederico et Georgio subvenit vidulum suum sursum vi trudentibus. Harrius Avunculum Vernon tussientem audivit.

tandem anhelantes ad tabulatum pervenerunt, deinde vidulum per conclave Harrii ad fenestram apertam tulerunt. Fredericus rursus in autocinetum ascendit ut cum Ronaldo vidulum traheret, et Harrius et Georgius eum a cubiculo trudebant. unciatim vidulus per fenestram lapsus est.

Avunculus Vernon rursus tussim edidit.

'paulo plus,' anhelavit Fredericus, qui vidulum trahebat ab interiore parte autocineti, 'impetus unus satis erit.'

Harrius et Georgius umeris adhibitis vidulum propulerunt qui e fenestra elapsus est in sedem posteriorem autocineti.

'bene habet, eamus,' sibilavit Georgius.

sed cum Harrius in imam fenestram ascenderet, ortus est a tergo ululatus subitus et magnus quem statim secuta est vox tonans Avunculi Vernon.

'STRIX ILLA SCELERATA!'

'oblitus sum Hedvigae!'

Harrius trans conclave celeriter recurrebat cum, crepitu audito, lucerna transitus accensa est. caveam Hedvigae arripuit, ad fenestram ruit, eamque Ronaldo tradidit. festinans, in armarium multiplex rursus ascendebat cum Avunculus Vernon ianuam solutam pulsavit – quae magno cum fragore aperta est.

momentum temporis, Avunculus Vernon stabat in limine inclusus; tum ululatum emisit haud aliter ac taurus iratus et, impetu in Harrium facto, talum cepit.

Ronaldus, Fredericus, Georgiusque, bracchiis Harrii raptis, eum quam maxime poterant traxerunt.

'Petunia!' infremuit Avunculus Vernon. 'effugit! EFFUGIT!'

viribus omnibus Visliorum simul adhibitis, crus Harrii e manibus Avunculi Vernon elapsum est. simulac Harrius in autocinetum ascendit et strepitu cum magno ianuam clausit, Ronaldus clamavit, 'accelera viam, Frederice!' et autocinetum motu subito ruit ad lunam.

Harrius id non credere poterat – liber erat. fenestram ansa versata demisit, aura nocturna crinem agitante, et tecta semper se contrahentia Gestationis Ligustrorum despexit. Avunculus Vernon, Amita Petunia Dudleyque omnes pendebant obstupefacti e fenestra Harrii.

'vos aestate proxima videbo!' clamavit Harrius.

Vislii cachinum sustulerunt et Harrius in sede resedit, ore toto renidente.

'emitte Hedvigam,' Ronaldum iussit, 'illa post nos volare potest. saecula multa non habuit occasionem alarum pandendarum.'

Georgius crinale Ronaldo tradidit et post momentum Hedvig e fenestra laete evolavit et iam labebatur iuxta eos similis simulacro.

'sic – quid narrare potes, Harri?' inquit Ronaldus impatiens. 'quid factum est?'

Harrius omnia eis dixit de Dobbio, de admonitione quam ille Harrio dederat, de clade mensae secundae violarum. cum finem fecisset, diu stupebant et silebant.

'subdolissimum,' Fredericus demum inquit.

'sine dubio inest dolus,' inquit Georgius consentiens. 'itaque ne volebat quidem tibi dicere quis omnes has insidias faceret?'

'sententia mea, non poterat,' inquit Harris. 'ut vobis dixi, quotiens aliquid confessurus erat, coepit caput in parietem pulsare.'

Fredericum et Georgium vidit alterum alterum spectantem.

'quid? an putatis eum mihi mentitum esse?' inquit Harrius.

'iam,' inquit Fredericus, 'hoc sic est – elphiculi domestici habent potestatem magicam propriam, sed inussu dominorum, ut fit, eam non possunt exercere. puto Dobbium istum missum esse ut te impediat quominus ad Scholam Hogvartensem redeas. fortasse aliquis ioco utebatur. an, quod scias, quisquam Hogvartensium tibi invidet?'

'ita vero,' inquiunt Harrius et Ronaldus simul et statim.

'Draco Malfoy,' explicuit Harrius. 'me odit.'

'Draco Malfoy?' inquit Georgius, conversus. 'num filius est Lucii Malfonis?'

'necesse est. nonne insolitum est nomen?' inquit Harrius. 'cur rogas?'

'Patrem audivi de eo loquentem,' inquit Georgius. 'maxime Cuidam favebat.'

'et cum Quidam evanuisset,' inquit Fredericus, conversus ut Harrium spectaret, 'Lucius Malfoy rediit negans se unquam haec dicere voluisse. multum stercoris – Pater putat eum fuisse inter intimos Cuiusdam.'

Harrius hos rumores de familia Malfonis prius audiverat neque eos ullo modo miratus est. prae Dracone Malfone, Dudley erat puer benignus, humanus, gratiosus.

'nescio an Malfones elphiculum domesticum habeant ...' inquit Harrius.

'quisquis eum habet, erit familia vetus magorum, et divites erunt,' inquit Fredericus.

'ita vero, Mater semper dicit se velle nos habere elphiculum domesticum qui vestes complanet,' inquit Georgius. 'sed nihil aliud habemus quam larvam veterem et pessimam in cenaculo et pumiliones ubique in horto. elphiculi domestici ad villas magnas veteresque et castella et loca eius generis pertinent nec rem talem in domo nostra invenias ...'

Harrius silebat. cum Draco Malfoy plerumque optimum quidque haberet, veri simile erat familiam eius abundare auro magico; imaginari poterat Malfonem magnifice incedentem circa villam magnam. certe non abhorreat a mittendo famulo domestico ut Harrium impediat quominus ad Scholam Hogvartensem redeat. an Harrius stultus fuerat qui Dobbio credidisset?

'sed, ut ea omittamus,' inquit Ronaldus, 'gaudeo quod venimus ad te arcessendum. maxime sollicitus fiebam cum nulli epistularum mearum responderes. primo, Errolem culpabam –'

'quis est Errol?'

'bubo noster. veterrimus est. aliquotiens defecit in litteris reddendis. deinde igitur Hermem mutuari conatus sum –'

'quis?'

'bubo quem Mater et Pater Persio emerunt ubi praefectus factus est,' inquit Fredericus a fronte.

'sed Persius noluit eum mihi mutuari,' inquit Ronaldus. 'dixit sibi eo opus esse.'

'hac aestate Persius modo novissimo se gessit,' inquit Georgius, frontem contrahens. 'et multas *sane* epistulas misit et diu se inclusit in conclavi ... scilicet, insigne praefectorium non est sine fine poliendum ... ad occidentem nimis tendis, Frederice,' addidit, digito acum magneticum in tabula instrumentorum demonstrans. Fredericus rotam gubernatoris paulum circumegit.

'an pater scit vos habere autocinetum?' inquit Harrius, divinans responsum.

'hem, haud ita,' inquit Ronaldus, 'hac nocte ad officium ei eundum erat. speramus fore ut id in receptaculo reponere possimus antequam Mater animadvertat nos volatum fecisse.'

'quidnam facit pater in Ministerio Magico?'

'in sectione molestissima laborat,' inquit Ronaldus, 'id est in Officio Usus Vetiti Rerum a Mugglibus Fabricatarum.'

'*quid* dicis?'

'pertinet ad res fascinandas quae factae sunt a Mugglibus, si scire vis, ne aliquando redeant ad tabernam aut domum Mugglensem. anno proximo, ut exemplum afferam, maga quaedam aetate provecta mortua est et theana utensilia eius venierunt tabernario rerum antiquarum. haec Muggles quaedam emit, domum rettulit eisque usa conata est amicis praebere potionem theanam. res erat horrenda – multas per hebdomadas Pater muneribus extraordinariis fungebatur.'

'quid accidit?'

'vas theanum insaniebat et potionem ferventem passim spargebat et vir quidam in valetudinarium ablatus est forcipe saccharigera in nasum infixa. Pater furebat, ille solus est in officio cum mago vetere Perkins appellato, et Incantamenta Memoriae et omnia genera eis facienda erant ut rem celarent.'

'sed pater tuus ... hoc autocinetum ...'

Fredericus risit.

'ita est, Pater amat omnia quaecunque ad Muggles pertinent, casula nostra est plena rerum Mugglensium. divellit eas, fascinat, rursus componit. si incursionem in domum nostram faciat, ipse sibi statim comprehendus sit. propter haec Mater delirat.'

'vide viam principalem,' inquit Georgius, despiciens per fenestram priorem. 'decem minutis aderimus ... bene est, lucescit iam ...'

secundum horizontem ad partes orientes paulum rubescebat caelum.

Fredericus autocinetum demisit et Harrius agros obscuros coloris varii et globos arborum vidit.

'paulo distamus a vico,' inquit Georgius. 'Ottery St Catchpole ...'

demissius semper demissius ibat autocinetum volans. margo solis colore rubro splendentis iam fulgebat per arbores.

'terram habemus!' inquit Fredericus ubi terram, cum plaga levi, offenderunt. appulsi erant in aream parvam iuxta receptaculum semirutum et Harrius primum domum Ronaldi aspexit.

domus, ut videbatur, olim fuerat suile magnum et lapideum, sed conclavia plura temere addita erant dum tabulata complura habuit ita distorta ut videretur arte magica sustineri (quod Harrius sibi commemoravit veri simile esse). in summo tecto rubro sedebant quattuor aut quinque camini. in titulo pravo in solo iuxta aditum infixo scriptum erat 'Cuniculus'. circa ostium iacebant acervus caligarum aqua impenetrabilium et lebes maxime robiginosus. aliquot pulli brunni et pingues circa aream movebantur, cibum rostris petentes.

'non est multum,' inquit Ronaldus.

'*splendet*,' inquit Harrius beate, memor Gestationis Ligustrorum.

descenderunt de autocineto.

'nunc magno silentio sursum ibimus,' inquit Fredericus, 'et exspectabimus dum Mater nos ad ientaculum arcessat. tum, Ronalde, deorsum desilies clamans, 'Mater, vide quis noctu advenerit!' et illa adeo gaudebit Harrium conspicere ut nunquam necesse sit quemquam scire nos in autocineto volavisse.'

'esto,' inquit Ronaldus, 'agedum, Harri, ego dormio in –'

Ronaldus colorem viridem et iniucundum sumpserat, oculis in domum infixis. tres alii circumversi sunt.

Domina Vislia trans aream contendebat, pullos dispergens, et mirum erat quam similis femina brevis et admodum obesa, vultu benigno, esset tigri dentibus acutis.

'*ah*,' inquit Fredericus.

'eheu,' inquit Georgius.

Domina Vislia ante eos constitit, manibus in coxis positis, oculos convertens ab uno vultu nocenti ad alium. gerebat praecinctorium floridum cum baculo e sinu eminente.

'*sic*,' inquit.

'salve, Mater,' inquit Georgius, scilicet sperans se loqui voce vivaci et apta ad persuadendum.

'an fingere potestis quanta cura afflicta sim?' inquit Domina Vislia susurro horrisono.

'me paenitet, Mater, sed vide, nos debuimus –'

tres filii Dominae Visliae omnes altiores erant matre, sed tremescebant ira eius oppressi.

'*lecti inanes! epistula nulla! autocinetum ademptum ... collisionem timebam ... angore animi confecta ... an vos solliciti eratis? ... nunquam tota vita ... manete modo dum pater redeat, nunquam nos ita vexaverunt Gulielmus aut Carolus aut Persius ...*'

'Persius perfectus,' mumuravit Fredericus.

'MELIUS SIT SI PERSIUM IMITERIS!' clamavit Domina Vislia, pectus Frederici digito fodicans. 'potuisti *mori*, potuisti *conspici*, potuisti esse causam cur pater *officium* perderet –'

res horas multas protrahi visa est. vox Dominae Visliae clamando prius rauca facta erat quam conversa est ad Harrium, qui refugit.

'maxime gaudeo quod te video, carissime Harri,' inquit, 'intra ad ientaculum sumendum.'

conversa domum rursus intravit et Harrius, cum animo anxio Ronaldum aspexisset, qui nutu eum hortatus est, eam secuta est.

culina erat parva et angustior. in medio erant mensa lignea et mundata et sellae et Harrius in margine sedis consedit, circumspiciens. nunquam antea fuerat in domo magorum.

horologium in muro adverso fixum unam modo manum habebat nec numeros ullos. scripta in margine erant verba huius modi 'tempus theanae potionis coquendae', 'tempus pullorum alendorum' et 'tardus es'. tres ordines librorum acervati sunt in pluteo qui supra focum exstabat cum titulis huius modi *Fascina Caseum Tuum, Incantamentum Pistrinale* et *Dapes Uno Minuto*

Paratae – Magicum Est! et nisi aures Harrii eum fallebant, radiophonum vetus iuxta fusorium positum modo nuntiaverat emissionem proximam esse 'Hora Fascinationis, cum cantatrice carminum amata, Celestina Varbecca'.

Domina Vislia tumultuabatur, ientaculum neglegentius parans, simul oculos iratos in filios, simul tomacula in sartaginem coniciens. interdum murmurabat verba huius modi 'nescio *quid* in animo habueritis' et '*nunquam* id crederem.'

'non culpo *te*, carissime,' inquit, Harrium confirmans et octo aut novem tomacula in patellam eius demittens. ego et Arturius de te quoque solliciti fuimus. heri noctu dicebamus nos ipsos venturos esse te arcessitum nisi Ronaldo rescripsisses ante diem Veneris. verum tamen (tria ova assa iam patellae eius addebat), 'in autocineto vetito trans dimidium terrae volare – quivis hominum vos videre poterat –'

baculum temere iactavit ad utensilia sordida in fusorio acervata, quae se lavare coeperunt cum tinnitu levi et longinquo.

'caelum erat *nubilosum*, Mater!' inquit Fredericus.

'tu tace dum es!' inquit Domina Vislia acriter.

'fame eum occidebant, Mater!' inquit Georgius.

'et tu!' inquit Domina Vislia, sed vultu paulo molliore coepit panem Harrio secare et butyro oblinere.

illo momento, animi omnium a re avocati sunt adventu figurae parvae rubris capillis et cubitoria veste longa, quae in culina apparuit, ululatum parvum edidit rursusque exiit currens.

'Ginnia,' inquit Ronaldus submissim Harrio. 'soror mea. de te iam tota aestate loquitur.'

'ita vero, volet habere autographam nominis tui scriptionem,' inquit Fredericus subridens, sed cum videret oculos matris in se intentos, os supra patellam inclinavit nec verbum aliud locutus est. nil aliud dictum est antequam quattuor patellae omnes mundatae sunt, quod, mirabile dictu, celerrime factum est.

'edepol, fatigatus sum,' oscitavit Fredericus, cultrum furcumque tandem deponens. 'melius sit si cubitum eam et –'

'non ita,' inquit Domina Vislia acriter, 'culpa est tua quod tota nocte evigilavisti. hortum mihi depumiliabis, illi omnino infrenes fiunt.'

'oh, Mater –'

'et vos ambo,' inquit, oculis torvis Ronaldum et Fredericum intuens. 'tibi licet cubitum ire, carissime,' addidit, Harrium allocuta. 'non eos rogavisti ut in autocineto isto misero volarent.'

sed Harrius, qui haudquaquam somnolentus erat, celeriter inquit, 'Ronaldo subveniam, nunquam depumiliationem vidi –'

'amo te quod id dixisti, carissime, sed labor est iniucundus,' inquit Domina Vislia. 'iam videamus quid Lockhart de re dicat.'

et librum gravem extraxit de acervo posito in pluteo qui supra focum exstabat. Georgius ingemuit.

'scimus hortum depumiliare, Mater.'

Harrius involucrum libri Dominae Visliae inspexit. haec verba litteris ornatis et aureis inscripta sunt: *Liber Expositorius Pestium Domesticarum a Gilderoy Lockharte.* in fronte erat imago magna photographica magi pulcherrimi crinibus flavis et undulatis et oculis splendentibus caerulei coloris. ut semper fit in mundo magico, imago photographica movebatur; magus, quem Harrius putavit esse Gilderoy Lockhartem, semper nictabat modo impudenti, eos omnes suspiciens. Domina Vislia eum despexit, renidens.

'oh, mirandus est,' inquit, 'sine dubio scit pestes domesticas, est liber mirabilis ...'

'Mater eum amat,' inquit Fredericus, ita susurrans ut audiri posset.

'ridiculum est quod dicis, Frederice,' inquit Domina Vislia, genis admodum rubentibus. 'sit ita, si putatis vos plus scire quam Lockhart, licet vobis rem agere, sed cavete ne sit pumilio unus in horto cum extra veniam inspectura.'

oscitantes et murmurantes, Vislii foras incessu inhabili ierunt, Harrio sequente. hortus erat magnus et talis certe, ut videbatur Harrio, qualis hortus debebat esse. Durslei non eum amarent – multae inerant herbae inutiles, gramen erat tondendum – sed ubique circum muros erant arbores nodosae, herbae quas Harrius nunquam viderat effusae ex omnibus areis floriferis atque stagnum magnum, viride plenumque ranarum.

'Muggles quoque pumiliones hortensios habent, si scire vis,' Harrius Ronaldo dixit dum pratum transeunt.

'ita vero, vidi res illas quas putant pumiliones esse,' inquit

Ronaldus, corpore duplicato et capite in paioniam inserto. 'similes Patribus Natalibus parvis et pinguibus cum harundibus piscatoriis ...'

strepitus erat certaminis fortis, inhorruit paionia Ronaldusque se erexit. '*hic* est pumilio,' inquit voce severa.

'abstine manum! abstine manum!' ululavit pumilio.

certe dissimillimus erat Patri Natali. parvus erat et alutaneus, cum capite magno, calvo, nodoso, simillimoque tuberi solani. Ronaldus pumilionem bracchio extenso tenuit dum ille eum pediculis corneis petit; deinde talaria cepit et summa pumilionis imis miscuit.

'hoc est agendum,' inquit. pumilionem supra caput sublatum ('abstine manum') late circumagere coepit velut funem ad capturam idoneum. cum videret vultum obstupefactum Harrii, Ronaldus addidit, 'non eis *nocet* – tantum necesse est efficere ut vertigine laborent ne viam inveniant se reducentem ad cava pumilionum.'

talaria pumilionis remisit, qui viginti pedes in aerem volavit et cum sonitu gravi in agrum supra saepem descendit.

'miserrime factum,' inquit Fredericus. 'sponsionem faciam me posse pumilionem ultra stipitem illum iacere.'

Harrius celeriter didicit pumiliones non nimis miserandos esse. constituit illum quem primum ceperat modo supra saepem demittere, sed pumilio, imbecillitatem animi sentiens, dentes, qui non minus acuti erant quam novacula, in digitum Harrii demisit qui aegerrime eum excutiebat dum –

'euge, Harri – sine dubio eum quinquaginta pedes iecisti ...' mox aer erat plenus pumilionum volantium.

'scilicet, non sunt admodum sapientes,' inquit Georgius, simul rapiens quinque aut sex pumiliones. 'ubi primum cognoverunt depumilationem fieri sursum ruunt ad rem inspiciendam. credideris eos iam didicisse nil facere nisi in loco manere.'

mox, turba pumilionum in agro congregata ordine disperso abire coeperunt, umeris parvis inclinatis.

'redibunt,' inquit Ronaldus, dum pumiliones spectant evanescentes in saepem quae erat ultra agrum. 'hic adesse amant ... Pater eos mollius tractat, putat eos ridiculos esse ...'

illo momento, ostium cum fragore clausum est.

'rediit!' inquit Georgius. 'Pater est domi!'

festinantes per hortum domum redierunt.

Dominus Vislius in sella culinae languebat, perspecillis remotis et oculis clausis. macer erat et calvior, sed crines quos paucos habebat non minus rubri erant quam illi cuiusvis liberorum suorum. vestes gerebat longas et virides quae pulverulentae erant et itinere confectae.

'qualis erat nox,' murmuravit, ollam theanam manibus petens cum omnes circum eum sederent. 'incursiones novem. novem! et Mundungus ille Fletcher me fascinare conatus est cum tergum vertissem ...'

Dominus Vislius haustum longum potionis theanae sumpsit et suspiravit.

'an aliquid invenisti, Pater?' inquit Fredericus avide.

'nil nactus sum nisi paucas claves se contrahentes et fervefactorium mordax,' oscitavit Dominus Vislius. 'res tamen admodum iniucundae factae sunt quae non ad sectionem meam pertinebant. Mortlake ablatus est ad quaestionem de nonnullis vivervis generis insolentissimi, quam gaudeo pertinere ad Comitium Incantamentorum Experimentis Partorum ...'

'cur aliquis velit claves contahere?' inquit Georgius.

'tantum ut Muggles vexentur,' suspiravit Dominus Vislius. 'si clavem quae semper se in nihil contrahit eis vendideris ut nunquam eam invenire possint cum opus est ... scilicet, difficillimum est quemquam convincere quod nemo Mugglium confiteatur clavem suam semper se contrahere – affirmabunt modo se eam semper amittere. hercle, quid non facient ut artem magicam ignorent etsi coram eis exercitam? sed non credideris quae nostri iam fascinent –'

'AN AUTOCINETA FORTASSE DICIS?'

Domina Vislia apparuerat, rutabulum longum simile gladio tenens. oculi Domini Vislii subito aperti sunt. uxorem animo nocenti intuitus est.

'au-autocineta, carissima Molly?'

'ita vero, Arturi, autocineta,' inquit Domina Vislia, oculis micantibus. 'finge magum emere autocinetum vetus et robiginosum et uxori dicere se nihil aliud velle quam id discerpere ut modum operandi inveniat, sed *re vera* id ita fascinare ut *volare* possit.'

Dominus Vislius nictavit.

'hem, carissima, puto te inventuram esse ei licere id facere, etsi, fatebor enim, melius fortasse fuisset, hem, si verum uxori dixisset ... invenies enim verba legis ambigua esse ... dummodo non *in animo haberet* in autocineto volare, quod autocinetum volare *poterat*, non eum prohibuisset –'

'Arturi Visli, tu effecisti ut verba essent ambigua cum legem illam scriberes!' clamavit Domina Vislia. 'eo animo ne impedireris quominus luderes nugis istis Mugglensibus in casula tua! et, si scire vis, hodie mane advenit Harrius in autocineto in quo volare non in animo habebas!'

'Harrius?' inquit Dominus Vislius, vix intellegens. 'qui Harrius?'

circumspexit, Harrium vidit exsiluitque.

'di boni, an Harrius Potter est? gaudeo me tibi obviam fieri, Ronaldus tantum nobis dixit de –'

'*proxima nocte filii tui in autocineto illo ad domum Harrii volaverunt et huc redierunt!*' clamavit Domina Vislia. 'quid tu de hoc dicis?'

'sic factum?' inquit Dominus Vislius avide. 'an res bene gesta est? v-volo dicere,' vox deficiebat, cum oculi Dominae Visliae scintillarent, 'id fuisse nefas, pueri – nefas summum ...'

'rixantes eos relinquamus,' Ronaldus Harrio murmuravit, Domina Vislia more ranae turgentis se inflante. 'agedum monstrabo tibi cubiculum meum.'

elapsi e culina per transitum angustum descenderunt ad scalas impares quae anfractum sursum per domum habebant. in tertio tabulato erat ianua semiaperta. Harrius vix conspexit par oculorum brunnorum et splendidorum se intuentium antequam clausa est cum crepitu.

'Ginnia,' inquit Ronaldus. 'nescis quam mirum sit eam tam timidam esse. plerumque nunquam tacet –'

scalas binas insuper ascenderunt priusquam ad ianuam pervenerunt colore evanescenti et titulo parvo inscriptam 'Conclave Ronaldi'.

Harrius intravit, capite paene tangente tectum declive, et

nictavit. haud aliter erat ac si fornacem intraret: paene omnia quae in conclavi Ronaldi inerant videbantur esse aurantii coloris flagrantis: stragulum cubiculare, parietes, etiam tectum. tum Harrius intellexit Ronaldum operuisse paene totum spatium sordidae chartae parietariae picturis eorundem septem magorum magarumque, qui omnes gerebant vestes splendentes aurantii coloris, scoparum manubria ferebant manusque vehementer iactabant.

'an huic turmae faves in ludo Quidditch?' inquit Harrius.

'sunt Cannones Chudlenses,' inquit Ronaldus, digito demonstrans stragulum cubiculare ornatum duabus litteris C nigris et ingentibus et pila bellica festinanti. 'in consociatione nonum habent locum.'

libri incantamentorum scholastici Ronaldi in angulo nullo ordine positi sunt iuxta acervum libellorum pictographicorum qui omnes videbantur habere *Facinora Mirabilia Mugglis Monstruosi Martin Miggs*. baculum Ronaldi iacebat in summa piscina plena ovis ranarum posita in fenestra ima iuxta rattum Scabberum eius pinguem et canum qui leviter dormiebat in area parva sole tepefacta.

Harrius iit supra acervum chartularum lusoriarum Se Sponte Miscentium quae in solo iacebant et de fenestra parvula spectavit. in agro longe remoto turbam pumilionum singillatim per saepem Visliorum furtim redeuntem videre poterat. tum conversus est ad Ronaldum spectandum, qui eum animo paene anxio aspiciebat, quasi iudicium exspectaret.

'est admodum parvum,' inquit Ronaldus celeriter. 'dissimile conclavi quod apud Muggles habebas. et imminet mihi larva cenaculum habitans, semper fistulas pulsat et gemit ...'

sed Harrius, late subridens, inquit, 'haec est domus quam optimam visi.'

aures Ronaldi rubuerunt.

Apud Vibramen et Litturas

vita in Cuniculo non poterat dissimilior esse vitae in Gestatione Ligustrorum. Durslei amabant omnia mundata et ordinata; domus Visliorum erat conferta rebus novis et improvisis. Harrius, ubi primum oculos coniecit in speculum infixum supra pluteum qui exstabat supra focum in culina, miratus est id clamare, *'succinge subuculam, o homo neglegens!'* larva qui erat in cenaculo ululabat et fistulas demittebat cum senserat res nimis tranquillas fieri, nec quisquam putabat diruptiones parvas quae e cubiculo Frederici et Georgii oriebantur vel minime insolitas esse. sed, cum apud Ronaldum viveret, nec speculum loquax nec larva crepitans admirationem Harrii magis movebant quam quod ibi omnes eum amare videbantur.

Domina Vislia perturbata est de statu tibialium eius et cum cibum sumerent semper conata est eum cogere portiones quaternas consumere. tempore cenae Domino Vislio cordi erat Harrium propter se assidere ut eum rogitaret qualis esset vita apud Muggles, quaerens, ut exempla afferam, quomodo obturacula et cursus publicus muneribus fungerentur.

'mirissimum!' dicere solebat cum Harrius explicaret qui esset usus telephonii. *'ingeniosum*, vero, Muggles tot vias invenisse rerum gerendarum sine arte magica.'

circa hebdomadem postquam ad Cuniculum advenit, mane diei candidi Harrius nuntium accepit a Schola Hogvartensi. ille et Ronaldus, cum ad ientaculum sumendum descendissent, Dominum et Dominam Visliam Ginniamque iam sedentes ad mensam culinae invenerunt. Ginnia, simulac Harrium vidit, casu pateram farinae avenaceae magno cum crepitu ad solum propulit. Ginnia videbatur propensissima ad res propellendas cum Harrius in conclave intraverat. sub mensam celeriter descendit ut pateram reciperet et emersit cum vultu fulgenti haud secus ac sol occidens. Harrius, simulans se hoc non animadvertisse, consedit et panem tostum a Domina Vislia oblatum accepit.

'epistulae a schola missae,' inquit Dominus Vislius, tradens Harrio et Ronaldo involucra eadem membranae flaventis quorum inscriptio atramento viridi est scripta. 'Dumbledore iam scit te hic adesse, Harri. nil illum hominem fallere potest. vos ambo quoque epistulas habetis,' addidit Frederico et Georgio incessu tardo ingressis, adhuc vestes cubitorias gerentibus.

silentium erat paucorum minutorum, omnibus epistulas perlegentibus. Harrius iussus est, ut fieri solebat, Kalendis Septembribus Hamaxostichum Rapidum Hogvartensem in statione Regis Crucis conscendere. inerat quoque index librorum novorum quibus ei opus erat anno proximo.

discipuli anni secundi debent habere:

Liber Ordinarius Incantamentorum, Gradus II a Miranda Goshawk
Annus cum Abominandis a Gilderoy Lockharte
Feriae cum Feralibus a Gilderoy Lockharte
Lucubratio cum Larvis a Gilderoy Lockharte
Secessio cum Striga a Gilderoy Lockharte
Transitus cum Trollis a Gilderoy Lockharte
Vacationes cum Versipellibus a Gilderoy Lockharte
Viae cum Vespertilionibus a Gilderoy Lockharte

Fredericus, qui indicem suum perlegerat, oculos convertit ut indicem Harrii legeret.

'tu quoque iussus es nancisci libros omnes Lockhartis!' inquit. 'doctor novus Defensionis Contra Artes Obscuras debet esse fautrix – sponsionem faciam eam esse magam.'

hoc puncto, Fredericus matris oculum conspexit et statim liquamini malosinensi operam dedit.

'haec omnia non vili pretio emenda sunt,' inquit Georgius,

celeriter parentes aspiciens, 'libri Lockhartis re vera pretiosi
sunt ...'

'nihilominus rem geremus,' inquit Domina Vislia, sed videbatur sollicita. 'spero nos necessaria multa Ginniae de secunda
manu nacturos esse.'

'oh, an tu Scholam Hogvartensem hoc anno incipis?' Harrius
Ginniam rogavit.

illa adnuit, facie tota ad radices crinium flagrantium
erubescente, et cubitum imposuit in pateram butyri. feliciter
evenit ut nemo id videret nisi Harrius, quod eo momento intravit
Persius, frater natu maior Ronaldi. iam vestitus est, insigni praefectorio tuniculae e lana factae infixo.

'salvete omnes,' inquit Persius vivide. 'caelum est serenum.'

consedit in sede quae sola relicta est, sed paene statim
exsiluit, sibi subtrahens peniculum canum qui plumas
deponebat – saltem Harrius rem sic interpretabatur, priusquam
vidit id suspirare.

'Errol!' inquit Ronaldus, bubonem languidum Persio auferens et
epistulam quae sub ala erat extrahens. *denique* – habet Hermionis
responsum. scripsi ei nos conaturos esse te a Dursleis eripere.'

Errolum ad sedile portavit quod non procul aberat a ianua
posteriore et conatus est eum in id infigere, sed Errol statim
delapsus est, itaque Ronaldus eum in pluteum pronum potius
imposuit, murmurans, 'o rem miserandam.' tum epistulam
Hermionis divellit et recitavit:

> *Hermione salutem plurimam dicit Ronaldo, et Harrio si*
> *adest.*
>
> *spero omnia bene gesta esse et Harrium valere neque*
> *te quidquam illicitum fecisse ut eum extrahas, Ronalde,*
> *quod id Harrio quoque molestiam afferat. maxime pertur-*
> *bata fui et si Harrius valet, precor ut me statim certiorem*
> *facias, sed fortasse melius sit si bubone alio utaris, quod*
> *puto tuum confectum iri si epistula alia ei reddenda sit.*
>
> *scilicet occupatissima sum studiis* – 'quomodo id
> *potest* fieri?' inquit Ronaldus, horrore perculsus. 'feriati
> sumus!' – *et proximo die Mercurii Londinium ibimus ut*
> *libros novos mihi emamus. rogo ut conveniamus in*

*Angiporto Diagonio. quam primum fac me certiorem quid
fiat. valete.*

'aptissimum id erit, nos quoque eodem tempore res omnes
vobis nancisci poterimus,' inquit Domina Vislia, mensam
mundare incipiens. 'quid vos omnes hodie facietis?'

Harrius, Ronaldus, Fredericus Georgiusque in animo
habebant collem ascendere ad saeptum parvum quod Visliorum
erat. arboribus ita circumdatum est ut non posset videri a vico
inferiore; itaque ludum Quidditch ibi exercere poterant
dummodo ne nimis alte volarent. nec veris pilis ludi Quidditch
uti poterant cum difficile fuisset rem explicare si pila effugis-
sent et supra vicum avolavissent; mala potius inter se iecerunt
quae caperent. in vicem vecti sunt in Nimbo MM Harrii, quod
longe optimum erat inter scoparum manubria; Ronaldi vetus
Fax Caelestis saepe superata est papilionibus praetervolantibus.

quinque post minuta ad summum collem contendebant,
scoparum manubria in umeris ferentes. Persium rogaverant num
se comitari vellet, sed ille dixerat se occupatum esse; adhuc Harrius
Persium solum horis cibi viderat; alias mansit in conclavi inclusus.

'utinam scirem quid ageret,' inquit Fredericus, frontem
contrahens. 'non est coloris sui. eventus examinum advenerunt
pridie quam tu; duodecim O.M.Gs nactus est et vix superbiebat.'

'Ordinarii Magici Gradus,' Georgius explicuit, aspectum
dubium Harrii videns. Gulielmus quoque duodecim nactus est.
nisi cavemus, aliud Caput Scholae in familia habebimus. nescio
an dedecus ferre possim.'

Gulielmus erat natu maximus fratrum Visliorum. ille et
Carolus, frater proximus, Scholam Hogvartensem iam reliquerant. Harrius neutri eorum unquam obvius factus erat, sed
sciebat Carolum esse in Romania, draconibus studentem, et
Gulielmum in Aegypto, officiis pro Gringotts, argentaria
magorum, fungentem.

'nescio an Mater et Pater satis pecuniae habeant ut hoc anno
res omnes scholasticas nobis emant,' inquit Georgius post intervallum. 'quini libri Lockhartis! et Ginnia caret vestibus, baculo
rebusque omnibus ...'

Harrius nihil dixit. aliquid eum molestabat. conditae in cella subterranea argentariae Gringotts Londinii erant nonnullae divitiae quas parentes ei reliquerant; scilicet pecuniam solum in mundo magico habebat; Galleonibus, Falcibus Knucibusque in tabernis Mugglensium non poteras uti. nunquam Dursleis mentionem fecerat pecuniae in argentaria Gringotts depositae; non putabat eos acervum magnum auri sicut res alias magicas detrectaturos esse.

*

Domina Vislia bene mane eos omnes somno excitavit die proximo Mercurii. postquam senas quadrulas duplices panis larido inserto celeriter consumpserunt, pallia induerunt et Domina Vislia vas floriferum a pluteo qui exstabat supra focum in culina remotum introspexit.

'deficit, Arturi,' suspiravit. 'plus hodie nobis emendum erit ... sit ita, hospites primum habeant locum! post te, carissime Harri!'

et vas floriferum ei obtulit.

Harrius eos omnes se spectantes intuitus est.

'q-quid mihi faciendum est?' inquit balbutiens.

'nunquam pulvere Tubali iter fecit,' inquit Ronaldus subito. 'da veniam, Harri, id oblitus sum.'

'nunquam?' inquit Dominus Vislius. 'sed quomodo ad Angiportum Diagonion anno proximo advenisti ut res scholasticas emeres?'

'ii ferrivia subterranea –'

'sic factum?' inquit Dominus Vislius avide. 'an erant *effugiatoria*? dic, obsecro, quo modo –'

'*nunc* non tempus habemus, Arturi,' inquit Domina Vislia. 'pulvis Tubalis multo celerior est, carissime. sed, ita di me amabunt, si eo nunquam antea usus es –'

'bene habebit, Mater,' inquit Fredericus. 'Harri, tu nos prius specta.'

paulum pulveris fulgentis e vase florifero extraxit, ad ignem incessit, pulveremque in flammas coniecit.

cum fremitu, ignis colore smaragdino mutavit et surrexit altior Frederico, qui in medium ingressus clamavit 'Angiportum Diagonion' evanuitque.

'tibi clare dicendum est, carissime,' Domina Vislia Harrio

inquit dum Georgius manum in vas floriferum demittit, 'et cura ut e foco recto exeas ...'

'quid dicis de recto ... ?' inquit Harrius trepide, ubi ignis infremuit et Georgium quoque e conspectu eripuit.

'sunt permulti ignes magici e quibus unus tibi eligendus est, sed dummodo clare locutus sis –'

'bene habebit, Molly, noli eum inquietare,' inquit Dominus Vislius, ipse sumens aliquid pulveris Tubalis.

'sed, carissime, si aberret, quomodonam rem materterae et avunculo explicemus?'

'non curae sit eis,' Harrius inquit, eam confirmans. 'Dudley putet rem esse splendide ridiculam si in camino aberrem; ne te illa perturbent.'

'hem ... fiat igitur ... tu Arturium sequere,' inquit Domina Vislia. 'iam, cum ignem intraveris, dic quo eas –'

'et mane cubitis compressis,' admonuit Ronaldus.

'et oculis clausis,' inquit Domina Vislia. 'fuligo –'

'noli inquietus esse,' inquit Ronaldus. 'nam potest fieri ut e foco parum idoneo cadas –'

'sed ne timueris neve maturius exieris, mane dum Fredericum et Georgium videas.'

conatus haec omnia meminisse, Harrius paulum pulveris Tubalis sumpsit et ad marginem ignis iit. suspirium altum fecit, pulverem in flammas sparsit pedemque protulit; os aperuit et statim multum cineris calidi hausit.

'D-dia-gonion Angiportum,' inquit tussiens.

sensit se sorberi per foramen ingens. videbatur celerrime volvi ... aures fremitu obtunsae sunt ... conatus est oculos apertos tenere sed turbine flammarum viridium nauseabat ... aliquid durum cubitum pulsavit quem arte compressit, volutus semper volutus ... iam sentire videbatur manus frigidas vultum ferire ... oculis limis per perspecilla conspexit seriem incertam focorum cum aspectu brevi conclavium ulteriorum ... intus quadrulae duplices panis larido inserto tumultuabantur ... iterum oculos clausit finem rei sperans, et tum – pronus in lapidem frigidum cecidit et sensit perspecilla frangi.

vertiginosus et contusus, fuligine tectus, caute surrexit, perspecillis fractis ad oculos sublatis. omnino solus erat, sed *ubi* esset, nesciebat. nil cernere poterat nisi quod stabat in foco lapideo tabernae magi cuiusdam, ut videbatur, magnae et obscurae – sed nihil inerat quod unquam futurum erat in indice Scholae Hogvartensis.

theca vitrea prope aderat quae manum aridam in pulvino iacentem, acervum sanguinolentum chartarum oculumque vitreum defixum habebat. personae sinistrae aspectu maligno de muris despiciebant, ossa arida hominum in mensa iacebant, instrumenta robiginosa et acuta de tecto pendebant. quod etiam peius erat, via tenebrosa et angusta quam Harrius per fenestram tabernae pulverulentam videre poterat certe non erat Angiportum Diagonion.

quo celerius hinc exeat, eo melius sit. naso adhuc dolente qua foco impactus erat, Harrius ad ianuam cito silentioque incessit, sed priusquam ad mediam tabernam perveniret, in ulteriore parte vitrii apparuerunt duo homines – quorum unus erat ille in quem minime omnium Harrius incidere volebat errabundus, fuligine opertus et perspecilla fracta gerens: Draco Malfoy.

Harrius celeriter circumspexit et armarium magnum et nigrum a sinistra animadvertit. intus ruit et ianuas post se clausit, rimam parvam relinquens per quam oculos intenderet. aliquot post secunda tintinnabulum sonuit et Malfoy in tabernam incessit.

ille qui Malfonem secutus est debebat esse pater eius. eundem vultum pallidum et acutum et eosdem oculos frigidos et glaucos habebat. Dominus Malfoy tabernam transgressus est, venalicia temere inspiciens, et tintinabulo quod erat in mensa insonuit priusquam, ad filium conversus, inquit, 'noli quidquam tangere, Draco.'

Malfoy, qui manum ad oculum vitreum porrexerat, inquit, 'putabam te mihi donum empturum esse.'

'dixi me tibi scoparum manubrium cursorium empturum esse,' inquit pater, mensam digitis pulsans.

'quid prodest nisi pars sum turmae domesticae?' inquit Malfoy, visus morosus et malevolus. 'Harrius Potter anno proximo Nimbum MM nactus est. licentiam extraordinariam a Dumbledore accepit ut pars esset turmae Gryffindorensis. nec ita bonus est lusor, solum accidit quod *celeber* est ... celeber quod cicatricem stultam in fronte habet ...'

Malfoy se inclinavit ut pluteum calvariarum plenum inspiceret.

'... omnes putant eum ita *callidum* esse, *Potterum* praeclarum cum *cicatrice* eius et *scoparum manubrio* eius –'

'hoc mihi non minus duodeciens iam dixisti' inquit Dominus Malfoy, aspectu filium deprimens, 'et te admoneo non esse – prudentis – videri Harrium Potterum non admodum amare cum plerique nostri generis putant eum esse heroem qui effecerit ut Dux Obscurus evanuerit – ah, Domine Borgin.'

vir inclinatus post mensam apparuerat, capillos oleaginos a vultu submovens.

'Domine Malfoy, quam gaudeo te rursus videre,' inquit Dominus Borgin voce tam oleagina quam capilli erant. 'delectatus sum – et laetitiam capio quod Dominus Malfoy iuvenis quoque adest. quomodo vobis serviam? demonstrandum est vobis quod hodie modo advenit et pretio modico venit –'

'hodie non sum emptor, Domine Borgin, sed venditor,' inquit Dominus Malfoy.

'num vendis?' paulo minus laetitiae declaravit vultus Domini Borgin.

'scilicet audivisti Ministerium plures incursiones facere,' inquit Dominus Malfoy, volumen membranae de sinu depromens et explicans ut Dominus Borgin legeret. 'domi habeo nonnullas – ah – res quae me incommodare possint si Ministerium me visitet ...'

Dominus Borgin perspecilla nasum stringentia affixit et indicem contemplatus est.

'num Ministerium audeat te vexare, domine?'

Dominus Malfoy labrum detorsit.

'nondum visitatus sum. nomen Malfonis adhuc habet aliquid dignitatis, sed Ministerium iam magis et magis rebus alienis se immiscet. fama est legem novam latum iri de Mugglibus Defendendis – non dubium est quin auctor sit Arturius Vislius, homo stultus, pulicibus morsus, Mugglium amator –'

Harrius sensit se ira ardere.

'et, ut vides, fieri potest ut quaedam horum venenorum *videantur* –'

'scilicet rem intellego, domine,' inquit Dominus Borgin. 'iam quid faciamus?'

'an licet mihi *illud* habere?' Draco eum interpellavit, digito demonstrans manum aridam in pulvino iacentem.

'ah, Manus Gloriosa,' inquit Dominus Borgin, relinquens indicem Domini Malfonis et festinans ad Draconem. 'si candelam inserueris, lucem solum dabit ei qui manum tenet. latrones et praedones non meliorem habent amicum. filius rem pulchram agnoscere potest, domine.'

'spero filium aliquid maius fore quam latronem aut praedonem, Borgin,' inquit Dominus Malfoy frigide et Dominus Borgin inquit celeriter, 'ignosce, domine, nolebam te offendere –'

'quamquam fieri potest ut ad nihil aliud idoneus sit si responsa scholastica eius non magis doctoribus placent.'

'non est culpa mea,' respondit Draco, 'doctores omnes familiares inter discipulos habent, Hermione illa Granger –'

'putarem te pudere puellam nullius familiae magicae te in examinibus omnibus vincere,' inquit Dominus Malfoy acriter.

'ha!' inquit Harrius submissim, gavisus quod Draco videbatur et demissus et iratus.

'idem est toto mundo,' inquit Dominus Borgin, voce oleagina. 'sanguis magicus ubique minus valet.'

'non apud me,' inquit Dominus Malfoy, naribus longis extensis.

'non, domine, neque apud me, domine,' inquit Dominus Borgin, capite alte inclinato.

'quod cum ita sit, fortasse ad indicem meum redire possumus,' inquit Dominus Malfoy breviter. 'admodum festino, Borgin. negotium momenti magni est mihi hodie alibi suscipiendum.'

disputare coeperunt. Harrius trepide spectavit Draconem semper latebris propius appropinquare, venalicia inspicientem. constitit inspecturus funem longum carnificis in orbem flexum et lecturus, subridens, chartam in monile magnificum opalorum impositam: *Cave Ne Tangas. Devotum – Vitam Undeviginti Possessorum Inter Muggles Iam Sustulit.*

Draco aversus statim ante se armarium vidit. processit ... manum ad ansam porrexit.

'sit ita,' inquit Dominus Malfoy, ad mensam stans. 'agedum, Draco!'

Dracone averso, Harrius frontem mantica detersit.

'vale, Domine Borgin, te cras in villa exspectabo ad res colligendas.'

simulac ianua clausa est, Dominus Borgin habitum oleaginum mutavit.

'vale tu quoque, *Domine* Malfoy, et si vera narrantur, non mihi dimidium vendidisti rerum quae in *villa* tua celatae sunt ...'

obscura murmurans, Dominus Borgin in conclave posterius evanuit. Harrius minutum exspectavit ne ille rediret, tum, quam quietissime ex armario elapsus, thecas vitreas praeteriit et e ianua tabernae exiit.

perspecilla fracta ad vultum tenens intente circumspexit. in angiportum sordidum exierat quod totum videbatur compositum esse e tabernis Artibus Obscuris deditis. illa quam modo reliquerat, Borgin et Burkes, videbatur esse maxima, sed in fenestra adversa erat spectaculum iniucundum capitum contractorum, et ultra tabernam proximam, fremebat cavea magna plena araneorum ingentium et nigrorum. duo magi incompti eum spectabant ab umbra liminis, inter se murmurantes. anxio animo, Harrius profectus est, conans perspecilla recte oculis applicare et sperans se praeter spem illinc viam inventurum esse.

a vetere tabula viali, quae supra tabernam pendebat qua candelae venenatae venibant, cognovit se esse in Angiporto Nocturno. quod Harrium non admodum iuvabat quod de loco tali nunquam audiverat. putavit se non satis clare locutum esse per os cinerum plenum cum esset in igne Visliorum. conatus quiescere, in animo volvebat quid faceret.

'num aberravisti, carissime?' inquit vox prope aurem, eum pavore percellens.

striga aetate provecta ante eum stabat, tenens ferculum rerum quae, horribile visu, similes erant unguibus hominum integris. oculis malignis eum contemplata est, dentes muscosas ostendens. Harrius refugit.

'bene habeo, gratias tibi ago,' inquit. 'ego modo –'

'HARRI! quidnam tu ibi facis?'

cor Harrii exsiluit. striga quoque exsiluit; acervus unguium supra pedes decidit et imprecata est cum forma ingens Hagridae, saltuarii Hogvartensis, ad eos incederet, oculis splendentibus more scarabeorum nigrorum supra barbam longam et horrentem.

'Hagrid!' inquit Harrius voce rauca, cura solutus. 'aberraveram ... pulvis Tubalis ...'

Hagrid, cervice Harrii rapta, eum a striga abstraxit, excutiens ferculum e manibus eius. ululatus eius eos secuti sunt progressos per ambages angiporti usque ad caelum serenum. Harrius aedificium notum marmoris nivei procul vidit: argentariam Gringotts. Hagrid eum in Angiportum Diagonion direxerat.

'horridus es!' inquit Hagrid aspere, fuliginem de Harrio tanta vi detergens ut eum paene impulerit in cupam stercoris dracontei quae stabat extra apothecam. 'te latere circum Angiportum Nocturnum – locum ambiguum, Harri – ne quis te ibi videat –'

'*id* sensi,' inquit Harrius, caput declinans ut Hagridum vitaret qui eum rursus detersurus erat. 'ut tibi dixi, aberraveram – quidnam tu in illo loco faciebas?'

'quaerebam Carnivoram Defensionem Contra Limaces,' infremuit Hagrid. 'illae brassicas scholasticas perdunt. num solus es?'

'maneo apud Vislios, sed divisi sumus,' Harrius explicavit. 'eundum est mihi ut eos inveniam ...'

coniuncti adversa via profecti sunt.

'cur mihi nunquam rescripsisti?' inquit Hagrid Harrio iuxta se currenti (ut aequaret gradum unum caligarum ingentium Hagridi necesse erat Harrio tres gradus facere). Harrius eum docuit de Dobbio et Dursleis.

'scelesti Muggles,' infremuit Hagrid. 'si scivissem –'

'Harri! Harri! huc veni!'

Harrius suspicatus Hermionem Grangeram in summis scalis candidis argentariae Gringotts vidit. illa decurrit ut eis obviam fieret, crinibus densis et brunnis pone volantibus.

'quid accidit perspecillis tuis? salve, Hagrid ... oh, quam

mirum est vos ambos rursus videre ... an in argentariam Gringotts venis, Harri?'

'simul ac Vislios inveni,' inquit Harrius.

'non tibi diu morandum erit,' inquit Hagrid.

Harrius et Hermione circumspexerunt. currentes via frequenti adversa erant Ronaldus, Fredericus, Georgius, Persius Dominusque Vislius.

'Harri,' anhelavit Dominus Vislius, '*speravimus* te in foco proximo Angiporto Diagonio descendisse ...' partem calvam et splendentem capitis tersit. 'Molly delirat – nunc advenit.'

'ubi descendisti?' Ronaldus rogavit.

'in Angiporto Nocturno' inquit Hagrid atrociter.

'*optime* factum!' inquiunt Fredericus et Georgius simul.

'nobis nunquam licuit intrare,' inquit Ronaldus invidens.

'pro di, sic melius est, mihi crede,' infremuit Hagrid.

Domina Vislia nunc cursu infreno in conspectum venit, manu una cruminam furenter volvente, Ginnia manum alteram vix retinente.

'oh, Harri – oh, carissime – poteras esse alicubi ...'

anhelans de crumina peniculum magnum vestiarium deprompsit et fuliginem excutere coepit quam Hagrid detergere non potuerat. Dominus Vislius perspecilla Harrii sumpsit, baculo fodicavit reddiditque in formam pristinam redacta.

'iam mihi discedendum est,' inquit Hagrid, cuius manus a Domina Vislia vibrabatur ('Angiportum Nocturnum! nisi tu eum invenisses, Hagrid!') 'vos in Schola Hogvartensi videbo!' et abiit, capite et umeris eminentibus inter omnes qui aderant in via celebri.

'an scitis quos in taberna Borgin et Burkes viderim?' Harrius Ronaldum et Hermionem rogavit dum gradus argentariae Gringotts ascendunt. 'Malfonem et patrem.'

'an Lucius Malfoy aliquid emit?' acriter inquit Dominus Vislius qui eos sequebatur.

'haud ita, venditor erat.'

'itaque perturbatus est,' inquit Dominus Vislius, voce torva sed contenta. 'oh, si modo Lucius Malfoy a me re aliqua implicetur ...'

'tibi cavendum est, Arturi,' inquit Domina Vislia acriter,

dum ducuntur in argentariam a daemone ostiario qui eos capite inclinando salutavit. 'molesta est illa familia. ne quid nimis temptaveris.'

'num putas me non aequalem esse Lucio Malfoni?' inquit Dominus Vislius indignans, sed paene statim avocatus est conspectu parentium Hermionis, qui stabant trepidi ad mensam quae atrium magnum et marmoreum circumcurrebat, exspectantes dum Hermione eos introduceret.

'sed *Muggles* estis!' inquit Dominus Vislius gaudens. 'bibendum est nobis! quid ibi habes? oh, pecuniam Mugglensem mutas. aspice, Molly!' commotus digito demonstravit chartas nummarias decem librarum quas Dominus Granger tenebat.

'tecum hic rursus conveniemus,' Ronaldus Hermioni inquit, cum Vislii et Harrius ad cellas subterraneas ab alio daemone argentariae Gringotts abducerentur.

perventum est ad cellas plaustris parvis a daemonibus actis quae orbitas minimas ferrivias secuta per cuniculos subterraneos festinabant. Harrius itinere praecipiti ad Visliorum cellam fruitus est, sed pessime fuit ei, multo peius quam fuerat in Angiporto Nocturno, ubi cella aperta est. intus erat acervus minimus Falcium argentearum et tantum unus Galleon aureus. Domina Vislia angulos cellae digitis penitus scrutata est priusquam pecuniam omnem in saccum compulit. Harrio etiam peius fuit cum ad cellam eius pervenissent. conatus est id quod inerat a conspectu celare dum festinans nummos complures in saccum scorteum conicit.

regressi extra ad gradus marmoreos, omnes alius alio abierunt. Persius aliquid murmuravit de stilo novo sibi emendo. Fredericus et Georgius amicum Hogvartensem, Lee Jordanum, conspexerant. domina Vislia et Ginnia ad tabernam ibant qua vestes de secunda manu venibant. Dominus Vislius flagitabat ut Grangeri se comitarentur ad Lebetem Rimosum potionis sumendae causa.

'una hora omnes apud Vibramen et Litturas ad libros scholasticos emendos conveniemus,' inquit Domina Vislia, cum Ginnia proficiscens. 'et cave ne gradum quidem unum in Angiportum Nocturnum proferatis!' geminis pedem referentibus clamavit.

Harrius, Ronaldus Hermioneque per viam flexuosam lapidibusque rotundatis stratam ambulaverunt. saccus auri, argenti aerisque laete tinniens in sinu Harrii postulabat ut effunderetur, itaque emit tres sorbitiones magnas et gelidas e fragis et butyro arachnidorum confectas quas sugebant gaudentes dum adverso angiporto errant, fenestras miras tabernarum inspicientes. Ronaldus oculos in seriem totam vestium Cannonum Chudlensium, quae erant in fenestris tabernae 'Optimum Quidque Ludo Quidditch', desiderans intendit dum Hermione eos abstraxit ut atramentum membranamque in taberna proxima emerent. in Taberna Jocorum Magicorum Gambol et Japes obviam facti sunt Frederico, Georgio et Lee Jordano, qui 'Pyromata Fabulosa Doctoris Philibusteri in Umore et sine Calore Accendenda' cumulabant, et in parva taberna scrutarii plena baculorum fractorum, librarum aenearum inhabilium, palliorumque veterum potionum maculis infectorum Persium invenerunt immersum in librum parvum et molestissimum nomine *Praefecti Qui Rerum Potiti Sunt.*

'*studium Praefectorum Hogvartensium et quae postea fecerunt,*' recitavit Ronaldus, involucrum posterius legens. 'debet esse *fascinans ...*'

'abi,' inquit Persius iratus.

'scilicet, Persius est honorum cupidissimus, cursum totius vitae in animo habet, Minister Rerum Magicarum fieri vult ...' Ronaldus Harrio Hermionique submissim inquit, Persio in opere relicto.

post horam unam Vibramen et Litturas petiverunt. haudquaquam soli ad librariam progrediebantur. appropinquantes mirati sunt quot homines extra ostium cubitis inter se certarent, aditum quaerentes. causa rei nuntiata est vexillo magno trans fenestras superiores porrecto:

GILDEROY LOCKHART
nomen subscribet exemplis autobiographiae suae
ME MAGICUM
hodie a duodecima hora et dimidia ad quartam horam et
dimidiam pm

're vera obviam ei fieri possumus!' Hermione ululavit. 'is enim est qui paene totam librorum indicem scripsit!'

magae eiusdem fere aetatis ac Domina Vislia videbantur esse pars maxima turbae. magus vultu perturbato ad ostium stabat, dicens, 'tranquillae sitis, dominae ... nolite me urgere ... cave libros, amabo ...'

Harrius Ronaldus Hermioneque aegre se inseruerunt. series hominum longa et sinuosa usque ad ultimam partem librariae se extendit, qua Gilderoy Lockhart nomen libris suis subscribebat. suum quisque exemplum libri *Secessio cum Striga* rapuit et furtim progressus adverso ordine ad locum pervenerunt ubi ceteri Vislii cum Domino et Domina Grangeris stabant.

'oh, gaudeo quod venistis,' inquit Domina Vislia. anhelabat et crinem semper manu mulcebat. 'minuto eum videre poterimus.'

Gilderoy Lockhart paulatim in conspectum venit, ad mensam sedens picturis magnis vultus sui circumdatus quae omnes nictabant et circulo dentibus candidis renidebant. Lockhart ille verus vestes eiusdem coloris myosotici atque oculos habebat et petasum acutum et magicum oblique, ut vir lautus, gerebat.

homo brevis et irritabilis circumsiliebat, imagines reddens machina photographica magna et nigra quae simul fulgura occaecantia simul fumos purpureos emisit.

'noli me impedire,' inquit Ronaldo hirriens, dum pedem refert ut imaginem meliorem redderet. 'hoc fit pro *Vate Cottidiano*.'

'negotium sane magnum,' inquit Ronaldus, pedis partem terens quam photographus pede sua presserat.

Gilderoy Lockhart eum audivit. suspexit. Ronaldum vidit – et tum vidit Harrium. oculos intendit. tum surrexit saliens et vi magna clamavit, '*num* Harrius Potter est?'

ei qui circumstabant viam patefecerunt, vivide susurrantes. Lockhart prorupit et bracchium complexus Harrium in frontem traxit. turba subito plaudere coepit. vultus Harrii erubuit dum Lockhart manum cum eo iungit, subveniens photographo, qui furiose imagines reddebat, fumum densum super Vislios mittens.

'fac rictum risu comiter diducas, Harri,' inquit Lockhart, per dentes suos splendentes. 'coniuncti, ego et tu paginam primam meremur.'

cum demum manum Harrii laxavisset, Harrius digitos vix

sentire potuit. furtim pedem ad Vislios referre conatus est, sed Lockhart umeros bracchio amplexus eum arte lateri suo adligavit.

'domini dominaeque,' inquit voce clara, silentium bracchio iactando postulans. 'quam extraordinarium est hoc momentum! momentum maxime idoneum ad rem parvulam nuntiandam quam iamdiu celo!

'cum iuvenis Harrius qui hic adest hodie in librariam Vibramen et Litturas ingrederetur, nil in animo habebat nisi emere autobiographiam meam – quam gaudeo nunc ei gratuito praebere –' turba iterum plausum dedit, '– *omnino nesciebat*,' Lockhart verba resumpsit, Harrium motu parvo ita agitans ut perspecilla ad nasum extremum lapsa sint, 'se mox plus, multo plus quam librum meum *Me Magicum* adepturum esse. Harrius enim et condiscipuli re vera me magicum adipiscentur. ita vero, domini dominaeque, gaudio et spiritu elatus nuntio me mense Septembri munus suscepturum esse doctoris Defensionis Contra Artes Obscuras in Schola Hogvartensi Artium Magicarum et Fascinationis!'

turba clamores et plausum dedit et Harrius invenit se donatum esse operibus omnibus Gilderoy Lockhartis. paulum titubans, pondere eorum oppressus, e proscaenio medio se contulit ad marginem conclavis ubi Ginnia iuxta lebetem suum novum stabat.

'tu haec accipe,' Harrius ei murmuravit, libros in lebetem deiciens. 'libros meos mihi emam –'

'sponsionem faciam te id amavisse, Potter, nonne?' inquit vox quam Harrius facillime agnovit. erectus, Draconi Malfoni se adversum invenit, qui solito more naso omnia suspendebat.

'*praeclarus* Harrius Potter,' inquit Malfoy. 'ne *librariam* quidem intrare potest quin in pagina prima appareat.'

'ne eum vexaveris, illa omnia noluit!' inquit Ginnia, quae non prius coram Harrio locuta erat. Malfonem oculis torvis aspiciebat.

'Potter, *amicam* tibi adeptus es!' inquit Malfoy languide. Ginnia erubuit dum Ronaldus et Hermione appropinquant per turbam pugnantes, ambo acervos librorum Lockhartis complexi.

'oh, tu hic ades,' inquit Ronaldus, Malfonem contemplans quasi ille esset aliquid iniucundum solo socci inhaerens.

'sponsionem faciam te mirari quod Harrium hic vides, nonne?'

'magis miror te in taberna videre, Visli,' respondit Malfoy. 'sententia mea, parentes tui mensem agent fame laborantes ut pro mercibus illis pecuniam solvant.'

Ronaldus non minus erubuit quam Ginnia. libros quoque in lebetem demisit et Malfonem aggrediebatur, sed Harrius et Hermione tunicam a tergo ceperunt.

'Ronalde!' inquit Dominus Vislius, aegre spatium transgressus cum Frederico et Georgio. 'quid facis? hic insanitur, exeamus.'

'ni fallor – est Arturius Vislius.'

aderat Dominus Malfoy. stabat manu in Draconis umero posita, haud aliter naso omnia suspendens.

'Lucius,' inquit Dominus Vislius, frigide adnuens.

'audio multum esse agendum in Ministerio,' inquit Dominus Malfoy. 'tot incursiones ... spero te pecuniam extraordinariam accipere?'

manum in lebetem Ginniae inseruit et, nitidis Lockhartis libris omissis, exemplum veterrimum et tritissimum extraxit libri *Expositio Elementorum Transfigurationis.*

'liquet non ita esse,' inquit. 'eheu, quid prodest dedecorare nomen magicum si ne satis quidem pecuniae pro re accipis?'

Dominus Vislius erubuit etiam magis quam aut Ronaldus aut Ginnia.

'aliter tu, aliter ego dedecus magicum interpretamur, Malfoy,' inquit.

'id apparet,' inquit Dominus Malfoy, oculis pallidis errantibus ad Dominum Dominamque Grangeros, qui spectabant trepidantes. 'te talibus comitibus uti, Visli ... et putabam familiam tuam non posse in gradum demissiorem descendere –'

sonitus gravis metalli auditus est cum lebes Ginniae everteretur; Dominus Vislius impetum fecerat in Dominum Malfonem, eum in pluteum librorum retroagens. duodeni libri carminum graves in capita omnium sono tonanti ceciderunt; Fredericus aut Georgius clamavit 'hoc habeat, Pater!'; Domina Vislia ululabat, 'non ita, Arturi, non ita!'; turba ordine nullo retro ruebat, pluteos plures evertens; 'domini, vos oro obsecroque!' clamavit librarius et tum vox omnium clarissima audita est, 'finem facite, homines, finem facite –'

Hagrid ad eos incedebat per stragem librorum. puncto temporis distraxerat Dominum Vislium et Dominum Malfonem. labrum Domini Visli incisum erat et oculus Domini Malfonis ictus erat *Encyclopaedia Fungorum*. hic adhuc tenebat librum veterem transfigurationis Ginniae, quem ad eam trusit, oculis malignitate splendentibus.

'ecce, puella – cape librum tuum – meliorem pater non potest tibi dare –'

e manibus Hagridi se extrahens Draconem digito movendo arcessivit et a taberna discessit magnifice.

'ille neglegendus erat tibi, Arturi,' inquit Hagrid, Dominum Vislium a solo paene tollens dum vestes eius corrigit. 'familia tota corrupta et perdita est, nemo est quin id sciat. nec quisquam Malfonum dignus est qui audiatur. causa est sanguis malus. agedum – hinc abeamus.'

librarius, ut videbatur, in animo habebat eos prohibere quin discederent, sed vix medium Hagridum aequavit et visus est consilium in melius mutare. adversa via festinaverunt, Grangeris prae timore trepidantibus et Domina Vislia ob iram impotenti.

'*praeclarum* exemplum liberis proposuisti ... in publico *rixari* ... *quid* Gilderoy Lockhart de re putare deberet ...'

'laetitiam e re cepit,' inquit Fredericus. 'nonne eum audivisti cum abiremus? rogabat hominem illum *Vatis Cottidiani* num pugnam in commentarium referre posset – pervulgationem omnem esse laudandam.'

animis tamen submissis grex ille ad focum Lebetis Rimosi iterum se contulit, unde Harrius, Vislii mercesque omnes ad Cuniculum redituri erant pulvere Tubali usi. Grangeros iusserunt bene valere, qui caupona egressi ibant ad viam Mugglium in altero latere sitam. Dominus Vislius coepit eos rogare quae esset ratio mansionum laophoriorum, sed celeriter destitit cum aspectum Dominae Visliae videret.

Harrius perspecilla remota in sinu abdidit priusquam aliquid sibi pulveris Tubalis sumpsit. non dubium erat quin ille alios modos itineris faciendi magis amaret.

Salix Scalpuriens

feriae aestivae finem prius habuerunt quam Harrius volebat. reditum ad Scholam Hogvartensem exspectabat, sed mensis quem in Cuniculo egerat fuerat beatissimus totius vitae. difficile erat Ronaldo non invidere cum Dursleos reputaret et quomodo se accepturi essent cum proxime in Gestationem Ligustrorum rediret.

vespere ultimo, Domina Vislia cenam sumptuosam paravit quae omnia ab Harrio maxime amata habebat et, ad extremum, mensam secundam iucundissimam e mellaceo confectam. Fredericus et Georgius, vespere provecto, spectaculum pyromatorum Philibusteri praebuerunt; non minus horam dimidiam culinam astris rubris et caeruleis a tecto ad parietes salientibus impleverunt. tum tempus erat sumere potionem ultimam socolatae calidae et cubitum ire.

postridie mane longa erat mora priusquam profecti sunt. gallicinio surrexerunt, sed nescioquomodo multa eis adhuc agenda erant. Domina Vislia iracunde circumcursabat tibialia et stilos amissos quaerens, in gradibus homines inter se collidebant, semivestiti et frusta panis tosti manibus tenentes, Dominusque Vislius cervicem paene fregit, ubi pullum errantem offendit dum aream transit vidulum Ginniae ad autocinetum ferens.

Harrius non poterat intellegere quomodo unum autocinetum parvum generis 'Ford Anglia' homines octo, vidulos sex, striges duas rattumque capturum esset. scilicet, res extraordinarias oblitus erat quas Dominus Vislius addiderat.

'ne quidquam Molliae dixeris,' Harrio susurravit dum loculum impedimentorum aperit et ei demonstrat quomodo arte magica extensus esset ut vidulos facile caperet.

cum demum omnes in autocineto essent, Domina Vislia sedem posteriorem contemplata est, qua Harrius, Ronaldus, Fredericus, Georgius Persiusque omnes coniuncti sine incommodo sedebant, et inquit, 'nonne Muggles plus sciunt quam nos fatemur?' cum Ginnia in sedem priorem ascendit quae ita extensa erat ut similis esset subsellio hortensi. 'si tantum partem exteriorem videas, nunquam scias partem interiorem tam spatiosam esse, nonne?'

Dominus Vislius machinamentum motorium accendit et, cum lente ex area veherentur, Harrius conversus est ut domum novissime videret. vix tempus habebat in animo volvere quando eam rursus visurus esset cum redierunt. Georgius cistam pyromatorum Philibusteri oblitus erat. quinque post minutis, trahea vecti in area constiterunt ut Fredericus festinans scoparum manubrium arcesseret. paene ad viam autocineticam pervenerant cum Ginnia ululavit se diarium reliquisse. cum rursus in autocinetum ascenderet, tarditate et iracundia laborabant.

Dominus Vislius horologium et deinde uxorem aspexit.

'carissima Molly –'

'non ita, Arturi.'

'nemo id videat. hic orbiculus est Auctor Invisibilitatis quem addidi – ope eius in aera tollamur – tum supra nubes volamus – decem minutis adveniamus neque quisquam quidquam compertum habeat ...'

'rem vetui, Arturi, luce clara non potest fieri.'

ad stationem Regis Crucis hora undecima minus quadrante pervenerunt. Dominus Vislius trans viam cucurrit carrulos quaerens in quos vidulos imponerent et omnes in stationem festinaverunt.

anno proximo Harrius in Hamaxosticho Rapido Hogvartensi vectus erat. pars difficilis erat inire crepidinem novem cum tribus partibus, quae oculis Mugglium invisibilis erat. necesse erat ire per claustrum solidum inter crepidines novem et decem situm. quod non dolebat, sed magna cum cura faciendum erat ne quis Mugglium te evanescentem animadverteret.

'Persi, i primus,' inquit Domina Vislia, dum horologium supra caput pendens trepide aspicit, quod monstrabat tantum quinque minuta relicta esse ut per claustra temere evanescerent.

Persius alacriter processit et evanuit. Dominus Vislius proximus iit, Fredericus et Georgius secuti sunt.

'ego Ginniam ducam et vos ambo nos statim sequimini,'
Domina Vislia Harrium et Ronaldum iussit, manum Ginniae
rapiens et proficiscens. nictu celerius abierant.

'coniuncti eamus. minutum tantum habemus,' Ronaldus
Harrio inquit.

Harrius caveam Hedvigae stabiliendam in vidulo summo curavit
et carrulum ita circumegit ut claustro oppositus sit. fiduciam sui
habebat; pulvere Tubali uti multo molestius erat. ambo supra
capulas carrulorum se inclinaverunt et fortiter ad claustrum ierunt.
cum paucis modo pedibus abessent, currere coeperunt et –

FRAGOR.

carruli ambo claustro impacti retro pulsi sunt. vidulus Ronaldi
magno cum sonitu decidit, Harrius in terram deiectus est, cavea
Hedvigae in pavimentum splendidum delapsa est Hedvigque
ipsa rotis ablata est, iracunde ululans. homines qui circumstabant oculos defixerunt et custos adstans clamavit, 'quidnam,
pro deum fidem, facitis?'

'carrulum moderari non poteram,' Harrius anhelavit, costas
tenens dum surgit. Ronaldus cucurrit Hedvigam collecturus,
quae adeo tumultuabatur ut multi circumstantium de animal-
ibus cruciandis mussarent.

'cur in crepidinem penetrare non possumus?' Harrius
Ronaldo sibilavit.

'nescio –'

Ronaldus circumspexit impotens animi. duodecim homines
adhuc eos curiose spectabant.

'hamaxostichum amittemus,' Ronaldus susurravit. 'nescio cur
ostium se obsignaverit ...'

Harrius horologium ingens suspexit, in imo stomacho
nauseans. decem secunda ... novem secunda ...

carrulum caute propulit dum claustrum attingeret, et vi
summa protrusit. metallum mansit immotum.

tria secunda ... duo secunda ... unum secundum ...

'abiit,' inquit Ronaldus, obstupefactus. 'hamaxostichus
discessit. quid si Mater et Pater ad nos redire non possunt? an
tu aliquid pecuniae Mugglensis habes?'

Harrius risum simulavit. 'his sex annis plus minus Durslei peculium nullum mihi dederunt.'

Ronaldus aurem claustro frigido applicuit.

'nil audire possum,' inquit animo agitato. 'quid faciamus? nescio quando futurum sit ut Mater et Pater ad nos redeant.'

circumspexerunt. homines adhuc oculos in eos intendebant, potissimum quod Hedvig ululare non destitit.

'sententia mea, melius sit si prope autocinetum maneamus,' inquit Harrius. 'oculi hominum nimis in nos convert–'

'Harri!' inquit Ronaldus, oculis fulgentibus. 'autocinetum!'

'quid dicis de eo?'

'in autocineto possumus volare ad Scholam Hogvartensem!'

'sed putabam –'

'nonne haeremus? nonne nobis ad scholam eundum est? et vel magis minoribus aetate legitima licet arte magica uti si in discrimine vero versantur, sub sectione undeviginti aut aliquid Rei Moderandae ...'

pavor Harrii subito in commotionem animi mutatus est.

'an potes autocineti volatum moderari?'

'facillimum factu,' inquit Ronaldus, carrulum ita circumagens ut staret adversus exitum. 'agedum, eamus. si festinabimus, Hamaxostichum Rapidum Hogvartensem sequi poterimus.'

et per turbam Mugglium curiosorum contenderunt, stationem relinquentes et redeuntes ad viam transversam qua illa Ford Anglia vetus statuta est.

Ronaldus loculum impedimentorum cavernosum saepius baculo fodicans reseruit. vidulos rursus introrsum truserunt, Hedvigam in sedem posteriorem imposuerunt, ipsi in partem priorem ascenderunt.

'cave ne quis spectet,' inquit Ronaldus, dum ignitionem accendit, eam quoque baculo fodicans. Harrius caput e fenestra porrexit: a fronte vehicula secundum viam principalem fremebant, sed via sua inanis erat.

'bene habet,' inquit.

Ronaldus orbiculum argenteum valde minimum in tabula instrumentorum depressit. autocinetum quod erat circum eos evanuit – necnon ipsi. Harrius sentiebat sedem subter se vibrantem, machinamentum audiebat, sentiebat manus in genua impositas et perspecilla in nasum infixa, sed quantum videre potuit, factus erat par pupularum volitans pedes paucos supra terram in via sordida plena autocinetorum statutorum.

'eamus,' inquit vox Ronaldi a dextra.

terra et aedificia sordida utrimque sita deciderunt et e conspectu lapsa sunt dum autocinetum surgit. secundis paucis, tota urbs Londinium, fumosa et fulgens, sub eis iacebat.

tum stloppus auditus est et autocinetum, Harrius, Ronaldusque rursus apparuerunt.

'vah,' inquit Ronaldus, Invisibilitatis Auctorem fodicans, 'mendosus est.'

coniuncti eum pulsaverunt. autocinetum evanuit. tum breviter apparuit rursus.

'sedem retine!' Ronaldus clamavit et pedem in acceleratorium impulit; recta via in nubes humiles et lanigeras ascenderunt et omnia facta sunt obscura et nebulosa.

'quid iam?' inquit Harrius, nictans dum aspicit massam solidam nubium eos undecumque urgentem.

'necesse est hamaxostichum videre ut sciamus quo eundum sit,' inquit Ronaldus.

'descende rursus – cito –'

sub nubes rursus descenderunt et in sedibus circumtorti oculis limis terram contemplabantur –

'eum video!' Harrius clamavit. 'in prima fronte – ecce!'

Hamaxostichus Rapidus Hogvartensis sub eis ruebat sicut anguis coccineus.

'it recta via ad septentriones,' inquit Ronaldus, acum magneticum in tabula instrumentorum inspiciens. 'sit ita, necesse erit eum semper post horam dimidiam plus minus inspicere. retine sedem ...' et festinantes per nubes ascenderunt. post minutum, eruperunt in caelum splendidum.

nunc erant in mundo alio. rotae autocineti marginem nubium plumosarum velut mare perstrinxerunt, currentes per caelum infinitum caerulei coloris iacens sub sole candido atque oculos occaecanti.

'nunc nil debemus cavere nisi aeroplana,' inquit Ronaldus.

oculis inter se coniectis, ridere coeperunt; longum erat priusquam destitere poterant.

haud aliter erat ac si somnio fabuloso immersi essent. Harrius pro certo habebat non meliorem esse modum iter faciendi: praeter nubes nivei coloris turbulentas et turritas, in autocineto solis calidi et candidi pleno, cum repositorio bellariolis glutinosis conferto, cum spe videndi vultus invidos Frederici et Georgi cum appulsi essent leniter et magnifice ad pratum patens ante castellum Hogvartense.

hamaxostichum per intervalla inspexerunt dum semper longius ad septentriones volant, et quotiens sub nubes delapsi sunt, totiens loca nova viderunt. urbs Londinium mox procul relicta erat, nunc agri virides et mundati in conspectu erant qui in vicem cesserunt locis patentibus purpurei coloris, vicis cum ecclesiis parvulis ludicrorum similibus urbique magnae cum autocinetis frementibus haud aliter ac formicae variae.

complures post horas, tamen, quibus nil memorabile factum est Harrio fatendum erat volatum iam non admodum iucundum esse. siti ob bellariola glutinosa valde laborabant nec quidquam habebant quod biberent. ille et Ronaldus thoraces laneas exuerant sed tunicula Harrii sedi aversae haerebat et perspecilla ad extremum nasum sudabundum semper delabebantur. iam non formas mirandas nubium animadvertebat, et hamaxostichum multis milibus inferiorem desiderabat qua sucus peponum glacialis emendus erat a carrulo quem maga pinguis dirigebat. *cur* crepidinem novem cum tribus partibus intrare non potuerant?

'num multo longius abest schola?' inquit Ronaldus voce rauca post multas insuper horas, sole cadente in nubes quas supervolabant et eas colore ruberrimo inficiente. 'an paratus es ad hamaxostichum rursus inspiciendum?'

is adhuc infra eos erat, sinuans praeter montem nive tectum. sub velamento nubium caelum multo obscurius erat.

Ronaldus acceleratorium depressit et eos rursus sursum impulit, sed cum id faceret, machinamentum vagire coepit.

Harrius et Ronaldus trepide oculos inter se coniecerunt.

'potest fieri ut fessum tantum sit,' inquit Ronaldus. 'nunquam antea tam longum iter fecit ...'

et ambo simulaverunt se non animadvertere vagitum semper maiorem fieri, caelum autem semper obscurius. inter tenebras stellae florebant. Harrius thoracem laneam rursus induit, conatus neglegere quomodo vitritersoria imbecillius vibrarentur quasi querentes.

'haud procul,' inquit Ronaldus, autocinetum magis quam Harrium allocutus, 'haud procul nunc,' et tabulam instrumentorum trepidans manu mulsit.

paulo postea cum sub nubibus rursus volarent, necesse erat oculis limis per tenebras spectare dum locum sibi notum quaerunt.

'*eccillud!*' Harrius clamavit, Ronaldum et Hedvigam concitans. 'recta via!'

in horizonte obscuro erat imago obliqua Castelli Hogvartensis cum multis turribus turriculisque stantis in alto saxo quod lacui imminebat.

sed autocinetum tremescere coeperat et retardabat.

'agedum,' inquit Ronaldus orantis modo, rotam gubernatoris paulum concitans, 'paene adsumus, agedum –'

machinamentum ingemuit. fumus tenuis subinde e medio emittebatur. Harrius vi magna margines sedis retinere coactus est dum ad lacum volant.

autocinetum motu horribili concussum est. spectans e fenestra Harrius vidit aquam levem, nigram, vitream mille passus infra patentem. condyli Ronaldi albebant in rota gubernatoris. autocinetum iterum concussum est.

'age *iam*,' Ronaldus mussavit.

supra lacum erant ... castellum erat a prima fronte ... Ronaldus acceleratorium depressit.

magnus erat clangor, stridor parvus, et machinamentum omnino exstinctum est.

'vah,' inquit Ronaldus inter silentium.

frons autocineti demissa est. cadebant, accelerantes, recta via festinantes ad murum solidum castelli.

'*noooooon!*' Ronaldus clamavit, rotam gubernatoris circumagens; murum lapideum unciis vitaverunt dum autocinetum arcum magnum facit, volitans supra viridaria obscura, tum aream holerum colendorum, tum porro supra prata nigra, semper ad terram descendens.

Ronaldus rotam gubernatoris omnino omisit et baculum e sinu posteriore extraxit.

'FAC SISTAS! FAC SISTAS!' clamavit, tabulam instrumentorum et fenestram priorem pulsans, sed nihilominus cadebant,
solo sursum ad eos volante ...

'CAVE ARBOREM ILLAM!' Harrius vociferatus est, motu
subito rotam gubernatoris rapere conatus, sed sero erat –

COLLISIO.

cum sonitu aures exsurdanti metalli in lignum impulsi, stipitem durum percusserunt et ictu gravi ad solum descenderunt.
fumus densus per tegimentum obtritum e machinamento
eiciebatur; Hedvig ululabat terrore perculsa, caput Harrii
dolebat, contusione tanta accepta quanta est pila lusus
Caledonici, ubi impactus erat fenestrae priori, et a dextra
Ronaldus gemitum submissum et desperantem emisit.

'an bene habes?' inquit Harrius intente.

'baculum meum,' inquit Ronaldus, voce tremula. 'aspice
baculum meum.'

fractum erat, paene in duas partes; summum flaccescebat,
assulis paucis retentum.

Harrius os aperuit ut diceret se non dubitare quin ad scholam
regressi id refecturi essent, sed ne coepit quidem loqui. eo ipso
tempore aliquid latus autocineti proximum ei vi tauri ruentis
percussit, quod eum motu obliquo in Ronaldum impulit, simul
ac tectum ictu altero non minus gravi pulsatum est.

'quid accid–?'

Ronaldus anhelavit, oculos per fenestram priorem dirigens,
et Harrius tum ipsum conversus vidit ramum tam crassum
quam Pythonem eam collidere. arbor quam percusserant eos
oppugnabat. stipes inclinans paene duplicatus est, et rami
nodosi partes omnes autocineti intra ictum positas pulsabant.

'aaargh!' inquit Ronaldus cum membrum aliud contortum
ianuae proximae ei vulnus altum infligeret; fenestra prior iam
tremebat pulsata ictibus crebris virgarum nodosarum et ramus
tam crassus quam aries tectum furiose feriebat, quod videbatur
in se corruere –

'aufuge!' Ronaldus clamavit, pondus totum ianuae proximae
sibi adiciens, sed post secundum ictu gravi rami alius ab infimo
venienti in gremium Harrii retro pulsus erat.

'actum est de nobis!' ingemuit, tecto cedente, sed subito

autocinetum imum vibrabat – machinamentum rursus accensum erat.

'*fac regressum!*' Harrius clamavit, et autocinetum retro ruit. arbor adhuc eos ferire conabatur. radices crepitantes audire poterant dum paene se divellit, ramis eos petens dum extra ictum festinant.

'vix,' anhelavit Ronaldus, 'aufugimus. optime factum est, autocinetum.'

autocinetum, tamen, nil praeterea facere poterat. duobus cum clangoribus alacribus, ianuae celeriter apertae sunt et Harrius sensit sedem suam oblique lapsam esse: mox intellexit se in terra umida iacere. sonibus gravibus certior factus est autocinetum vidulos e loculo impedimentorum expellere. cavea Hedvigae per aera volavit et subito aperta est; illa cum ululatu magno et irato exorta ad castellum festinavit neque retro spectavit. tum, pulsatum, scalptum, fumans autocinetum cum murmure in tenebras abiit, lucernis posterioribus irate flagrantibus.

'redi!' Ronaldus abeunti clamavit, baculum fractum iactans. 'Pater me occidet!'

sed autocinetum e conspectu evanuit, tubulo emissario fremitum ultimum edente.

'an fortunae nostrae *credere* potes?' inquit Ronaldus misere, inclinatus ut Scabberum rattum tolleret. 'ex omnibus arboribus quas percutere poteramus, nobis percutienda erat arbor quae plagas reddit.'

arborem veterem supra umerum contemplavit, quae ramos modo minaci adhuc vibrabat.

'agedum,' inquit Harrius defessus, 'melius sit si ad scholam ascendamus.'

multum aberat ab introitu triumphali quem speraverant. rigidi, frigidi, contusi vidulos extremos captos adverso clivo gramineo ad ostia magna et quercea trahere coeperunt.

'puto dapem iam coepisse,' inquit Ronaldus, vidulum in imis scalis prioribus relinquens et tacite transiens ut per fenestram illuminatam spectaret. 'huc veni, Harri, inspice – fit Distributio!'

Harrius ad eum festinavit et, coniuncti, ille et Ronaldus Atrium Magnum intuiti sunt.

candelae innumerabiles in medio aere supra quattuor mensas longas et celebratas pendebant, pateras et pocula aurea accendentes. supra capita, tectum fascinatum quod semper simile erat caelo externo, stellis fulgebat.

per silvam petasorum acutorum et nigrorum Scholae Hogvartensis, Harrius agmen longum primanorum trepidorum in Atrium ingrediens vidit. inter eos erat Ginnia, facile agnoscenda ob crines vividos Visliorum. interea, Professor McGonagall, maga perspecillata crinibus in massam rotundatam coactis, Petasum illum Distribuentem Scholae Hogvartensis in scamno ante advenas ponebat.

quotannis, hic petasus, aetate provectus, consutus, tritus, sordidusque discipulos novos in quattuor domos Scholae Hogvartensis (Gryffindor, Hufflepuff, Ravenclaw, Slytherinque) distribuit. Harrius bene meminerat se eodem ipso die anni prioris petasum induisse et eventum animo perterrito exspectavisse dum ille in aure voce viva murmurat. pauca secunda horribilia timuerat ne petasus domum Slytherinam sibi assignaret quae plures magos magasque obscuras creaverat quam ceterae domus – sed denique positus est inter Gryffindorenses cum Ronaldo, Hermione ceterisque Visliis. proximo termino, Harrius et Ronaldus Gryffindorenses adiuverant ut Poculum Domesticum reportarent, Slytherinis octavo demum anno victis.

puer minimus crinibus murinis arcessitus erat ad petasum capiti imponendum. oculi Harrii praeter eum erraverunt ad locum ubi Professor Dumbledore, Praeses Scholae, sedebat Distributionem a mensa doctorum spectans, barba longa et argentea et perspecillis semilunaribus splendore candelarum illuminatis. in sede remotiore Harrius Gilderoy Lockhartem vestes aquamarinas gerentem vidit. et in extrema mensa erat Hagrid, vir ingens et capillatus, poculum hauriens.

'manedum ...' Harrius Ronaldo mussavit. 'in mensa doctorum sedes una vacat ... ubinam est Snape?'

Professor Severus Snape erat doctor quem Harrius minime omnium amabat. accidit quoque ut Harrius erat discipulus quem Snape minime omnium amabat. crudelis, mordax, ab omnibus fastiditus praeter discipulos domus suae (id est Slytherini), Snape Potiones docuit.

'potest fieri ut aegrotet!' inquit Ronaldus sperans.

'potest fieri ut scholam *reliquerit*,' inquit Harrius, 'quod munus Defensionis Contra Artes Obscuras *iterum* non adeptus est!'

'aut potest fieri ut *expulsus* sit!' inquit Ronaldus magno cum studio. 'omnes enim eum oderunt –'

'aut potest fieri,' inquit vox frigidissima a tergo eorum, 'ut exspectet dum audiat cur vos ambo non adveneritis in hamaxosticho scholastico.'

Harrius circumvolutus est. aura frigida vestes nigras afflante, adstabat Severus Snape. vir macer erat colore lurido, naso unco, crinibusque nigris et unctis qui ad umeros descendebant, et illo tempore ita subridebat ut Harrius sciret se et Ronaldum in calamitatem maximam incidisse.

'me sequimini,' inquit Snape.

ne ausi quidem oculos inter se conicere, Harrius et Ronaldus Snapem secuti sunt, scalas ascendentes in Vestibulum vastum et resonans, quod facibus flagrantibus illuminatum est. odor suavissimus cibi ab Atrio Magno ferebatur, sed Snape eos a calore et luce abduxit, ut scalis angustis et lapideis in carceres descenderent.

'inite!' inquit, ianuam aperiens in medio transitu frigido et viam digito demonstrans.

in sedem officii Snapis intraverunt, horrentes. secundum muros umbrosos erant plutei onerati vasibus magnis et vitreis in quibus pendebant omnia genera rerum foedarum quarum nomina illo tempore Harrius re vera discere nolebat. focus erat obscurus et inanis. Snape, ianua clausa, ad eos inspiciendos conversus est.

'sic,' inquit molliter, 'hamaxostichus sufficit nec praeclaro illi Harrio Pottero nec Vislio socio eius fideli. cum *explosione* advenire voluimus. nonne, pueri?'

'non ita, domine, causa erat claustrum in statione Regis Crucis, quod –'

'tace!' inquit Snape frigide. 'quid fecistis de autocineto?'

Ronaldus gluttum fecit. Harrius iam antea senserat Snapem posse mentes hominum introspicere. sed post momentum rem intellexit ubi Snape editionem hodiernam *Vatis Vespertini* evolvit.

'visi estis,' sibilavit, eis ostendens titulum principalem:

MUGGLES MIRANTUR VOLATUM AUTOCINETI FORD ANGLIAE. recitare coepit. '"Muggles duo Londinii persuasum habent se vidisse autocinetum vetus volans supra turrem Publici Cursus ... meridie in comitatu Septentrionalium, Domina Hetty Baylis, dum vestes ad siccandum suspendit ... Dominus Angus Celer, civis Peeblensis, custodes publicos docuit" ... in summum, sex aut septem Muggles. credo patrem *tuum* munere fungi in Officio Usus Vetiti Rerum a Mugglibus Fabricatarum, itane?' inquit, Ronaldum suspiciens et subridens vultu etiam maligniore. 'eheu, eheu ... filium suum ...'

Harrius haud aliter sensit ac si venter uno e ramis maioribus arboris furentis pulsatus esset. si quis inveniat Dominum Vislium autocinetum fascinavisse ... id non cogitaverat ...

'animadverti, dum hortos scrutor, Salicem Scalpurientem pretiosissimam nonnihil detrimenti accepisse,' Snape verba resumpsit.

'arbor *illa nos* magis laesit quam nos –' Ronaldus de impro-viso clamavit.

'*tace!*' Snape iterum iussit. 'infelicissime accidit ut non sitis discipuli domus meae, itaque non est mei iuris diiudicare num expellendi sitis. ibo homines beatos arcessitum quibus iudicium rei datum est. vos hic manebitis.'

Harrius et Ronaldus oculos fixos inter se coniecerunt, pallentes. Harrius non iam fame laborabat. maxime iam nause-abat. conatus est oculis vitare aliquid magnum et mucosum quod in liquore viridi pendebat in pluteo supra scrinium Snapis posito. si Snape iverat ut Profesorem McGonagall arcesseret, vix erant in statu meliore. licet illa aequior esset Snape, tamen duris-sima erat.

decem post minuta, Snape rediit, nec mirum erat quod Professor McGonagall eum comitata est. Harrius Professorem McGonagall compluriens iracundam viderat, sed aut oblitus erat quemadmodum illa os extenuare posset aut nunquam antea eam tam iracundam viderat. simulac intravit baculum sustulit. Harrius et Ronaldus ambo refugerunt, sed illa tantum ad focum inanem id porrexit, qua flammae subito eruperunt.

'sedete,' inquit, et ambo retro ierunt in sedes iuxta ignem positas.

'rem explicate,' inquit, perspecillis ominose fulgentibus.

Ronaldus fabulam iniit, orsus a claustro stationis quod noluit eos admittere.

'... itaque optio nulla data est, Professor, hamaxostichum ascendere non poteramus.'

'cur non strige usi nobis epistulam misistis? credo *te* habere strigem, itane?' Professor McGonagall frigide inquit Harrio.

Harrius hians eam contemplatus est. hoc nunc dicto, liquebat id faciendum fuisse.

'n-non mihi in mentem venit –'

'id,' inquit Professor McGonagall, 'satis liquet.'

ianua sedis officii pulsata est, quam Snape aperuit vultu beatiore quam antea unquam. aderat Praeses, Professor Dumbledore.

Harrius toto corpore obstupuit. aspectus Dumbledoris erat praeter solitum severus. de naso maxime contorto eos contemplavit, et Harrius subito coepit velle se et Ronaldum adhuc caedi a Silice Scalpurienti.

longum erat silentium. tum Dumbledore inquit, 'me docete, quaeso, cur hoc feceritis.'

melius fuisset si clamavisset. Harrius tristitiam vocis audire oderat. in oculos Dumbledoris nescioquare aciem intendere non poterat et potius genua eius allocutus est. omnia Dumbledori dixit nisi quod autocinetum fascinatum erat Domini Vislii; verbis ambiguis significavit se et Ronaldum casu invenisse autocinetum volans extra stationem statutum. sciebat Dumbledorem non punctum temporis deceptum iri, sed ille nihil de autocineto rogavit. cum Harrius finem fecisset loquendi, nihil locutus eos, ut ante, per perspecilla contemplatus est.

'ibimus ad res nostras colligendas,' inquit Ronaldus voce velut desperantis.

'quid dicis, Visli?' latravit Professor McGonagall.

'nonne nos expellitis?' inquit Ronaldus.

Harrius celeriter oculos in Dumbledorem coniecit.

'haud fit hodie, Domine Visli,' inquit Dumbledore. 'sed vos ambo mihi admonendi sunt de gravitate delicti. hac nocte scribam familiis vestris. necesse est quoque ut vos admoneam si quid huius modi rursus feceritis mihi nihil reliquum fore nisi ut vos expellam.'

si vultum Snapis vidisses, putavisses Festum Nativitatis Christi abolitum esse. tussiculum movit et inquit, 'Professor Dumbledore, hi pueri Decretum ad Moderandum Usum Magicae Artis a Minoribus Aetate Legitima neglexerunt, arborem veterem et pretiosam graviter laeserunt ... nonne acta huius generis ... ?'

'partes erunt Professoris McGonagall poenas horum puerorum constituere, Severe,' inquit Dumbledore placide. 'sunt discipuli domus eius, itaque sunt ei curae.' ad Professorem McGonagall conversus est. 'mihi ad dapem redeundum est, Minerva. nonnulla mihi nuntianda sunt. agedum, Severe, crustulum de ovis et lacte compositum quod suavissimum videtur gustare velim.'

Snape vultum odii meri direxit in Harrium et Ronaldum dum permittit se rapi e sede officii, eos solos relinquens cum Professore McGonagall, quae eos adhuc contemplabatur oculis velut aquilae iracundae.

'melius sit si in alam valetudinariam eas, Visli, sanguinem effundis.'

'haud multum,' inquit Ronaldus, mantica celeriter tergens vulnus quod supra oculum acceperat. 'Professor, volui spectare Distributionem sororis –'

'Distributio facta est,' inquit Professor McGonagall. 'soror quoque est inter Gryffindorenses.'

'oh, bene est,' inquit Ronaldus.

'et cum de Gryffindorensibus loquamur –' Professor McGonagall inquit acriter, sed Harrius interpellavit: 'Professor, ubi autocinetum abstulimus, schola nondum aperta erat, igitur – igitur Gryffindorenses re vera non debent puncta amittere, itane?' finem fecit, eam animo anxio contemplans.

Professor McGonagall eum oculis acutis aspexit, sed, ut Harrio videbatur, haud multum afuerat quin subrideret. certe os minus extenuari videbatur.

'Gryffindorensibus puncta non auferam,' inquit, quod curas Harrii aliquantum levavit. 'sed vos ambo detinebimini.'

melius erat quam Harrius speraverat. quod Dumbledore Dursleis scripturus erat, id nihil erat. Harrius bene sciebat fore ut id solum eos paeniteret quod Salix Scalpuriens se non contudisset.

Professor McGonagall baculum iterum sublatum ad scrinium Snapis direxit. patera quadrularum duplicium panis, duo pocula argentea vasque suci peponum glacialis cum *stloppo* apparuerunt.

'hic edetis et deinde recta via sursum ad dormitorium ibitis,' inquit. 'mihi quoque ad dapem redeundum est.'

cum discessisset, ianua clausa, Ronaldus sibilum longum et submissum edidit.

'putavi actum esse de nobis,' inquit, quadrulam duplicem panis rapiens.

'ego idem putavi,' inquit Harrius, quadrulam quoque capiens.

'an credis fortunae nostrae, nihilominus?' inquit Ronaldus parum clare per os carne pullorum et perna confertum. 'non dubium est quin Fredericus et Georgius in autocineto illo sexiens aut septiens volaverint, nec quisquam Mugglium *eos* unquam vidit.' cum cibum devoravisset, frustum aliud ingens dentibus cepit. '*cur* non poteramus per claustrum ire?'

Harrius umeros levavit atque contraxit. 'dehinc, tamen, nobis cavendum est,' inquit, animo grato aliquid suci peponum hauriens. 'utinam licuisset nobis ad dapem ascendere ...'

'illa iactationem nostram nolebat,' inquit Ronaldus sapienter. 'non vult homines putare calidi esse in autocineto volanti advenire.'

cum tot quadrulas duplices panis consumpsissent quot potuerunt (patera sponte sua semper replebatur) surrexerunt et sedem officii reliquerunt, viam notam ad Turrem Gryffindor-ensem pedibus repetentes. castellum erat tranquillum. daps, ut videbatur, finem habuerat. praeter imagines pictas murmurantes et tegumenta ferrea crepitantia ierunt scalasque angustas et lapi-deas ascenderunt dum aliquando ad transitum pervenerunt ubi aditus arcanus Turris Gryffindorensis celatus est post imaginem oleo pictam feminae obesissimae veste rosea et serica indutae.

'quid est signum?' inquit eis appropinquantibus.

'hem –' inquit Harrius.

signum anni novi nesciebant, quod nondum Praefecto Gryffindorensi obviam facti erant, sed paene statim eis subventum est; post se pedes festinantes audiverunt et conversi Hermionem ad se ruentem viderunt.

'adestis *tandem*! ubinam fuistis? rumores fuere *ridiculissimi* – aliquis dixit vos expulsos esse quod *autocinetum* volans fregissetis.'

'at non expulsi sumus,' Harrius inquit, eam confirmans.

'num mihi dicis te *re vera* huc volavisse?' inquit Hermione, vix minus severe locuta quam Professor McGonagall.

'omitte reprehensionem,' inquit Ronaldus impatiens, 'et dic nobis signum novum.'

'est "meliphagida"' inquit Hermione, 'sed id non est ad rem –'

sed verba eius interrupta sunt, cum imago feminae prolaberetur et plausus maximus subito oreretur. Gryffindorenses omnes, ut videbatur, adhuc vigilabant, stipati in rotundo loco communi, stantes in mensis inaequalibus et mollibus sellis reclinatoriis, adventum eorum exspectantes. bracchia porrecta sunt per foramen imaginis quae Harrium et Ronaldum intus traherent, Hermione relicta ut nescioquomodo post eos ingrederetur.

'praeclare factum!' clamavit Lee Jordan. 'ingeniosissimum! qualis introitus! volare in autocineto recta in Salicem Scalpurientem, multos per annos homines de re illa loquentur!'

'macte virtute,' inquit quintanus quocum Harrius nunquam locutus erat; aliquis tergum mulcebat quasi victoriam cursus Marathonii tunc ipsum reportavisset. Fredericus et Georgius in frontem turbae se propulerunt et simul inquiunt, 'quae fuit causa cur nos non revocare possetis?' Ronaldus valde erubuit, prae pudore subridens, sed Harrius aliquem videre poterat qui haudquaquam beatus videbatur. Persius eminebat supra capita turbae commotae primanorum, et videbatur conari tam prope ad eos adire ut convicium facere inciperet. Harrius costas Ronaldi fodicavit et nutu Persium significavit. Ronaldus statim rem intellexit.

'sursum eundum est – admodum defessus sum,' inquit, et ambo ad ianuam oppositam se trudere coeperunt, quae ad scalas involutas et dormitoria ferebat.

'molliter cubes,' Harrius conversus Hermioni clamavit, quae frontem contraxerat haud aliter ac Persius.

ad alterum latus loci communis pervenerunt inter plagas assiduas congratulantium, et quietem scalarum adepti sunt.

sursum festinaverunt, usque ad summum et tandem pervenerunt ad ianuam dormitorii prioris, quod nunc titulum 'secundani' habuit. in conclave rotundum sibi notum intraverunt cum quinque lectis illis quattuor postibus instructis et coccineis velis e velvetto factis et fenestris illis altis et angustis. viduli iam advenerant et in lectis extremis positi erant.

Ronaldus Harrio animo haud innocenti subrisit.

'scio voluptatem non mihi capiendam fuisse ex his rebus aut aliquid, sed –'

ianua dormitorii motu rapido aperta, intraverunt alii secundani Gryffindorenses, Seamus Finnigan, Decanus Thomas et Neville Longifundus.

'*incredibile!*' inquit Seamus, vultu renidenti.

'laudandum,' inquit Decanus.

'mirum,' inquit Neville, obstupefactus.

Harrius non poterat se prohibere quin subrideret quoque.

Gilderoy Lockhart

postridie, tamen, Harrius vix semel subrisit. res coeptae sunt deterius fieri ex quo in Atrio Magno ientaverunt. quattuor mensae domesticae oneratae sunt vasibus farinae avenaceae, pateris harengarum fumosarum, montibus panis tostae, ferculisque ovorum et laridi, sub tecto fascinato (hodie erat hebetis coloris, nubilosum et cinereum). Harrius et Ronaldus inter Gryffindorenses consederunt iuxta Hermionem, quae exemplum apertum libri *Viae cum Vespertilionibus* ampulla lactis fulciebat. asperitate quadam ab ea salutatus, Harrius intellexit eam adhuc improbare modum adventus ipsorum. Neville Longifundus, autem, vultu hilari eos salutavit. Neville erat puer facie rotunda, casibus multis obnoxius, nec Harrius unquam cuiquam obviam factus erat qui memoriae peioris erat.

'iam iam adveniet cursus publicus – puto aviam mittere nonnulla a me relicta.'

Harrius vix coeperat farinam avenaceam edere cum stridor exspectatus supra capita auditus est et circum centum striges influxerunt, Atrium circumvolantes epistulasque et fascicula in turbam garrientem demittentes. sarcina ampla et glebosa saluit de capite Nevilli, et post secundum, aliquid magnum et canescens in ampullam Hermionis cecidit, omnes lacte et pennis spargens.

'*Errol!*' inquit Ronaldus, bubonem obsoletum, pedibus captis, extrahens. Errol in mensam lapsus est, semianimis, cruribus in aera extensis, rostro involucrum rubrum et madidum tenente.

'oh, non sit ita –' Ronaldus anhelavit.

'bene habet, adhuc vivit ille,' inquit Hermione, Errolum molliter digito summo fodicans.

'non est ille – est *illud*.'

Ronaldus involucrum rubrum demonstrabat. Harrio admodum ordinarium visum est, sed Ronaldus et Neville ambo id contemplabantur quasi sperarent explosionem fore.

'quid est?' inquit Harrius.

'illa – illa mihi Ululatorem misit,' inquit Ronaldus voce imbecilla.

'melius facias si eum aperias,' inquit Neville, timide susurrans. 'sin aliter, peius erit. avia semel mihi Ululatorem misit quem neglexi et –' gluttum fecit, 'horribile erat.'

Harrius oculos ab oribus perterritis ad involucrum rubrum convertit.

'quid est Ululator?' inquit.

sed Ronaldus erat totus in epistula, cuius anguli fumum iam emittebant.

'aperi eum,' Neville suadebat. 'paucis minutis res finem habebit ...'

Ronaldus manum trementem porrexit, involucrum rostro Erroli ademit cultroque divellit. Neville digitos in aures inseruit. post fractionem secundi, Harrius causam sciebat. momentum temporis putavit eum *re vera* explosum esse; fremitus Atrium ingens implevit, pulverem de tecto excutiens.

'... *AUTOCINETUM FURARI, NON MIRATUS ESSEM SI TE EXPULISSENT, MANE DUM TE MANIBUS HABEAM, NON UNQUAM, PUTO, TU COGITAVISTI QUID EGO ET PATER PASSI SIMUS UBI VIDERIMUS ID EVANUISSE ...*'

clamoribus Dominae Visliae, centiens praeter solitum amplificatis, paterae et coclearia in mensa quatiebantur, et muri lapidei vehementissime resonabant. per Atrium homines vertebantur ut viderent quis Ululatorem accepisset, et Ronaldus in sedem ita se contraxit ut nil nisi frons purpurea conspicienda erat.

'... *EPISTULA A DUMBLEDORE PROXIMA NOCTE ACCEPTA, PUTAVI PATREM PRAE PUDORE MORITURUM ESSE, NON TE EDUCAVIMUS UT TE SIC GERAS, ET TU ET HARRIUS POTUISTIS MORI ...*'

Harrius in animo volverat quando futura esset mentio nominis sui. conatus est quantum potuit simulare se non posse audire vocem quae aures obtundebat.

'*FACINUS INDIGNUM, DE PATRE IN MINISTERIO QUAESTIO HABETUR, TOTA CULPA EST TUA ET SI POSTEA VEL MINIME OFFENDERIS RECTA VIA TE DOMUM REDUCEMUS.*'

silentium erat sonans. involucrum rubrum, quod de manu Ronaldi lapsum erat, flammis correptum in cineres versum est. Harrius et Ronaldus sedebant stupefacti, quasi unda ab aestu mota nuper nunc oppressi essent. pauci riserunt et paulatim, sermones garruli interrupti resumpti sunt.

Hermione *Vias cum Vespertilionibus* clausit et caput summum Ronaldi despexit.

'certe nescio quid speraveris, Ronalde, sed tu –'

'noli mihi dicere me eum meruisse,' inquit Ronaldus acriter.

Harrius farinam avenaceam a se reiecit. viscera ob culpam admissam flagrabant. de Domino Vislio in ministerio quaestio habebatur. cum tot commoda a Domino et Domina Vislia aestate illa accepisset ...

sed tempus ei deerat ad his rebus immorandum; Professor McGonagall mensam Gryffindorensem praeteribat, horaria distribuens. Harrius, horario accepto, vidit ipsos primum habere Herbologiam duplicem cum Hufflepuffanis.

Harrius, Ronaldus Hermioneque simul a castello discesserunt, aream holerum colendorum transierunt, petiveruntque viridaria ubi herbae magicae servatae sunt. unum saltem beneficium ab Ululatore acceptum erat. Hermione visa est putare eos iam satis poenarum dedisse et eis rursus familiarissime utebatur.

cum viridariis appropinquarent classem reliquam foris stantem viderunt, adventum Professoris Cauliculae exspectantem. Harrius, Ronaldus Hermioneque vix se eis adiunxerant cum illa in conspectum venit trans pratum gressu forti incedens, Gilderoy Lockharte comitante. ligamenta multa ferebat, nec sine culpae conscientia Harrius Salicem Scalputientem procul conspexit, ramis compluribus iam fasciis devinctis.

Professor Caulicula erat maga parva et pinguior quae petasum resartum supra crines evolantes gerebat; plerumque aliquantum soli in vestibus habebat, et Amita Petunia, si ungues eius vidisset, intermortua esset. Gilderoy Lockhart, tamen, sine labe indutus est vestibus fluentibus caerulei coloris, crinesque

aurei fulgebant sub petaso caeruleo perfecte posito et ornamentis aureis distincto.

'oh, salvete omnes!' Lockhart clamavit, discipulos congre-
gatos ore renidenti contemplans. 'nunc nuper Professori
Cauliculae ostendebam quomodo Salix Scalpuriens sananda
esset! sed nolo vos in errorem inductos putare me scitiorem
esse Herbologiae quam illam! tantum accidit ut nonnullis harum
herbarum exoticarum inciderim iter faciens.'

'hodie est Viridarium Tertium, homines!' inquit Professor
Caulicula, quae admodum morosa videbatur, laetitia solita
omissa.

factus est murmur, studii indicium. antea solum in Viridario
Primo laboraverant. in Viridario Tertio erant herbae multo magis
fascinosae et periculosae. Professor Calicula clavem magnam
cingulo abstulit et ianuam reseravit. Harrius odorem naribus
cepit soli madidi et materiae fertilitati augendae, immixtum
aromati gravi florum giganteorum instar umbellarum qui de tecto
pendebant. Ronaldum et Hermionem in partem interiorem secuturus erat cum Lockhart subito manum porrexit.

'Harri, iamdudum cupio tecum colloqui – num repugnabis
si eum pauca minuta morabor, Professor Caulicula?'

fronte contracta Professor Caulicula significavit se repugnare,
sed Lockhart inquit 'bene est,' et coram ea ianuam viridarii
clausit.

'Harri,' inquit Lockhart, dentibus magnis et candidis sole
fulgentibus dum motum capitis facit abnuens. 'Harri, Harri,
Harri.'

Harrius, omnino haerens, nihil dixit.

'cum audirem – scilicet culpa erat tota in me. supplicium de
me ipso mihi sumendum erat.'

Harrius haudquaquam intellexit de qua re ille loqueretur.
quod dicturus erat cum Lockhart plura locutus est. 'nescio
quando magis attonitus sim. in autocineto ad Scholam
Hogvartensem volare! scilicet, statim sciebam cur id fecisses.
manifestum erat. Harri, Harri, *Harri*.'

mirum erat quomodo unum quemque dentium splenden-
tium ostendere posset etiam cum sileret.

'nonne te docui pervulgationem amare?' inquit Lockhart. 'te

morbo infeci. mecum paginam primam actorum diurnorum iniisti, quod quam primum tibi repetendum erat.'

'oh – non ita, Professor, vide –'

'Harri, Harri, Harri,' inquit Lockhart, manum porrigens et umerum eius amplectens.

'rem *intellego*. humanum est paulo plus cupere cum semel aliquid delibavisti – et me ipsum culpo qui tibi gustum rei dedi quae te, ut necesse erat, tumefecit – sed vide modo, iuvenis, non licet tibi *volatum in autocineto facere* pervulgationis causa. tantum necesse est ut tranquillus fias, itane? satis temporis negotiis talibus habebis cum natu maior eris. at sane scio quid putes! "licet illi quod iam est magus per gentes omnes notus." sed duodecim annos natus, nullius eram momenti, haud aliter ac tu nunc. fatendum est me minoris etiam momenti tunc fuisse! pauci enim homines de te audiverunt, nonne? omne id negotium cum Illo Qui Non Est Nominandus!' oculos coniecit in cicatricem fulguri similem quae erat in fronte Harrii. 'scio, scio, non est aequiparandum rebus a me gestis qui quinquiens in ordine palmam attuli certaminis Risus Lepidissimi a *Magarum Hebdomario* parati, sed *initium* fecisti, Harri, *initium* fecisti.'

Harrio fortiter nictavit et passibus firmis abiit. pauca secunda Harrius stupuit, tum recordatus se debere in viridario esse, ianua aperta illapsus est.

Professor Caulicula in medio viridario stabat post scamnum in fulmentis positum. circa viginti paria tegumentorum aurium variorum in scamno iacebant. cum Harrius locum inter Ronaldum et Hermionem cepisset, illa inquit, 'hodie Mandragoras in vasa maiora ponemus. quis mihi dicere potest qualis sit Mandragora?'

nemo miratus est cum Hermione ante alios manum in aera porrigeret.

'Mandragora, quod est nomen botanicum, est medicamentum resumptivum valens,' inquit Hermione, sonans, ut solebat, haud aliter ac si librum scholasticum hausisset. 'eo utuntur homines ut ei qui transfiguratione aut exsecratione mutati sunt in statum priorem redigantur.'

'optime dictum. Gryffindorenses decem puncta accipiunt,'

inquit Professor Caulicula. 'Mandragora est pars necessaria anti-
dotorum plurimorum. est quoque, tamen, res periculosa. quis
mihi dicere potest quare?'

manus Hermionis vix perspecilla Harrii vitavit cum rursus in
aera rueret.

'is qui clamorem Mandragorae audiverit morietur,' inquit
statim.

'non erras. accipe decem insuper puncta,' inquit Professor
Caulicula. 'at Mandragorae quos hic habemus adhuc natu
minimi sunt.'

seriem ferculorum altorum digito demonstravit dum loquitur
et omnes pedes promoverunt ut ea melius viderent. circa centum
herbae capillatae, colorem purpureum et viridem miscentes, ibi
crescebant, ordinibus instructae. admodum ordinariae videbantur Harrio qui omnino nesciebat quid esset 'clamor'
Mandragorae dictus ab Hermione.

'suum quisque capiat tegumentum aurium,' inquit Professor
Caulicula.

turba erat dum omnes par capere conabatur quod erat neque
rubidum neque lanigerum.

'cum vos ea induere iussero, curate ut aures *totae* tegantur,'
inquit Professor Caulicula. 'cum tutum erit ea tollere, id pollice
verso significabo. iam – tegumenta aurium *induite.*'

Harrius tegumenta auribus crepitu applicuit. sonitum omnem
excluserunt. Professor Caulicula par rubidum et lanigerum
auribus applicuit, manticas vestium complicuit, herbam
quandam capillatam manu firma comprehensam extrahere
coepit.

Harrius miratus anhelitum emisit quem nemo audire posset.

pro radicibus infans parvus, lutulentus, turpissimus e solo
exsiluit, frondes recta e capite crescebant. pellem habebat
subviridem et maculosam, et ex imis pulmonibus, ut videbatur,
ululabat.

Professor Caulicula vas magnum herbaceum quod erat sub
mensa sumpsit et Mandragoram ei immersum in stercore nigro
et umido sepelivit dum nihil apparuit nisi frondes capillatae.
Professor Caulicula manus purgavit, signum omnibus pollice
verso dedit, tegumentaque aurium sustulit.

'cum Mandragorae nostri sint modo herbae novellae, clamores eorum nondum quemquam occident,' inquit placide, quasi nil magis fecisset quam begoniam aqua spargere. 'complures, tamen, horas vos stupefacient, et, cum, sententia mea, nemo vestrum die primo termini novi abesse velit, curate ut tegumenta auribus recte applicetis dum laboratis. vos attentos in me faciam cum tempus erit finem faciendi.

'quaterni ferculum curent – hic copiam magnam vasorum habemus – ibi sunt sacci stercoris – et cavete Tentaculam Venenatam – dentes eius crescere incipiunt.'

dum loquitur, alapam acrem dedit herbae spinigerae purpurei coloris, quae eam coegit contrahere pampinos longos qui furtim supra umerum eius serpserant.

ad ferculum eorum additus est Harrio, Ronaldo, Hermionique puer cirratus Hufflepuffanus, cuius faciem Harrius agnovit sed quocum nunquam locutus erat.

'Justin Finch-Fletchley,' inquit alacriter, manum cum Harrio coniungens. 'scilicet scio quis sis, Harrius ille Potter, et tu es Hermione Granger – semper primum locum in omnibus rebus habes ...' (Hermione late subrisit cum manum cum ea quoque coniungeret) 'et Ronaldus Vislius. nonne tuum erat illud autocinetum volans?'

Ronaldus non subrisit. manifestum erat eum Ululatoris adhuc meminisse.

'Lockhart ille est aliquid, nonne?' inquit Justin laete dum vasa herbis apta stercore draconteo complere incipiunt. 'homo valde fortissimus. an libros eius legistis? ego prae timore mortuus essem si versipelle in cella telephonica inclusus essem, sed ille mansit impavidus et – vah – quid plura? *mirandus*.

'scholae Etonensi adscriptus sum, si scire vis, non possum dicere quam laetus sim quod huc potius adveni. scilicet, mater paulum spe deiecta erat, sed ex quo eam coegi Lockhartis libros legere puto eam coepisse intellegere quam utile sit habere magum rite instructum in familia ...'

postea vix occasionem habebant loquendi. tegumenta aurium rursus gerebant et necesse erat animos in Mandragoras intendere. opus quod facillimum videbatur cum a Professore Caulicula factum esset re vera dificillimum erat. Mandragorae e solo exire nolebant, nec magis, ut videbatur, in solum redire volebant. torquebantur, calcitrabant, pugnos parvos et acutos vibrabant, dentibus infremebant; Harrius spatium decem minutorum exegit conando Mandragoram admodum pinguiorem in vas includere.

cum classis finem haberet, Harrius, sicut ceteri omnes, erat sudabundus, dolens, terra opertus. ad castellum lente redierunt cito lavatum et tum Gryffindorenses ad Transfigurationem festinaverunt.

in classibus Professoris McGonagall semper necesse erat strenue laborare, sed classis hodierna erat praeter solitum difficilis. omnia quae Harrius anno proximo didicerat aestate, ut videbatur, ex animo effluxerant. scarabaeus in globulum vestiarium ei mutandus erat, sed nil aliud effecit quam ut scarabaeum multum exerceret qui huc illuc supra summum scrinium currebat ut baculum vitaret.

Ronaldus in peiora inciderat. baculum conglutinaverat fasciola adhaerenti magica quam mutuatus erat, sed, ut videbatur, ita laesum erat ut non refici posset. subinde crepitabat et scintillabat, et quotiens ille scarabaeum mutare conatus erat, eum obruebat fumus spissus et cineraceus ovis putridis olens. cum non posset videre quid faceret, Ronaldus casu scarabaeum cubito oppressit et necesse erat alium rogare. quod Professori McGonagall non placebat.

sonus tintinnabuli prandium nuntiantis Harrio levamento fuit. mens eius videbatur similis spongiae expressae. omnes ex ordine conclave scholasticum reliquerunt praeter Harrium et Ronaldum, qui scrinium baculo furiose feriebat.

'res ... stulta ... inutilis ...'

'epistulam domum mitte aliud rogans,' Harrius eum admonuit, dum baculum seriem explosionum velut pyrobolus chartaceus emittit.

'si id fecero, tantum Ululatorem alium accipiam,' inquit, baculum iam sibilans in saccum includens. '*culpa est tua quod baculum fractum est –*'

ad prandium descenderunt, ubi mens Ronaldi non in melius mutata est cum Hermione ei ostenderet aliquot globulos vestiarios perfectos quos ipsa in Transfiguratione fecerat.

'quid post meridiem habemus?' inquit Harrius, celeriter de re alia locutus.

'Defensio Contra Artes Obscuras,' inquit Hermione statim.

'*cur*,' rogavit Ronaldus, horarium eius rapiens, 'classes omnes Lockhartis cordibus parvis signavisti?'

Hermione horarium reciperavit, valde erubescens.

cum prandissent, in aream nubibus obductam egressi sunt. Hermione in gradu lapideo consedit et se in libro *Viae cum Vespertilionibus* rursus immersit. Harrius et Ronaldus complura minuta stabant de ludo Quidditch colloquentes priusquam Harrius se curiose spectari animadvertit. suspiciens, puerum minimum crinibus murinis quem nocte priore viderat induentem Petasum Distribuentem se intuentem quasi transfixum vidit. quod videbatur esse machina photographica ordinaria Mugglensium manu tenebat, et simul ac Harrius oculos in eum coniecit, valde erubuit.

'an bene habet, Harri? ego – ego sum Colin Creevey,' inquit anhelans, dum pedem caute profert. 'ego quoque sum Gryffindorensis. an putas – an licet mihi – an possum picturam habere?' inquit, dum machinam tollit sperans.

'picturam?' iteravit Harrius, nescius quid vellet.

'ut probare possim me tibi obviam factum esse,' inquit Colin Creevey magno cum studio, pedem longius proferens. 'omnia de te scio. omnes me certiorem fecerunt; te superstitem fuisse cum Quidam te interficere conaretur, illum autem evanuisse et cetera, teque adhuc cicatricem fulguri similem in fronte habere' (oculis marginem crinalem Harrii exploravit), 'et puer e contubernalibus mihi dixit si pelliculam explicavissem potione idonea usus, imagines se *moturas* esse.' Colin ob animum permotum simul inhorrescens et suspirium magnum ducens inquit, 'nonne haec vita *praeclara* est? nunquam prius sciebam res novas illas quas facere poteram arte magica factas esse quam epistulam a Schola Hogvartensi accepi. pater est lactearius neque id credere poterat. imagines igitur permultas photographice reddo ut domum ei mittam. et mihi pergratum sit si imaginem tui habeam –' oculos suppliciter in Harrium convertit – 'an potest fieri ut amicus imaginem tuam reddat, me tecum astante? et deinde, amabo te, eam nomine inscribas?'

'*imagines photographicae nomine inscriptae?* an distribuis *imagines photographicas nomine inscriptas*, Potter?'

clara et vituperans, vox Draconis Malfonis circa aream resonuit. constiterat statim post Colinum, circumdatus, ut semper apud Hogvartenses, satellitibus amplis et petulantibus, Crabbe et Goyle.

'instruite agmen, homines!' Malfoy turbae infremuit. 'Harrius Potter imagines photographicas nomine inscriptas distribuit!'

'haud ita,' inquit Harrius irate, pugnis compressis. 'tace, Malfoy.'

'invides modo,' pipitans inquit Colin, cuius corpus totum vix crassius erat quam cervix Crabbis.

'mene *invidere?*' inquit Malfoy, cui non iam opus erat clamore; dimidium eorum qui erant in area audiebant. 'cuinam rei? nolo habere cicatricem foedam trans caput ductam, mihi crede. sententia mea, non es extraordinarius quod caput incisum habes.'

Crabbe et Goyle cachinnabant stulte.

'limaces edas, Malfoy,' inquit Ronaldus irate. Crabbe risu abstinuit et condylos nodosos minaciter terebat.

'cave, Visli,' inquit Malfoy, deridens. 'si tumultum feceris, necesse erit materculae venire te a schola abductum.' vocem acutam et stridulam imitatus est. '*si postea vel minime offenderis –*'

circulus quintanorum Slytherinorum qui adstabant risu magno haec verba acceperunt. 'Vislius velit habere imaginem photographicam nomine inscriptam, Potter,' inquit Malfoy, maligne subridens. 'pluris valeat quam domus tota familiae eius.'

Ronaldus baculum fasciola adhaerenti magica conglutinatum deprompsit, sed Hermione librum *Viae cum Vespertilionibus* alacriter clausit et susurravit, 'cavete!'

'quid est hoc, quid est hoc?' Gilderoy Lockhart ad eos incedebat, vestibus caeruleis post se fluentibus. 'quis distribuit imagines photographicas nomine inscriptas?'

Harrius loqui coepit sed interruptus est cum Lockhart, bracchio circa umerum eius iacto, laete intonaret, 'non necesse erat rogare! rursus convenimus, Harri!'

infixus lateri Lockhartis et pudore ardens, Harrius Malfonem vidit cum risu maligno in turbam relabentem.

'agedum, Domine Creevey,' inquit Lockhart, vultu renidenti Colinum aspiciens. 'quid melius est quam imago duplex, et nos *ambo* nomina inscribemus?'

Colin motu incerto machinam photographicam sumpserat et imaginem reddiderat cum tintinnabulum a tergo sonuit, quod erat signum classium postmeridianarum.

'abite omnes, loco cedite,' Lockhart turbae clamavit et coepit redire ad castellum cum Harrio, qui incantamentum desiderabat quo e conspectu evanesceret, adhuc lateri infixo.

'verbum sapienti, Harri,' inquit Lockhart modo paterno dum per ianuam secundariam ingrediuntur. 'tibi illic subveni cum in re photographica cum iuvene Creevio versareris – si imaginem mei quoque reddebat, condiscipuli non putabunt te tibi nimis adrogare ...'

vocem balbutientem Harrii neglegens, eum deorsum rapuit per transitum discipulis utrimque stupentibus, tum sursum scalis adversis.

'sententia mea, non est prudens te hoc aetatis distribuere imagines photographicas nomine inscriptas – videtur paulum adrogans, Harri, ut aperte dicam. potest fieri ut tempus adveniat cum tibi, sicut mihi, opus erit habere paratum acervum quocumque ibis, sed –' pressa voce cachinnavit, 'nescio an ad hunc gradum iam perveneris.'

ad conclave scholasticum Lockhartis pervenerunt et tandem ille Harrium dimisit. Harrius vestes correxit et sedem in parte ultima classis petivit ubi curavit libros Lockhartis septem omni numero ante se acervandos ut aspectum Lockhartis ipsius vitaret.

discipuli reliqui intraverunt strepentes et Ronaldus et Hermione iuxta Harrium utrimque consederunt.

'ovum in vultu tuo frigere potuisti,' inquit Ronaldus. 'necesse est sperare Creeveum cum Ginnia non conventurum esse, societatem fautorum Harrii Potteri constituent.'

'tace,' inquit Harrius acriter. nil minus requirebat quam Lockhartem audire verba 'societas fautorum Harrii Potteri'.

cum discipuli omnes consedissent, Lockhart magno cum

sonitu tussim expulit et silentium erat. manum porrexit, librum *Transitus cum Trollis* quem Neville Longifundus habebat sumpsit sustulitque ut demonstraret imaginem suam in fronte nictantem.

'hic adsum,' inquit, imaginem digito demonstrans et nictans ipse. 'Gilderoy Lockhart, Insigni Tertii Gradus Ordinis Merlini Ornatus, Societati Defensionis Contra Artes Obscuras Honoris Causa Adscriptus et quinquiens victor certaminis Risus Lepidissimi a *Magarum Hebdomaria* parati – sed id omitto. strigam Bandonensem non abolevi ei *subridendo*!'

exspectavit dum riderent; pauci imbecillius subriserunt.

video vos omnes seriem totam librorum meorum emisse – optime factum est. hodie incipiamus a quaestione parva. nihil est quod timeatis – velim tantum cognoscere quanta cura eos perlegeritis, quantumque memineritis ...'

cum percontationum indices distribuisset, ad frontem classis regressus inquit, 'triginta minuta habetis. incipite – *nunc!*'

Harrius in indicem despexit et legit:

i   *quem colorem Gilderoy Lockhart maxime amat?*
ii   *quae est cupido secreta Gilderoy Lockhartis?*
iii *quae est maxima, sententia tua, rerum a Gilderoy Lockharte usque ad hoc tempus gestarum?*

sic res progressa est, tres paginas complens usque ad:

liv *quando est dies natalis Gilderoy Lockhartis, et quod donum maxime desideret?*

post dimidiam horam, Lockhart indices collectas ante classem breviter percurrit.

'eheu – vix quisquam vestrum meminerat me maxime amare colorem lilaceum, quod dico in *Anno cum Abominando*. et nonnulli vestrum debent legere *Vacationes cum Versipellibus* maiore cum cura – in capite duodecimo affirmo donum a me die natali maxime desideratum esse concordiam omnium gentium et magicarum et arte magica carentium – neque lagoenam magnam Ogdenii vischii fortis et veteris repudiem!'

iterum eis nictavit modo veteratorio. Ronaldus Lockhartem iam vultu incredulo intuebatur. Seamus Finnegan et Decanus Thomas, qui a fronte sedebant, risu tacito concutiebantur. Hermione, autem, Lockhartem audiebat tota in illo, et resiluit cum mentionem nominis eius faceret.

'... sed Dominula Hermione Granger cupidinem secretam meam sciebat mundi a malo liberandi et mercandi seriem potionum mearum ad crines curandos – puella bona! re vera – responsa eius versat – puncta maxima habet! ubi est Dominula Hermione Granger?'

Hermione manum trementem sustulit.

'optime factum!' inquit Lockhart, renidens. 'admodum optime! accipe decem puncta pro Gryffindorensibus! incipiamus igitur ...'

post scrinium inclinatus caveam magnam opertam in id sustulit.

'iam – cavete! officium est meum vos armare in animantia quae gens magorum novit taeterrima! potest fieri ut in hoc conclavi obviam eatis rebus quas maxime timetis. scilicet, nil mali patiemini dum hic adsum. nil aliud rogo nisi ut tranquilli maneatis.'

invitus, Harrius caput inclinavit circa acervum librorum ut caveam melius videret. Lockhart manum in tegumento posuit. Decanus et Seamus non iam ridebant. in sede ordinis primi Neville prae timore subsidebat.

'oro ut ululatu abstineatis,' inquit Lockhart voce submissa. 'potest fieri ut eos lacessatis'

animis classis totius suspensis, Lockhart motu subito tegumentum sustulit.

'ita vero,' inquit scenice. '*pixii Dumnoniorum nuper capti.*'

Seamus Finnigan non poterat se continere. cachinnum talem emisit qualem ne Lockhart quidem indicium pavoris crederet.

'quid est?' Seamo subrisit.

'num – num sunt admodum – *periculosi?*' inquit, voce strangulata.

'noli tam certus esse!' inquit Lockhart, Seamum digito moto molestum in modum admonens. 'possunt esse homunculi admodum subdoli!'

pixii erant coloris electrocaerulei, circa octo uncias alti, vultibus acutis et vocibus tam stridulis ut sonarent haud aliter ac psittaci rixantes. simulac tegumentum sublatum est, coeperunt garrire et tumultuari, repagula quatientes et eos qui proxime adstabant vultibus obscenis irridentes.

'bene est,' inquit Lockhart voce magna. 'videamus quid de eis censeatis!' et caveam aperuit.

tumultus erat. pixii in omnes partes ruerunt sicut radii igniferi. bini Nevillum auribus raptis in aera levaverunt. complures fenestram statim perfregerunt, fragmentis vitreis ordinem ultimum operientes. ceteri coeperunt conclave scholasticum peius perdere quam rhinoceros petulans. ampullis atramenti raptis classem madefecerunt, libros et scripta dilaniaverunt, picturas de muris deripuerunt, cistellam abiectaculorum everterunt, saccos et libros raptos e fenestris fractis iecerunt; paucis minutis, dimidia classis sub scriniis perfugium petiverant et Neville a candelabro sublimi pendebat.

'agite dum, colligite eos, colligite eos, sunt modo pixii ...' Lockhart clamavit.

manticas complicavit, baculum vibravit, vociferatusque est, '*Peskipiksi Pesternomi!*'

verba in irritum ceciderunt; pixius quidam baculum Lockhartis captum e fenestra iecit, quoque. Lockhart gluttum fecit et sub scrinium suum se praecipitavit, nec multum afuit quin a Nevillo opprimeretur, qui post secundum cecidit cum candelabrum corrueret.

tintinnabulum sonuit concursusque inordinatus ad ianuam factus est. aliquid quietis secutum est quo Lockhart surrexit, Harrium, Ronaldum Hermionemque conspexit, qui paene ad ianuam pervenerant, et inquit, 'vos tres nihil rogabo nisi ut reliquos illos in caveam reponatis.' incessu forti eos praeteriit et ianuam post se celeriter clausit.

'an potestis ei *credere*?' infremuit Ronaldus, cum unus reliquorum Pixiorum aurem eius morderet, dolorem afferens.

'vult modo experientiam activam nobis dare,' inquit Hermione, duos pixios simul Incantamento Gelascenti callido immobiles faciens et rursus in cavea includens.

'an dicis *activam*?' inquit Harrius, qui pixium extra ictum suum lingua extensa salientem capere conabatur. 'Hermione, omnino nesciebat quid faceret.'

'nugae,' inquit Hermione. 'libros eius legisti – aspice mirabilia quae plurima fecit ...'

'quae *dicit* se fecisse,' Ronaldus mussavit.

Lutosanguines et Murmura

proximis diebus Harrius multum temporis exegit in evadendo e conspectu cum Gilderoy Lockhartem appropinquantem in transitu viderat. difficilius erat vitare Colinum Creeveum, qui horarium Harrii in memoria tenere videbatur. nil videbatur Colinum magis excitare quam dicere, 'an bene habes, Harri?' sexiens aut septiens in die et responsum audire, 'salve, Colin,' quamvis aspere dictum.

Hedvig Harrio adhuc irata est de itinere calamitoso in autocineto facto neque baculum Ronaldi rem bene gerebat, praecipue mane die Veneris cum in Carminibus Magicis e manu Ronaldi evolavit et Professorem Flitvicum, hominem minimum et veterem, inter oculos ictu gravi percussit, creans furunculum magnum, viridem, palpitantem qua impactum erat. inter varios casus, igitur, Harrius non sine laetitia ad finem hebdomadis pervenit. ille, Ronaldus Hermioneque in animo habebant mane die Saturni Hagridum visere. Harrius, tamen, e somno concussus est multis antea horis quam vellet ab Olivero Silvio, praefecto turmae Griffindorensis in ludo Quidditch.

'qquid est?' inquit Harrius, voce incerta.

'exercitatio ludi Quidditch!' inquit Silvius. 'agedum!'

oculis limis Harrius fenestram aspexit. nebula tenuis trans caelum rubidum et aureum pendebat. iam vigilans, non intellexit quomodo inter strepitum tantum avium dormire potuisset.

'Oliver,' inquit Harrius voce rauca, 'vix lucet.'

'haud erras,' inquit Silvius. sextanus erat altus et torosus et, id temporis, oculi studio insano fulgebant. 'est pars ordinis novi exercitationis. agedum, manubrium scoparum cape atque eamus,' inquit Silvius alacriter. 'turmae ceterae nondum coeperunt se exercere, hoc anno ante alios initium faciemus ...'

oscitans et nonnihil horrens, Harrius e lecto surrexit et vestes ludi Quidditch invenire conatus est.

'bene fecisti,' inquit Silvius. 'tecum in campo quindecim minutis conveniam.'

cum vestes turmae coccineas invenisset et pallium frigoris arcendi causa induisset, Harrius epistolam brevem et incomptam Ronaldo scripsit, eum certiorem faciens quo iisset, et de scalis involutis in locum communem descendit, habens Nimbum MM in umero. vix ad foramen imaginis pervenerat cum strepitus a tergo auditus est et Colin Creevey advenit, cursu scalas involutas degressus, circa collem habens machinam photographicam quae huc illuc agitabatur, et manu aliquid amplectens.

'audivi aliquem nomen tuum in scalis dicentem, Harri! aspice quid hic habeam! pelliculam explicandam curavi, tibi ostendere volui –'

Harrius torpens imaginem photographicam inspexit quam Colin sub naso eius vibrabat.

imago animata Lockhartis, depicta coloribus nigris et albis, bracchium, quod Harrius suum esse agnovit, vi trahebat. gavisus est quod persona sua photographica fortiter resistebat neque volebat in conspectum trahi. dum Harrius spectat, Lockhart se victum confessus, collapsus est anhelans in marginem album picturae.

'an nomine tuo eam inscribes?' inquit Colin avide.

'haud ita,' inquit Harrius praecise, circumspiciens ne quis forte in conclavi lateret. 'da veniam, Colin, festino – exercitatio fit ludi Quidditch.'

per foramen imaginis ascendit.

'oh, vah! manedum! ego nunquam antea ludum Quidditch vidi.'

Colin eum nescioquomodo per foramen secutus est.

'te ludi maxime taedebit,' inquit Harrius celeriter, sed Colin eum neglexit, vultu ob animi commotionem fulgente.

'nonne his centum annis lusor es natu minimus in certamine domestico? nonne?' inquit Colin, cursu eum comitans. 'debes esse praeclarus. ego nunquam volavi. an facile est? an scoparum manubrium tuum est? an omnium optimum est?'

Harrius nesciebat quomodo se ab eo liberaret, qui similis erat umbrae loquacissimae.

're vera ludum Quidditch non intellego,' inquit Colin anhelans. 'an verum est quattuor esse pilas? et duas ex eis circumvolare conantes lusores de scoparum manubriis decutere?'

'ita vero,' inquit Harrius graviter, aequo animo ferens quod regulae involutae ludi Quidditch sibi explicandae erant. 'hae pilae appellantur Bludgeri. pars utraque habet duos Percussores, qui clavas ferunt quibus Bludgeros a turma sua arceant. Fredericus et Georgius Vislius sunt Percussores turmae Gryffindorensis.'

'et quid pilae reliquae faciunt?' Colin rogavit, pedem offendens et per gradus duos delabens quod Harrium hians intuebatur.

'Quaffle, quae est pila maior et rubra, puncta reportat. pars utraque tres Secutores habet qui Quaffle alii ad alios iactant et conantur eam propellere per postes in extremo campo sitas – sunt tres asseres longi circulis superati.'

'et pila quarta –'

'– est Aureum Raptum,' inquit Harrius, 'quod est minimum, celerrimum, vix capiendum. at Petitoris est id capere, quod ludus Quidditch non prius finem habet quam Raptum captum est. et Petitor qui Raptum cepit pro turma sua centum quinquaginta puncta insuper accipit.'

'nonne tu es Petitor Gryffindorensis?' inquit Colin reverenter.

'ita vero,' inquit Harrius, dum castellum relinquunt et trans gramen irroratum proficiscuntur. 'est quoque Ianitor. postes custodit. rem totam iam habes.'

sed Colin non destitit Harrium percontari dum eunt per prata declivia usque ad campum lusorium, nec Harrius prius eum excussit quam ad cellas vestibus mutandis designatas pervenerunt. Colin ei discedenti voce pipianti clamavit, 'ibo sedem idoneam quaesitum, Harri!' et ad foros festinavit.

cetera turma Gryffindorensis iam aderat in cella vestibus mutandis designata. nemo praeter Silvium videbatur re vera vigilare. Fredericus et Georgius Vislius oculis turgidis et crinibus incomptis iuxta quartanam Aliciam Spinnet sedebant, quae videbatur obdormire muro innitens qui a tergo erat. Secutrices reliquae, Katie Bell et Angelina Johnson, oscitabant, iuxta sedentes, eis oppositae.

'advenisti tandem, Harri, quid te morabatur?' inquit Silvius alacriter. 'volebam vobiscum omnibus breviter colloqui priusquam in campum ipsum imus, quod aestatem exegi in ordine prorsus novo exercitationis creando qui sententia mea nobis re vera proderit ...'

Silvius formam magnam campi lusorii ostendebat, in qua multae lineae, sagittae, cruces descriptae sunt atramentis varii coloris. baculo deprompto tabulam fodicavit et sagittae trans formam sinuabantur sicut erucae. cum Silvius orationem de nova ludendi ratione ordiretur, caput Frederici Vislii in ipsum umerum Aliciae Spinnet delapsum est et ille stertere coepit.

paene viginti minuta consumpta sunt in tabula prima explicanda, sed sub prima latebat altera, et sub altera latebat tertia. Harrius stupore oppressus est dum Silvius orationem semper longius producit.

'itaque,' inquit Silvius, aliquando, Harrium somnio grato excitans ientaculi quod id temporis potuisset in castello sumere, 'an satis liquet? quis velit aliquid rogare?'

'velim aliquid rogare, Oliver,' inquit Georgius, qui motu subito somno excussus erat. 'cur non haec omnia nobis heri dixisti cum vigilaremus?'

Silvius non laetatus est.

'nunc audite, homines,' inquit, oculis torvis eos omnes aspiciens, 'proximo anno poculum ludi Quidditch nobis reportandum erat. longe optimam turbam habemus. sed fortuna adversa, propter res quae ultra vires nostras erant ...'

culpae conscius Harrius in sede se movebat. cum in ala valetudinaria semianimis iaceret, Gryffindorenses in certamen ultimum anni proximi inierant uno lusore carens et cladem maximam annorum trecentorum acceperant.

intervallum erat priusquam Silvius se colligeret. manifestum erat cladem illam eum adhuc cruciare.

'hoc anno igitur necesse est nos durius exercere quam antea unquam ... sit ita, eamus et doctrinam novam ad usum adiungamus!' Silvius clamavit, scoparum manubrium suum rapiens et turmam ducens e cellis vestibus mutandis designatis. cruribus rigidis et adhuc oscitantes illi eum secuti sunt.

tam diu fuerant in cella vestibus mutandis designata ut sol iam recte fulgeret, quamquam vestigia nebulae supra gramen stadii pendebant. Harrius, cum in campum iret, Ronaldum et Hermionem in foris sedentes vidit.

'nonne iam finem fecisti?' clamavit Ronaldus incredulus.

'ne initium quidem fecimus,' inquit Harrius, oculis invidis panem tostum et liquamen malosinense aspiciens quod ex Atrio Magno Ronaldus et Hermione tulerant. 'Silvius nos rationem novam ludendi didicit.'

manubrium scoparum conscendit et se humo impetu pedis extrusit, surgens sursum in aera. aer frigidus matutinus vultum verberavit, multo efficacius eum excitans quam sermo longus Silvii. mirum erat redire in campum lusorium. stadium quam celerrime circumvolavit, cum Frederico et Georgio certans.

'quid est crepitus ille novus?' clamavit Fredericus, cum circa angulum volitarent.

Harrius oculos in foros coniecit. Colin sedebat in una sedium altissimarum, machina photographica sublata, identidem imagines reddens, cum sonitu mirum in modum amplificato in stadio deserto.

'huc! huc oculos intende, Harri!' clamavit voce stridula.

'quis est?' inquit Fredericus.

'nescio,' Harrius mentitus est, festinans ut quam maxime a Colino distaret.

'quid fit?' inquit Silvius, frontem contrahens, dum ad eos per aera labitur. 'cur primanus ille imagines photographicas reddit? non mihi placet. potest fieri ut sit speculator Slytherinus, conans discere ordinem novum exercitationis nostrae.'

'est Gryffindorensis,' inquit Harrius celeriter.

'neque Slytherinis opus est speculatore, Oliver,' inquit Georgius.

'cur id dicis?' inquit Silvius stomachose.

'quod ipsi adsunt,' inquit Georgius, digito aliquos demonstrans.

nonnulli homines vestibus viridibus induti in campum ibant, scoparum manubria manibus tenentes.

'incredibile est,' sibilavit Silvius, ira incensus. 'nobis campum hodie reservavi. haec res nobis curae erit!'

Silvius cursu rapido delapsus est, humum aliquanto maiore impetu percutiens quam speraverat propter iram, et paulum titubans dum de manubrio scoparum descendit. Harrius, Fredericus Georgiusque secuti sunt.

'Silex!' Silvius vociferatus est, praefectum Slytherinum alloquens. 'hoc est tempus exercitationis nostrum. propter hoc bene mane surreximus! licet iam abeatis!'

Marcus Silex etiam maior erat quam Silvius. aliquid calliditatis Trollorum in vultu habuit dum respondet, 'multum spatii est nobis omnibus, Silvi.'

Angelina, Alicia Katieque quoque accesserant. nullae erant puellae in turma Slytherinorum – qui stabant, coniuncti, Gryffindorensibus oppositi, neque quisquam erat quin oculis lascivis spectaret.

'sed campum reservavi!' inquit Silvius, furore abreptus. 'eum reservavi!'

'at ego,' inquit Silex, 'hic habeo epistulam extraordinariam a Professore Snape inscriptam. *per me, Professorem S. Snape, licet turmae Slytherinae hodie se exercere in campo ludi Quidditch, quod necesse est Petitorem novum exercere.*

'an Petitorem novum habes?' inquit Silvius, amens. 'ubinam?'

et a tergo sex corporum ingentium eis oppositorum apparuit puer septimus, ceteris minor, qui subridebat toto vultu pallido et acuto. erat Draco Malfoy.

'nonne es filius Lucii Malfonis?' inquit Fredericus, eum fastidiose aspiciens.

'mirum est quod mentionem fecisti Draconis patris,' inquit Silex, dum tota Slytherinorum turma oribus etiam latius hiantibus subridet. 'velim vobis ostendere donum liberale quod ille turmae Slytherinae dedit.'

septeni omnes scoparum manubria porrexerunt. septem manubria expolita et novissime fabricata, septiens inscripta litteris pulchris et aureis 'Nimbus MMI' in sole matutino sub nasibus Gryffindorensium fulgebant.

'exemplar vel ultimum. mense proximo primum editum est,' inquit Silex neglegenter, paulum pulveris ab extremo manubrio scoparum digito expellens. 'puto id aliquanto exsuperare veterem seriem Nimbi MM. quod attinet ad Scoparios Rapidos veteres,' Frederico et Georgio maligne subrisit, qui ambo Scoparios Rapidos Quinti Generis tenebant, 'eos diripit verritque.'

nemo turmae Gryffindorensis responsum praesens excogitare potuit. vultus Malfonis fatue subridens tam late patebat ut oculi frigidi in scissuras tenues contracti sint.

'ecce,' inquit Silex, 'fit incursio in campum.'

Ronaldus et Hermione gramen transibant ut viderent quid fieret. 'quid est?' Ronaldus Harrium rogavit. 'cur non luditis? et quid *ille* hic facit?'

Malfonem contemplabatur, vestes Slytherinas ludi Quidditch animadvertens.

'sum novus Petitor Slytherinus, Visli,' inquit Malfoy, sorte sua nimis contentus. 'omnes nunc nuper scopas admirabantur quas pater turmae nostrae emit.'

Ronaldus, hians, septem scoparum manubria egregia sibi opposita contemplatus est.

'haud sunt mala, nonne?' inquit Malfoy blande. 'at fortasse turma Gryffindorensis aliquid auri colligere poterit ut ipsi quoque manubria nova nanciscantur. possitis illos Scoparios Rapidos Quinti Generis sub hasta vendere. spero museum eos liciturum esse.'

turma Slytherina cachinnum sustulit.

'saltem non necesse erat cuiquam turmae Gryffindorensis partes suas *emere*,' inquit Hermione acriter. '*illi* partes suas meriti sunt.'

aspectus nimis contentus e vultu Malfonis abiit rediitque.

'nemo rogavit quid tu sentires, Lutosanguis minima et spurcifica,' inquit spuens.

Harrius statim sciebat Malfonem aliquid valde malum locutum esse quod simul ac verba dicta sunt factus est tumultus. necesse erat Silici se ante Malfonem conicere ut Fredericum et Georgium impediret quominus in eum salirent, Alicia ululavit, '*quantam audaciam!*' et Ronaldus, manu in vestes inserta, baculum deprompsit, clamans, 'poenas verborum illorum lues, Malfoy!' et furens id sub bracchio Silicis in vultum Malfonis direxit.

fragor magnus circa stadium resonavit, et lux viridis vi coacta e parte aversa baculi Ronaldi emicuit, quae ventrem eius percussit et eum vacillantem in gramen retroegit.

'Ronalde! Ronalde! an bene habes?' ululavit Hermione.

Ronaldus os aperuit locuturus, sed verba nulla secuta sunt. ructum potius immensum emisit et limaces nonnullae ex ore in gremium fluxerunt.

turma Slythinorum ridendo debilitata est. Silex duplicatus est, scoparum manubrium novum complectens quo fulciretur. Malfoy in manus et genua conciderat et humum pugno pulsabat. Gryffindorenses circa Ronaldum congregati sunt, qui limaces magnas et splendentes semper eructabat, nec quisquam, ut videbatur, eum tangere voluit.

'melius sit si eum ad Hagridum ducamus, qui proximus est,' inquit Harrius Hermioni, quae fortiter adnuit, et coniuncti bracchiis captis Ronaldum ad pedes sustulerunt.

'quid accidit, Harri? quid accidit? an aegrotat ille? at tu potes eum curare, nonne?' Colin de sede decurrerat et iam iuxta eos saltabat dum a campo discedebant. Ronaldus ructum ingentem edidit et limaces plures de fronte fluxerunt.

'oooh' inquit Colin, spectaculo captus et machinam photographicum tollens. 'an potes eum immotum tenere, Harri?'

'cede loco, Colin!' inquit Harrius iratus. ille et Hermione Ronaldum sustentaverunt euntem e stadio et trans campos ad marginem Silvae.

'haud procul, Ronalde,' inquit Hermione, cum casula saltuarii in conspectum veniret. 'minuto bene habebis ... paene adsumus.'

haud viginti pedes domo Hagridi aberant cum ostium apertum est, nec tamen Hagrid egressus est. Gilderoy Lockhart, hodie indutus vestibus pallentibus colore malvaceo tinctis, incessu forti exiit.

'age modo, hic te cela,' Harrius sibilavit, Ronaldum post virgultum propinquum trahens. Hermione secuta est, paulum reluctans.

'facile est si scis quid facias!' voce magna Lockhart Hagrido dicebat. 'si opus est tibi auxilio, scis ubi sim! tibi exemplum libri mei dabo – miror quod nullum iam habes. hac nocte librum nomine meo inscribam quem tibi mittam. iamque vale!' et incessu forti ad castellum abiit.

Harrius exspectavit dum Lockhart e conspectu abiret, tum Ronaldum e virgulto tractum ad ostium Hagridi duxit, quod instanter pulsaverunt.

Hagrid statim apparuit, vultu admodum moroso, sed laetior factus est cum videret qui adessent.

'in animo volvebam quando me visitaturi essetis – intrate, intrate – putavi vos fortasse esse Professorem Lockhartem redeuntem.'

Harrius et Hermione Ronaldum sustentaverunt euntem trans limen et intrantem casulam unius conclavis quae lectum ingentem in alio angulo habebat et ignem laete crepitantem in alio. Hagrid, ut videbatur, non perturbatus est limacibus quae Ronaldum vexabant, Harrio causam rei statim explicante dum Ronaldum in sellam demittit.

'melius extra quam intra,' inquit hilare, trullam magnam et aeneam ante eum ponens. 'omnes eructa, Ronalde.'

'non puto quicquam faciendum esse nisi exspectare dum res finem habeat', inquit Hermione anxio animo, spectans Ronaldum supra trullam inclinatum. 'difficile est hanc exsecrationem facere etiam si res in optima causa sunt, sed baculo fracto ...'

Hagrid discurrebat, potionem theanam eis faciens. Dentatus, canis eius Molossicus, Harrium lingua madida adulabat.

'quid Lockhart tecum voluit, Hagrid?' Harrius rogavit, aures Dentati radens.

'me admonebat quomodo Kelpini a fonte amoverentur,' infremuit Hagrid, gallo subvulso a mensa detergata sublato et vase theano deposito. 'quasi nescirem. et semper narrabat de striga quadam quam expulerat. si verbum unum ad veritatem dixit, fervefactorium meum consumam.'

a moribus Hagridi abhorrebat doctorem Hogvartensem culpare et Harrius mirans eum contemplatus est. Hermione, tamen, voce paulum altiore solito inquit, 'puto te iniquiorem esse. satis liquet Professorem Dumbledorem putavisse eum aptissimum ad munus suscipiendum.'

'ille *solus* munus suscipere volebat,' inquit Hagrid, pateram bellariorum e mellaceo conditorum eis offerens, dum Ronaldus tussim madidam in trullam expellit. nec fuit *alter*, mihi crede. nunc fit difficillimum invenire quemquam idoneum ad docendam Defensionem Contra Artes Obscuras. homines enim munus suscipere nolunt quod fascinatum credere incipiunt. iamdudum nemo id diu retinet. dic mihi igitur,' inquit Hagrid, motu subito capitis Ronaldum indicans, 'quem exsecrare conaretur.'

'Malfoy Hermionem aliquid appellavit. debebat esse aliquid pessimum, quod omnes insaniebant.'

'*erat* malum,' inquit Ronaldus voce rauca, supra mensam summam emergens, vultu pallido et sudabundo. Malfoy eam "Lutosanguis" appellavit, Hagrid –'

Ronaldus rursus se e conspectu praecipitavit cum fluctus novus limacum appareret. Hagrid, ut videbatur, indignatus est.

'haud ita!' inquit Hermioni cum fremitu.

'ita res est,' inquit illa. 'sed nescio quid significet. scilicet intellexi verbum esse odiosissimum ...'

'vix quidquam contumeliosius excogitare potuit,' anhelavit Ronaldus, surgens rursus. 'Lutosanguis est appellatio re vera foeda hominis Mugglibus nati – id est parentibus non magicis. nonnulli magi – sicut familia Malfonis – putant se meliores quam omnes alios, quod sunt, ut dicitur, sanguinis puri.' ructum parvum edidit, et limax una in manum porrectam cecidit. qua in trullam coniecta plura dixit. 'reliqui nostrum scimus id nihil interesse. aspice Nevillum Longifundum – quamquam puri est sanguinis, vix potest lebetem recte constituere.'

'neque incantamentum invenerunt quod Hermione nostra non potest facere,' inquit Hagrid superbiens; quo audito vultus Hermionis abiit in colorem purpureum et splendentem.

'foedum est aliquem sic appellare,' inquit Ronaldus, frontem sudabundam manu tremula tergens. 'sanguis lutulentus, videtisne? sanguis vulgaris. insanum est. at plerique magorum hodie sunt sanguinis mixti. nisi Muggles in matrimonium duxissemus, emortui essemus.'

ructavit et rursus se e conspectu praecipitavit.

'non te culpo quod conatus es eum exsecrare, Ronalde,' inquit Hagrid voce magna, obstrepens ictibus gravibus limacum trullam ferientium. 'sed potest fieri ut prosit baculum ignem retro vomuisse. Lucius Malfoy, ut mihi videtur, ad scholam contendisset si filium exsecravisses. saltem non in malum incidisti.'

Harrius demonstravisset vix maius malum esse quam habere limaces ex ore fluentes, sed non potuit; bellaria Hagridi e mellaceo condita fauces conglutinaverant.

'Harri,' inquit Hagrid subito, velut aliquid nunc nuper ei succurrisset, 'tu es in vitio. audivi te imagines photographicas nomine inscriptas distribuere. quae causa est cur ego nullam habeam?'

furens, Harrius dentes divellit.

'ego *non* distribuo imagines photographicas nomine inscriptas,' inquit vehementer. 'si Lockhart adhuc id dissipat –'

sed tunc vidit Hagridum ridere.

'haec iocatus sum modo,' inquit, tergum Harrii familiariter mulcens et eum fronte adversa in mensam propellens. 'sciebam te non id fecisse. Lockharti dixi tibi non id opus esse. clarior es illo, ne conatus quidem.'

'sponsionem faciam eum id non amavisse,' inquit Harrius, se erigens et mentum terens.

'non puto eum id amavisse,' inquit Hagrid oculis micantibus, 'et tum ei dixi me ne unum quidem librorum eius legisse, et abire constituit. an vis bellariolum mellaceo conditum, Ronalde?' addidit cum Ronaldus rursus appareret.

'benigne,' inquit Ronaldus imbecille. 'melius sit hoc periculum non subire.'

'venite ut videatis quae coluerim,' inquit Hagrid dum Harrius et Hermione haustum ultimum theanae potionis combibunt.

in area parva holerum colendorum quae erat post domum Hagridi erant duodecim pepones quos maximos Harrius tota vita viderat. omnes instar saxi magni habebant.

'nonne bene habent?' inquit Hagrid laete. 'ad dapem Vesperis Sancti eos comparo ... tum satis magni debent esse.'

'quibus alimentis usus es?' inquit Harrius.

Hagrid supra umerum spectavit, cavens ne quis adesset.

'nonnihil – si scire vis – eis auxiliatus sum.'

Harrius animadvertit umbellam Hagridi floridam et roseam in murum posteriorem casulae inclinatam. Harrius antea causam

habuerat credendi hanc umbellam haud omnino eandem esse
ac videbatur; re vera suspicabatur baculum vetus scholasticum
Hagridi in ea celatum esse. Hagrido non licebat arte magica uti.
a schola Hogvartensi tertio anno expulsus erat, sed Harrius
causam nunquam didicerat – si mentio rei facta erat, Hagrid
tussim magnam emittebat et mirum in modum surdus fiebat
dum de re alia loquerentur.

'nescio an sit Incantamentum Ingurgitorium,' inquit
Hermione, improbans simul et ridens. 'certe rem bene gessisti
cum illis.'

'soror minor tua idem dixit,' inquit Hagrid, Ronaldo adnuens.
'heri primum obvius ei factus sum.' Hagrid Harrium oculis
obliquis aspexit, barba se spasmis movente. 'dixit se tantum
campos obire, sed puto eam speravisse apud me cuidam obviam
fieri.' Harrio nictavit. 'sententia mea, illa non repudiet imaginem
inscriptam –'

'oh, tace,' inquit Harrius. Ronaldus risu concussus est et terra
limacibus aspersa est.

'cave!' Hagrid infremuit, trahens Ronaldum a peponibus suis
pretiosis.

hora prandii appropinquabat et Harrius, cum nil nisi belar-
iolum unum melaceo conditum post lucem primam consump-
sisset, ad scholam redire edendi causa cupiebat. Hagridum valere
iusserunt et ad castellum pedibus redierunt, Ronaldo interdum
singultiente, sed duos tantum limaces minimos eructante.

vix intraverunt in Vestibulum frigidum cum vox insonuit.
'opportune advenistis, Potter et Visli.' Professor McGonagall eis
appropinquabat, aspectu severo. 'vos ambo hoc vespere
detinebimini.'

'quid faciemus, Professor?' inquit Ronaldus, ructum trepide
supprimens.

'*tu* vasa argentea in tropaeario cum Domino Filch polies,'
inquit Professor McGonagall, 'nec licet arte magica uti, Visli –
opus est attritu forti.'

Ronaldus gluttum fecit. ianitor Angus Filch erat invisus
discipulis omnibus scholae.

'et tu, Potter, Professori Lockharti subvenies epistulis
fautorum respondenti,' inquit Professor McGonagall.

'oh, non ita – nonne licet mihi quoque ire in tropaearium?' inquit Harrius desperans.

'minime,' inquit Professor McGonagall, supercilia levans. 'Professor Lockhart te praesertim poposcit. hora ipsa octava adeste ambo.'

Harrius et Ronaldus incessu pigro in Atrium Magnum ierunt animis maxime demissis, Hermione sequente cum vultu nescio-quomodo culpante *eos qui regulas scholae infringunt*. Harrius crustulum pastoris non tantum amavit quantum speraverat. et ille et Ronaldus sentiebant se sortem peiorem accepisse.

'Filch me totam noctem illic retinebit,' inquit Ronaldus graviter. 'artem magicam prohibitam esse! sine dubio sunt circa centum pocula in conclavi illo. imperitus sum rerum modo Mugglensi purgandarum.'

'partes tuas cum meis libenter mutem,' inquit Harrius sine studio. 'multum experientiae cum Dursleis habui. respondere epistulis fautorum Lockhartis ... ille horrendus erit ...'

postmeridianum tempus diei Saturni fugere visum est, et exspectatione ocius, hora octava quinque minutis carebat, et Harrius pedibus tardis per transitum tabulati secundi sedi officii Lockhartis appropinquabat. dentibus conclusis, ianuam pulsavit.

motu subito ianua statim aperta est. Lockhart eum despexit renidens.

'en, adest furcifer!' inquit. 'intra, Harri, intra.'

illuminatae candelis multis in parietibus erant imagines photographicae innumerabiles Lockhartis in formis inclusae. nonnullas earum nomine etiam inscripserat. in scrinio iacebat alius acervus magnus.

'licet tibi involucra inscribere!' Lockhart inquit Harrio, quasi beneficium ingens deferens. 'hoc primum mittetur fautrici dedi-catae meae, salva sit – Gladys Gudgeon.'

minuta cursu cocleae, ut ita dicam, praeteribant. Harrius voci Lockhartis permisit ut se superlaberetur, interdum dicens, 'sane' et 'certo' et 'sic est'. subinde dictum audivit huius modi 'fama est familiaris fallax, Harri' aut 'celebritas est quod celebritas facit, id memento.'

flammae candelarum semper humiliores fiebant, cogentes

lucem salire supra vultus multos et varios Lockhartis qui eum spectabant. Harrius manum dolentem supra involucrum, ut videbatur, millensimum movebat, inscriptionem Veronicae Smethley scribens. tempus discedendi debet appropinquare, Harrius misere putavit, utinam tempus appropinquaret ...

et tum aliquid audivit – aliquid omnino diversum a sonitu spuenti candelarum morientium et sermone inani Lockhartis de fautoribus suis.

vox, vox erat quae medullas refrigeret, vox plena veneni animam auferentis ac gelidissimi.

'*veni ... veni ad me ... sine me te secare ... sine me te lacerare ... sine me te occidere ...*'

Harrius saltum ingentem fecit et macula magna et lilacea in via Veronicae Smethley apparuit.

'*quid?*' inquit voce magna.

'scio!' inquit Lockhart. 'sex menses ex ordine principium habuit in contentione librorum venditorum! quod nunquam antea factum est!'

'haud ita,' inquit Harrius impotens animi. 'dico de voce illa!'

'da veniam,' inquit Lockhart, visus haerere. 'quae vox?'

'illa – illa vox quae dixit – nonne eam audivistis?'

Lockhart Harrium contemplabatur, maxime attonitus.

'*quid* dicis, Harri? an potest fieri ut somnolentus fias? edepol – aspice horologium! paene quattuor horas hic fuimus. nunquam id credidissem – tempus fugit, nonne?'

Harrius non respondit. aures erexerat ut vocem rursus audiret, nec iam sonitus ullus erat nisi quod Lockhart eum monebat ne voluptatem talem speraret quotiens detentus esset. stupens, Harrius discessit.

tam sero erat ut locus communis Gryffindorensis paene vacuus erat. Harrius recta ad dormitorium iit. Ronaldus nondum redierat. Harrius vestem cubitoriam induit, in lectum ascendit, exspectavit. post dimidiam horam, Ronaldus advenit, bracchium dextrum mulcens et odorem fortem politionis in conclave tenebrosum ferens.

'nervi omnes torpuerunt,' ingemuit, in lectum descendens. 'quattuordeciens me iussit polire Poculum Ludi Quidditch priusquam ei satisfeci. et tum incursum alium limacum sustinui

supra Praemium Extraordinarium ob Merita in Scholam. labor
diutinus erat salivam removere ... quomodo acceptus es a
Lockharte?'

voce submissa ne Nevillum, Decanum Seamumque somno
excitaret, Harrius Ronaldo accurate dixit quid audivisset.

'et Lockhart negavit se vocem audire posse, itane?' inquit
Ronaldus. Harrius eum frontem contrahentem ad lunam videre
poterat. 'an putas eum mentitum esse? sed rem non intellego
– vel homini invisibili necesse fuisset ianuam aperire.'

'id scio,' inquit Harrius, reclinatus in lecto quattuor postibus
instructo et vela quae supra erant intuens. 'neque ipse rem
intellego.'

Convivium Diei Mortis

mensis October advenit, frigus umidum per campos et in castellum diffundens. Magistra Pomfrey, matrona, occupata erat in sananda turba hominum cum doctorum tum discipulorum gravedine subita laborantium. Potio eius Pipperata erat remedium praesens, quamquam compluribus post horis aures potatoris fumum emittebant. Ginniae Visliae, quae visa erat infirma esse valetudine, minis Persii persuasum est ut aliquid Potionis sumeret. vapor e mediis crinibus vividis exortus fidem faciebat caput eius totum flagrare.

guttae imbris instar glandium cottidie sine intervallo fenestras castelli sono tonanti pulsaverunt; lacus auctus est, areae floriferae in fluvios lutulentos mutatae sunt peponesque Hagridae ita intumuerunt ut instar viderentur casularum hortensium. nec tamen Silvius exercitationi ordinatae minus studebat, quae erat causa cur, postmeridiano tempore provecto die quodam turbulento Saturni paucis diebus ante Vesperem Sanctum, Harrius inveniendus erat ad Turrem Gryffindorensem rediens, in madida veste fluens lutoque aspersus.

etiam sine imbre ventoque hoc tempus exercendi infaustum fuerat. Fredericus et Georgius, qui turmam Slytherinam speculati erant, celeritatem illorum novorum Nimborum MMI coram viderant. nuntiaverunt turmam Slytherinam nil esse nisi septem puncta virentia et vagantia, per aera ruentia velut aeronaves salientes inversa vi propulsae.

Harrius, dum per transitum desertum vestibus madidis gravatus it, obviam factus est alicui qui videbatur non minus intentus in res suas quam ipse. Nicolaus Paene Capite Carens, simulacrum Turris Gryffindorensis, oculis defixis morose e fenestra spectabat, submissim murmurans, '... non idoneus ad rem illorum ... dimidia uncia, quae maxima est ...'

'salve, Nicolae,' inquit Harrius.

'salve, salve,' inquit Nicolaus Paene Capite Carens, mirans et circumspiciens. in crinibus longis et crispis petasum gerebat speciosum et plumantem, et tunicam cum torque linteo habebat quae celabat quod cervix paene tota intercisa est. tam pallidus erat quam fumus, et oculis suis Harrius per medium eius penetrare potuit usque ad caelum obscurum et imbrem torrentem qui extra erant.

'videris perturbatus esse, iuvenis Potter,' inquit Nicolaus, epistulam perspicuam complicans dum loquitur et in thoracem inserens.

'tu quoque,' inquit Harrius.

'ah,' Nicolaus Paene Capite Carens manum elegantem iactavit, 'res nullius momenti ... non est ut re vera ascribi voluerim ... in animo habebam rogare ut sodalis fierem, sed, ut videtur, sum "non idoneus ad rem".'

quamquam leviter locutus est, aspectum habebat gravem et acerbum.

'sed nonne putes,' subito erupit, epistulam rursus e sinu depromens, 'illum qui quadraginta plagas securis obtusae in cervice acceperit idoneum fore qui inter Venatores Capite Carentes ascribatur?'

'oh – ita vero,' inquit Harrius, qui, ut manifestum erat, consentire debebat.

'certe nemo vult magis quam ego id totum celeriter et sine vitio factum esse, caput autem recte abscissum esse. certe dolore et ludibrio multo caruissem. tamen ...' Nicolaus Paene Capite Carens epistulam excussit et furens recitavit.

'*venatores solum accipere possumus quorum capita a corporibus seiuncta sunt. sin aliter, intelleges fore ut sodales non possint interesse ludis venatoriis velut Capitibus-Equo-Ventilandis aut Poliludio Capitali. doleo igitur maxime quod necesse est te certiorem facere te non idoneum esse ad res nostras. salutem plurimam dat Vir Egregius Patricius Delaney-Podmore.*'

ira incensus, Nicolaus Paene Capite Carens epistulam abstrusit.

'uncia dimidia cutis et nervi cervicem retinet, Harri! plerique putent corpus bene detruncatum esse, sed eheu, id non sufficit Viro Egregio Recte Decollato-Podmore.'

Nicolaus Paene Capite Carens nonnulla suspiria duxit et tum voce multo tranquilliore inquit, 'quid igitur tibi est? an aliquid a me vis?'

'haud ita,' inquit Harrius. 'nisi scis unde septem Nimbos MMI gratuitos comparare possimus ad certamen cum Sly–'

verbis reliquis Harrii obstrepuit querela stridula orta a loco talis eius propinquo. oculis deorsum conversis, invenit se par oculorum flavorum et velut lampadum lucentium intueri. erat Domina Norris, feles cinerea macie confecta, qua usus est ianitor, Argus Filch, velut vicario in bello sine fine cum discipulis gesto.

'melius sit si hinc abeas, Harri,' inquit Nicolaus celeriter. 'Filch est animo parum contento. influentia laborat et aliqui tertianorum tectum omne carceris quinti cerebris ranarum casu sparserunt, quod mane totum depurgavit, et si te viderit lutum ubique diffundentem ...'

'non erras,' inquit Harrius, pedem referens ab oculis defixis et accusatoriis Dominae Norris, sed parum celeriter. ad locum tractus potestate arcana quae videbatur eum coniungere cum fele taetra, Argus Filch subito erupit per aulaeum a dextra Harrii, anhelans et oculis insanis praecepti violatorem quaerens. caput vinctum est mitella crassa Caledonica et nasus erat praeter solitum purpureus.

'colluvies!' clamavit, mentis trementibus, oculis modo terribili protrusis dum lacum lutulentum digito monstrat qui de vestibus Harrii ludi Quidditch defluxerat. 'ubique sordes et spurcitia! satis habeo, ut plane dicam! me sequere, Potter!'

Harrius igitur manu iactando Nicolaum Paene Capite Carentem maeste valere iussit, et ianitorem Filch deorsum redeuntem secutus est, duplicans vestigia lutulenta quae erant in pavimento.

Harrius nunquam prius fuerat in sede officii ianitoris Filch; locus erat quem plerique discipuli vitaverunt. conclave erat sordidum, sine fenestris, illuminatumque una lacerna olearia de tecto humili pendente. odor tenuis piscium frictorum in loco morabatur. armaria lignea schedularum circa muros stabant; e pittaciis eis affixis Harrius poterat videre inesse monimenta discipulorum omnium de quibus Filch unquam poenas sumpserat. loculum unum Fredericus et Georgius Vislius sibi habebant. a muro qui erat post scrinium ianitoris Filch pendebant compedes manicaeque multae bene politae. constabat inter omnes eum semper Dumbledorem orare ut sibi liceret discipulos talis religatis tecto suspendere.

Filch pennam a vase in scrinio posito rapuit et incessu parum firmo circumerrare coepit membranam quaerens.

'stercus,' murmuravit furibundus, 'muci magni et ferventes draconum ... ranarum cerebra ... rattorum intestina ... satis habeo ... *exemplum* statuendum ... ubi est formula ... ita vero ...'

volumen magnum membraneum e loculo scrinii receptum ante se extendit, pennam longam et nigram in atramentarium immergens.

'*nomen* ... Harrius Potter. *crimen* ...'

'nil erat nisi paullum luti!' inquit Harrius.

'tibi nil est nisi paullum luti, mihi autem est hora additicia rerum depurgandarum!' clamavit Filch, stilla modo iniucundo in extremo naso tremente. '*crimen* ... castellum inquinare ... *supplicium idoneum* ...'

nasum fluentem leniter detergens, Filch oculis limis Harrium modo iniucundo aspexit, qui animo suspenso exspectabat quidnam esset supplicium.

sed dum Filch pennam demittit, in tecto sedis officii auditus est FRAGOR maximus, qui lucernam oleariam tremefecit.

'PEEVES!' Filch vociferatus est, pennam deiciens iracundia elatus. 'hoc tempore te capiam, te capiam!'

nec Harrium respiciens, Filch pedibus planis e sede officii cucurrit, Domina Norre iuxta eum ruente.

Peeves erat idolon clamosum scholae, homo molestus, subridens et aere vectus cuius vita ad nil aliud spectabat quam ad stragem aerumnasque creandas. Harrius Peevem non multum amabat, sed sperabat quidquid Peeves fecisset (tantus fuerat sonitus ut verisimile esset eum hoc tempore aliquid permagnum fregisse) ianitorem Filch a se avocaturum esse.

ratus se forsan debere manere dum Filch rediret, Harrius in sellam blattis peresam se demisit quae erat prope scrinium, in quo praeter formulam eius e parte dimidia inscriptam erat una res sola: involucrum magnum, nitidum, purpureum, litteris argenteis a fronte notatum. Harrius, oculis celeriter in ianuam coniectis, cavens ne Filch rediret, involucrum sustulit et legit:

CELERECARMEN
Studium Elementorum Artis Magicae
Per Commercium Epistulare

miratus, Harrius cito involucrum aperuit et fasciculum membranae quod intus erat extraxit. in prima pagina litteris pluribus curvatis et argenteis scriptum est:

> *an sentis te claudicare in mundo magico hodierno? an invenis te tete excusare ab incantamentis simplicibus fungendis? an unquam ludibrio fuisti ob baculum parum efficax?*
>
> responsum est!
>
> *Celerecarmen est disciplina omnino recens, periculi expers, eventus celeres habens, facile discenda. centenis magarum magorumque profuit ratio Celeriscarminis.*
>
> *Magistra Z. Urtica, incola vici Topsham, scribit:*
> *'incantamenta non potui meminisse et familia de potionibus meis iocabatur! nunc a doctoribus Celeriscarminis instructa in conviviis omnes me colunt atque observant et amici supplices compositionem Solutionis meae Scintillantis rogant!'*
>
> *Magister D. J. Prod, incola vici Didsbury, inquit:*
> *'uxor carmina mea imbecilla deridebat, sed uno post mense quam disciplinam tuam mirabilem Celerecarmen inii, re bene gesta eam in bovem Tibetanum mutavi! gratias tibi ago, Celerecarmen!'*

Harrius, re captus, cetera quae in involucri erant celeriter inspexit. cur tandem Filch disciplinae Celeriscarminis studere volebat? an id significabat eum non verum esse magum? Harrius tum ipsum legebat 'Studium Primum: de Baculo Tenendo (Consilium Utile)' cum sonitus externus pedum per humum tractorum reditum ianitoris Filch nuntiavit. Harrius membranam rursus in involucrum insertam in scrinium tum ipsum reiecit cum ianua aperta est.

Filch vultum triumphantis habuit.

'armarium illud evanescens erat pretiosissimum!' gaudens Dominae Norri dicebat. 'hoc tempore Peevem expellemus, deliciae meae.'

Harrium conspexit et tum oculos celerrime convertit in involucrum quod, ut Harrius sero intellexit, iacebat duobus pedibus distans a loco ubi prius fuerat. vultus pallidus ianitoris Filch colore ruberrimo mutatus est. Harrius se paravit ad fluctum summum irae. Filch incessu ad scrinium transiit et involucrum arreptum in loculum coniecit.

'an tu – an tu legisti –?' balba et perturbata voce inquit.

'minime,' Harrius celeriter mentitus est.

manus nodosae ianitoris Filch inter se implicabantur.

'si putarem te legisse privatum meum ... scilicet non est meum ... est amici ... sed hoc nihil ad rem ... tamen ...'

Harrius eum intuebatur, perturbatus; aspectus ianitoris Filch nunquam insanior fuerat. oculi protrudebantur, gena una cavernosa huc illuc trahebatur, neque mitella illa Caledonica eum multum iuvabat.

'sit ita ... abi ... neque verbum cuiquam dixeris ... nec tamen ... quodnisi legisti ... nunc abi, necesse est mihi referre rem Peevis in formulam ... abi ...'

fortunae suae vix credens, Harrius cursu e sede officii egressus, festinavit per transitum et scalas rursus ascendit. verisimile erat neminem prius effugisse e sede officii ianitoris Filch impunitum; sic Harrius, ut videbatur, condiscipulos omnes superaverat.

'Harri! Harri! an res bene gesta est?'

Nicolaus Paene Capite Carens ex auditorio volans elapsus est. post eum, Harrius ruinam magni armarii nigri et aurei videre poterat quod, ut videbatur, ab altitudine magna demissum erat.

'Peevi persuasi ut id frangeret recta supra sedem officii ianitoris Filch,' inquit Nicolaus alacriter. 'putabam id fortasse eum
distracturum esse –'

'an tu id fecisti?' inquit Harrius animo grato. 'ita vero, res
bene gesta est. ne detentus quidem sum. gratias tibi ago,
Nicolae!'

coniuncti adverso transitu profecti sunt. Harrius animadvertit
Nicolaum Paene Capite Carentem adhuc tenere epistulam
repulsae a Viro Egregio Patricio missam.

'utinam aliquo modo tibi subvenire possim de Venatione
Capite Carentium,' Harrius inquit.

Nicolaus Paene Capite Carens vestigia pressit et Harrius recta
per medium eius iit. cuius rei eum paenitebat, quod haud aliter
erat ac si imbrem glacialem transiisset.

'sed est aliquid quod tu mihi facere possis,' inquit Nicolaus
animo commoto. 'Harri – an nimium rogem – sed haud ita, tu
nolis –'

'quid est?' inquit Harrius.

'si scire vis, hic Vesper Sanctus erit Dies Mortis meus quin-
gentensimus,' inquit Nicolaus Paene Capite Carens, se erigens
et sibi vultum gravem induens.

'oh,' inquit Harrius, nescius, hoc audito, utrum vultum
tristem an laetum sibi indueret. 'sit ita.'

'convivium apparo deorsum in carcere quodam maiore. amici
advenient ab omnibus partibus terrae. si tu adsis, *honorem*
tantum mihi tribuas. libentissime accipiantur quoque Dominus
Vislius et Domina Granger, scilicet – sed ausim dicere vos potius
ituros esse ad dapem scholasticam?' Harrium aspexit animo
suspenso.

'haud ita,' inquit Harrius celeriter, 'ego veniam –'

'puer carissime! Harrium Potterum in Convivio Diei Mortis
mihi adesse! an,' haesitavit, vultum commotum praeferens,
'putas *posse* fieri ut dicas Viro Egregio Patricio *quantum* terroris
et maiestatis in me invenias?'

'l-libenter,' inquit Harrius.

Nicolaus Paene Capite Carens oculis renidentibus eum
aspexit.

*

'Convivium Diei Mortis?' inquit Hermione alacriter, cum Harrius tandem vestes mutavisset et cum ea et Ronaldo in loco communi convenisset. 'sponsionem faciam non multos homines vivere qui dicere possint se convivio tali interfuisse – erit periucundum!'

'cur quisquam velit celebrare diem quo mortuus est?' inquit Ronaldus, qui, penso Potionum implicatus, erat animo demisso. 'res erit, ut mihi videtur et letifera et luctuosa ...'

imber fenestras adhuc verberabat, quae nunc colorem atramenti habebant, sed in parte interiore omnia videbantur laeta et candida. lux ignis supra innumerabiles sellas molles et reclinatorias candebat ubi homines sedebant legentes, colloquentes, pensaque domestica facientes, aut, quod ad Fredericum et Georgium Vislium pertinebat, invenire conantes quid futurum esset si Salamandram pyromato Philibusteri cibares. Fredericus lacertam ignicolam aurantio colore splendentem a studio Animalium Magicorum Curandorum 'servaverat', quae nunc in mensa leniter fervebat corona hominum curiosorum circumdata.

Harrius Ronaldum et Hermionem de ianitore Filch et disciplina Celeriscarminis certiores facturus erat cum Salamandra subito in aera ruit sonitu sibilanti, scintillas et fragores magnos emittens dum circum conclave insane volvitur. aspectus Persei Fredericum et Georgium tam ferociter increpantis ut vox rauca facta sit, spectaculum mirum stellarum tangerinarum ex ore Salamandrae effluentium effugiumque eius in ignem, cum diruptionibus eam comitantibus, ex animo Harrii cum ianitorem Filch tum involucrum Celeriscarminis expulerunt.

*

cum Vesper Sanctus advenit, Harrium iam paenitebat quod temere promiserat se iturum esse ad Convivium Diei Mortis. ceteri discipuli laeti dapem Vesperis Sancti exspectabant; Atrium Magnum vespertilionibus vivis solito more ornatum erat, pepones illi immensi Hagridi in lucernas tantas secti erant ut tres homines in eis sedere possent, eratque fama Dumbledorem gregem larvarum saltantium conduxisse animi causa.

'promittere est promittere,' Hermione Harrium admonuit modo dominanti. '*dixisti* te ad Convivium Diei Mortis iturum esse.'

itaque, hora septima, Harrius, Ronaldus Hermioneque recta via praeterierunt ianuam Atrii Magni frequentissimi, quod pateris aureis et candelis animos illicientibus fulgebat, et se potius ad carceres contulerunt.

transitus ad convivium Nicolai Paene Capite Carentis ferens candelis quoque instructus erat, eventu tamen parum laeto: hi erant cerei longi, tenues, nigerrimi, omnes flagrantes flammis valde caeruleis, quae lumine debili et monstruoso etiam facies vivas eorum obscurabant. quo longius ibant, eo maius frigus fiebat. dum Harrius tremescit et vestes arte circum se trahit, sonitum audivit similem unguibus mille ingentem tabulam nigram scriptoriam radentibus.

'an opinantur id esse *musicam*?' Ronaldus susurravit. angulum circumierunt et Nicolaum Paene Capite Carentem viderunt ianuae adstantem velis nigris e velvetto factis ornatae.

'amici carissimi,' inquit lugubriter, 'salvete, salvete ... maxime gaudeo vos advenisse ...'

petaso plumigero rapide sublato, caput inclinans eos intus accepit.

spectaculum erat incredibile. in carcere erant centeni homines margarito candicantes et translucidi, quorum plerique circa aream saltatoriam celebratam errabant, modo Vindobonensi saltantes ad sonitum horribilem et vibrissantem triginta serrarum musicarum, quibus canebant symphoniaci instructi in suggestu nigris velis operto. supra capita candelabrum e pluribus candelis nigris mille numero factum flagrabat flammis caeruleis mediae noctis. nebula e spiritu facta ante eos orta est; haud aliter erat quam si in armarium frigidarium iniissent.

'an circumibimus rem inspicientes?' Harrius proposuit, pedes tepefacere volens.

'cavete ne per medium cuiusquam eatis,' inquit Ronaldus animo anxio, et circa marginem areae saltatoriae profecti sunt. praeterierunt gregem morosarum virginum sacrarum, hominem pannosum vincula gerentem Fratremque Pinguem, simulacrum hilare Hufflepuffanum, qui cum equite colloquebatur qui sagittam habebat e fronte protrusam. Harrius non miratus est cum videret simulacra alia inter se et Baronem Cruentum, simulacrum macrum Slytherinum oculis defixis et maculis sanguinis argentei opertum, intervallum longum servare.

'oh, non ita,' inquit Hermione, repente consistens. 'revertimini, revertimini, cum Myrta Maerenti colloqui nolo –'

'quis?' inquit Harrius, dum pedem celeriter referunt.

'lavatorium puellarum frequentat quod est in tabulato primo,' inquit Hermione.

'num *lavatorium* frequentat?'

'ita vero. toto anno non fuit utendum quod illa semper tumultuatur et locum inundat. quod cum ita esset, nunquam illuc ibam si id vitare poteram, horribile est conari lavatum ire, illa tibi vagiente –'

'en cibum!' inquit Ronaldus.

in altero latere carceris erat mensa longa, ea quoque velvetto nigro operta, cui avide appropinquaverunt, sed post momentum in vestigiis constiterant, horrore perculsi. odor erat admodum taeter. pisces magni et tabescentes in pateris pulchris et argenteis iacebant; liba adeo usta ut similia essent carbonibus in patellis acervata; erat follis amplus Caledonicus putrescens et massa lactis coacti operta mucore fungoso et viridi, primumque locum habebat ingens libum canum formatum in figuram monumenti, et his verbis e saccharo pici liquidae simili factis inscriptum,

Vir Egregius Nicolaus de Mimsy-Porpington
mortem obiit Prid. Kal. Nov. MCCCCXCII

Harrius spectavit, stupefactus, dum simulacrum corpulentum mensae appropinquat, se submittit, inceditque per eam, ore ita hiante ut per medium salmonis cuiusdam male olentis iret.

'an potes eius saporem capere si per medium incedis?' Harrius eum rogavit.

'paene,' inquit simulacrum maeste, et aberravit.

'sententia mea, passi sunt eum tabescere ut saporem fortiorem habeat,' inquit Hermione plusscia, nasum claudens et propius se inclinans ut follem Caledonicum putrescens inspiceret.

'an licet nobis abire? nauseabundus sum,' inquit Ronaldus.

vix, tamen, conversi erant cum homunculus quidam subito
e spatio quod erat sub mensa evolavit et in medio aere ante eos
constitit.

'salve, Peeves,' inquit Harrius caute.

dissimilis simulacris quae circum eos erant, Peeves, idolon
illud clamosum, longe aberat ut pallens aut translucidus esset.
petasum convivalem aurantio colore splendentem, focale revol-
ubile formatum in figuram papilionis risumque distortum in ore
hianti et nefario gerebat.

'an gustulos vultis?' inquit suaviter, vas arachidnarum fungo
opertarum eis offerens.

'benigne,' inquit Hermione.

'audivi vos colloquentes de Myrta misera,' inquit Peeves,
oculis salientibus. '*male* dixistis de Myrta misera.' spiritum altum
duxit et voce magna vociferatus est, 'OHE! MYRTA!'

'oh, non ita, Peeves, noli ei dicere quid dixerim, valde erit
perturbata,' Hermione susurravit amens. 'nolui id dicere, non
est mihi molesta – hem, salve, Myrta.'

simulacrum parvum et pingue puellae ad eos lapsum erat.
faciem habebat quam tristissimam Harrius unquam viderat,
semiopertam capillis flaccidis et perspecillis crassis atque parum
liquidis.

'quid?' inquit vix laete.

'salve, Myrta!' inquit Hermione, voce alacri et parum sincera.
'gaudeo quod te extra lavatorium video.'

Myrta auram naribus captavit.

'Domina Granger nunc nuper de te loquebatur,' inquit Peeves
furtim in aurem Myrtae.

'dicebam tantum – dicebam – quam scita hac nocte videaris
esse,' inquit Hermione, Peevem oculis torvis aspiciens.

Myrta Hermionem intuita est, suspectam eam habens.

'illudis me,' inquit, lacrimis argenteis per oculos parvos et
translucidos celeriter obortis.

'haud ita – pro fidem – nonne nunc nuper dixi quam scita
Myrta videretur?' inquit Hermione, costas Harrii et Ronaldi ita
fodicans ut dolorem afferret.

'non credo ...'

'immo, id dixit ...'

'nolite mihi mentiri,' Myrta anhelavit, facie iam lacrimis perfusa, dum Peeves supra umerum laete cachinnat. 'an putatis me nescire quae homines me absentem appellent? Myrta pinguis! Myrta turpis! Myrta maesta, maerens, miserabilis!'

'omisisti "maculosa",' Peeves in aurem eius sibilavit.

Myrta Maerens lacrimas summi luctus effundere coepit et e carcere fugit. Peeves eam cursu secutus est, arachnidas putridas coniciens et clamans, 'Maculosa! Maculosa!'

'eheu,' inquit Hermione maeste.

Nicolaus Paene Capite Carens ad eos per turbam lente tetendit.

'an voluptatibus fruimini?'

'ita vero,' mentiti sunt.

'non pauci homines adsunt,' inquit Nicolaus Paene Capite Carens superbiens. 'Vidua Vagiens usque a Cantio venit ... tempus orationis meae paene adest, melius sit si abeam symphoniacos admonitum ...'

symphoniaci, tamen, hoc ipso tempore canere destiterunt. illi, et alii omnes qui in carcere erant, tacuerunt, cum cornu venaticum insonaret.

'oh, sic initium capimus,' inquit Nicolaus Paene Capite Carens acerbe.

per murum carceris irruperunt duodecim phantasmata equina, omnia directa ab equite capite carente. conventus plausum insanum dedit; Harrius quoque plaudere coepit, sed celeriter destitit cum vultum Nicolai Paene Capite Carentis videret.

equi in mediam aream saltatoriam cursu citato ingressi constiterunt, pedes priores erigentes et demittentes; simulacrum magnum a fronte, cuius caput barbatum erat sub bracchio, cornu canens, desiluit, caput alte in aera sustulit ut videre supra turbam posset (omnes riserunt) incessitque ad Nicolaum Paene Capite Carentem, caput in cervicem rursus comprimens.

'Nicolae!' infremuit. 'quid agis? an caput adhuc ibi suspensum habes?'

in cachinnum effusus est et umerum Nicolai Paene Capite Carentis sonitu magno percussit.

'salve, Patrice,' inquit Nicolaus dure.

'homines vivi,' inquit Vir Egregius Patricus, conspiciens Harrium Ronaldum Hermionemque et in aera tam alte saliens, dum admirationem simulat, ut caput rursus deciderit (quod circulum in risum maximum movit).

'sane lepidum,' inquit Nicolaus Paene Capite Carens ambigue.

'nolite Nicolaum curare!' clamavit caput Viri Egregii Patrici a terra. 'adhuc dolet quod eum non in Venatum admittimus! sed, di boni – aspicite hominem –'

'puto,' inquit Harrius festinans, signo idoneo a Nicolao accepto, 'Nicolaum terrorem hominibus inicere et – hem –'

'ha!' clamavit caput Viri Egregii Patrici, 'sponsionem faciam eum te rogavisse ut id diceres.'

'si vos omnes me animis attentis audire vultis, tempus est orationis meae,' inquit Nicolaus Paene Capite Carens voce magna, ad suggestum incedens et in lumen versatile coloris caerulei glacialis ascendens.

'viri nobiles, dominae dominique officio functi et desiderati, est mihi dolor magnus ...'

sed nemo multo plus audivit. Vir Egregius Patricus et alii Venatores Capite Carentes iam ludum Capitis Malleo Pulsandi coeperant et circulus ad spectandum vertebatur. Nicolaus Paene Capite Carens auditores rursus attentos facere frustra conatus est, sed rem omisit cum caput Viri Egregii Patrici praeter eum volaret magnis cum clamoribus.

Harrius iam frigore laborabat, ne dicam fame.

'non multo plus huius modi ferre possum,' Ronaldus mussavit, dentibus trementibus, dum symphionaci iterum stridere incipiunt et simulacra incessu confidenti in aream saltatoriam redeunt.

'abeamus,' Harrius consensit.

pedem ad ianuam rettulerunt, adnuentes et renidentes si quem viderant se aspicientem, et post minutum festinantes sursum per transitum candelarum nigrarum plenum redibant.

'potest fieri ut aliquid mensarum secundarum reliquum sit,' inquit Ronaldus sperans, dum eos ad gradus Vestibuli ducit.

et tum Harrius eam audivit.

'... *seca* ... *lacera* ... *occide* ...'

erat vox eadem, vox eadem frigida et sanguinolenta quam in sede officii Lockhartis audiverat.

pedes titubantes cohibuit, murum lapideum prensans, audiens auribus quam maxime erectis, circumspiciens, oculis limis transitum obscure illuminatum lustrans.

'Harri, quid tu –'

'est vox illa rursus – tace parumper –'

'... *taanta fames ... tamdiu ...*'

'audite!' inquit Harrius vehementer, et Ronaldus Hermioneque congelaverunt, eum spectantes.

'... *occide ... tempus occidendi ...*'

vox deficiebat. Harrius non dubitabat quin illa abiret – abiret sursum. simul pavore et animi agitatione commotus est dum in tectum obscurum oculos defigit; quomodo poterat illa sursum ire? an erat phantasma, quod tecta lapidea impedire non poterant?

'hac via eamus,' clamavit et currere coepit, scalas ascendens, in Vestibulum. non sperandum erat eos hic quidquam audituros esse, sermo garrientium inter dapem Vesperis Sancti ex Atrio Magno resonabat. Harrius currens per scalas marmoreas ad tabulatam primam ferentes ascendit, Ronaldo et Hermione eum cum strepitu sequentibus.

'Harri, quid nos –'

'STT!'

Harrius aures intendit. procul, a tabulato superiore, et semper deficientem, vocem audivit: '... *odoror sanguinem ... ODOROR SANGUINEM!*'

stomachus nauseabat. 'id aliquem interficiet!' clamavit, et vultus perturbatos Ronaldi et Hermionis neglegens, scalas proximas tam celeriter ascendit ut tantum in tertium quemque gradum vestigia poneret, conans audire vocem inter sonitum gravem pedum suorum.

Harrius circa totum tabulatum secundum ruit, Ronaldo et Hermione anhelis eum sequentibus, neque constitit priusquam angulum circumierunt et in transitum ultimum et desertum ingressi sunt.

'Harri, *quidnam* erat illud?' inquit Ronaldus, sudorem de facie detergens. 'ego nihil audire poteram ...'

sed Hermione singultum subitum edidit, partem remotiorem transitus ostendens.

'*aspicite!*'

aliquid in muro adverso fulgebat. appropinquaverunt, lente, oculis limis per tenebras spectantes. verba unum pedem alta in muro qui erat inter duas fenestras picta erant litteris rudibus sub lumine facum flammantium micantibus.

CAMERA SECRETORUM APERTA EST.
HOSTES HEREDIS, CAVETE.

'quid est illud – subter suspensum?' inquit Ronaldus, voce paululum tremula.

dum caute appropinquant, Harrius lapsus paene cecidit: in pavimento erat lacuna aquae magna. Ronaldus et Hermione eum comprehenderunt, et ad titulum unciatim processerunt, oculis in umbram obscuram quae subter erat defixis. tres omnes statim intellexerunt quid esset, et retro salierunt cum aspergine aquae.

Domina Norris, feles ianitoris, cauda a fulcimento facis pendebat. tam rigida erat quam silex, oculis latis et defixis.

pauca secunda, loco steterunt. tum Ronaldus inquit, 'hinc abeamus.'

'nonne debemus conari auxilium ferre –' Harrius coepit, dubitans.

'mihi crede,' inquit Ronaldus. 'nolumus hic inveniri.'

sed sero erat. murmure simili tonitrus longinqui admoniti sunt dapem modo finem habuisse. ab extremis partibus transitus ubi steterunt hinc atque illinc ortus est sonitus pedum centenorum scalas ascendentium et sermo clarus laetusque hominum bene cenatorum; post momentum, discipuli in transitum ab utraque parte irrumpebant.

sermones, tumultus, strepitus repente mortui sunt cum homines primi felem pendentem conspicerent. Harrius, Ronaldus Hermioneque steterunt soli in medio transitu, dum silentium oritur inter turbam discipulorum, instantium ut spectaculum foedum viderent,

tum vox audita est clamantis inter quietem.

'hostes heredis, cavete! proximi eritis, Lutosanguines!'

erat Draco Malfoy. ad frontem turbae vi viam fecerat, oculis frigidis viventibus, facie, plerumque pallida, rubore suffusa, dum subridens felem suspensam et immobilem contemplatur.

Inscriptio Muri

'quid hic agitur? quid agitur?'

Argus Filch, scilicet clamore Malfonis attractus, advenit, viam per turbam vi faciens. tum dominam Norrem vidit et recidit, vultum arripiens et horrore perculsus.

'feles mea! feles mea! quid Dominae Norri accidit?' clamavit. et oculis protrusis Harrium conspexit.

'*tu!*' ululavit, '*tu!* felem meam trucidavisti! eam occidisti! ego te occidam! ego –'

'*Arge!*'

Dumbledore in scaenam prodierat, nonnullis aliis doctoribus sequentibus. paucis secundis, incessu celeri Harrium, Ronaldum Hermionemque praeterierat et Dominam Norrem a fulcimento facis removerat.

'mecum veni, Arge,' inquit ianitori Filch. 'vos quoque, Domine Potter, Domine Visli, Dominula Granger.'

Lockhart cupide processit.

'sedes officii mea proxima est, Praeses – necesse est tantum scalas ascendere – vacat tibi si vis.'

'gratias tibi ago, Gilderoy,' inquit Dumbledore.

turba silens spatium dedit ut illi praeterirent. Lockhart, visus esse animo commoto et superbo, festinans Dumbledorem secutus est; secuti sunt quoque Professores McGonagall et Snape.

dum in sedem officii obscuratam Lockhartis ineunt trans muros facta est commotio; Harrius vidit imagines complurium Lockhartium e conspectu motu subito evanescentes, capillis cylindratis. Lockhart ille verus candelas quae in scrinio erant accendit et se recepit. Dumbledore Dominam Norrem in summa parte expolita posuit et inspicere coepit. Harrius, Ronaldus

Hermioneque oculos intentos inter se coniecerunt et in sellas se immerserunt quae erant extra circulum candelis illuminatum, spectantes.

extremitas nasi Dumbledoris longi et contorti vix unciam aberat a pelle Dominae Norris, quam diligenter per perspecilla semilunaria inspiciebat, digitis longis eam leniter stimulantibus et fodicantibus. Professor McGonagall vix longius aberat, oculis coartatis. Snape a tergo eis imminebat, umbra semiopertus, vultu sane novo, quasi niteretur ne subrideret. et Lockhart eos omnes circumvolitabat, admonens.

'non dubium est quin exsecratio eam interfecerit – potest fieri ut fuerit Cruciatus Transmogrificus. usum eius saepe vidi, itaque infeliciter accidit ut non adessem, scio exsecrationem ipsam contrariam quae eam defendere potuit ...'

verba Lockhartis singultibus ianitoris Filch aridis et crebris interrupta sunt. ille in sella iuxta scrinium posita sedebat, nec poterat Dominam Norrem aspicere, os manibus tenens. Harrius, cum ianitorem Filch vehementer odisset, tamen non facere potuit quin se paulum eius misereret, quamquam longe aberat quin se tantum eius misereret quantum sui. si Dumbledore ianitori Filch crediderat, non dubium erat quin futurum esset ut ipse expelleretur.

Dumbledore verba nova voce submissa iam murmurabat et Dominam Norrem baculo fodicabat nec tamen eventu bono: nihilominus illa videbatur quasi nuper farta esset.

' ... memini aliquid admodum simile factum esse in Ouagadougou,' inquit Lockhart, 'seriem temptationum, res tota in biographia mea narrata est. amuleta varia oppidanis praebere potui quae rem statim sanaverunt ...'

imagines photographicae Lockhartis muris affixae omnes adnuebant dum ille loquebatur. una ex eis rete capillorum demere oblita erat.

tandem Dumbledore se erexit.

'illa non est mortua, Arge,' inquit molliter.

Lockhart subito tacuit dum caedes sibi prohibitas enumerat.

'non mortua est?' inquit Filch voce strangulata, Dominam Norrem per digitos aspiciens. 'nonne est omnino – omnino rigida et congelata?'

'illa Petrifacta est,' inquit Dumbledore ('ah! sic opinatus sum!' inquit Lockhart). 'sed quomodo factum sit non dicere possum ...'

'roga *eum*!' clamavit Filch, vultu maculoso et lacrimis corrupto in Harrium converso.

'nemo secundanorum hoc facere potuit,' inquit Dumbledore voce firma. 'necesse sit uti Arte Magica Nigra maxime recondita –'

'ille id fecit, ille id fecit!' sputavit Filch, facie cavernosa purpurascente. 'vidisti quid in muro scriberet! invenit – in sede officii mea – scit me esse – me esse –' facies ianitoris Filch spasmo horribili laborabat. 'scit me esse Squibum!' finem fecit.

'Dominam Norrem nunquam *tetigi*!' inquit Harrius voce magna, inquietatus quod sciebat omnes se aspicere, inter quos erant Lockhartes omnes muris affixi. 'neque scio quidem quid sit Squibus.'

'nugas!' inquit Filch, hirriens. 'epistulam meam a Celericarmine missam vidit!'

'an licet mihi aliquid dicere, Praeses?' inquit Snape ex umbris, et Harrius etiam plus mali praesagivit; pro certo habebat nil quod Snape dicturus esset sibi vel minime profuturum esse.

'potest fieri ut Potter et amici eius tantum errorem loci atque temporis fecerint,' inquit, labro superiore modo fastidioso paulum sublato quasi id vix crederet, 'sed res suspiciosas hic habemus. quid tandem causae fuit cur in transitu superiore adessent? quid fuit causae cur non adessent ad dapem Vesperis Sanctae?'

Harrius, Ronaldus Hermioneque omnes coeperunt copiose explicare de Convivio Diei Mortis, ' ... aderant centena simulacra. tibi dicent nos illic adfuisse –'

'postea tamen cur dapi non intervenistis?' inquit Snape, oculis nigris luce candelarum coruscantibus. 'cur in transitum illum ascendistis?'

Ronaldus et Hermione Harrium aspexerunt.

'quod – quod –' Harrius inquit, corde celerrime micante; aliquid eum admonuit id longe repetitum visurum esse si eis diceret se illuc ductum esse voce incorporali quam nemo praeter se audire posset, 'quod defessi eramus et cubitum ire vole-bamus,' inquit.

'num incenati?' inquit Snape, vultu macro risu triumphali breviter illuminato. 'non putabam simulacra in conviviis suis cibum praebere idoneum hominibus vivis.'

'non esuriebamus,' inquit Ronaldus voce magna, dum venter murmure magno insonat.

risus malignus Snapis latius se extendit.

'Potter, ut mihi videtur, Praeses, non omnia ad veritatem dicit,' inquit. 'forsan utile sit beneficia quaedam ei adimere dum rem totam nobis narrare velit. sententia mea, a turma Gryffindorensi ludi Qudditch excludendus est dum sincerus esse velit.'

'num ita censes, Severe?' inquit Professor McGonagall acriter. 'ego causam nullam scio cur puer a ludo Quidditch excludendus sit. huius felis caput non est percussum scoparum manubrio. testimonium nullum habemus Potterum aliquid peccavisse.'

Dumbledore Harrium acie oculorum scrutabatur. oculi eius micantes et subcaerulei Harrii sensus penetraverunt ut Roentgeniani radii.

'quisque praesumitur bonus, donec probetur contrarium, Severe,' inquit Dumbledore voce firma.

Snape aspectum habebat furentis. item Filch.

'feles mea Petrificata est,' ululavit, oculis protrusis. 'aliquid *supplicii* videre volo!'

'poterimus eam sanare, Arge,' inquit Dumbledore patienter. 'Magistra Caulicula Mandragoras aliquot nuper comparavit. cum primum illi adoleverint, potionem faciendam curabo quae Dominam Norrem recreabit.'

'ego eam faciam,' Lockhart interpellavit. 'sane eam centiens feci, Haustum Mandragorarum Recreativum vel dormiens conco-quere possim –'

'da veniam,' inquit Snape gelide, 'sed credo me esse magistrum Potionum huius scholae.'

intervallum erat difficillimum.

'licet vobis abire,' Dumbledore inquit Harrio, Ronaldo Hermionique.

abierunt quam celerrime neque tamen currentes. cum ad tabu-latum ascendissent quod erat supra sedem officii Lockhartis, in auditorium vacuum deverterunt et ianuam post se tacite clauserunt. Harrius vultus obscuratos amicorum oculis limis contemplatus est.

'an putatis me debuisse eis dicere de voce illa a me audita?'

'minime,' inquit Ronaldus, sine mora. 'audire voces quas nemo alius audire potest non est augurium faustum vel in mundo magico.'

sonus aliqui vocis Ronaldi Harrium rogare coegit, 'nonne tu mihi credis?'

'scilicet tibi credo,' inquit Ronaldus celeriter. 'at – tibi fatendum est rem esse novam ...'

'scio rem esse novam,' inquit Harrius. 'res tota est nova. quid voluerunt verba illa in muro scripta? *Camera aperta est* ... quid illud valet, rogo?'

'si scire vis, memoriam alicuius rei mihi renovat,' inquit Ronaldus lente. 'puto aliquem olim mihi fabulam narravisse de camera secreta Scholae Hogvartensis ... potest fieri ut fuerit Gulielmus ...'

'et quidnam est Squibus?' inquit Harrius.

miratus est quod Ronaldus cachinnum suppressit.

'quid dicam? – non est re vera ridiculum – sed quod ad ianitorem Filch pertinet ...' inquit. 'Squibus est aliquis qui natus familia magorum arte magica omnino caret. contrarius est, ut ita dicam, magis familia Mugglensium natis, sed admodum rari sunt Squibi. si Filch artem magicam discere conatur disciplina Celeriscarminis usus, sententia mea debet esse Squibus. sic multa manifesta fiant, ut causa cur discipulos tantopere oderit.' Ronaldus subrisit contentus. 'invidus est.'

horologium alicubi insonuit.

'nox media,' inquit Harrius. 'melius sit si cubitum eamus priusquam Snape interveniat et conetur nos accusare de re alia nobis infecta.'

*

paucis diebus, vix quidquam discipulis in ore fuit nisi vis Dominae Norri illata. Filch memoriam rei animis omnium renovavit spatiando in loco ubi temptatio facta est, quasi putaret percussorem fortasse rediturum esse. Harrius eum viderat inscriptionem muri purgantem 'Obliteratore Sordium Omnium Magico

Dominae Tergatricis,' sed frustra; verba non minus clare inter lapides fulgebant. Filch, cum a sceleris loco custodiendo vacaret, oculis rubentibus in transitionibus latebat, repente prosiliens inter discipulos improvidos et eos detinere conatus propter, ut haec exempla afferam, 'suspiria magna' et 'aspectus beatus'.

Ginnia Vislia videbatur sorte Dominae Norris maxime pertur-bata esse. Ronaldus dixit eam feles maxime amare.

'sed Dominam Norrem re vera non cognoveras,' Ronaldus ei dixit consolans. 'pro fidem, multo melius habemus ea carentes.' labrum Ginniae intremuit. 'res huius modo non saepe apud Hogvartenses fiunt,' inquit, animum eius confirmans. 'hominem insanum qui hoc fecit mox capient et hinc amovebunt. spero tantum eum ocasionem ianitoris Filch Petrifaciendi habiturum esse priusquam expellatur. hoc solum per iocum dixi –' Ronaldus addidit festinans, dum Ginnia pallescit.

Hermione quoque impetu in felem facto commota est. haud insolitum erat ei multum temporis libris legendis agere, sed nunc vix quidquam aliud faciebat. neque multum respondebat a Harrio et Ronaldo rogata quid ageret, neque illi id cognoverunt ante diem proximum Mercurii.

Harrius in classe Potionum retentus erat, ubi Snape eum remanere coegerat ut vermes tubulares de scriniis deraderet. celeriter pransus, scalas ascendit ut cum Ronaldo in bibliotheca conveniret, et Justinum Finch-Fletchley, puerum Hufflepuff-anum et Herbologiae condiscipulum, sibi appropinquantem vidit. Harrius os modo aperuerat ut eum salutaret cum Justin eum conxpexit, repente conversus est inque partem contrariam festinans abiit.

Harrius Ronaldum in aversa bibliotheca invenit, pensum scholasticum de Historia Artis Magicae metientem. Professor Binns rogaverat ut scriptum componerent tres pedes longum de 'Concilio Medii Aevi Magorum Europaeorum'.

'id non credo. unciis octo adhuc careo ...' inquit Ronaldus furibundus, membranam omittens, quae in volumen resiluit, 'et Hermione quattuor pedes et septem uncias confecit et litteris scribit *exiguis*.'

'ubi est illa?' rogavit Harrius, mensuram arripiens et pensum scholasticum suum evolvens.

'alicubi illic,' inquit Ronaldus, manu pluteos ostendens, 'librum alium quaerens. puto eam conari libros omnes bibliothecae ante diem natalem Christi legendo percurrere.'

Harrius Ronaldum docuit de fuga a se Justini Finch-Fletchley.

'nescio cur sis sollicitus, putabam eum stultiorem esse,' inquit Ronaldus, celerrime scribens, usus litteris quam maximis potuit. 'quantum nugarum de magnitudine Lockhartis –'

Hermione apparuit ab area pluteorum librorum. vultu erat irato et tum demum videbatur parata ad colloquendum cum eis.

'exempla *omnia* libri *Scholae Hogvartensis Historia* remota sunt,' inquit, considens iuxta Harrium et Ronaldum. 'neque liber in promptu erit ante hebdomadas duas; tot homines eum exspectant. *utinam* meum domi ne reliquissem, sed in vidulum cum libris omnibus Lockhartis includere non potui.'

'cur librum illum vis?' inquit Harrius.

'ob eandem causam cur omnes alii eum velint,' inquit Hermione, 'ut legendo discam de fabula Camerae Secretorum.'

'quid est illa?' inquit Harrius celeriter.

'id caput est. non meminisse possum,' inquit Hermione, labrum mordens. 'neque historiam alibi usquam invenire possum –'

'Hermione, da mihi scriptum tuum perlegere,' inquit Ronaldus desperans, horologium inspiciens.

'haud ita, non id dabo,' inquit Hermione, subito severa facta. 'decem dies tibi dati sunt ut pensum conficias.'

'opus est mihi solum duabus insuper unciis. da mihi, quaeso ...'

tintinnabulum insonuit. ierunt ad Historiam Magicae Artis, Ronaldo et Hermione ducentibus et inter se rixantibus.

in horario non erat studium molestius quam Historia Magicae Artis. Professor Binns, qui eam docuit, solus inter doctores eorum simulacrum erat, et id solum animos discipulorum excitavit cum per tabulam nigram scriptoriam adveniret. multi negaverunt eum, hominem antiquum et rugosum, animadvertisse se mortuum esse. tantum ad docendum quondam surrexerat et corpus suum in sella reclinatoria ante focum conclavis magistrorum reliquerat; ex quo ne minime quidem ordinem vitae mutaverat.

classis hodierna non minus solito molesta erat. Professor Binns commentarios aperuit et recitare coepit voce unum sonum bombientem habente simili pulveris hauritorio veteri dum paene omnes discipuli in soporem altum inciderunt, interdum satis diu reviviscentes ut nomen aut diem describerent, tum rursus somnum capientes. horam dimidiam iam loquebatur cum aliquid factum est quod nunquam prius factum erat. Hermione manum levavit.

Professor Binns, suspiciens in media auditione molestissima de Conventu Internationali Magorum anno MCCLXXXIX habito, stupere visus est.

'Dominula – hem –?'

'Granger, Professor. pergratum mihi feceris si nobis aliquid de Camera Secretorum dicere possis,' inquit Hermione voce clara.

Decanus Thomas, qui sederat ore hianti, oculis e fenestra directis, repente toporem excussit; caput Lavendrae Brunnae de bracchiis surrexit et cubitum Nevilli de scrinio delapsum est.

Professor Binns nictavit.

'studium meum est Historia Artis Magicae,' inquit voce arida et asthmatica. 'occupatus sum *factis*, Dominula Granger, non mythis fabulisque.' fauces purgavit sonitu parvo simili cretae frangendae et auditionem resumpsit, 'mense Septembri illius anni, pars peculiaris consilii incantatorum Sardorum –'

constitit balbutiens. manus Hermionis rursus in aere iactabatur.

'Dominula Grant?'

'nonne, amabo te, domine, fabulae semper factis fundatae sunt?'

Professor Binns admiratione tanta eam contemplabatur ut Harrius pro certo haberet discipulum nullum eum antea unquam interpellavisse, vivum aut mortuum.

'ita vero,' inquit Professor Binns lente, 'potest sic disputari, ut mihi videtur.' Hermionem rimatus est quasi nunquam prius discipulum recte vidisset. 'fabula tamen de qua loqueris est non solum *maior vero* sed etiam tam *ridicula* ...'

sed classis tota ab ore Professoris Binns iam pendebat. oculis hebetibus eos omnes aspexit, vultibus omnibus in suum conversis. Harrius videre poterat eum studio tam insolito omnino obrutum esse.

'oh, sit ita,' inquit lente. 'quidnam dicam ... de Camera Secretorum ...

'sine dubio vos omnes scitis magas magosque maximos aetatis scholam Hogvartensem plus mille abhinc annos – dies ipse est incertus – condidisse. domus quattuor scholae nomina eorum habent: Godric Gryffindor, Helga Hufflepuff, Rowena Ravenclaw Salazarque Slytherin. hoc castellum coniuncti aedificaverunt, procul ab oculis curiosis Mugglensium, illa enim aetate plebs media artem magicam timebat et magae magique multum vexationis toleraverunt.'

loqui intermisit, oculis lippientibus conclave circumspexit, pluraque dixit, 'annos paucos, conditores concordes laboraverunt, iuvenes quaerentes qui signa artis magicae habebant eosque ad castellum ducentes ut erudirentur. sed tum discordia inter eos orta est. discidium fiebat inter Slytherinum atque ceteros. in discipulis in Scholam Hogvartensem admittendis Slytherin modum *artiorem* imponere volebat. credebat enim studium artis magicae inter familias magicas sanguinis puri retinendum esse. nolebat discipulos admittere Mugglensibus natos, credens eos minus fidos esse. mox rixa gravi de hac re inter Slytherinum Gryffindoremque orta, Slytherin de schola discessit.'

Professor Binns rursus loqui intermisit, labra protrudens, similis testudini veteri atque rugoso.

'apud rerum scriptores fideles tantum videmus,' inquit, 'sed haec rerum fides historia fabulosa Camerae Secretorum obscurata est. tradunt Slytherinum cameram celatam in castello struxisse, de qua conditores alii nihil scirent.

'Slytherin, ut fert fama, Cameram Secretorum ita obsignavit ut nemo eam aperire posset priusquam heres eius ingenuus in scholam advenisset. heres solus Cameram Secretorum reserere possit, monstrum quod intus latebat emittere, eoque uti ad scholam purgandam ab omnibus indignis studio artis magicae.'

silentium erat dum finem facit narrandi, sed non erat silentium illud dormientium quod classes Professoris Binns implere solebat. trepidatio quaedam animos omnium pervasit dum eum adhuc spectant, plura sperantes. Professor Binns subirasci videbatur.

'res tota est sane inepta, mihi crede,' inquit. 'scilicet doctissimus quisque magorum magarumque scholam saepe scrutatus est, indicium camerae talis quaerens. illa non exstat. fabula narrata ut homines credulos terreat.'

manus Hermionis rursus in aera porrecta est.

'domine – quidnam vis dicere locutus de "monstro" quod in camera latebat?'

'id creditur esse portentum nesciocuius generis, cui nemo nisi heres Slytherinus moderari potest,' inquit Professor Binns voce arida atque tremula.

discipuli animis anxiis oculos inter se coniecerunt.

'vobis dico rem illam non exstare,' inquit Professor Binns, commentarios suos inter se miscens. 'neque Camera est neque monstrum.'

'at, domine,' inquit Seamus Finnigan, 'si Camera solum ab herede ingenuo Slytherini aperienda est, nonne nemo alius eam invenire *possit?*'

'nugas, O'Flaherty,' inquit Professor Binns voce irata. 'si ordo longus magistrorum atque magistrarum principum scholae Hogvartensis rem non invenerunt –'

'at, Professor,' interpellavit Parvati Patil pipians, 'nescio an futurum sit necesse uti Arte Magica Obscura ut eam aperias –'

'tantum quod magus Arte Magica Obscura non *utitur* non sequitur eum non *posse* illa uti, Dominula Pennyfeather,' Professor Binns increpuit. 'iterum dico, si homines Dumbledori similes ...'

'sed potest fieri ut necesse sit te cognatum esse Slytherino, itaque Dumbledore non possit –' coepit Decanus Thomas, sed Professor Binns satis habuerat.

'ne plura,' inquit acriter. 'fabula est! non exstat! nullum est indicium Slytherinum vel armarium scoparum arcanum unquam struxisse! me paenitet vobis rem tam stultam narravisse! ad *historiam*, amabo, redibimus, ad *res gestas* solidas, credibiles, codicibus confirmandas!'

et quinque minutis, classis in torporem solitum reciderat.

*

'semper sciebam Salazar Slytherinum istum alienata atque perversa mente esse,' Ronaldus Harrio Hermionique inquit, dum post finem classis pugnantes sibi viam per transitus frequentes patefaciunt ut saccos ante cenam deponerent. 'sed nunquam sciebam eum coepisse omnem hanc ineptiam sanguinis puri. nolim esse in domo illius etsi pecuniam mihi numeres. re vera, si Petasus Distribuens me inter Slytherinos ponere conatus esset, recta via domum hamaxosticho rediissem ...'

Hermione vehementer adnuit, nec tamen Harrius quidquam dixit. stomachus eius nunc nuper modo iniucundo demissus erat.

Harrius nunquam Ronaldo Hermionique dixerat Petasum Distribuentem deliberavisse num *se* inter Slytherinos poneret. meminisse poterat, velut si die hesterno factum erat, vocis parvae in aure loquentis cum petasum in caput anno priore posuisset.

'*tu enim possis magnus fieri, in capite indolem video, et Slytherin te adiuvet ad maiora nitentem, id non potest dubitari ...*'

sed Harrius, qui iam audiverat domum Slytherinam famam habere magorum nigrorum creandorum, desperans putaverat, 'non inter Slytherinos!' et Petasus dixerat, '*sit ita, si certum est tibi recusare ... melius erit si fies Gryffindorensis ...*'

dum longius turba truduntur, Colin Creevey praeteriit.

'salve, Harri!'

'salvus sis, Colin,' inquit Harrius invicem.

'Harri – Harri – puer quidam, condiscipulus meus, dixit te –'

sed Colin tam parvus erat ut non posset pugnare contra fluctum hominum se ferentem ad Atrium Magnum; audiverunt eum pipiantem, 'vale, Harri!' et discesserat.

'quid condiscipulus eius de te dicit?' Hermione rogavit.

'me esse heredem Slytherinum, nonne?' inquit Harrius, stomacho aliam unciam plus minus demisso, dum subito meminit quomodo Justin Finch-Fletchley a se hora prandii aufugisset.

'homines hic quidlibet credent,' inquit Ronaldus fastidiens.

turba attenuata, scalas proximas sine difficultate ascendere poterant.

'*num* putas Cameram Secretorum exstare?' Ronaldus Hermionem rogavit.

'nescio,' inquit illa, frontem contrahens. 'Dumbledore Dominam Norrem sanare non poterat, itaque puto fieri posse ut quidquid eam temptaverit non sit – hem – humanum.'

dum loquitur, angulum circumierunt et invenerunt se ad finem transitus ipsius advenisse ubi temptatio facta est. constiterunt et circumspexerunt. locus erat idem atque illa nocte fuerat nisi quod nulla feles rigida a fulcimento facis pendebat et sella vacua iuxta murum stabat titulo inscripto 'Camera aperta est'.

'locum illum Filch custodivit,' Ronaldus mussavit.

oculos inter se coniecerunt. transitus erat desertus.

'non nobis nocere potest si rem investigamus,' inquit Harrius, saccum demittens et in solum descendens ut manibus genibusque reperet, indicia quaerens.

'ecce notas exustionis!' inquit, 'hic – atque hic –'

'venite hoc inspectum!' inquit Hermione. 'hoc est insolitum ...'

Harrius surrexit et ad fenestram transiit proximam verbis in muro inscriptis. Hermione summam quadram vitream digito demonstrabat, ubi circa viginti aranei circumcursabant, pugnantes, ut videbatur, ut per rimam parvam vitri irent. filum longum et argenteum pendebat ut funis, quasi omnes eam ascendissent egredi festinantes.

'an unquam araneos vidisti sic facientes?' inquit Hermione admirans.

'haud ita,' inquit Harrius, 'an tu Ronalde? Ronalde?'

supra umerum respexit. Ronaldus stabat longe remotus, et animo certare videbatur cum impetu fugiendi.

'quid est?' inquit Harrius.

'ego – non – amo – araneos,' inquit Ronaldus voce constricta.

'nunquam id sciebam,' inquit Hermione, Ronaldum oculis admirantibus aspiciens. 'araneis in potionibus saepissime usus es ...'

'mortui non sunt mihi curae,' inquit Ronaldus, qui curabat ut quidlibet nisi fenestram spectaret, 'est tantum ut motus eorum mihi displiceat ...'

Hermione cachinnavit.

'non est ridiculum,' inquit Ronaldus, ferociter. 'si scire vis, cum tres annos natus eram, Fredericus meum – meum

ursulum panneum in araneum permagnum mutavit quod
ludibrium eius, scoparum manubrium, fregeram. neque tu eos
amares si ursulum tenuisses et subito plura quam debuit crura
habuisset ...'

sermonem interrupit, horrescens. manifestum erat Hermionem
adhuc conari risum coercere. Harrius, sentiens melius fore si de
re alia loquerentur, inquit, 'an meministis quantum aquae in solo
esset? unde venit illa? nescioquis id siccavit.'

'hic prope erat,' inquit Ronaldus, ita recreatus ut gradus
paucos praeter sellam ianitoris Filch iret et locum digito demonstraret. 'aequum huic ianuae.'

manum ad ansam aeneam porrectam subito retraxit quasi
ustus esset.

'quid est?' inquit Harrius.

'non licet illuc inire,' inquit Ronaldus voce aspera, 'est
lavatorium puellarum.'

'oh, Ronalde, nemo ibi aderit,' inquit Hermione, surgens et
appropinquans. 'est locus Myrtae Maerentis. agedum, rem
inspiciamus.'

et neglegens tabulam magnam 'locus inutilis' inscriptam,
ianuam aperuit.

Harrius nunquam in balneum atrius aut tristius inierat. sub
speculo magno, laeso, maculoso erat ordo pelvium fractarum e
lapide factarum. pavimentum erat umidum et reddidit lucem
datam reliquiis candelarum paucarum quae flammis imbecillis
in receptaculis ardebant; ianuae ligneae, colore amisso, rasura
foedatae sunt, et una earum de cardinibus pendebat.

Hermione, digitis ad labra admotis, ad cubiculum extremum
profecta est. ad quod cum pervenisset, inquit, 'salve, Myrta,
quid agis?'

Harrius Ronaldusque spectatum ierunt. Myrta Maerens in
cisterna latrinae fluitabat, menti pustulam exprimens.

'hoc est balneum *puellarum*,' inquit, oculis suspiciosis
Harrium Ronaldumque aspiciens. '*hi* non sunt puellae.'

'haud ita,' inquit Hermione consentiens. 'volebam modo eis
demonstrare quam – hem – iucundum hic sit.'

manum incertam iactans speculum sordidum et antiquum
pavimentumque umidum ostendit.

'roga eam si quid viderit,' Harrius Hermioni submissim inquit.

'quid susurras?' inquit Myrta, oculis in eum defixis.

'nihil,' inquit Harrius celeriter. 'rogare volebamus –'

'utinam homines me absente loqui desistant!' inquit Myrta, voce lacrimis impedita. '*sensibus* enim non careo etsi mortua *sum.*'

'Myrta, nemo vult te dolore afficere,' inquit Hermione. 'Harrius tantum –'

'nemo vult me dolore afficere! sane hoc per iocum dixisti!' ululavit Myrta. 'mea vita in hoc loco nil nisi dolor erat et nunc homines adveniunt mortem meam affligentes!'

'te rogare volebamus num quid insolitum nuper vidisses,' inquit Hermione celeriter, 'quod Vespere Sancto feli vis allata est statim extra ianuam anticam tuam.'

'an aliquem nocte illa in propinquo vidisti?' inquit Harrius.

'animo eram parum attento,' inquit Myrta scaenice. 'tanto dolore Peeves me affecit ut huc ingressa me *interficere* conata sim. tum, scilicet memineram me esse – me esse –'

'iam mortuam,' inquit Ronaldus adiuvans.

Myrta singultum tragicum edidit, in aera surrexit, se convertit, praecepsque in latrinam immersit, eos ubique madefaciens et e conspectu evanescens; e singultibus strangulatis coniciebant eam alicubi in flexu simili litterae U consedisse.

Harrius Ronaldusque stabant hiantes, sed Hermione defatigata umeros allevavit atque contraxit et inquit, 're vera, quod ad Myrtam pertinet, id paene laetum erat ... agitedum, abeamus.'

Harrius ianuam vix clauserat fletum et singultum Myrtae comprimens cum vox magna timorem tribus omnibus iniecit.

'RONALDE!'

Persius Vislius in summis scalis stabat immotus, insigni praefectorio fulgente, vultu maxime perturbato.

'illud est balneum *puellarum!*' anhelavit. 'quid *tu* –?'

'circumspiciebam tantum,' inquit Ronaldus, umeros levans atque contrahens. 'indicia enim ...'

Persius ita intumuit ut in memoriam atque recordationem Harrii redierit Domina Vislia.

'abite – ab – illo – loco –' inquit, incessu grandi eis appropinquans et incipiens eos urgere, bracchiis iactandis. 'nonne vestra
interest quid hoc videatur esse? vos huc redire dum omnes
cenant ...'

'quae est causa cur hic non debeamus esse,' inquit Ronaldus
ardens, prope consistens et oculis torvis Persium aspiciens.
'nunquam tibi felem illam tetigimus!'

'id est quod Ginniae dixi,' inquit Persius ferociter, 'sed
nihilominus illa putare videtur vos expulsum iri; nunquam eam
tam perturbatam vidi, lacrimis ubertim manantibus. *eam*
respicere debetis, primani omnes hac re prorsus nimium
commoti sunt –'

'Ginnia non est *tibi* curae,' inquit Ronaldus, cuius aures iam
rubescebant. '*tua* tantum interest num te impediturus sim
quominus Caput Scholae fias.'

'quinque puncta Gryffindorensibus adimuntur!' Persius
inquit breviter, insigne praefectorium mulcens. 'et spero te
experientia doceri! nisi *partes investigatoris privati* agere desti-
teris, Materculae scribam!'

et incessu grandi abiit, cervice tam rubra quam aures Ronaldi.

*

illa nocte, Harrius, Ronaldus Hermioneque sedes quam longis-
sime a Persio remotas in loco communi delegerunt. Ronaldus
adhuc sibi maxime displicebat et pensum suum scholasticum
de Incantationibus scriptum atramento semper foedabat. cum
baculum neglegenter caperet ut lituras auferret, membranam id
incendit. Ronaldus, vix minus ac pensum suum fumans, sonitu
magno *Librum Ordinarium Incantamentorum (Gradum Secundum)*
clausit. Harrio admirante, Hermione idem fecit.

'quis tandem potest esse auctor?' inquit voce placida, quasi
sermonem modo habitum resumeret. 'quis *velit* Squibos omnes
et homines Mugglensibus natos e schola Hogvartensi amovere?'

'cogitemus,' inquit Ronaldus, simulans se haerere. 'quem
novimus qui putat homines Mugglensibus natos faecem esse?'

Hermionem aspexit. Hermione respexit, incerta.

'si loqueris de Malfone –'

'scilicet id facio!' inquit Ronaldus. 'tu eum audivisti: "*proximi
eritis, Lutosanguines!*" agedum, necesse est modo vultum eius

foedum et ratto similem contemplari ut scias eum esse auctorem –'

'Malfoy, heres Slytherinus?' inquit Hermione, dubitans.

'familiam eius aspicite,' inquit Harrius, libros suos quoque claudens. 'hoc genus omne fuit inter Slytherinos, semper re gloriatur ille. illi facile possunt minores eius esse. certe pater eius satis malus est.'

'clavem Camerae Secretorum per saecula habere potuerunt!' inquit Ronaldus. 'a patre ad filium eam tradentes ...'

'hem,' inquit Hermione caute, 'sententia mea, potest fieri ...'

'sed quomodo id probabimus?' inquit Harrius animo demisso.

'forsitan sit via,' inquit Hermione lente, voce etiam submissiore, oculis celeriter trans conclave ad Persium conversis. 'scilicet sit difficilis. et periculosa, maxime periculosa. scholae circa quinquaginta praecepta, ut mihi videtur, violemus.'

'si mense uno plus minus in animo habebis rem explicare, nos docebis, nonne?' inquit Ronaldus stomachose.

'esto,' inquit Hermione frigide. 'necesse sit nobis in locum communem Slytherinorum penetrare et Malfonem pauca rogare dum nescit nos esse interrogatores.'

'quod non potest fieri,' Harrius inquit, dum Ronaldus ridet.

'haud ita, potest fieri,' inquit Hermione. 'tantum opus sit nobis Potione Multorum Sucorum.'

'quid est illa?' simul inquiunt Ronaldus et Harrius.

'paucas abhinc hebdomadas Snape mentionem eius in classe fecit –'

'num putas nobis nil melius in Potionibus faciendum esse quam Snapem audire?'

'potio illa te in hominem alium transmutat. rem cogita! nos in tres Slytherinos mutari possimus, neque quisquam sciat nos adesse. nescio an Malfoy nobis quidlibet dicturus sit. nescio an hoc momento in loco communi Slytherinorum re glorietur, dummodo eum audire possimus.'

'haec res Multorum Sucorum mihi videtur paulum incerta esse,' inquit Ronaldus, frontem contrahens. 'quid fiat si in perpetuum haereamus Slytherinorum trium formam habentes?'

'ex intervallo potio deficit,' inquit Hermione, manum

impatienter iactans, 'sed compositionem nancisci erit difficillimum. Snape dixit eam esse in libro nomine *Potiones
Potentissimae* qui debet esse in Parte Restricta bibliothecae.'

ratio solum una erat libri e Parte Restricta capiendi: opus erat
tibi tessera a doctore signata.

're vera, difficile sit intellegere cur nobis opus sit libro,' inquit
Ronaldus, 'nisi conaturi simus potionem quandam facere.'

'sententia mea,' inquit Hermione, 'si doctori persuadere
possimus doctrinae tantum nostra interesse, fortasse facultatem
habeamus ...'

'age, inepte! nemo doctorum id crediturus est,' inquit
Ronaldus, 'nisi homo stultissimus ...'

Bludger Improbus

post calamitatem Pixiorum, Professor Lockhart animalia viva non in classem attulerat. discipulis potius excerpta e libris suis recitavit, nonnunquam etiam aliqua magnificentiora velut scaenice edidit. plerumque Harrium delegit qui se adiuvaret haec recreans; adhuc, Harrius coactus erat agere partes pagani simplicis Transylvanici cui Lockhart Exsecrationem Garrientem sanaverat, abominandi qui gravedine laborabat, sanguisugaeque quae nihil nisi lactucam esse potuerat ex quo Lockhart eam curaverat.

Harrius ad frontem discipulorum proxima ipsa classe Defensionis Contra Artes Obscuras tractus est, iam partes versipellis agens. nisi causa valens fuisset Lockharti moris gerendi, id facere recusavisset.

'fac ululatum satis magnum, Harri – recte – et tum, mihi crede, prosilui – sic – eum in pavimentum *impuli* – ita – manu una eum retinebam – altera baculum faucibus applicui – tunc viribus collectis incantamento sane multiplici Homomorphico functus sum – ille gemitum miserandum edidit – agedum, Harri – voce opus est altiore – sic bene est – lana evanuit – dentes deminutae sunt – retroque in hominem mutatus est. res simplex, sed efficax – et incolae pagi alius tempus in omne mei meminerint ut heroos qui se terrore menstruo versipellium violentium liberavit.'

tintinnabulum insonuit et Lockhart surrexit.

'scholasticum pensum est versus facere de versipelle Vaggavaggensi a me victo! qui poema optimum composuerit accipiet exempla libri *Me Magicum* nomine meo inscripta!'

discipuli discedere coeperunt. Harrius ad aversum conclave rediit ubi Ronaldus Hermioneque morabantur.

'an parati estis?' Harrius mussavit.

'mane dum omnes discedant,' inquit Hermione trepide. 'esto ...'

scrinio Lockhartis appropinquavit, chartam arte manu complectens, Harrio Ronaldoque pone sequentibus.

'hem – Professor Lockhart?' Hermione inquit balbutiens. 'volebam – hunc librum e bibliotheca sumere. tantum ut circumiacentia melius comprehenderem.' chartam porrexit, manu paulum tremente. 'est tamen ut liber sit in Parte Restricta bibliothecae, itaque opus est mihi tessera a doctore signata – non dubito quin liber mihi auxilio futurus sit in intellegendo quid in *Lucubratione cum Larvis* de venenis tardiusculis scripseris ...'

'ah, *Lucubratio cum Larvis!*' inquit Lockhart, chartam Hermionis accipiens et ei ore hianti subridens. potest fieri ut sit liber mihi maxime amatus. an tibi placebat?'

'ita vero,' inquit Hermione alacriter. 'quam sapienter ultimam illam colo theanae potionis cepisti ...'

'certe nemo me reprehendet si discipulae anni optimae paulum auxilii additicii dedero,' inquit Lockhart benigne, et deprompsit stilum ingentem pavoninum. 'ita vero, nonne pulcher est?' inquit, parum intellegens quid vellet vultus fastidiens Ronaldi. 'plerumque eum reservo libris nomine meo inscribendis.'

chartam nomine suo litteris ingentibus et rotundis inscriptam Hermioni reddidit.

'itaque, Harri,' inquit Lockhart, dum Hermione chartam digitis parum pernicibus implicatam in saccum inserit, 'nonne cras erit certamen primum ludi Quidditch huius anni? inter Gryffindorenses et Slytherinos, nonne? audio te esse lusorem ingeniosum. ego quoque Petitor eram. rogatus sum ut locum quaererem inter Manum Nationis, sed potius vitam dedicavi ad Numina Obscura delenda. nihilominus, si quando tibi opus erit paululo exercitationis privatae, ne cunctatus sis quin me roges. semper mihi placet ea quae didici lusoribus minus peritis tradere ...'

Harrius, sonitu incerto in faucibus facto, Ronaldum Hermionemque festinans secutus est.

'id non credo,' inquit dum trini nomen in charta inscriptum inspiciunt, 'librum quem voluimus ne spectavit quidem.'

'id est quod homo caudex inepte stultus est,' inquit Ronaldus, 'quod nil nostra interest, habemus id quod nobis opus erat.'

'*non* est homo caudex inepte stultus,' inquit Hermione voce stridula, dum ad bibliothecam paene currentes eunt.

'tantum quod dixit te esse discipulam optimam anni ...'

voces summiserunt dum in silentium mutum bibliothecae ineunt. Magistra Pince, bibliotecharia, erat mulier macra et stomachosa, similis vulturi esurienti.

'*Potiones Potentissimae?*' iteravit voce suspiciosa, conans chartam Hermioni auferre; sed Hermione eam remittere nolebat.

'an liceat mihi eam retinere?' inquit anhelans.

'oh, agedum,' inquit Ronaldus, eam e manu eius eripiens et ad Magistram Pince trudens, 'tibi aliam autographam nominis scriptionem nanciscemur; nihil est quod Lockhart non nomine inscribet si modo id satis diu suo loco stabit.'

Magistra Pince chartam ad lucem sustulit quasi ei certum esset rem falsam detegere, sed illa sine mendo erat. incessu grandi inter pluteos abiit et post minuta aliquot rediit librum portans magnum et situ corruptum. quem cum Hermione magna cum cura in saccum deposuisset, discesserunt, conantes neque celerius ire neque nocentiores videri.

quinque post minuta, in balneo inutili Myrtae Maerentis rursus inclusi sunt. captiones Ronaldi Hermione discusserat demonstrando locum nullum in orbe terrarum esse quem homines sani magis aversaturi essent, itaque fore ut ibi solitudine quadam fruerentur. Myrta Maerens sonitu magno in cubiculo suo lacrimabatur, sed ei illam neglegebant, et illa eos.

Hermione librum *Potiones Potentissimae* magna cum cura aperuit, et tres illi supra paginas umore maculatas se inclinaverunt. statim manifestum erat cur in Parte Restricta inclusus esset. potiones nonnullae exitus paene horribiliores habebant quam ut animo comprehendi possent, et picturae nonnullae inerant valde iniucundae inter quas erat homo cuius pars exterior introrsus, pars autem interior extrinsecus versa videbatur et maga cuius e capite complura paria additicia bracchiorum crescebant.

'hic adest,' inquit Hermione animo commoto, cum paginam invenisset titulo inscriptam *Potio Multorum Sucorum*. ornata est imaginibus hominum parte dimidia in homines alios transformatos. Harrius bene sperabat pictorem dolorem cruciatumque quos vultu praeferebant imaginatum esse.

'nunquam antea potionem tam multiplicem vidi,' inquit Hermione, dum compositionem inspiciunt. 'muscae chrysopae, hirudines, herbae fluitantes gramenque nodosum,' murmuravit, indicem necessariorum digito percurrens. 'haec vero satis facilia sunt, in promptu sunt in apotheca discipulorum, nos ipsi ea sumere possumus. oooh, huc aspicite, cornu pulveratum Bicornigeri – nescio unde id nanciscamur ... pellis dilaniata Serpentis Arborei Boerensis – ea quoque difficilis erit – et scilicet pars hominis in quem nos transformare volumus.'

'quid tu?' inquit Ronaldus acriter. 'quid dixisti de parte hominis in quem nos transformabimus? ego *nil* potabo habens quidquam in eo unguium imorum Crabbis ...'

Hermione plura dixit quasi eum non audivisset.

'illud non est nobis in praesentia curandum, tamen, quod frusta illa ad extremum addimus ...'

Ronaldus conversus est, voce carens, ad Harrium, quem res alia sollicitabat.

'an scis quantum nobis furandum sit, Hermione? pellis dilaniata Serpentis Arborei Boerensis, ea certe non est in promptu in apotheca discipulorum. quid faciamus? in cellamne privatam Snapis irrumpamus? nescio an id sit prudentis ...'

Hermione librum sono crepitanti clausit.

'esto, si vos ambo in animo habetis rem deserere, bene est,' inquit. genae roseo rubore suffusae sunt et oculi magis solito fulgebant. '*ego* scilicet nolo praecepta violare. *ego* puto Mugglibus minari multo peius esse quam potionem difficilem coquere. quodsi non cognoscere vultis num Malfoy sit auctor, statim ad Magistram Pince redibo et librum reddam ...'

'nunquam putabam me diem visurum esse quo nobis persuaderes ut praecepta violaremus,' inquit Ronaldus. 'sit ita, id faciemus. sed sine unguibus imis, nonne?'

'quamdiu est potio illa coquenda, ut illa omittamus?' inquit Harrius, dum Hermione, felicior visa, librum rursus aperuit.

'quid dicam? cum herbae fluitantes ad lunam plenam legendae sint et muscae crisopae dies unum et viginti decoquendae sint ... parata erit potio, ut mihi videtur, uno circiter mense, si necessaria omnia nancisci poterimus.'

'num necesse est mensem morari?' inquit Ronaldus. 'iam tum Malfoy dimidium eorum qui Mugglibus nati sunt oppugnare potuisset!' sed, oculis Hermionis rursus modo minaci coartatis, celeriter addidit, 'sed est consilium quod optimum habemus, suadeo igitur ut celeritate omni progrediamur.'

nihilominus, dum Hermione curat ne quis eos e balneo discedentes videret, Ronaldus Harrio murmuravit, 'multo minus vexationis habebimus si potius Malfonem de scoparum manubrio cras decutere poteris.'

*

Harrius bene mane diei Saturni experrectus est et aliquamdiu iacuit cogitans de certamine futuro ludi Quiddich. trepidabat, praesertim cum in animo volveret quid Silvius dicturus esset si Gryffindorenses victi essent, sed etiam cum secum reputaret se obviam iturum esse turmae hominum vectorum in scoparum manubriis cursoriis quae celerrima auro emenda essent. nunquam maius voluerat Slytherinos vincere. postquam semihoram visceribus contortis ibi iacuit, surrexit, vestes induit, matureque descendit ad ientaculum sumendum, ubi lusores alios turmae Gryffindorensis invenit conglobatos ad mensam longam et vacuam, qui omnes anxii videbantur neque multum loquebantur.

hora undecima appropinquante, schola tota coepit descendere ad stadium ludi Quidditch. aer erat umidus tonitrusque nonnihil imminebat. Ronaldus Hermioneque festinantes advenerunt ut Harrium in cellas vestibus mutandis designatas intrantem fortuna uti secunda iuberent. turma vestibus coccineis Gryffindorensium indutis consedit ut sermonem hortationis quem Silvius ante certamen habere solebat audiret.

'quod Slytherini meliora scoparum manubria habent quam nos,' orsus est, 'non potest negari. sed nos in scoparum manubriis nostris *homines* meliores habemus. nos durius exerciti sumus quam illi, nos omnes caeli mutationes neglegentes volavimus –' ('nimis verum,' murmuravit Georgius Vislius. 'post

mensem Augustum vix recte siccatus sum') '– et efficiemus ut
eos paeniteat diei quo, pecunia accepta, in turmam suam
Malfonem, frustulum illud muci, admiserunt.'

Silvius, pectore affectu fervente, ad Harrium conversus est.

'tuum erit, Harri, eis demonstrare Petitorem plus requirere
quam patrem divitem. occupa Raptum illud ante Malfonem aut
morere in incepto, Harri, quod hodie necesse est nobis vincere,
necesse est nobis.'

'itaque cura omni solutus es, Harri,' inquit Federicus, ei
nictans.

dum in campum procedunt, strepitu maximo salutati sunt,
plerumque clamoribus faventium quod Ravenclavenses et
Hufflepuffani sperabant se Slytherinos victos visuros esse, sed
clamores quoque infesti et sibila Slytherinorum qui in turba erant
exaudiri poterant. Magistra Hooch, ludi Quidditch praeceptrix,
Silicem Silviumque rogavit ut manus inter se coniungerent, quod
fecerunt, oculos minaces alius in alium dirigentes, manibus
aliquanto firmioribus quam necesse erat.

'sonum fistulae meae exspectate,' inquit Magistra Hooch, 'tres
... duo ... unus ...'

cum clamore turbae qui eos sursum raperet, lusores quattuordecim ad caelum plumbeum surrexerunt. Harrius omnibus
altius volabat, oculis obliquis Raptum quaerens.

'an bene habes, Caput Cicatricosum?' clamavit Malfoy, cursu
rapido subter eum volitans quasi celeritatem manubrii scoparum
ostenderet.

Harrio non erat tempus respondendi. tum ipsum Bludger
quidam gravis et niger ad eum festinans appropinquavit; quem
tam angusto spatio Harrius vitavit ut sentiret capillos suos eo
praetereunte paulum moveri.

'haud multum aberat ille, Harri!' inquit Georgius, cursu
rapidissimo eum praeteriens, manu clavum tenens, paratus ad
Bludgerum in Slytherinum devertendum. Harrius Georgium vidit
Bludgerum ictu magno ad Adrianum Pucey propellere, sed
Bludger in aere medio cursum mutavit et rursus recta in Harrium
ruit.

Harrius celeriter descendit ut eum vitaret, et Georgius eum
plaga valida in Malfonem dirigere poterat. denuo, Bludger

conversus velut baculum missile Antipodum in caput Harrii ruit.

Harrius acceleravit et cursu rapido ad finem alterum campi se propulit. Bludgerum sonitu sibilanti se sequentem audire poterat. quid fiebat? Bludgeri nunquam in lusorem unum sic intenti erant, officium eorum erat conari quam plurimos decutere ...

Fredericus Vislius in altero fine Bludgerum exspectabat. Harrius caput demisit dum Fredericus vi summa ictum in Bludgerum dirigit; Bludger in cursum alium deflexus est.

'hoc habet!' Fredericus laete clamavit, sed erravit; quasi vi magnetica ad Harrium tractus, Bludger denuo eum festinans secutus est et Harrius quam celerrime effugere coactus est.

iam pluebat; Harrius sensit guttas magnas in faciem suam cadere, perspecilla aspergentes. omnino ignorabat quid alibi in ludo fieret dum vocem Lee Jordani, qui commentarium faciebat, audivit, 'Slytherini iam victoriam de Gryffindorensibus reportant; hi puncta nulla, illi sexaginta nacti sunt.'

manifestum erat scoparum manubria superiora Slytherinorum officium suum facere, interea autem Bludger ille insanus nil omittebat quod Harrium de caelo decuteret. Fredericus et Georgius iam tam prope Harrio ex utraque parte volabant ut ille nil videre posset nisi bracchia vibrantia eorum neque facultatem ullam haberet Rapti quaerendi, ne dicam capiendi.

'nescioquis – hunc – Bludgerum – corrupit –' Fredericus grundivit, summa vi clavum suum iactans dum ille impetum novum in Harrium facit.

'opus est nobis intervallo,' inquit Georgius, conans simul signum dare Silvio, simul Bludgerum prohibere quominus nasum Harrii frangeret.

liquebat Silvium nuntium accepisse. fistula Magistrae Hooch insonuit et Harrius, Fredericus Georgiusque ad terram se praecipitaverunt, adhuc conantes Bludgerum illum insanum vitare.

'quid fit?' inquit Silvius, dum turma Gryffindorensis in unum conglobatur inter clamores infestos Slytherinorum adstantium. 'nos obterimur. vos, Frederice et Georgi, ubinam eratis cum Bludger ille Angelinam prohibuit quominus Quaffle in calcem propelleret?'

'viginti pedes supra eam eramus, Bludgerum alterum

prohibentes quominus Harrium trucidaret, Oliver,' inquit Georgius iratus. 'aliquis cursum eius detorsit – Harrium non vult relinquere – neque quemquam alium toto ludo aggressus est – necesse est eum nescioquomodo a Slytherinis mutatum esse.'

'sed Bludgeri in sede officii Magistrae Hooch ex hora exercitationis proximae inclusi sunt, neque illo tempore muneribus male functi sunt ...' inquit Silvius, anxie.

Magistra Hooch ad eos incedebat. supra umerum eius Harrius turmam Slytherinam videre poterat deridentem et se digitis indicantem. 'audite,' inquit Harrius, illa semper propius appropinquante, 'dum vos ambo sine fine me circumvolatis, Raptum non potero capere, nisi in manicas meas se inseruerit. redite ad reliquam turmam et me sinite cum improbo illo luctari.'

'noli stultus esse,' inquit Fredericus. 'ille te detruncabit.'

Silvius oculos ab Harrio ad Vislios convertebat.

'Oliver, haec est insania,' inquit Alicia Spinnet irata. 'non potes Harrio permittere ut cum re illa solus luctetur. quaestionem rogemus –'

'si nunc finem fecerimus, certamen nobis amittendum erit!' inquit Harrius. 'neque tantum ob Bludgerum insanum a Slytherinis vincemur! agedum, Oliver, impera eis ne me lacessant!'

'haec omnis est culpa tua,' Georgius iratus Silvio inquit. '"occupa Raptum aut morere in incepto" – quam stultum erat id Harrio dicere!'

Magistra Hooch se eis adiunxerat.

'an paratus es ad ludum resumendum?' Silvium rogavit.

Silvius vultum obstinatum Harrii contemplatus est.

'sit ita!' inquit. 'Frederice et Georgi, vos Harrium audivistis – nolite eum perturbare et sinite eum cum Bludgero sponte sua luctari.'

iam vehementius pluebat. cantu fistulae Magistrae Hooch audito, Harrius se in aera impetu pedis forti extrusit et sonitum magnum et sibilantem proprium Bludgeri a tergo audivit. semper altius Harrius ascendit. gyros et lapsus fecit, se contorsit, volatu obliquo et volubili functus est. vertigine capitis paulum laborans, nihilominus oculos apertissimos tenebat. imber perspecilla aspergebat et in nares ascendebat dum ille pendebat inversus, vitans impetum alium ferocem a Bludgero superne factum. risum turbae audire poterat; sciebat se sine dubio stultissimum videri, sed Bludger ille improbus gravis erat neque tam celeriter cursum mutare poterat quam Harrius ipse. coepit cito ascendere et descendere circa margines stadii velut vectus in hamaxosticho in hortis publicis oblectatoriis, oculis obliquis spectans per imbres argenteos circumfusos ad palos Gryffindorenses, ubi Adrianus Pucey Silvium praeterire conabatur ...

sonus sibilans in aure acceptus Harrium certiorem fecit Bludgerum rursus non longe afuisse quin eum percuteret; ille se totum invertit et in partem contrariam festinans abiit.

'an te exerces ut saltator fias, Potter?' clamavit Malfoy, dum Harrio contortio quaedam stulta in medio aere facienda est ut Bludgerum vitaret. effugit Harrius, Bludgero intervallo pedum paucorum sequente: et tum, Malfonem oculis torvis respiciens et eum perosus, id vidit, *Raptum Aureum*. pendebat unciis parvis supra aurem sinistram Malfonis – neque Malfoy, Harrio deridendo intentus, id viderat.

momentum ambiguum, Harrius in aere medio pependit, non ausus ad Malfonem properare ne ille suspiciens Raptum videret.

IMPULSUS MAXIMUS!

uno secundo longius immotus manserat. nunc demum Bludger eum percusserat, in cubitum eius impulsus, et Harrius sensit bracchium frangi. vix compos animi, dolore torrenti bracchii obstupefactus, in obliquum in scoparum manubrio imbre madefacto lapsus est, genu uno adhuc ei, velut hamo, infixo, bracchio dextro iuxta latus imbecillius pendente. Bludger cursu rapido rediit impetum alterum facturus, nunc vultum Harrii petens. ille motu subito deflexit, consilio uno in animo torpenti fixo: *fac Malfonem aggrediaris*.

per nubem pluvii et doloris se deorsum praecipitavit ad vultum illum lucentem et arrogantem qui subter erat et oculos eius prae timore patescentes vidit: Malfoy putavit Harrium impetum in se facere.

'pro –' anhelavit, de cursu Harrii declinans.

Harrius manum reliquam scoparum manubrio abstulit et raptionem subitam temptavit; sensit digitos Raptum frigidum

complecti sed nunc scoparum manubrium tantum cruribus
tenebat et clamor ortus est a turba inferiore dum recta via terrae
appropinquat, nitens ne animus se relinqueret.

cum sonitu asperginis vasti in lutum impactus, de scoparum
manubrio volutus est. bracchium angulo novissimo pendebat.
dolore cruciatus, sibilos clamoresque multos, quasi longe
remotos, audivit. oculos in Raptum quod manu sana tenebat
direxit.

'aha,' inquit voce incerta, 'victoriam reportavimus.'

et animus eum reliquit.

recreatus est, imbre in vultum cadente, adhuc in campo
iacens, aliquo super se inclinato. splendorem dentium vidit.

'oh vae, num tu ades?' ingemuit.

'ille nescit quid dicat,' inquit Lockhart voce magna turbae
anxiae Gryffindorensium quae eos premebat. 'noli anxius esse,
Harri. bracchium sanaturus sum.'

'*haud ita!*' inquit Harrius. 'sic id servabo, nisi molestum erit ...'

sedere conatus est, sed dolor eum cruciabat. crepitum sibi
notum prope audivit.

'imaginem photographicam huius rei nolo, Colin,' inquit voce
magna.

'te reclina, Harri,' inquit Lockhart, eum permulcens. 'est
simplex incantamentum quo innumerabiliter usus sum.'

'cur non potius mihi licet ire in alam valetudinariam?' inquit
Harrius dentibus clausis.

're vera illuc ei eundum est, Professor,' inquit Silvius, homo
luto aspersus, qui non poterat risum omittere etsi Petitor eius
vulneratus est. 'gratulor tibi, Harri, de captura illa magnifica et
vere spectabili, quam optimam, ut mihi videtur, fecisti.'

per crura conferta sibi circumdata Harrius Fredericum et
Georgium Vislium conspexit, cum Bludgero illo improbo
luctantes et eum in cistam ire cogentes. ille adhuc ferocissime
resistebat.

'cedite loco,' inquit Lockhart, qui manicas suas viridis coloris
similis petrae nephriticae complicabat.

'ne – ne id feceris –' inquit Harrius voce imbecilla, sed
Lockhart baculum suum vibrabat et post secundum recta in
bracchium Harrii direxerat.

sensus novus et iniucundus orsus ab umero Harrii usque ad digitos extremos deorsum diffusus est haud aliter ac si bracchium deflaretur. non ausus est spectare quid fieret. oculos clauserat, vultu a bracchio averso, sed quod maxime timebat factum est cum homines superiores anhelarent et Colin Creevey inciperet imagines photographicas furiose reddere. bracchium non iam dolebat – nec tamen sensum ullum bracchii habebat.

'ah,' inquit Lockhart. 'ita vero. fatebor id posse nonnunquam fieri. sed, quod caput est, ossa non iam fracta sunt. id debes meminisse. itaque, Harri, te tantum confer, amabo, ad alam valetudinariam – ah, Domine Visli et Dominula Granger, an eum vultis comitari? et Magistra Pomfrey poterit – hem – te paulum mundare.'

Harrius, cum surgeret, sensit se mirum in modum inaequalem esse. suspirium altum ducens in latus dextrum despexit. quod vidit animum ei paene iterum ademit.

ex extremis vestibus extensum est aliquid simile digitabulo crasso, carnoso e cummique facto. digitos movere conatus est. nil accidit.

Lockhart ossa Harrii non refecerat. ea abstulerat.

*

Magistra Pomfrey haudquaquam laetata est.

'debuisti ad me recta ire!' infremuit, tollens reliquum triste et flaccidum rei quae semihora prius fuerat bracchium validum. 'secundo uno ossa sanare possum – sed ea recreare –'

'nonne id facere poteris?' inquit Harrius desperans.

'potero, certe, sed magno cum dolore,' inquit Magistra Pomfrey voce torva, vestem cubitoriam Harrio iaciens. 'tibi pernoctandum erit ...'

Hermione extra vela mansit quae lectum Harrii celabant dum Ronaldus ei vestem cubitoriam induenti auxilium fert. mora longa erat priusquam bracchium cummeum ossibus carens in manicam insertum est.

'num Lockharti diutius favere potes, Hermione?' Ronaldus per velum clamavit dum digitos flaccidos Harrii per manicam extremam trahit. 'si Harrius ossibus privari voluisset, id rogavisset.'

'humanum est errare,' inquit Hermione, 'neque iam dolet, nonne, Harri?'

'haud ita,' inquit Harrius, 'nec tamen quidquid aliud facit.'

dum oscillando in lectum se levabat, bracchium nequiquam fluitabat.

Hermione et Magistra Pomfrey circum velum venerunt. Magistra Pomfrey ampullam magnam tenebat alicuius liquidi cui est affixus titulus 'Scele-factorium'.

'noctem iniucundam habebis,' inquit, poculum fumosum fundens et ei tradens. 'ossa recreare est negotium molestum.'

molestum quoque erat sumere Scele-factorium. os faucesque Harrii ita urit descendens ut ille tussiret sputumque emitteret. ludos periculosos et doctores ineptos adhuc cavillans, Magistra Pomfrey pedem rettulit, Ronaldum Hermionemque relinquens qui Harrio aquam haurienti opem ferrent.

'nihilominus vicimus,' inquit Ronaldus, subito subridens toto vultu. 'qualem capturam fecisti! vultus Malfonis ... ille videbatur ad caedem paratus!'

'scire volo quomodo Bludgerum illum corruperit,' inquit Hermione obscure.

'hoc possumus addere indici quaestionum quas ei proponemus cum Potionem Multorum Sucorum sumpserimus,' inquit Harrius in pulvinos reclinatus. 'spero eam gustum meliorem hoc liquore habituram esse ...'

'si frusta Slytherinorum in ea sunt? nonne iocaris?' inquit Ronaldus.

ianua alae valetudinariae eo momento dirupta est. sordida et valde madida, turma reliqua Gryffindorensis advenerat ut Harrum videret.

'volatus incredibilis, Harri,' inquit Georgius. 'Marcum Silicem modo vidi voce magna Malfoni clamantem. aliquid dicebat de Rapto in summo capite habendo neque animadvertendo. Malfoy parum laetari videbatur.'

libos, bellariola, ampullasque suci peponum secum attulerant; circum lectum Harrii congregati convivium quod magnum bonumque futurum erat incipiebant cum Magistra Pomfrey irata ad eos festinavit, clamans, 'huic puero est opus quiete, tria et triginta ossa ei recreanda sunt! exite! EXITE!'

et Harrius solus relictus est, neque quidquam habebat quod
animum a doloribus acutis bracchii flaccidi avocaret.

*

multis postea horis, Harrius admodum subito in tenebris caecis
experrectus est et dolorem clamore parvo indicavit: iam sentiebat
bracchium plenum esse fragmentis magnis. per secundum,
putabat id se somno excitavisse. deinde, horrore perculsus,
animo comprehendit aliquem frontem suam in tenebris spongia
detergere.

'abi!' inquit voce magna, et tum, '*Dobbi!*'

oculi elphiculi domestici prominentes et pilis manubriati reticuli ludi similes Harrium per caliginem contemplabantur.
lacrima una de naso longo et acuto currebat.

'Harrius Potter ad scholam rediit,' susurravit misere. 'Dobbius
Harrium Potterum compluriens admonuit. ah domine, cur
Dobbium non audivisti? cur Harrius Potter non domum rediit
ubi hamaxostichum amisit?'

Harrius pulvinis nitens se aegre levavit et spongiam Dobbii
detrusit.

'quid tu hic facis?' inquit. 'et quomodo cognovisti me hamaxostichum amisisse?'

labrum Dobbii intremuit et Harrius suspicione subita captus
est.

'*tu* eras auctor!' inquit lente. '*tu* claustrum prohibuisti nos
admittere!'

'ita vero, domine!' inquit Dobbius, vehementer adnuens,
auribus alarum modo se moventibus. 'Dobbius se celavit
Harrium Potterum exspectans et ianuam obsignavit et postea
manus Dobbii sibi complanandae erant –' Harrio decem digitos
longos et linteis involutos ostendit, '– sed id non erat curae
Dobbio, domine, putabat enim Harrium Potterum tutum esse,
neque *unquam* Dobbius opinabatur Harrium Potterum via alia
ad scholam iturum esse!'

huc illuc agitabatur, caput deforme quatiens.

'Dobbius ita perturbatus est ubi audivit Harrium Potterum ad
scholam Hogvartensem rediisse ut sineret cenam domini aduri.
nunquam antea Dobbius tot verbera acceperat, domine ...'

Harrius in pulvinos recidit.

'per te stat ut ego et Ronaldus paene expulsi simus,' inquit ferociter. 'melius sit si abeas priusquam ossa mea recreantur, aut potest fieri ut te strangulem.'

Dobbius subrisit imbecillius.

'minae mortis non sunt Dobbio alienae, domine. quinquiens in diem Dobbius eas domi accipit.'

sternumentum fecit in angulo sordidi involucri pulvinaris quod gerebat, vultu tam miserabili ut Harrius se invito sentiret iram suam abire.

'cur rem istam induisti, Dobbi?' rogavit curiose.

'an de hoc dicis, domine?' inquit Dobbius, involucrum pulvinare vellicans. 'signum est servitutis elphiculi domestici, domine. Dobbius non potest liberari nisi domini eum vestibus donaverunt, domine. familia curat ut ne tibale quidem Dobbio tradat, domine, nam hoc facto liceat ei domum eius in perpetuum relinquere.'

Dobbius oculos prominentes detersit et inquit subito, 'Harrio Pottero domum *redeundum* est! Dobbius putavit Bludgerum suum satis futurum esse ut cogeret –'

an *tuus* erat Bludger?' inquit Harrius, rursus irascens. 'cur dicis de Bludgero *tuo*? an *tu* efficisti ut Bludger ille me interficere conaretur?

'non te interficere, domine, nunquam conabatur te interficere!' inquit Dobbius, obstupefactus. 'Dobbius vitam Harrii Potteri servare vult! melius sit domum graviter vulneratum remitti quam hic manere, domine! Dobbius tantum volebat Harrium Potterum satis vulneratum esse ut domum remitteretur!'

'oh, an omnia mihi dixisti?' inquit Harrius iratus. 'num mihi dicturus es cur me domum dilaniatum remitti volueris?'

'ah, si modo Harrius Potter sciret!' Dobbius ingemuit, lacrimis pluribus in involucrum pulvinare laceratum cadentibus. 'si modo sciret quanti momenti esset apud nos, homines humiliores, servos, faecem mundi magici! Dobbius meminit qualis esset rerum status eo tempore cum Ille Qui Non Est Nominandus floreret, domine. nos elphiculi domestici accepti sumus ut bestiolae molestae, domine. scilicet, Dobbius adhuc sic accipitur, domine,' confessus est, vultum in involucro pulvinari siccans. 'sed plerumque, domine, vita hominum gentis meae melior facta est ex quo tu triumphum egisti de Illo Qui Non Est Nominandus. Harrius Potter erat superstes, et potentia Ducis Obscuri fracta est, et aurora nova aderat, domine, et Harrius Potter fulgebat ut ignis spem praenuntians illis nostrum qui putabant nunquam finem futurum esse dierum nigrorum, domine ... et nunc in Schola Hogvartensi terribilia fient, fortasse iam fiunt, nec Dobbius Harrio Pottero permittere potest ut hic maneat tum ipsum cum quod prius factum est rursus fiet, tum ipsum cum Camera Secretorum rursus aperta est –'

Dobbius gelatus est, horrore perculsus, tum vas aquae de mensa quae iuxta lectum Harrii stabat correptum in caput suum impegit et e conspectu lapsus est. post secundum, rursus in lectum serpsit, oculis distortis, murmurans, 'malus est Dobbius, immo pessimus est ...'

'*exstat*ne igitur Camera Secretorum?' susurravit Harrius. 'et – dixistine eam *antea* apertam esse? *dic* mihi, Dobbi!'

carpum osseum elphiculi arripuit dum manus Dobbii sensim ad vas aquae appropinquat. 'sed non sum Mugglibus natus – quomodo periculum Camerae mihi impendere potest?'

'ah, domine, noli plus rogare, noli plus rogare a Dobbio misero,' inquit elphiculus balbutiens, oculis inter tenebras prominentibus. 'facinora mala hoc loco parantur, sed Harrius Potter non debet adesse cum fiunt. redi domum, Harri Potter. redi domum. Harrius Potter non debet se huic rei immiscere, domine, nimis periculosa est –'

'quis est, Dobbi?' Harrius inquit, carpum Dobbii manu firma retinens ne se rursus vase aquae percuteret. 'quis cameram aperuit? quis eam proxime aperuit?'

'Dobbius non potest, domine, Dobbius non potest, Dobbius non debet id dicere!' inquit elphiculus stridens. 'redi domum, Harri Potter, redi domum!'

'nusquam ibo!' inquit Harrius ferociter. 'inter amicos dilectissimos est quaedam Mugglibus nata, illa erit victima prima si Camera re vera aperta est –'

'Harrius Potter vitam suam in discrimen offert pro amicis suis!' ingemuit Dobbius, nescioqomodo simul maerens et gaudens. 'tam nobilis est! tam fortis! sed debet se servare, debet, Harrius Potter non debet –'

Dobbius subito gelatus est, auribus suis vespertiliciis trementibus. Harrius quoque id audivit. sonus pedum appropinquabat a transitu exteriore.

'Dobbio abeundum est!' suspiravit elphiculus, perterritus; crepitus magnus erat, et subito pugnus Harrii aera tenuem tenebat. in lectum recidit, oculis in ianuam obscuram alae valetudinariae defixis dum sonus pedum propius appropinquat.

momento proximo, Dumbledore retro in dormitorium inibat, indutus amictu cubiculari longo et laneo galeroque nocturno. extremitatem unam ferebat rei quae similis erat statuae. post secundum Professor McGonagall apparuit, pedes eius ferens. coniuncti, rem in lectum aegre truserunt.

'arcesse Magistram Pomfrey,' susurravit Dumbledore, et Professor McGonagall praeter finem lecti Harrii e conspectu iit festinans. Harrius omnino immobilis iacebat, simulans se dormire. voces urgentes audivit et tum Professor McGonagall incessu cito in conspectum rediit, iuxta sequente Magistra Pomfrey, quae sibi thoracem laneum Cardiganianum supra vestimentum dormitorium induebat. Harrius anhelitum acutum audivit.

'quid accidit?' Magistra Pomfrey Dumbledori susurravit, inclinata supra statuam in lecto iacentem.

'impetus alius factus est,' inquit Dumbledore. 'Minerva eum in scalis invenit.'

'uva iuxta eum iacebat. putamus eum conatum esse huc furtim ascendere ut Potterum viseret.'

stomachus Harrii subito modo horribili prosiluit. sensim et caute se uncias parvas levavit ut statuam in lecto iacentem contemplaretur. radius lunae super vultum defixum incubuit.

Colin Creevey erat. oculi lati erant et manus ante eum porrectae sunt, machinam photographicam tenentes.

'an Petrifactus est?' susurravit Magistra Pomfrey.

'ita vero,' inquit Professor McGonagall. 'sed horresco rem reputans ... nisi Albus eo tempore descendisset potionem calidam socolatae quaerens, quidvis potuit fieri ...'

tres illi oculis fixis Colinum despexerunt. tum Dumbledore procumbens machinam photographicam manibus rigidis Colini per vim ademit.

'num putas eum potuisse imaginem photographicam reddere percussoris sui?' inquit Professor McGonagall avide.

Dumbledore non respondit. partem aversam machinae photographicae per vim aperuit.

'di boni!' inquit Magistra Pomfrey.

fumus tenuis e machina photographica stridens emissus erat. Harrius, intervallo trium lectorum distans, odorem amarum materiae plasticae ustae naribus cepit.

'liquefacta,' inquit Magistra Pomfrey mirans, 'omnia liquefacta sunt ...'

'quid hoc *significat*, Albe?' Professor McGonagall rogavit instanter.

'significat,' inquit Dumbledore, 'Cameram Secretorum re vera rursus apertam esse.'

Magistra Pomfrey motu subito manum ori applicuit. Professor McGonagall oculos in Dumbledore defixit.

'sed Albe ... nonne ... quis?'

'non ambigitur *quis*,' inquit Dumbledore, oculis in Colinum coniectis. 'ambigitur *quomodo* ...'

et Harrio contemplanti vultum Professoris McGonagall quantum potuit per tenebras illa id nihilo melius intellexit quam ipse.

Societas Certaminum Singulorum

Harrius mane diei Solis experrectus dormitorium invenit luce solis hiberni ardens et ossa bracchii recreata, bracchium tamen ipsum maxime rigidum. celeriter se sublevavit et oculos in lectum Colini direxit, qui tamen a conspectu velis illis tam altis obsaeptus erat quibus celatus Harrius vestes heri mutaverat. magistra Pomfrey, cum videret eum experrectum esse, festinans appropinquavit ferculum cum ientaculo ferens et tunc bracchium digitosque eius flectere atque extendere coepit.

'omnia bene valent,' inquit, dum ille sese inscite farina avenacea alit sinistra manu usus. 'cum finem feceris edendi, licet tibi discedere.'

Harrius quam celerrime se vestivit et festinans ad Turrem Gryffindorensem abiit, cupientissimus Ronaldum Hermionemque certiores faciendi de Colino atque Dobbio, sed illi aberant. Harrius discessit eos petiturus, in animo volvens quonam abiissent et submoleste ferens quod eorum non interesset utrum ossa sua reciperavisset necne.

dum Harrius bibliothecam praeterit, Persius Vislius ambulans inde exiit, visus multo felicior quam fuerat ubi proxime convenerunt.

'oh, salve, Harri!' inquit. 'volatum egregium heri fecisti, re vera egregium. Gryffindorenses iam primum locum habent in certamine Poculi Domestici – tu quinquaginta puncta meritus es!'

'num tu Ronaldum aut Hermionem vidisti?' inquit Harrius.

'non vidi eos,' inquit Persius, risu evanescente. 'spero Ronaldum non esse in alio *lavatorio puellarum* ...'

Harrius se ridere coegit, Persium discedentem spectavit tumque recta iit in balneum Myrtae Maerentis. non poterat videre cur Ronaldus et Hermione rursus in eo futuri essent, sed cum comperisset neque ianitorem Filch neque praefectos ullos adesse, ianua aperta, audivit voces eorum a cubiculo occluso venire.

'en, ego adsum,' inquit, ianuam post se claudens. ex interiore parte cubiculi auditi sunt clangor, aqua dispersa, anhelitus et Harrius oculum Hermionis vidit spectantem per foramen in quo clavis inseritur.

'*Harri!*' inquit. 'tantum terrorem nobis iniecisti. fac ineas – quid agit bracchium tuum?'

'bene habet,' inquit Harrius, se aegre in cubiculum inserens. lebes vetus in latrina positus erat, et crepitus ex interiore parte auditus Harrium docuit eos ignem ei supposuisse. creare ignes qui portari poterant et aquae impenetrabiles erant inter propria Hermionis erat.

'obviam tibi ivissemus, sed potius visum est nobis initium facere Potionis Multorum Sucorum,' Ronaldus explicuit, dum Harrius, aegre, ianuam iterum sera occlusit. 'conclusimus has esse latebras ei tutissimas.'

Harrius eos de Colino docere coepit, sed Hermione eum interpellavit. 'id iam scimus, hodie mane Professorem McGonagall audivimus Professorem Flitvicum docentem. ea est causa cur nobis visum sit rem incipere –'

'quo citius confessionem Malfonis accipiemus, eo melius erit,' inquit Ronaldus hirriens. 'an scitis quid sentiam? post ludum Quidditch adeo sibi displicebat ut poenas de Colino sumeret.'

'est aliquid praeterea,' inquit Harrius, Hermionem spectans fasciculos graminis nodosi divellentem et in potionem iacientem. 'Dobbius nocte media me visit.'

Ronaldus et Hermione suspexerunt, stupentes. Harrius eis omnia dixit quae Dobbius ei dixerat – aut ei non dixerat. Ronaldus et Hermione eum audiverunt hiantes.

'an Camera Secretorum *antea* aperta est?' inquit Hermione.

'hoc rem conficit,' inquit Ronaldus exsultans. 'necesse est Lucium Malfonem Cameram aperuisse cum hic discipulus esset et nunc Draconi, deliciis nostris, dixit quomodo hoc faciendum sit. id satis liquet. utinam tamen Dobbius tibi dixisset qualis belua ibi lateret. scire volo quae sit causa cur nemo eam animadverterit furtim circa scholam euntem.'

'fortasse potest se invisibilem reddere,' inquit Hermione, hirudines in lebetem imum detrudens. 'aut fortasse habitum mutare potest – simulans se esse tegumentum ferreum corporis aut aliquid. de larvis chamaeleonibus legi ...'

'tu nimium legis, Hermione,' inquit Ronaldus, chrysopas mortuas supra hirudines fundens. saccam inanem chrysoparum corrugavit et oculos ad Harrium convertit.

'itaque Dobbius nos hamaxostichum ascendere prohibuit et bracchium tuum fregit ...' capite abnuit. 'an tibi aliquid dicam, Harri? nisi conari vitam tuam conservare desistet, te interficiet.'

*

mane diei Lunae fama per scholam totam percrebruerat impetum in Colinum Creevey factum esse; illum autem quasi mortuum in ala valetudinaria iacere. subito rumor suspicioque ubique aderant. primani circa castellum conferti movebantur, quasi perterriti ne impetus in se fieret si soli exire ausi essent.

Ginnia Vislia, quae in Carminibus Magicis iuxta Colinum Creevey sedebat, amens animi erat, sed Harrius sentiebat Fredericum et Georgium qui eam hilarare conarentur id prave facere. velleribus et vomicis operti et post statuas latentes per vicem in eam insiluerunt. nec prius destiterunt quam Persius, impotens irae, eis dixit se Dominae Visliae scripturum et eam docturum esse Ginniam insomniis terreri.

interea, doctoribus ignaris, mercatura magna inter discipulos fiebat emendi et vendendi telesmata, amuleta phylacteriaque alia. Neville Longifundus emit magnam caepam, viridem et male olentem, crystallum acutum et purpureum caudamque putrescentem lacertae priusquam alii pueri Gryffindorenses demonstraverunt eum haudquaquam periclitari: cum puri esset sanguinis, vix oppugnandus erat.

'ianitorem Filch primum oppugnaverunt,' inquit Neville,

vultu rotundo pleno timoris, 'et omnes sciunt me paene Squibum esse.'

*

hebdomade secunda mensis Decembris Professor McGonagall circumiit, ut fieri solebat, nomina quaerens eorum qui in Schola Hogvartensi per festum nativitatis Christi mansuri erant. Harrius, Ronaldus Hermioneque se ascripserunt; audiverant Malfonem mansurum esse, quod eis suspiciosissimum videbatur. diebus feriatis occasionem optimam habeant utendi Potione Multorum Sucorum et conandi confessionem eius exprimere.

infeliciter accidit ut potio tantum semifacta esset. opus adhuc eis erat cornu Bicornigeri et pelle Serpentis Arborei Boerensis, nec aliunde ea nancisci possint quam a cella privata Snapis. Harrius privatim sensit se libentius obviam iturum esse beluae fabulosae Slytherini quam captum iri a Snape dum in sede officii eius furatur.

'opus est nobis avocamento,' inquit Hermione alacriter, post-meridiano studio duplici Potionum diei Jovis propius immi-nente. 'tum unus nostrum poterit furtim in sedem officii Snapis ire et ea sumere quibus opus est nobis.'

Harrius et Ronaldus eam trepide aspexerunt.

'sententia mea, melius sit si ego furtum ipsum faciam,' Hermione verba resumpsit, voce parum commota. 'vos duo expellemini, si rursus in mala incideritis; ego autem extra culpam sum. nihil igitur vobis faciendum est nisi satis tumultuari ut Snape quinque minuta plus minus occupatus sit.'

Harrius subrisit imbecillius. de industria tumultum facere in classe Potionum Snapis vix minus periculosum erat quam fodi-care oculum draconis dormientis.

Potiones in uno carcerum magnorum docebantur. classis post-meridiana die Jovis modo solito processit. lebetes viginti stabant fumantes inter scrinia lignea in quibus stabant librae aeneae et vasa necessariorum. Snape per fumum more ferae incessit, opus Gryffindorensium acriter cavillans dum Slytherini approbantes cachinnant. Draco Malfoy oculos piscium globosorum digitis semper impellebat in Ronaldum Hermionemque, qui sciebant se, si eum ulti essent, citius detentum iri quam posses dicere 'inique factum'.

Solutio Tumefaciens Harrii erat multo nimis liquida, sed animus eius rebus momenti maioris intentus erat. signum Hermionis exspectans, vix verba Snapis audivit ubi ille substitit ut potionem eius aquosam derideret. cum Snape conversus discessisset ut Nevillum lacesseret, Hermione Harrium attentum fecit et adnuit.

Harrius pone lebetem cito descendit unumque pyromatum Philibusteri Frederici de sinu depromptum baculo celeriter fodicavit. pyroma sibilare et stridere coepit. cum sciret secunda tantum sibi reliqua esse, Harrius erectus id colliniavit, iactu circinato in aera misit in mediumque lebetem Goylis, metam petitam, impegit.

potio Goylis displosa est, classem totam madefaciens. discipuli ululaverunt aspersi Solutione Tumefacienti. vultu Malfonis percusso, nasus intumescere coepit velut folliculus aerius. Goyle circumerrabat, manibus oculos operiens, qui nunc instar catinorum cenalium habebant, dum Snape conabatur tumultum sedare et cognoscere quid factum esset. inter rerum perturbationem Harrius Hermionem tacite e ianua labentem vidit.

'silentium! SILENTIUM!' Snape infremuit. 'si quis aspersus est, huc veniat ut Haustum Deflatorium accipiat. cum cognovero quis hoc fecerit ...'

Harrius risum supprimere conatus est dum Malfonem spectat in frontem festinantem, capite demisso pondere nasi similis peponi parvo. dum dimidia pars classis incessu incerto scrinio Snapis appropinquat, alii bracchiis similibus clavorum oppressi, alii ob labra immensum tumefacta loqui nequeuntes, Harrius Hermionem in carcerem relabentem vidit, fronte vestium prominente.

cum omnes aliquid antidoti bibissent, tumores autem varii deminuti essent, Snape ad lebetem Goylis incessit et reliqua nigra ac contorta pyromatis extraxit. subito factum est silentium.

'si quando cognovero quis hoc iecerit,' Snape susurravit, '*curabo* eum hominem expellendum.'

Harrius vultum ita composuit ut videretur – sic sperabat – in ambiguo esse. Snape recta in eum spectabat, et tintinnabulum quod post decem minuta insonuit non potuit gratius venire.

'sciebat me auctorem esse,' Harrius Ronaldo Hermionique inquit dum ad balneum Myrtae Maerentis redeunt festinantes. 'potui id sentire.'

Hermione necessaria nova in lebetem iacta furiose miscere coepit.

'potio duabus hebdomadibus parata erit,' inquit laete.

'Snape non probare potest te fuisse auctorem,' inquit Ronaldus, animum Harrii confirmans. 'quid potest facere?'

'non ignarus qualis sit Snape, taetrum aliquid exspecto,' inquit Harrius, dum potio fervet et aestuat.

*

post hebdomadem, Harrius, Ronaldus Hermioneque trans Vestibulum ibant cum circulum parvum circa tabulam nuntiis proponendis congregatum membranamque modo ibi affixam legentem viderunt. Seamus Finnigan et Decanus Thomas, qui commoti videbantur, signo dando eos ad se arcesserunt.

'Societatem Certaminum Singulorum constituunt!' inquit Seamus. 'hodie vesperi fit conventus primus. haud asperner studium certaminum singulorum, potest fieri ut aliquando utile futurum sit ...'

'num censes bestiam Slytherinam posse versari in certamine singulorum?' inquit Ronaldus, sed ille quoque animum ad titulum legendum intendit.

'potest fieri ut utile sit,' inquit Harrio Hermionique dum cenam intrant. 'an eo ibimus?'

res Harrio Hermionique maxime probata est, itaque hora octava vesperis illius ad Atrium Magnum festinantes redierunt. mensae longae cenatoriae evanuerant et scaena aurea apparuerat secundum murum unum, milibus candelarum supra volitantium illuminata. tectum rursus factum erat lubricum atque nigrum et plerique discipulorum videbantur conferti esse sub eo, omnes bacula tenentes et commotionem vultu praeferentes.

'in animo volvo quisnam nos docturus sit,' inquit Hermione, dum in turbam garrientem se sensim inserunt. 'aliquis mihi dixit Flitvicum palmam tulisse certaminis singulorum cum iuvenis esset, potest fieri ut ille praeceptor noster futurus sit.'

'dummodo non sit –' Harrius coepit, sed finem fecit loquendi cum gemitu. Gilderoy Lockhart in scaenam incedebat, vestibus splendens colore prunorum purpureorum, neque alius eum comitatus est quam Snape, vestitu nigro, more suo, indutus.

Lockhart bracchio iactando silentium poposcit et clamavit, 'congregamini, congregamini! an omnes me videre possunt? an vos omnes me audire potestis? optime est!

'per Professorem Dumbledorem, si scire vultis, mihi licuit hanc Societatem qualemcumque Certaminum Singulorum constituere ut vos omnes parati sitis si quando necesse erit vos defendere ut ego innumerabiliter feci – si quis omnia singula vult scire, videat libros meos editos.

'mihi permittite ut vobis socium meum Professorem Snapem commendem,' inquit Lockhart, late subridens. 'ille mihi confessus est se ipsum exiguum aliquid de certamine singulorum scire et benigno animo dixit se velle me auxilio adiuvare in demonstratione parva antequam initium faciamus. nolo autem quemquam iuniorum sollicitum esse – magistrum Potionum vestrum adhuc habebitis cum negotium cum eo confecero, nolite hoc timere!'

'nonne bene habeat si alter alterum conficiat?' Ronaldus in aure Harrii murmuravit.

labrum superius Snapis contorquebatur. Harrius nesciebat cur Lockhart adhuc subrideret; si Snape *eum* sic intuitus esset, in contrarium quam celerrime iam cucurrisset.

Lockhart et Snape ita conversi sunt ut alter alteri oppositi essent et se inclinaverunt; saltem Lockhart se inclinavit, simul manus multum torquens, Snape autem caput subito motu paulum inflexit velut iratus. tum bacula more gladiorum ante se sustulerunt.

'ut videtis, gladios nostros habitu accepto battuendi tenemus,' Lockhart turbae silenti dixit. 'tribus numeris vocatis, incantamenta prima iaciemus. scilicet, neuter nostrum caedem conabitur.'

'sponsionem de illo non faciam,' Harrius murmuravit, dum Snapem spectat dentes nudantem.

'unus – duo – tres –'

ambo bacula motu celeri supra umeros sustulerunt. Snape clamavit: '*Expelliarmus!*' fulgur occaecans lucis puniceae factum est et Lockhart diruptione de gradu deiectus est: retro de scaena volavit, et muro impactus delapsusque de eo, humi prostratus est.

Malfoy nonnullique alii Slytherinorum plauserunt. Hermione in digitos pedum erecta saltabat. 'an putatis eum bene habere?' per digitos stridebat.

'quis id curat?' inquiunt Harrius et Ronaldus simul.

Lockhart pedibus incertis surgebat. petasus deciderat et capilli undulati erecti sunt.

'esto, id habetis!' inquit, in suggestum retro titubans. 'erat Incantamentum Exarmans – ut videtis, baculum amisi – ah, gratias tibi ago, Dominula Brunna. ita vero, quod tu id eis demonstravisti ingeniosum erat, Professor Snape, sed, si pace tua mihi licet id dicere, maxime liquebat quid tu facturus esses. si te prohibere voluissem, scilicet nimis facile fuisset. putabam tamen eis profuturum esse si viderent ...'

Snape aspectum habebat caedem meditantis. forsan Lockhart hoc animadverterat, quod dixit, 'satis demonstratum est! nunc vobis interveniam ut ex omnibus paria componam. Professor Snape, nisi molestum erit mihi auxiliari ...'

ierunt per turbam, paria componentes. Lockhart Nevillum cum Justino Finch-Fletchley coniunxit, sed Snape primum ad Harrium Ronaldumque pervenit.

'est tempus manum hanc divinam dividere, ut mihi videtur,' inquit, deridens. 'Visli, tibi licet sociari cum Finnigan. Potter –'

Harrius sponte sua se ad Hermionem admovit.

'haud ita, ut mihi videtur,' inquit Snape, frigide subridens. 'Domine Malfoy, huc veni. videamus quid cum Pottero illo acturus sis. et tu, Dominula Granger – licet tibi socia esse Dominulae Bulstrode.'

Malfoy incessu superbo appropinquavit, maligne subridens. post eum iit puella Slytherina quae in memoriam Harriae picturam reduxit quam in libro *Feriae cum Feralibus* viderat. ampla erat ac quadrata malaeque ponderosae minaciter protrusae sunt. Hermione illi imbecillius subrisit, sed illa vicem non reddidit.

'obviam ite sociis vestris!' clamavit Lockhart, in suggestum regressus, 'et vos inclinate!'

Harrius et Malfoy capita vix inclinaverunt, oculis inter se defixis.

'bacula parate!' clamavit Lockhart. 'cum tres numeros vocavero, incantamenta conicite ut adversarios exarmetis – *tantum* ut eos exarmetis – iniurias inexspectatas nolumus. unus ... duo ... tres ...'

Harrius motu celeri baculum supra umerum sustulit, sed Malfoy iam initium fecerat numero 'duo' vocato: incantamentum eius Harrium vi tanta percussit ut non minus doleret quam si caccabus capiti eius impactus esset. pedis offensionem fecit, sed omnia videbantur adhuc bene valere, nec longius moratus Harrius baculum recta in Malfonem direxit ac clamavit, '*Rictusempra!*'

iactus lucis argenteae stomachum Malfonis percussit et ille duplicatus est, graviter anhelans.

'*vos tantum iussi adversarios exarmare!*' Lockhart supra capita turbae proeliantis clamavit perturbatus, dum Malfoy genu posito in terram procumbit; Harrius eum Incantamento Titillanti percusserat, et ille ob risum vix se movere poterat. Harrius cunctatus est, nescioquomodo ratus id parum aequum futurum esse si Malfonem humi iacentem fascinaret, sed hic erat error. anhelans, Malfoy baculum in genua Harrii direxit, voce strangulata '*Tarantallegra!*' inquit post secundumque Harrii crura cursu impotenti se agitare coeperunt tamquam si vulpis more celeriter saltarent.

'finem facite! finem facite!' ululavit Lockhart, sed Snape rei moderari coepit.

'*Finite Incantatem!*' clamavit. pedes Harrii saltando destiterunt, Malfoy ridere destitit, illique suspicere poterant.

nebula fumi subviridis supra scaenam pendebat. Neville et Justinus ambo humi iacebant, anhelantes; Ronaldus Seamum pallentem fulciebat, veniam petens si quid baculum suum fractum commisisset; sed Hermione et Millicent Bulstrode adhuc se movebant; Millicent bracchio digitisque complectabatur caput Hermionis quae dolore gemebat. bacula ambarum iacebant humi neglecta. Harrius prosiluit et Millicentem detraxit. difficile erat; multo maior erat quam ille.

'eheu, eheu,' inquit Lockhart, per turbam volitans, reliquias certaminum singulorum inspiciens. 'fac surgas, Macmillan ... id cave, Dominula Fawcett ... si id arte compresseris, secundo sanguinem sistes, Boot ...

'melius sit, ut mihi videtur, si vos doceam quomodo incantamentis infestis *obstandum* sit,' inquit Lockhart, stans trepidus in atrio medio. oculos in Snapem direxit, cuius oculi nigri micuerunt, et celeriter aversus est. 'par voluntariorum habeamus – Longifunde et Finch-Fletchley, an vos vultis?'

'malum proponis, Professor Lockhart,' inquit Snape, ad eum labens modo vespertilionis magni et malevoli. 'Longifundus stragem incantamentis facillimis facit. reliquias pueri Finch-Fletchley ad alam valetudinariam in cista flammiferarum assularum mittemus.' vultus Nevilli rotundus et ruber rubrior factus est, 'an placent tibi Malfoy et Potter?' inquit Snape risu contorto.

'optimum proponis!' inquit Lockhart, Harrium Malfonemque in medium atrium arcessens dum turba pedem refert ut eis spatium daret.

'audi, Harri,' inquit Lockhart, 'cum Draco baculum suum ad te direxerit, *hoc* tibi faciendum est.'

baculum levavit, anfractuque quodam difficili temptato demisit. Snape maligne subrisit dum Lockhart id celeriter humo tollit, dicens, 'vae – baculum meum paulo commotior est.'

Snape Malfoni propius appropinquavit, se inclinavit aliquidque in aure eius susurravit. Malfoy quoque maligne subrisit. Harrius Lockhartem trepide suspexit et inquit, 'Professor, an potes mihi rursus demonstrare quomodo rebus obstandum sit?'

'an trepidas?' murmuravit Malfoy, ita ut Lockhart eum non audire posset.

'id est quod cupis,' inquit Harrius oblique.

Lockhart ludibundus umerum Harrii colapho levi pulsavit. 'fac tantum quod ego feci, Harri!'

'num me iubes baculum demittere?'

sed Lockhart non audiebat.

'tres – duo – unus – ite!' clamavit.

Malfoy baculum celeriter levavit et vociferatus est, '*Serpensortia!*'

baculum extremum diruptum est. Harrius spectavit, stupefactus, dum anguis longus et niger ex eo expellitur, ictu gravi in spatium medium cadit seseque tollit, paratus ad feriendum. ululatum est dum turba celeriter se recipit, spatium relinquens.

'noli te movere, Potter,' inquit Snape voce languida, gaudens, ut manifestum erat, quod Harrium vidit stantem immotum, ex adverso angui irato. 'eum amovebo ...'

'mihi liceat!' clamavit Lockhart. baculum iactatum ad anguem direxit et diruptio magna facta est. anguis tantum afuit ut evanesceret ut decem pedes in aera volaret et in solum cum sonitu alapae magnae recideret. iratus, furiose sibilans, recte ad Justinum Finch-Fletchley labitur et sese rursus attollit, dentibus nudatis, ad ictum paratus.

Harrius non certum habebat quid se cogeret id facere. ne sibi quidem conscius erat se constituere id facere. tantum sciebat crura se proferre quasi rotulis provectum et se angui stulte clamavisse, 'fac eum omittas!' et miro modo – rem inexplicabilem – anguis subito in solum delapsus est, tam docilis quam sipho hortensis crassus et niger, oculis nunc in Harrium defixis. Harrius sensit timorem sibi exhauriri. sciebat anguem iam neminem oppugnaturum esse, quamquam non potuisset explicare quomodo id sciret.

Justinum suspexit, subridens, exspectans se Justinum visurum esse praeferentem animi relaxationem vel admirationem vel gratiam etiam, sed certe neque iram neque timorem.

'quidnam hoc ioci est?' clamavit, et priusquam Harrius quidquam diceret, Justinus conversus ex Atrio furens abierat.

Snape prodiit, baculum iactavit anguisque cum afflatu parvo fumi nigri evanuit. Snape, quoque, Harrium modo inexspectato contemplabatur: vultum habebat astutum atque ratiocinantem quem Harrius non amabat. neque eum omnino praeteriit murmur ominosum circa muros omnes sonans. tum sensit vestes suas a tergo velli.

'agedum,' vox Ronaldi audita est in aure eius. 'movere – *agedum* ...'

Ronaldus eum ex Atrio duxit, Hermione iuxta eos festinante. dum per ianuas eunt, homines ab utraque parte longius abierunt quasi veriti ne in morbum aliquem inciderent. Harrius omnino ignorabat quid fieret neque Ronaldus neque Hermione quidquam prius explicaverunt quam eum sursum usque ad

inanem locum communem Gryffindorensium traxerunt. tum
Ronaldus Harrium in sellam reclinatoriam trusit et inquit, 'tu
es *Parselstomus*. cur non id nobis dixisti?'

'quid dixisti me esse?'

'*Parselstomus*,' inquit Ronaldus. 'tu potes loqui cum
anguibus.'

'scio,' inquit Harrius. 're vera id tantum bis in vita feci. casu
boam constrictorem quae erat in saepta ferarum in Dudleum,
consobrinum meum, quondam immisi – longa est fabula – sed
illa mihi dicebat se nunquam Brasiliam vidisse et ego nescioquomodo eam invitus liberavi. id factum est antequam cognovi
me esse magum ...'

'boane constrictor tibi dixit se nunquam Brasiliam vidisse?'
Ronaldus iteravit voce imbecilla.

'quid mirum?' inquit Harrius 'sponsionem faciam multos qui
hic adsunt id facere posse.'

'immo vero non possunt,' inquit Ronaldus. 'non est facultas
pervulgatissima. Harri, hoc est malum.'

'quid est malum?' inquit Harrius, admodum irasci incipiens.
'quid est omnibus? audi, nisi angui illi imperavi ne Justinum
oppugnaret ...'

'oh, an tu id illi dixisti?'

'quid est hoc? tu aderas ... tu me audivisti.'

'audivi te lingua Parselstomica loquentem,' inquit Ronaldus,
'lingua anguium. potuisti quidlibet dicere. nec mirum quod
Justinus in pavorem incidit. vox tua sonuit velut anguem
hortareris aut aliquid. si scire vis, sinistrum erat.'

Harrius eum spectavit inhians.

'an lingua aliena locutus sum? at – ego nesciebam – quomodo
possum lingua loqui nescius me posse ea loqui?'

Ronaldus capite abnuit. si vultus et illius et Hermionis
aspexisses, putavisses aliquem mortuum esse. Harrius non
poterat videre quid tam malum esset.

'an vultis mihi dicere quid mali fecerim prohibens anguem
magnum et taetrum caput Justini demordere?' inquit. 'quid
refert *quomodo* id fecerim dummodo Justinus non sit ascribendus
inter Venatores Capitibus Carentes?'

'refert,' inquit Hermione, tandem voce submissa locuta,

'quod Salazar Slytherinus inclaruit ob facultatem cum anguibus colloquendi. ea est causa cur Serpens sit signum domus Slytherinae.'

Harrius subito inhiavit.

'sic est,' inquit Ronaldus, 'et nunc schola tota putabit te esse trinepotem eius aut aliquid ...'

'sed non sum,' inquit Harrius, pavore inexplicabili captus.

'difficile erit tibi id demonstrare,' inquit Hermione. 'ille circa mille abhinc annos vixit; quantum scimus, tu potest esse.'

*

Harrius illa nocte multas horas pervigilavit. per spatium velorum lecto quattuor postibus instructo circumdatorum nivem spectavit incipientem labi praeter fenestram turris, et secum deliberavit.

an *poterat* esse ortus a Salazar Slytherino? certe nihil sciebat de familia patris. Durslei eum semper vetuerant de cognatis magicis quaerere.

voce submissa, Harrius aliquid lingua Parselstomica dicere conatus est. verba non secuta sunt. necesse erat, ut videbatur, habere anguem ex adverso ut hoc faceret.

'sed ego sum *Gryffindorensis*,' Harrius cogitavit. 'Petasus Distribuens non me hic posuisset si sanguinem Slytherinum haberem ...'

'*ah*' inquit vox interior parvula et molesta, sed Petasus Distribuens *voluit* te inter Slytherinos ponere, nonne meministi?'

Harrius conversus est. postridie in Herbologia Justinum videat et rem explicet, dicens se anguem avocavisse neque hortatum esse, quod scurra quilibet (ut putabat iratus, pulvinum pulsans) intellegere debuit.

*

postridie mane, tamen, nix quae noctu coeperat saevis ventis ita increbuerat ut classis ultima Herbologica termini abolita sit: Professor Caulicula in animo habebat tibialia atque focalia Mandragoris induere, opus difficile neque ab ea cuiquam alii mandandum quod iam tanti momenti erat ut Mandragorae celeriter crescerent ut Dominam Norrem et Colinum Creevey refoverent.

Harrius de hac re animo angebatur, sedens iuxta ignem in

loco communi Gryffindorensium, dum Ronaldus Hermioneque
otio usi latrunculis magicis ludebant.

'edepol, Harri,' inquit Hermione, irata, dum unus episco-
porum Ronaldi cum equite eius luctatus eum de caballo deicit
et a latrunculario trahit. 'abi ad Justinum *inveniendum* si tibi
tanti momenti res est.'

itaque Harrius surrexit et abiit per foramen imaginis, in animo
volvens ubinam Justinus esset.

castellum erat tenebricosius quam solebat interdiu esse quod
fenestrae omnes nive densa et turbulenta et canenti obscuratae
sunt. tremebundus, Harrius auditoria praeteriit qua discipuli
studebant, ex aliqua parte audiens quid intus fieret. Professor
McGonagall aliquem increpabat qui, ut videbatur, amicum in
ursum melem mutaverat. Harrius quamquam libenter rem
propius inspexisset, tamen eam omisit et longius processit; ratus
posse fieri ut Justinus otio uteretur ut opera neglecta conficeret
constituit bibliothecam primum invisere.

re vera nonnulli Hufflepuffani quos oportuerat in Herbologia
esse in remota parte bibliothecae sedebant, neque tamen studere
videbantur. inter ordines longos pluteorum altorum librorum,
Harrius poterat videre capita eorum collata, eos autem, ut videbatur, in sermonem intentos. non videre poterat num Justinus
inter eos esset. ad eos ibat cum aliquid sermonis eorum in aures
eius incidit, et constitit ut audiret, in parte Invisibilitatis celatus.

'ut ea omittam,' puer amplus dicebat, 'iussi Justinum se celare
in dormitorio nostro. sententia mea, si Potter eum victimam
suam proximam designavit, optimum erit si paulisper latebit.
scilicet, Justinus aliquid huius generis exspectavit ex quo Pottero
obiter dixit se esse Mugglibus natum. Justinus re vera ei *dixit*
se esse scholae Etonensi adscriptum. num rem talem publicas
cum heres Slytherinus circumerrat?'

'tune, igitur, non dubitas quin *sit* Potter, Erneste?' anxie inquit
puella crinibus flavis in formam caudae demissis.

'Hannah,' inquit puer amplus graviter, 'est Parselstomus.
omnes sciunt id esse signum magi nigri. an unquam audivisti
de mago probo qui cum anguibus colloqui poterat? Slytherinum
ipsum appellaverunt Anguilinguacem.'

his verbis aliquo murmure gravi acceptis, Ernestus plura

inquit, 'an meministis quid in muro scriptum sit? *Hostes Heredis Cavete*. Potter controversiam aliquam habuit cum ianitore Filch. statim cognoscimus impetum in felem ianitoris factum. primanus ille, Creevey, in ludo Quidditch Potterum vexabat, imagines eius reddens dum in luto iacet. statim cognoscimus impetum in Creeveum factum.'

'sed semper videtur tam bellus esse,' inquit Hannah dubitans, 'et, pace tua, ille est qui effecit ut Quidam evanesceret. num potest esse omnino malus?'

Ernestus vocem submisit quasi arcana dicturus, Hufflepuffani capita artius contulerunt Harriusque furtim propius appropinquavit ut verba Ernesti auribus caperet.

'nemo scit quomodo impetu illo ab Illo Quem Nostis facto superstes fuerit. quid quod illo tempore infans tantum erat? in fragmina minima displodendus erat. tantum Magus Niger sane potens tali exsecrationi superesse poterat.' vocem submisit dum vix maior susurro erat et inquit, '*ea* potest esse causa cur Ille Quem Nostis eum primo interficere voluerit. nolebat Dominum Nigrum alium secum *certare*. scire velim quas facultates alias Potter celaverit.'

Harrius non poterat plus ferre. tussi rauca edita, e latebris quae erant post pluteos librorum prodiit. nisi tam iratus esset, spectaculum sibi oblatum pro ridiculo habuisset: unus quisque Hufflepuffanorum visus est aspectu eius Petrifactus esse, et color vultu Ernesti exhauriebatur.

'salvete,' inquit Harrius. 'Justinum Finch-Fletchley quaero.'

manifestum erat ea quae Hufflepuffani maxime timebant facta esse. trepidantes omnes Ernestum contemplati sunt.

'quid vis cum eo?' inquit Ernestus, voce tremula.

'ei dicere volui quid re vera fieret cum angue illo in Societate Certaminum Singulorum,' inquit Harrius.

Ernestus labra candida momordit et tum, suspirium altum ducens, inquit, 'omnes aderamus. vidimus quid factum esset.'

'animadvertistis igitur anguem cum eum allocutus essem se recepisse, nonne?' inquit Harrius.

'ego nihil vidi,' inquit Ernestus obstinate, quamquam tremens dum loquebatur, 'nisi quod tu lingua Parselstomica loquebaris et anguem ad Justinum agebas.'

'non illum ad eum egi!' Harrius inquit, voce ira tremente. 'ille eum ne *tetigit* quidem!'

'minime afuit,' inquit Ernestus. 'et ne animo aliquid fingas,' addidit festinanter, 'liceat mihi dicere te posse gentem meam per saecula novem magarum magorumque ducere nec quemquam habere sanguinem meo puriorem, itaque –'

'non est mihi curae qualis sit sanguis tuus,' inquit Harrius ferociter. 'cur Mugglibus natos oppugnare velim?'

'audivi te Muggles illos odisse quibuscum vivis,' inquit Ernestus celeriter.

'non potes cum Dursleis vivere neque eos odisse,' inquit Harrius. 'utinam te videam id temptantem!'

circumactus, e bibliotheca saeviens ruit, id quod vultu parum contento vidit Magistra Pince, quae involucrum inauratum libri magni incantamentorum poliebat.

Harrius adverso transitu titubavit, vix animadvertens quo iret, ob iram tantam. secutum est ut in aliquid valde magnum et solidum impactus sit quod eum retro in solum iecit.

'oh, salve, Hagrid,' Harrius inquit, suspiciens.

vultus omnis Hagridi celatus est laneo capitis tegumento Balaclavensi nive operto, sed non poterat quisquam alius esse, quod partem maximam transitus lacerna pellium talparum implevit. gallus mortuus ab una manuum immensarum et digitabulis tectarum pendebat.

'an bene habes, Harri?' inquit, tegumentum capitis Balaclavense tollens ut loqui posset. 'cur non es in classe?'

'abolita est,' inquit Harrius, surgens. 'quid tu hic intus facis?'

Hagrid gallum flaccidum levavit.

'iam duo hoc termino interfecti sunt,' inquit explicans. 'in culpa sunt aut vulpes aut Sanguisugens Molestia, et opus est mihi licentia Praesidis ut caveam pullorum incantamento defendam.'

Harrium sub superciliis hirsutis et nive sparsis artius inspexit.

'an re vera bene habes? animo confuso atque perturbato videris esse.'

Harrius non poterat sibi persuadere ut iteraret quid Ernestus ceterique Hufflepuffani de se dixissent.

'nihil est,' inquit. 'melius sit si discedam, Hagrid, proxima est hora Transfigurationis, et libri mihi colligendi sunt.'

abiit, animo adhuc volvens quid Ernestus de se dixisset.

'Justinus aliquid huius generis exspectavit ex quo Pottero obiter dixit se esse Mugglibus natum ...'

Harrius scalas ascendit pedibus humum pulsantibus et secundum transitum alium, qui erat praecipue tenebrosus, conversus est; faces aura forti et gelida quae flabat per quadram vitream laxatam exstinctae erant. dimidium transitus lustraverat cum pede in aliquid humi iacens offenso procubuit.

conversus ut oculis obliquis id quod eum prostraverat aspiceret sensit velut stomachus dissolutus esset.

Justinus Finch-Fletchley humi iacebat, rigidus et frigens, vultu horrore constricto, oculis vacuis in tectum defixis. neque ea finis erat. iuxta eum erat figura alia, spectaculum quod novissimum Harrius unquam viderat.

erat Nicolaus Paene Capite Carens, non iam margarito candicans neque translucidus, sed niger et fumosus, pendens immobilis et libratus, sex uncias supra humum. dimidio capitis carebat et vultum obstupefactum habebat eundem ac Justinus.

Harrius surrexit, spiritu celeri ac brevi, corde costas percutiente sonitu simili tympano pulso. oculos sine ordine huc illuc per transitum desertum coniciens agmen araneorum quam celerrime a corporibus fugiens vidit. sonitus nullus erat nisi voces obvolutae doctorum ex auditoriis utrimque sitis auditae.

poterat effugere, neque quisquam unquam sciat eum adfuisse. sed non poterat eos relinquere solum hic iacentes ... auxilium ei petendum erat. num quis credat hoc factum esse sine parte eius?

dum ibi stat pavens, ianua ei proxima cum sonitu magno aperta est. Peeves eidolon clamosum expulsus est.

'nimirum, adest parvulus Potter parum sanus!' cachinnavit Peeves, perspecilla Harrii ictu obliquans, dum saliens eum praetervehitur. 'quid agit Potter? cur latet Potter –'

Peeves constitit, dum in medio aere saltum facit capite deorsum posito. dum summa imis miscet, Justinum et Nicolaum Paene Capite Carentem conspexit. saltu se invertit, in pulmones spiritum duxit, et, priusquam Harrius eum prohiberet, clamavit, 'VIS FACTA! VIS FACTA! ITERUM VIS FACTA! NEQUE

MORTALIS NEQUE SPIRITUS TUTUS EST! SI VIVERE VULTIS, AUFUGITE! VIIS FAACTA!'

fragor – fragor – fragor: secundum transitum, series ianuarum rapide aperta est hominesque effusi sunt. per aliquot minuta protracta, tantus erat tumultus ut periculum esset ne Justinus contunderetur et homines in Nicolao Paene Capite Carente semper stabant. Harrius se invenit muro infixum dum doctores clamoribus silentium poscunt. Professor McGonagall advenit currens, sequentibus discipulis, quorum unus adhuc capillos nigro candidoque virgatos habebat. baculo usa sonitum magnum fecit qui silentium reddidit, et omnibus imperavit ut in auditoria redirent. simulac scaena aliquid vacuefacta est, Ernestus ille Hufflepuffanus in scaenam, anhelans, prodiit.

'*flagrante delicto captus!*' clamavit Ernestus, vultu albissimo, digito Harrium scaenice ostendens.

'id satis est, Macmillan!' inquit Professor McGonagall acriter.

Peeves huc illuc supra capita eorum volitabat, nunc scaenam inspiciens, maligne subridens. Peeves tumultum semper amabat. dum doctores se supra Justinum atque Nicolaum Paene Capite Carentem se inclinant, eos inspicientes, Peeves carmen agere coepit:

'*quid scelus admisti, mihi dic, o pessime Potter,*
    cui placet assiduo caedere discipulos?'

'id sufficit, Peeves!' latravit Professor McGonagall, et Peeves cum bombo retro aufugit, lingua ad Harrium exstrusa.

Justinus sursum ad alam valetudinariam portatus est a Professore Flitvico et Professore Sinistra facultatis Astronomiae, sed nemo scire videbatur quid de Nicolao Paene Capite Carente agendum esset. tandem Professor McGonagall arte magica ex aere tenui flabellum magnum protulit, quo tradito Ernestum iussit Nicolaum Paene Capite Carentem flando sursum scalis adversis tollere. quod Ernestus fecit, flabello Nicolaum promovens velut navigium tacitum et nigrum pulvino aeris insidens. quo facto, Harrius et Professor McGonagall soli relicti sunt.

'hac via ibimus, Potter,' inquit.

'Professor,' inquit Harrius statim, 'iuro me non –'

'hoc non est in manibus meis, Potter,' inquit Professor McGonagall breviter.

silentio circa angulum contenderunt et illa ante lapideum gurgilionem magnum et turpissimum constitit.

'citrina fervescens!' inquit. liquebat eam esse tesseram quod gurgilio subito vivus factus in obliquum saliit dum murus posterior in partes duas dividitur. vel futura formidans, Harrius non poterat facere quin miraretur. post murum erant scalae involutae quae leniter ascendebant velut gradus mobiles. dum ille et Professor McGonagall pedem in eas inferunt, Harrius murum sonitu gravi post ipsos coeuntem audivit. gyros ducentes, semper altius surrexerunt dum demum, vertigine paulum laborans, Harrius ianuam fulgentem et querceam ante se videre potuit cum pulsabulo aeneo formato in figuram gryphi.

sciebat quo duceretur. hoc debebat esse domicilium Dumbledoris.

Potio Multorum Sucorum

e summis scalis lapideis egressi sunt et Professor McGonagall ianuam pulsavit. qua cum silentio aperta intraverunt. Professor McGonagall Harrium manere iussit, et eum ibi reliquit, solum.

Harrius circumspexit. unum quidem certum erat: ex omnibus sedibus officii doctorum quas Harrius adhuc hoc anno viserat, illa Dumbledoris erat multo iucundissima. nisi perterritus esset ne e schola expelleretur, libentissime occasionem eius inspiciendi accepisset.

conclave rotundum erat magnum et pulchrum, plenum miris sonibus parvis. aliquot instrumenta nova et argentea in mensis cruribus longis et tenuibus stabant, stridentia et fumum parvum ex intervallo efflantia. parietes imaginibus veterum magistrorum et magistrarum principum opertae sunt, qui omnes leniter dormitabant formis inclusi. erat quoque scrinium ingens pedibus ungulatis et post illud sedens in pluteo petasus magi deformis et lacer – Petasus Distribuens.

Harrius cunctatus est. magas magosque in muris dormientes caute circumspexit. num noceat si petasum delatum rursus induat? tantum ut videat … tantum ut compertum habeat illum se *re vera* in domum idoneam posuisse.

tacite circum scrinium iit, petasum pluteo abstulit in caputque lente demisit. multo amplior erat et supra oculos delapsus est non aliter ac cum proxime eum induisset. Harrius partem interiorem nigram Petasi intuitus est, exspectans. tum vox parva in aure eius inquit, 'an apes in capite habes?'

'hem, ita vero,' Harrius murmuravit. 'hem – da veniam si molestus sum – rogare volebam –'

'in animo volvisti num te in domum idoneam posuerim,' inquit Petasus astute. 'ita vero ... erat difficillimum domum tibi assignare. sed quod prius dixi non repudio –' cor Harrii saliit '– inter Slytherinos tu *certe* rem bene gesisses.'

stomachus Harrii in imum cecidit. apice comprehensa Petasum detraxit, qui flaccescens pependit in manu eius, sordidus et decolor. Harrius eum in pluteum retrusit, nauseabundus.

'erras,' inquit viva voce, petasum immotum et silentem allocutus. ille non motus est. Harrius pedem rettulit, eum spectans. tum sonitu novo strangulationis a tergo audito circumactus est.

contra exspectationem non erat solus. stans in sedili aviario auri post ianuam posito erat avis decrepita similis meleagridi semivulsae. Harrius eam intuitus est et avis oculis malignis respexit, sonitum strangulationis rursus edens. Harrio aegerrima visa est. oculi eius hebetes erant et tum ipsum cum Harrius spectaret aliae pennae duae e cauda delapsae sunt.

Harrius modo putabat nil aliud sibi opus esse nisi quod avis, deliciae Dumbledoris, mortua esset dum ipse solus cum ea in sede officii est, cum avis flamma correpta est.

perturbatus Harrius exclamavit et in scrinium pedem rettulit. lymphatus circumspexit alicunde vas aquae quaerens sed nullum videre poterat. interea avis sphaera ignea facta est; unum stridorem magnum edidit et post secundum nihil erat nisi acervus ignifer cinerum humi iacens.

ianua sedis officii aperta est. ingressus est Dumbledore, vultu gravissimo.

'Professor,' Harrius anhelavit, 'avis tua – nihil facere poteram – ignem modo concepit –'

Harrio stupente, Dumbledore subrisit.

'serius factum est,' inquit. 'iamdudum horribilis videtur, eum festinare iussi.'

vultu stupido Harrii viso, cachinnavit.

'Fawkes est phoenix, Harri. phoenices flamma corripiuntur cum tempus moriendi venit et a cineribus renati sunt. eum inspice ...'

Harrius tum ipsum oculos demisit ut avem modo natam, parvulam rugosamque caput e cineribus extrudentem viderit. non minus deformis erat quam proxima.

'me paenitet eum tibi Die Incendii videndum fuisse,' inquit Dumbledore, post scrinium considens. 're vera est plerumque pulcherrimus: pennas habet mire rubicundas et aureas. phoenices sunt animalia miranda. onera gravissima ferre possunt, lacrimis eorum homines aegri sanantur vixque delicias hominum *fideliores* invenias.'

incendium Fawkis Harrium adeo perturbaverat ut causam oblitus esset cur adesset, sed rem totam revocavit ubi Dumbledore in sella cum tergo alto post scrinium se composuit et in Harrium oculos caeruleos et acutos infixit.

antequam Dumbledore verbum aliud loqueretur, tamen, ianua sedis officii subito fragore maximo aperta est et Hagrid irrupit, oculis insane fulgentibus, tegumento Balaclavensi in summo capite nigro et capillato sedente galloque mortuo adhuc a manu pendente.

'Harrius non erat auctor, Professor Dumbledore!' inquit Hagrid insistens. 'ego cum eo loquebar paucis ante *secundis* quam puer ille inventus est, nunquam tempus habebat, domine ...'

Dumbledore conatus est aliquid dicere, neque Hagrid furere destitit, ita perturbatus ut gallum circumageret, pennas in omnes partes mittens.

'non poterat esse auctor, id coram Ministerio Magico iurabo, si necesse erit ...'

'Hagrid, ego –'

'puer iste non tibi comprehendendus erat, domine, *scio* Harrium nunquam –'

'*Hagrid!*' inquit Dumbledore voce magna. 'ego *non* puto Harrium illos homines oppugnavisse.'

'oh,' inquit Hagrid, gallo languide ad latus cadente. 'esto. ego igitur extra morabor, Praeses.'

et pedibus humum pulsantibus exiit erubescens.

'num putas me auctorem fuisse, Professor?' Harrius iteravit sperans, dum Dumbledore scrinium pennis galli purgat.

'haud ita, Harri, non id puto,' inquit Dumbledore, quamquam vultu iterum gravi. 'sed nihilominus tecum loqui volo.'

Harrius trepidans exspectavit dum Dumbledore eum contemplatur, extremis digitorum longorum coniunctis.

'necesse est te rogare num quid mihi dicere velis,' inquit leniter. 'licet tibi quidvis dicere.'

Harrius nesciebat quid diceret. venit in mentem Malfonis clamantis, 'proximi eritis, Lutosanguines!' et Potionis Multorum Sucorum, lente ferventis in balneo Myrtae Maerentis. tum venit in mentem vocis corpore carentis quam bis audiverat memineratque quid Ronaldus dixisset: *'audire voces quas nemo alius audire potest non est augurium faustum vel in mundo magico.'* venit in mentem, quoque, sermonum omnium de se habitorum, et timoris crescentis ne aliquo modo cum Salazar Slytherino coniunctus esset ...

'haud ita,' inquit Harrius, 'nihil est, Professor.'

*

ob impetum duplicem in Justinum et Nicolaum Paene Capite Carentem factum quod prius trepidatio fuerat iam pavor verus factus est. mirum erat quod sors Nicolai Paene Capitis Carentis homines maxime sollicitabat. quidnam id simulacro facere poterat, inter se rogabant; quod numen horrendum alicui nocere poterat qui iam mortuus erat? paene fuga praeceps erat hominum sibi sedes in Hamaxosticho Rapido Hogvartensi reservantium ut domum ad festum natalis Christi redirent.

'quae cum ita sint, nos soli relicti erunt,' Ronaldus Harrio Hermionique inquit. 'nos, Malfoy, Crabbe, Goyle. quam iucundae feriae erunt.'

Crabbe et Goyle, qui semper idem ac Malfoy faciebant, se quoque ad ferias in schola agendas ascripserant. sed Harrius gaudebat quod plerique discessuri erant. eum taedebat eum in transitionibus evitantium velut dentes bestiae promissurum aut venenum sputurum; eum taedebat murmurum, demonstrationum, sibilorum omnium dum praeterit.

Frederico et Georgio, tamen, haec omnia ridiculissima videbantur. sponte sua ante Harrium contenderunt per transitiones, clamantes, 'date spatium heredi Slytherini, magus admodum malus appropinquat ...'

quae Persius maxime improbavit.

'non est res ridicula,' inquit frigide.

'oh, cede loco, Persi,' inquit Fredericus. 'Harrius festinat.'

'ita vero, in Cameram Secretorum abit ad theanam potionem sumendam cum famulo dentato,' inquit Georgius, cachinnans.

neque Ginniae ridiculum videbatur.

oh, tace, *sodes!*' vagiebatur cum Fredericus Harrium voce magna rogaverat quem in animo haberet proxime oppugnare, aut Georgius simulaverat se Harrium spica magna alii arcere ubi convenerunt.

quod Harrium non vexavit; ille recreatus est quod Fredericus et Georgius, saltem, putabant id admodum absurdum esse quod haberetur heres Slytherinus. sed ioci eorum Malfonem lacessere videbantur, qui quotiens eos iocantes viderat, totiens magis sibi displicere videbatur.

'hoc est quod *insane* cupit dicere se re vera illum esse,' inquit Ronaldus plusscius. 'scilicet repulsa quaevis a quovis illata est ei odio, et tu laudem omnem accipis maleficiorum eius.'

'non erit diutina laus illa,' inquit Hermione voce contenta. 'Potio Sucorum Multorum est paene parata. iam iamque veritatem ab eo exprimemus.'

*

tandem terminus finem habuit, et silentium tam altum quam nix in campis iacens in castellum cecidit. Harrio locus tranquillus videbatur potius quam maestus, et voluptatem cepit quod sibi Hermioni Visliisque Turris Gryffindorensis ita vacaret ut Ludum Clamosum Chartarum Explosivarum vocibus magnis ludere possent nemine vexato, et in certamine singulorum se privatim exercere. Fredericus, Georgius Ginniaque in schola manere maluerant quam ire in Aegyptam cum Domino Dominaque Vislia ut Gulielmum visitarent. Persius, qui improbavit id quod mores infantiles eorum appellabat, non multum temporis in loco communi Gryffindorensium consumpsit. iam eis magniloquus dixerat nullam aliam causam esse cur *ipse* ferias Natalis Christi in schola ageret nisi quod se oporteret praefecti munere functum doctores tempore illo perturbato adiuvare.

prima lux aderat Die Natali Christi frigido et candido. Harrius et Ronaldus, qui soli in dormitorio suo reliqui erant, multo mane ab Hermione expergefacti sunt, quae irrupit, omnibus induta vestibus et dona utrique afferens.

'expergiscimini,' inquit voce magna, velamina fenestrae retrahens.

'Hermione – non licet tibi hic adesse,' inquit Ronaldus, ab oculis lucem arcens.

'tu, quoque, felix sis Die Natali Christi,' inquit Hermione, donum ei iaciens. 'est paene hora ex quo surrexi, et chrysopas plures Potioni addidi. ea parata est.'

Harrius se sublevavit, somno omni subito excusso.

'satin hoc certum est tibi?'

'certum,' inquit Hermione, Scabberum rattum submovens ut in fine lecti quattuor postibus instructi consideret. 'si rem facturi sumus, sententia mea hac nocte facienda est.'

illo momento, in conclave illapsa est Hedvig, rostro fasciculum minimum ferens.

'salve,' inquit Harrius laete, cum lecto appelleretur, 'an mecum rursus loqueris?'

illa aurem eius modo familiari momordit, quod erat donum multo melius quam id quod ei attulerat, a Dursleis forte emissum. qui Harrio dentiscalpium miserant cum epistula eum iubente cognoscere num aestivis quoque feriis in schola Hogvartensi manere posset.

reliqua dona Diei Natalis Christi ab Harrio accepta erant multo gratiora: Hagrid capsam magnam bellariolorum e mellacea confectorum ei miserat, quae Harrius ante ignem mollire constituit antequam consumpsit; Ronaldus librum nomine *Volatus cum Cannonibus*, librum factorum iucundorum scriptum de turma ludi Quidditch cui maxime favebat, ei dederat; et Hermione pennam aquilinam, stilum generis optimi, ei emerat. cum donum ultimum aperuisset, Harrius laneam tuniculam novam, manu Dominae Visliae factam, et libum magnum prunorum invenit. dum chartam eius ostentat, iterum conscientia mala oppressus est, ratus de autocineto Domini Vislii, quod non visum erat ex quo cum Salice Scalpurienti collisum est, et de praeceptis multis quae ipse et Ronaldus in animo habebant proxime violare.

*

nemo, ne is quidem qui timeret Potionem Multorum Sucorum postea sumere, non facere poterat quin cena Diei Natalis Christi in schola Hogvartensi parata frueretur.

aspectus Atrii Magni erat magnificus. non solum duodecim arbores festivae pruina opertae aderant et virgae crassae aquifolii et visci trans tectum extensae, sed nix fascinata, tepens et sicca, de tecto cadebat. Dumbledore eos direxit cantantes pauca carminum festivorum quae maxime amabat, Hagrido, quo plura pocula cervisiae ovis immixtae combibit, eo maius bombiente. Persius, quippe qui non animadverterat Fredericum insigne prae-fectorium suum ita fascinavisse ut nunc titulum 'stupidus' haberet, semper omnes rogabat quae esset causa cur cachinnarent. ne curae quidem Harrio erat quod Draco Malfoy ad mensam Slytherinam sedens novam tuniculam laneam eius voce magna cavillabatur. si fortuna secunda utantur, horis paucis de Malfone actum sit.

Harrius Ronaldusque portionem tertiam mensae secundae ad festum Christi Natalis propriae vix consumpserant cum Hermione eos ex Atrio deduxit ut manum extremum consiliis vespertinis imponerent.

'adhuc opus est nobis frusto hominum in quos mutabimini,' inquit Hermione voce admodum tranquilla, quasi eos ad pantopolium mitteret ut pulverem detergentem emerent. 'et sine dubio, optimum erit si quid Crabbis et Goylis nancisci poteritis; sunt Malfoni familiarissimi, eis quidvis dicet. necesse est quoque cavere ne Crabbe et Goyle ipsi in nos irrumpere possint dum eum interrogamus.

'rem totam machinata sum,' plura leniter inquit, vultus stupentes Harrii Ronaldique neglegens. liba duo opima e soco-lata confecta levavit. 'ea complevi Haustu simplici Soporifero. vobis tantum curandum est ut Crabbe et Goyle ea inveniant. scitis quam avidi sint, debent ea comesse. cum semel obdormiverint, crinibus paucis eorum extractis, eos ipsos in armario scoparum celate.'

Harrius et Ronaldus increduli oculos inter se coniecerunt.

'Hermione, non puto –'

'id possit vitia gravia admittere –'

sed Hermione aspectum inflexibilem in oculis habebat

non longe secus atque aliquando Professor McGonagall habebat.

'Potio erit inutilis sine crinibus Crabbis et Goylis,' inquit severe. 'nonne Malfonem percontari *vultis*?'

'oh, sit ita, sit ita,' inquit Harrius. 'sed quid tu? cuius crinem tu extrahes?'

'meum iam habeo!' inquit Hermione alacriter, ampullam exiguam de sinu depromens et eis ostendens crinem qui solus intus erat. 'an meministis Millicentam Bulstrodam mecum luctantem in Societate Certaminum Singulorum? hunc crinem in vestibus meis reliquit cum me stangulare conaretur! et domum ad festum Natalis Christi discessit – itaque tantum necesse erit Slytherinis dicere me constituisse redire.'

cum Hermione negotiosa abiisset ut Potionem Multorum Sucorum rursus inspiceret, Ronaldus ad Harrium conversus est vultu funesto.

'an unquam de consilio audivisti quod tot vitia admittere possit?'

*

sed, quod Harrio et Ronaldo admirationem maximam movebat, pars prima operis tam bene processit quam Hermione dixerat. post convivium theanum festivum, in Vestibulo deserto latuerunt Crabbem Goylemque exspectantes, qui soli ad mensam Slytherinam manserant, portiones quartas iuris anglici devorantes. Harrius liba e socolata confecta in extremo saepto scalarum posuerat. cum Crabbem Goylemque ex Atrio Magno exeuntes conspexissent, Harrius Ronaldusque post tegumentum ferreum corporis iuxta ostium situm celeriter se celaverunt.

'num stultior esse potes?' susurravit Ronaldus laetissime, dum Crabbe gaudens liba Goyli ostenta arripit. inepte subridentes, liba tota in ora ampla inseruerunt. momentum temporis, ambo ea avide manducati sunt, vultus triumphantes praeferentes. tum, vultibus ne minime quidem mutatis, retro in terram ceciderunt.

pars multo difficillima erat eos celare in armario trans atrium sito. cum semel sine incommodo inter hamas atque peniculos positi essent, Harrius duas saetarum quae frontem Goylis operuerunt evulsit, Ronaldus autem crines nonnullos Crabbis extraxit. calceos eorum quoque furati sunt, quod sui multo minores erant quam ut accomodarentur pedibus magnis Crabbis Goylisque. deinde, eo quod modo fecerant adhuc obstupefacti, ad balneum Myrtae Maerentis sursum cucurrerunt.

propter fumum densum et nigrum e cubiculo emissum in quo Hermione lebetem miscebat vix videre poterant. vultibus vestimentis celatis, Harrius Ronaldusque ianuam leniter pulsaverunt.

'an ades, Hermione?'

stridore clausurae audito, Hermione exiit vultu fulgenti et trepidanti. post eam *stloppum stloppum* Potionis bullientis mellacei more audiverunt. tria pocula vitrea stabant parata in sede latrinae.

'an ea nacti estis?' Hermione rogavit anhelans.

Harrius ei crinem Goylis ostendit.

'bene habet. et haec alia vestimenta e lavatorio furata sum,' inquit Hermione, saccum parvum tollens. 'vestibus maioribus vobis opus erit cum semel Crabbe et Goyle facti eritis.'

tres illi in lebetem intuiti sunt. de proximo, Potio visa est similis luto crasso et ferrugineo, segniter bullienti.

'pro certo scio me omnia recte fecisse,' inquit Hermione, paginam maculatam libri *Potiones Potentissimae* trepide relegens. 'formam habet ut in libro descriptam ... cum semel eam biberimus, horam unam ipsam habebimus priusquam in nos ipsos rursus mutamur.'

'quid nunc?' Ronaldus susurravit.

'in pocula tria vitrea eam dividemus et crines addemus.'

Hermione portiones magnas Potionis in unum quidque poculorum ingessit. deinde, manu tremente, crinem Millicentae Bulstrodae ex ampulla in poculum primum excussit.

Potio sonitu magno sicut fervefactorium aestuans sibilavit et spumavit insane. post secundum, in colorem galbinum nauseosum mutata est.

'urgh – essentia Millicentae Bulstrodae,' inquit Ronaldus eam fastidiose contemplans. 'sponsionem faciam eam habere gustum putidum.'

'agite nunc, addite vestra,' inquit Hermione.

Harrius crinem Goylis in poculum medium demisit et Ronaldus crinem Crabbis in ultimum posuit. pocula ambo sibilaverunt et spumaverunt: id Goylis in colorem fulvum muci, id Crabbis in brunnum obscurum et ferrugineum mutatum est.

'manete,' inquit Harrius, dum Ronaldus Hermioneque manus ad pocula porrigunt. 'melius sit si non omnes hic intus ea bibamus: cum semel in Crabbem Goylemque mutati erimus, satis spatii non habebimus. neque Millicent Bulstrode pixia est.'

'optime suades,' inquit Ronaldus, ianuam reserans. 'suum quisque nostrum cubiculum habebit.'

cavens ne guttam Potionis suae Multorum Sucorum demittat, Harrius in cubiculum medium delapsus est.

'an parati estis?' clamavit.

'ita vero,' auditae sunt voces Ronaldi et Hermionis.

'unus ... duo ... tres ...'

naso digitis obstructo, Harrius Potionem duobus haustibus magnis obsorbuit. ea sapiebat cramben nimis incoctam.

statim viscera torqueri coeperunt quasi angues vivos modo glutivisset – duplicatus, in animo volvebat num vomiturus esset – tum ardor quidam a stomacho ad extremos ipsos digitos manuum et pedum celeriter diffusus est. deinde, venit sensus horribilis deliquescendi quod eum anhelantem in manus genuaque propulit, dum cutis corporis ubique bullit ut cera calida, et ante oculos, manus crescere incipiunt, digiti crassantur, ungues dilatantur, condylique protruduntur ut clavi grandes. umeri extensi sunt dolorem faciens et prurigine frontis admonitus est capillos deorsum ad supercilia serpere; vestes laceratae sunt dum pectus intumescit sicut vas ligneum circulos perrumpens; pedes angebantur inclusi calceis quattuor numeris minoribus ...

non minus subito quam initium ceperant, omnia finem habuerunt. Harrius pronus in pavimento frigido et lapideo iacebat, audiens Myrtam in latrina extrema maeste singultantem. calceis aegre discussis, surrexit. itaque sic erat, esse Goylem. manibus magnis trementibus, vestibus veteribus, quae pedem supra talos pendebant, exutis, alias illas induit et calceos Goylis lintribus similes adligavit. manibus porrectis ut capillos ex oculis amoveret, nil invenit nisi saetas breves et horridas, ex ima fronte crescentes. deinde perspecilla oculos obscurare sensit, quod manifestum erat Goyli non opus eis esse. quibus sublatis, clamavit, 'an vos duo bene habetis?' ex ore processit vox Goylis gravis et aspera.

'ita vero,' grunditus altus Crabbis a dextera auditus est.

Harrius, ianua reserata, ante speculum fractum incessit. ex oculis hebetibus et alte depressis Goyle eum respexit. Harrius aurem rasit. idem fecit Goyle.

ianua Ronaldi aperta est. alter alterum intuitus est. nisi quod pallidus et perturbatus videbatur, Ronaldus idem erat ac Crabbe, a capillis formatis in galeae figuram usque ad bracchia longa gorillae.

'hoc est incredibile,' inquit Ronaldus, speculo appropinquans et nasum planum Crabbis fodicans. 'incredibile.'

'melius sit si proficiscamur,' inquit Harrius, horologium laxans quod carpum crassum Goylis incidebat. 'nobis adhuc inveniendum est ubi sit locus communis Slytherinorum, si modo aliquem inveniamus quem sequamur ...'

Ronaldus, qui Harrium contemplatus erat, inquit, 'nescis quam insolitum sit videre Goylem *cogitantem*.' ianuam Hermionis pulsavit. 'agedum, nobis eundum est ...'

vox stridula ei respondit. 'n-nescio, rem reputans, an ventura sim. vos procedite sine me.'

'Hermione, scimus Millicentam Bulstrodam turpem esse, nemo sciet eam te esse.'

'haud ita – re vera – nescio an ventura sim. vos ambo festinate, tempus perditis.'

Harrius Ronaldum aspexit, haerens.

'*iam* similior es Goyli,' inquit Ronaldus. 'vultum illum habet quotiens doctor eum aliquid rogavit.'

'Hermione, an bene habes?' inquit Harrius, eam per ianuam allocutus.

'bene – ego bene habeo ... procedite –'

Harrius horologium inspexit. quinque e sexaginta minutis, quae sola eis data erant, iam praeterierant.

'hic rursus tecum conveniemus, nonne?' inquit.

Harrius et Ronaldus ianuam magna cum cura aperuerunt, circumspexerunt ne quis adesset, profectique sunt.

'noli bracchia tam impigre movere,' Harrius Ronaldo murmuravit.

'quid?'

'Crabbe ea nescioquomodo rigida tenet ...'

'quid dicis de hoc?'

'ita vero, sic melius est.'

de scalis marmoreis descenderunt. nunc solum opus eis erat Slytherino quem ad locum communem Slytherinorum sequerentur, sed nemo aderat.

'an aliquid tibi succurrit?' murmuravit Harrius.

'Slytherini ad ientaculum semper inde ascendunt,' inquit Ronaldus, nutu aditum carcerum ostendens. vix verba locutus erat cum puella capillis longis et crispatis ab aditu apparuit.

'da veniam,' inquit Ronaldus, ad eam festinans, 'obliti sumus qua via ad locum communem nostrum eundum sit.'

'quid dicis,' inquit puella dure, 'de loco communi *nostro?* *ego* sum Ravenclavensis.'

abiit, eos suspiciosa respiciens.

Harrius et Ronaldus de gradibus lapideis in tenebras festinantes descenderunt, vestigiis sonitu maiore resonantibus ubi pedes ingentes Crabbis et Goylis solum pulsaverunt, veriti ne hoc minus facile esset quam speraverant.

transitus labyrinthei deserti erant. semper altius sub scholam ierunt, saepe horologia inspicientes ut viderent quantum temporis sibi reliquum esset. post quadrantem horae, eo ipso tempore cum desperarent, motum subitum a fronte audiverunt.

'ecce!' inquit Ronaldus commotus. 'nunc adest unus eorum!'

figura e conclavi e latere sito apparebat. cum propius festinarent, tamen, animi demissi sunt. non erat Slytherinus, erat Persius.

'quid tu agis huc degressus?' inquit Ronaldus admiratus.

Persius offensus videbatur.

'id,' inquit dure, 'minime tua interest. tu es Crabbe, nonne?'

'qu – oh, ita vero,' inquit Ronaldus.

'iam abite ad dormitoria,' inquit Persius severe. 'his temporibus non est tutum errare circum transitus obscuros.'

'id est quod *tu* facis,' Ronaldus demonstravit.

'ego,' inquit Persius, erectus, 'sum Praefectus. nihil me oppugnabit.'

vox subito post Harrium et Ronaldum resonuit. Draco Malfoy ad eos ambulabat, et, quod nunquam prius acciderat, Harrius eum libenter vidit.

'adestis igitur,' inquit languide, eos aspicientes. 'an ambo vos tamdiu in Atrio Magno saginavistis? vos iamdiu quaero, vobis aliquid re vera ridiculum ostendere volo.'

Malfoy oculos in Persium coniecit, eum contemnens.

'et quid tu agis huc degressus, Visli?' inquit, labrum superius contorquens.

Persius videbatur maxime iratus.

'te oportet Praefectum scholae aliquanto magis revereri!' inquit. 'habitus tuus mihi displicet!'

Malfoy, labro superiore contorto, nutu significavit ut Harrius Ronaldusque se sequerentur. Harrius paene dixit aliquid Persio ut se excusaret sed in ipso discrimine temporis se cohibuit. ille et Ronaldus festinantes Malfonem secuti sunt, qui dixit dum in transitum proximum vertuntur, 'ille Petrus Vislius –'

'Persius,' erratum eius Ronaldus sponte sua correxit.

'quidquid nomen eius est,' inquit Malfoy, 'nuper eum saepe furtim circumeuntem vidi. et sponsionem faciam me scire quid agat. putat se solum heredem Slytherini capturum esse.'

risum edidit brevem et fastidiosum. Harrius et Ronaldus oculos inter se coniecerunt, valde commoti.

Malfoy prope spatium nudum et madidum muri lapidei constitit.

'dic mihi rursus quid sit signum novum,' inquit Harrio.

'hem –' inquit Harrius.

'oh, ita vero – *sanguis purus!*' inquit Malfoy, non audiens, et ianua lapidea in muro celata lapsu aperta est. Malfoy per eam incessit, Harrio Ronaldoque eum sequentibus.

locus communis Slytherinorum erat conclave subterraneum longum et humile cum muris e lapidibus asperis factis et tecto, de quo lucernae rotundae viridantes vinculis infixae pendebant. sub pluteo accurate caelato qui supra focum eis adversum exstabat ignis crepitabat, et circum eum erant imagines obliquae et obscurae nonnullorum Slytherinorum in sedilibus caelatis sedentium.

'hic manete,' inquit Malfoy Harrio Ronaldoque, significans

ut ad par sedilium vacuorum ab igne remotorum irent. 'ibo id arcessitum – pater id modo mihi misit –'

animo volventes quidnam Malfoy sibi ostenturus esset, Harrius et Ronaldus consederunt, operam dantes ut domi suae viderentur esse.

Malfoy post minutum rediit, tenens quod videbatur esse segmentum actorum diurnorum. id sub nasum Ronaldi trusit.

'hoc risum tibi eliciet,' inquit. Harrius oculos Ronaldi visu obstupefactos dilatari vidit. ille, segmento celeriter perlecto, aegerrime risum expressit et id Harrio tradidit.

e *Vate Cottidiano* sectum his verbis inscriptum est:

QUAESTIO IN MINISTERIO MAGICO HABITA

Arturius Vislius, Princeps Officii Usus Vetiti Rerum a Mugglibus Fabricatarum, hodie quinquaginta Galleonibus multatus est ob fascinationem autocineti Mugglensis.

Dominus Lucius Malfoy, gubernator Scholae Hogvartensis Artium Magicarum et Fascinationis, qua autocinetum fascinatum die priore huius anni collisum est, hodie abdicationem Domini Vislii postulavit.

'Vislius infamiam Ministerio intulit,' Dominus Malfoy relatori nostro inquit. 'satis liquet eum non idoneum esse ad leges nostras scribendas et lex eius ridicula de Mugglibus defendendis statim abroganda est.'

Dominus Vislius sententiis de his rebus dicendis non vacabat, quamquam uxor eius relatoribus dixit se in eos larvam familiarem immissuram esse nisi abiissent.

'sed quid tu?' inquit Malfoy impatienter, ubi Harrius segmentum ei reddidit. 'nonne tu censes id ridiculum esse?'

'ha, ha,' inquit Harrius frigide.

'Arturius Vislius Muggles adeo amat ut, baculo in partes duas fracto, se cum eis coniungere debeat,' inquit Malfoy contemptim. 'Vislii ita se gerunt ut nunquam credas eos esse sanguinis puri.'

vultus Ronaldi – vel potius Crabbis – furore contortus est.

'quid est tibi, Crabbe?' inquit Malfoy acriter.

'dolet stomachus,' Ronaldus grundivit.

'quod cum ita sit, i sursum ad alam valetudinariam et omnibus illis Lutosanguinibus da calcem a me,' inquit Malfoy, cachinnans. 'si scire vultis, miror quod *Vatis Cottidianus* hanc vim totiens illatam non rettulit,' plura locutus est cogitabundus. 'opinor Dumbledorem conari rem totam tacere. munus illi adimetur nisi mox finis erit. pater iamdudum dicit nil peius Dumbledore huic scholae unquam accidisse. Mugglibus natos amat. Praeses bonus nunquam colluviem ut Creeveum illum admisisset.'

Malfoy imagines photographicas machina ficta reddere coepit et Colinum imitatus est crudeliter sed perite: 'Potter, an licet mihi habere imaginem tuam, Potter? an licet mihi habere autographam nominis tui scriptionem? an licet mihi lingua lambere calceos tuos, sodes, Potter?'

manibus demissis, Harrium et Ronaldum contemplatus est.

'quid *est* vobis ambobus?'

multo serius, Harrius et Ronaldus risum expresserunt, sed Malfoy videbatur contentus; fortasse Crabbe et Goyle semper tardi ingenii erant.

'Sanctus Potter, Lutosanguinum amicus,' inquit Malfoy lente. 'est alius qui sententia propria magi caret, aliter Grangeram, arrogantem illam Lutosanguinem non comitaretur. et sunt qui putent *eum* esse Slytherini heredem!'

Harrius et Ronaldus animis suspensis exspectaverunt: nonne secundis paucis Malfoy eis dicat se illum esse? sed tum –

'*utinam* scirem quis *esset*,' inquit petulans. 'possem eis auxiliari.'

mentum Ronaldi ita demissum est ut vultus Crabbis etiam stultior solito visus sit. quod feliciter Malfoy non animadvertit, et Harrius, ingenii acumine usus, inquit, 'nonne suspicionem aliquam habes quis sit auctor rei totius ... ?'

'scis me nullam habere, Goyle, quotiens id a me tibi dicendum est?' inquit Malfoy acriter. 'neque pater vult mihi *quidquam* dicere de tempore proximo ubi Camera aperta est. scilicet, id factum est quinquaginta abhinc annos, itaque ante tempus eius, sed scientiam rei totius habet et dicit eam omnem celatam esse; suspiciosum autem fore si de re nimis sciam. sed unum quidem scio: proxime, cum Camera Secretorum aperta esset, Lutosanguis quidam *mortuus est*. itaque sponsionem faciam serius ocius hoc tempore unum interfectum iri ... utinam sit Granger,' inquit fervens.

Ronaldus digitis immensis Crabbis compressis pugnum faciebat. veritus ne quid detegeretur si Ronaldus Malfonem percuteret, Harrius eum oculis coniectis deterruit et inquit, 'an scis num is qui proxime Cameram aperuit captus sit?'

'oh, ita vero ... quisquis is erat expulsus est,' inquit Malfoy. 'potest fieri ut adhuc in Azkabano sint.'

'quid est Azkaban?' inquit Harrius, haerens.

'Azkaban – *carcer magorum*, Goyle,' inquit Malfoy, eum incredulus contemplans. 'pro fidem, si vel minime tardior esses, retro ires.'

inquies in sella versatus inquit, 'pater me iubet negotium meum agere et opus heredi Slytherino concedere. dicit scholam purgandam esse a spurcitiis omnibus Lutosanguinum; me tamen huic rei immisceri vetat. scilicet, hoc tempore negotia multa exsequitur. an scitis Ministerium Magicum proxima hebdomade incursionem fecisse in villam nostram?'

ori hebeti Goylis Harrius aspectum sollicitudinis induere conatus est.

'ita vero ...' inquit Malfoy. 'feliciter, non multum invenerunt. pater habet res nonnullas *pretiosissimas* ad Artes Obscuras pertinentes. sed feliciter, cameram nostram secretam sub pavimento exedrii habemus –'

'ho!' inquit Ronaldus.

Malfoy eum aspexit. id quoque fecit Harrius. Ronaldus erubuit. capilli etiam erubescebant. nasus quoque lente longior fiebat – hora eorum finita est. Ronaldus rursus in se mutabatur, et si eum subito horrore perculsum vidisses dum Harrium contemplatur, intellexisses eum quoque in formam priorem mutari.

ambo salientes surrexerunt.

'opus est medicamine stomacho meo,' Ronaldus grundivit, nec mora, per locum communem Slytherinorum cucurrerunt, in murum lapideum se coniecerunt, adversoque transitu ruerunt, vix sperare ausi Malfonem nihil animadvertisse. Harrius sentiebat pedes suos solutos et labentes in calceis ingentibus Goylis et vestes ei levandae erant dum in spatium contrahitur; fragore magno gradus ascenderunt in Vestibulum tenebrosum ferentes, quod plenum erat sonitu obscuro pulsationis veniente ab armario in quod Crabbem Goylemque incluserant. calceis extra ianuam armarii relictis, tibialibus muniti festinantes scalas marmoreas ad balneum Myrtae Maerentis ferentes ascenderunt.

'itaque non operam omnem perdidimus,' anhelavit Ronaldus, ianuam balnei post eos claudens. 'etsi nondum didicimus quis impetus faciat, tamen patri cras scribam ut inspiciat quid sit sub exedrio Malfonum.'

Harrius vultum in speculo fracto inspexit. formam solitam resumpserat. perspecillis indutis, ianuam cubiculi Hermionis pulsavit.

'Hermione, fac exeas, a nobis multa tibi dicenda sunt –'

'abite!' Hermione inquit stridens.

Harrius et Ronaldus oculos inter se coniecerunt.

'quid est?' inquit Ronaldus. 'nonne in formam solitam iam rediisti, sicut nos ... ?'

sed Myrta Maerens per ianuam cubiculi subito lapsa est. Harrius nunquam eam viderat vultu tam beato.

'ooooooh, exspectate dum videatis,' inquit. 'est *horrendum!*'

claustrum reseratum audiverunt et Hermione exiit, lacrimans, vestibus supra caput sublatis.

'quid est tibi?' inquit Ronaldus voce incerta. 'an habes adhuc nasum Millicentae aut aliquid?'

Hermione vestes demisit et Ronaldus pedem in fusorium rettulit.

vultus eius lana nigra opertus est. oculi flavi facti erant et aures longae et acutae per crines prominuerunt.

'erat crinis f-felis!' ululavit. 'M-Millicent Bulstrode felem habere d-debet! neque licet P-Potione uti ad animalia transformanda!'

'eheu,' inquit Ronaldus.

'tu modo *terribili* vexaberis,' inquit Myrta feliciter.

'bene habet, Hermione,' inquit Harrius celeriter. 'te ad alam valetudinariam ducemus. Magistra Pomfrey nunquam nimium rogat ...'

opus erat longum Hermioni persuadere ut a balneo discederet. Myrta Maerens ei cachinno magno valedixit.

'mane dum omnes inveniant te habere *caudam*!'

Diarium Secretissimum

Hermione hebdomadas complures in ala valetudinaria mansit. rumores varii de absentia eius increbruerunt ubi Hogvartenses ceteri a feriis Natalis Christi redierunt, quod scilicet omnes putabant impetum in eam factum esse. tot discipuli alam valetudinariam praeterierunt conantes eam aspicere ut Magistra Pomfrey vela rursus deprompta circum lectum Hermionis poneret ne eam puderet videri cum vultu lanuginoso.

Harrius et Ronaldus cottidie vesperi eam visitabant. ineunte termino novo, pensa domestica cottidie ei afferebant.

'ego si mystacas promisissem, laborem interrumperem,' inquit Ronaldus vespere quodam dum acervum librorum in mensam quae stabat prope lectum Hermionis deponit.

'noli stultus esse, Ronalde, necesse est mihi pariter cum ceteris ire,' inquit Hermione alacriter. mens eius admodum melior facta est quod lana omnis a vultu abierat et oculi lente in brunnum colorem redibant. 'num quid per indicia nova comperisti?' addidit susurrans, ne Magistra Pomfrey se audiret.

'nihil,' inquit Harrius morose.

'mihi *persuasum* erat Malfonem illum esse,' inquit Ronaldus, idem dicens quod iam circa centiens dixerat.

'quid est illud?' rogavit Harrius, rem auream demonstrans quod sub pulvino Hermionis prominebat.

'est modo charta Salutifera,' inquit Hermione festinans, eam e conspectu trudere conata, sed Ronaldus ea celerior erat. eam extractam digitis pernicibus aperuit et recitavit:

'*Dominulae Grangerae, te celeriter salvam fieri cupit doctor tuus sollicitus, Gilderoy Lockhart, Insigni Tertii Gradus Ordinis Merlini Ornatus, Societati Defensionis Contra Artes Obscuras Honoris Causa Adscriptus et quinquiens victor certaminis Risus Lepidissimi a* Magarum Hebdomaria *parati.'*

Ronaldus Hermionem suspexit, nauseabundus.

'an dormitas hoc sub *pulvino* habens?'

sed non necesse erat Hermioni respondere quod incessu celeri Magistra Pomfrey advenit medicaminis vespertini haustum afferens.

'tune homini Lockharte blandiori unquam obviam iisti annon?' Ronaldus Harrio inquit dum dormitorium relinquunt et scalas ad Turrem Gryffindorensem ferentes ascendere incipiunt. Snape tot pensa domestica eis dederat ut Harrius putaret se fortasse sextanum fore priusquam ea conficeret. Ronaldus modo dicebat se paenitere quod Hermionem non rogavisset quot caudae rattorum Potioni Terrificandae addendae essent cum clamor iratus a tabulato superiore sublatus ad aures pervenit.

'id est Filch,' Harrius murmuravit dum festinantes scalas ascendunt et e conspectu abeunt, auribus erectis.

'num putas alium quendam oppugnatum esse?' inquit Ronaldus anxie.

immoti stabant, capitibus ad vocem ianitoris Filch inclinatis, quae admodum hystericum sonabat.

'... *etiam plus laboris mihi! per noctem totam necesse erit pavimentum detergere tamquam non satis mihi faciendum sit! haud ita, hic est ultimus cumulus, ad Dumbledorem ibo ...*'

sonitus pedum eius deminutus est et fragorem ianuae longinquae vi clausae audiverunt.

capita circa angulum breviter extenderunt. manifestum erat ianitorem Filch speculam solitam occupavisse: in eodem loco iterum erant in quo Domina Norris oppugnata erat. statim viderunt quid clamores ianitoris Filch excitavisset. diluvium magnum supra dimidiam partem transitus effusum sub ianua Myrtae Maerentis adhuc effluere videbatur. cum Filch iam clamare destitisset, muros balnei vagitu Myrtae resonantes audire poterant.

'quid nunc est illi?' inquit Ronaldus.

'eamus ad rem scrutandam,' inquit Harrius, et vestimenta supra talos tenentes per fluctum ad ianuam titulo 'Locus Inutilis' inscriptam illi ierunt, quem, ut semper, neglexerunt et intraverunt.

Myrta Maerens, si res fidem habet, clarius et fortius quam antea unquam lacrimabat. in latrinam solitam, ut videbatur, descenderat ut se celaret. tenebrae erant in balneo, quod candelae extinctae erant vi magna aquae quae et muros et pavimentum madefecerat.

'quid est, Myrta?' inquit Harrius.

'quis adest?' inquit Myrta, misere balbutiens. 'an venisti ut aliquid aliud in me iacias?'

Harrius per vada ad cubiculum eius incessit et inquit, 'quae est causa cur aliquid in te iaciam?'

'noli me rogare,' Myrta clamavit, emergens cum fluctu alio copioso aquae, qui pavimentum iam madefactum irrigavit. 'hic adsum, negotium meum agens, et aliquis putat ridiculum esse librum in me inicere ...'

'sed non potest tibi nocere si quis aliquid in te inicit,' inquit Harrius ratione usus. 'nam per te medium recta eat, nonne?'

quod locutus erraverat. Myrta se inflavit et ululavit, 'nos omnes libros in Myrtam iniciamus, quod *illa* id sentire non potest! decem puncta accipies si librum per stomachum eius mittere poteris! quinquaginta puncta si per caput mittetur! sane iocose dictum! nonne est ludus iucundus? *non* esse inquam!'

'sed ut ea omittamus, quis eum in te iecit?' rogavit Harrius.

'*ego* nescio ... sedebam modo in flexu simili litterae U, de morte cogitans, et liber recta per caput summum cecidit,' inquit Myrta, oculis torvis eos aspiciens. 'est illic. aqua emotus est.'

Harrius et Ronaldus oculos converterunt in spatium a Myrta indicatum quod erat sub fusorio. liber parvus et tenuis ibi iacebat. integumentum habebat obsoletum et nigrum nec minus madidum erat quam cetera quae in balneo erant. Harrius ad eum tollendum processit, sed Ronaldus subito bracchium extendit ut eum retineret.

'quid?' inquit Harrius.

'an deliras?' inquit Ronaldus. 'potest fieri ut sit periculosus.'

'an dicis eum *periculosum* esse? agis inepte! quomodo possit esse periculosus?'

'admireris,' inquit Ronaldus, qui librum trepide aspiciebat. 'librorum quos Ministerium publicavit, ut pater mihi dixit, erat unus qui oculos tuos exussit. et omnes qui legerant *Carmina Magica Quattuordecim Hendecasyllaborum* versibus Limericanis per vitam reliquam locuti sunt. et maga quaedam vetus Aquarum Sulis librum habebat qui tibi in perpetuum legendus erat! debebas modo circumerrare naso in libro inserto, conans omnia manu una facere. et –'

'sit ita, satis intellego,' inquit Harrius.

libellus in pavimento iacebat, ordinarius et madefactus.

'certe, non inveniemus qualis sit nisi eum inspexerimus,' inquit, et Ronaldum se inclinando evitavit et eum a pavimento sustulit.

Harrius statim vidit eum esse diarium, et ab anno litteris parum claris in integumento inscripto didicit eum esse quinquaginta annos natum. avide eum aperuit. in pagina prima nomen 'T. M. Ruddle' atramento cum litura scriptum aegre discernere poterat.

'manedum,' inquit Ronaldus, qui caute appropinquaverat et supra umerum Harrii spectabat. 'nomen illud novi ... T. M. Ruddle quinquaginta abhinc annos praemium accepit ob merita praecipua in scholam.'

'quomodo tandem id novisti?' inquit Harrius admirans.

'quod Filch me iussit scutum eius circa quinquagiens polire cum detinerer,' inquit Ronaldus, id aegre ferens. 'illud vomens limacibus obrui. si horam unam salivam nomine aliquo detersisses, tu quoque id meminisses.'

Harrius paginas madidas divisit. omnino inanes erant. in nulla erat signum vel tenuissimum scripturae, ne 'dies natalis Amitae Mabel' quidem neque 'medicus dentium, tertia hora et dimidia.'

'nunquam in illo scripsit,' inquit Harrius, spe deiectus.

'animo volvo cur aliquis eum vi aquae amovere voluerit,' inquit Ronaldus curiose.

Harrius, libro inverso, in integumento averso nomen impressum vidit diariorum venditoris, incolae Viae Vauxhall, Londinii.

'necesse est ut ille Mugglibus natus fuerit,' inquit Harrius cogitabundus, 'si diarium in Via Vauxhall emit ...'

'neque tamen magno usui tibi est,' inquit Ronaldus. vocem demisit. 'quinquaginta puncta accipies, si potes eum per nasum Myrtae mittere.'

Harrius, tamen, eum in sinum inseruit.

*

Hermione ab ala valetudinaria abiit mystacibus carens, sine cauda lanaque remota, ineunte mense Februario. primo vespere post reditum in Turrem Gryffindorensem, Harrius ei diarium T. M. Ruddlis demonstravit et explicavit quomodo id invenissent.

'oooh, potest fieri ut potestates occultas habeat,' inquit Hermione alacriter, diarium sibi sumptum diligenter scrutans.

'eas si habet, optime celat,' inquit Ronaldus. 'potest fieri ut verecundum sit. nescio cur id non abicias, Harri.'

'utinam scirem cur aliquis *re vera* id abicere conaretur,' inquit Harrius. 'neque mihi displiceat cognoscere quomodo Ruddle praemium nactus sit ob merita praecipua in scholam Hogvartensem.'

'quidlibet esse poterat,' inquit Ronaldus. 'potest fieri ut triginta O.M.Gs nactus sit aut doctorem a loligine giganteo eripuerit. potest fieri ut Myrtam occiderit, quod omnibus gratum fuisset ...'

sed ab aspectu defixo vultus Hermionis Harrius intellegere poterat eam idem putare ac ipse putaret.

'quid?' inquit Ronaldus, oculos ab uno ad alteram convertens.

'Camera Secretorum quinquaginta abhinc annos aperta est, nonne?' inquit. 'id est quod Malfoy dixit.'

'sic est ...' inquit Ronaldus lente.

'et *hoc diarium* est quinquaginta annos natum,' inquit Hermione, id leviter pulsans animo commoto.

'quid igitur?'

'oh, Ronalde, expergiscere,' inquit Hermione acriter. 'scimus eum qui proxime Cameram aperuit *quinquaginta abhinc annos* expulsum esse. scimus T. M. Ruddlem praemium ob merita in scholam praecipua *quinquaginta abhinc annos* accepisse. quid igitur si Ruddle praemium illud praecipuum accepit ob heredem Slytherinum captum? forsan diarium omnia nobis dicere possit:

ubi sit Camera, et quomodo aperienda sit, et quale animal eam incolat. num auctor violentiae recentis velit id loco quovis iacere?'

'*ratio* est praeclarissima, Hermione,' inquit Ronaldus, 'sed habet unum modo vitium parvulum. *in diario nihil scriptum est.*'

sed Hermione baculum e sacco extrahebat.

'potest fieri ut sit atramentum invisibile,' susurravit.

diarium ter leviter pulsavit et inquit, '*Aparecium!*'

nil factum est. interrita, Hermione manu rursus in saccum inserta extraxit quod videbatur esse gummis deletelis punicei coloris.

'est Detector, eum in Angiportu Diagonio nacta sum,' inquit.

spatium diei primi Januarii vi magna fricuit. nil accidit.

'tibi dico nil inesse quod invenias,' inquit Ronaldus. 'Ruddli diarium dono tantum datum est die Natali Christi neque ei curae erat id conscribere.'

*

Harrius ne sibi quidem explicare potuit cur non diarium Ruddlis tantum abiceret. re vera, quamquam *sciebat* diarium esse vacuum, tamen id semper impos animi tollebat et paginas versabat quasi fabula esset cuius ad finem pervenire vellet. et quamquam Harrius non dubitavit quin nunquam antea nomen T. M. Ruddlis audivisset, tamen id aliquid ei significare videbatur, quasi, paene dicam, Ruddle esset amicus quem habuerat cum minimus esset, et iam plus minus oblitus esset. sed hoc erat absurdum. nunquam enim antequam in scholam Hogvartensem advenit amicos habuerat, id Dudley curaverat.

nihilominus, Harrius plus de Ruddle cognoscere constituerat, itaque postridie, in intervallo studiorum, se ad tropaearium contulit ut praemium praecipuum Ruddlis inspiceret, comitantibus Hermione animo curioso et Ronaldo animo omnino incredulo, qui eis dixit se tantum tropaearii vidisse ut id sibi in vitam totam sufficeret.

scutum auri politi Ruddlis in armario angulari abstrusum est. de meritis pro quibus id ei datum erat silebat ('id bene est, nam tum etiam maius esset, et ego adhuc id polirem,' inquit Ronaldus). nomen tamen Ruddlis in vetere Insigni ob Meritum

Magicum Donato invenerunt, et in indice priorum Capitum Scholae.

'similis Persio ille videtur,' inquit Ronaldus, nasum fastidiose contrahens. 'Praefectus, Caput Scholae – prope est ut in omnibus studiis primus fuerit.'

'id dicis quasi malum sit,' inquit Hermione, voce suboffensa.

*

sol iam rursus fulgere coeperat, radiis imbecillis scholam Hogvartensem illuminans. intra castellum, spiritus hominum melior factus erat. post impetus in Justinum et Nicolaum Paene Capite Carentem factos vis nulla illata erat, et Magistrae Pomfrey placebat nuntiare Mandragoras fieri difficiles et taciturnos, quod significabat eos a pueritia festinantes abire.

'ubi primum maculae cutis abierint, parati erunt qui in vasa maiora iterum inserantur,' Harrius eam ianitorem Filch semel tempore postmeridiano voce benigna alloquentem audivit. 'quo facto, non longum erit priusquam eos dissectos coxerimus. momento temporis, Dominam Norrem reciperabis.'

fortasse heres Slytherinus aut Slytherina desperaverat, putavit Harrius. debet semper periculosius fieri aperire Cameram Secretorum, schola tam vigili et suspiciosa. fortasse monstrum, quidquid erat, etiam nunc considebat ut rursus quinquaginta annos hibernaret ...

Hufflepuffanus Ernestus Macmillan minus hilaris erat. illi adhuc persuasum est Harrium esse nocentem, eum se 'prodidisse' in Societate Certaminum Singulorum. neque Peeves auxilio erat: semper in transitionibus frequentibus apparebat cantans 'o pessime Potter ...', nunc passibus idoneis saltatoriis additis.

Gilderoy Lockhart putare visus est se ipsum finem violentiae fecisse. Harrius forte eum audivit id Professori McGonagall dicentem dum Gryffindorenses se ad Transfigurationem ordinant.

'sententia mea, non plus tumultus erit, Minerva,' inquit, nasum leviter pulsans modo plusscio et conivens, 'puto Cameram iam in perpetuum occlusam esse. auctor scire debuit serius ocius me eos capturum esse. admodum prudens erat nunc finem facere, priusquam eos opprimerem.

'si scire vis, nunc opus est scholae recreatione mentis. memoria termini proximi eluenda est! nolo iam plus dicere, sed puto me scire rem aptissimam ...'

nasum iterum leviter pulsavit et passibus fortibus abiit.

quid Lockhart in animo haberet ad mentes hominum recreandas liquebat tempore ientaculi die decimo quarto Februarii. Harrius parum dormiverat quod priore nocte exercitatio ludi Quidditch longior solito fuerat et deorsum ad Atrium Magnum paulo serius festinavit. putavit, momentum temporis, se erravisse his foribus ingressum.

muri omnes floribus magnis, luridis, rubicundis obtecti sunt. quod etiam peius erat, coriandra formata in figuram cordis a tecto subcaeruleo cadebant. Harrius ad mensam Gryffindorensem transiit, qua Ronaldus sedebat vultu nauseabundo, et Hermione, ut videbatur, interdum vix poterat risum subitum cohibere.

'quid fit?' Harrius eos rogavit, considens, et coriandra de larido detergens.

Ronaldus mensam doctorum demonstravit, nimis alienatus, ut videbatur, quam ut loqueretur. Lockhart, vestibus luridis et rubicundis illis ornamentis similibus indutus, manibus iactandis silentium poscebat. doctores iuxta eum utrimque sedentes vultus lapideos habebant. a sede sua Harrius nervum in gena Professoris McGonagall trementem videre poterat. si Snapem vidisses, putavisses aliquem modo eum nutriisse poculo magno Scele-factorii.

'felices sitis Die Sancti Valentini!' clamavit Lockhart. 'et liceat mihi gratias agere hominibus quadraginta sex quae mihi chartas adhuc miserunt! ita vero, mihi permisi vobis omnibus hoc miraculum parvum parare – neque hic finem habet!'

Lockhart manibus plausit et per fores Vestibuli contenderunt duodecim pumiliones morosi. nec, tamen, erant pumiliones qualescunque. Lockhart eos omnes alis aureis ornaverat et lyris instruxerat.

'hi cupidines amabiles sunt tabellarii mei!' inquit Lockhart renidens. 'hodie circum scholam errabunt chartas vestras Valentinas reddentes. neque hic finis erit iocorum! non dubito quin collegae meae consuetudini diei festivi interesse velint! cur non Professorem Snapem rogatis ut vobis demonstret quomodo Potio Amatoria coquenda sit? et dum hoc agitis, Professor Flitvicus, homo vafer, plus scit de Incantamentis Blandiloquis quam magus quilibet mihi notus!'

Professor Flitvicus vultum manibus celavit. Snape, ut e vultu apparuit, in animo habebat eum qui se primum Potionem Amatoriam rogaret ad venenum hauriendum compellere.

'dic, sodes, Hermione, te non fuisse unam ex illis quadraginta sex,' inquit Ronaldus, dum, Atrio Magno relicto, ad classem primam se conferunt. Hermione subito animum intendit in saccum suum, horarium quaerens, neque respondit.

per totam diem pumiliones semper studia eorum interrumpebant ut chartas Valentinas redderent, quod doctores aegre ferebant, et sero postmeridiano tempore, dum Gryffindorenses sursum ad Carmina Magica ascendunt, unus eorum Harrium consecutus est.

'heus, tu! 'Arri Potter!' clamavit pumilio taeterrimus visu, homines e via cubitu trudens ut propius Harrio appropinquaret.

toto corpore aestuante, veritus ne coram ordine primanorum, inter quos forte aderat Ginnia Vislia, sibi charta Valentina daretur, Harrius effugere conatus est. pumilio, tamen, viam sibi per turbam cruribus hominum calcitrandis fecit et ad eum pervenit priusquam passus duos iret.

'nuntius musicus est mihi 'Arrio Pottero ipsi reddendus,' inquit, lyra modo minitanti increpante.

'non est hic faciendum!' Harrius sibilavit, effugere conatus.

'fac immotus maneas!' grundivit pumilio, rapiens saccum Harrii et eum retrahens.

'fac me omittas!' inquit Harrius hirriens et saccum ad se trahens.

sonitu magno scissurae, saccus eius in partes duas divisus est. libri eius, baculum, membranum stilusque per pavimentum sparsi sunt et ampulla atramenti super omnia fracta est.

Harrius circumerravit, conans omnia colligere priusquam pumilio canere inciperet, aliquid impedimenti in transitu faciens.

'quid hic agitur?' audita est vox frigida et languida Draconis Malfonis. Harrius aestuans in saccum laceratum omnia inserere coepit, sperans se aliquo modo posse effugere priusquam Malfoy chartam Valentinam musicam suam audiret.

'quid vult hic tumultus tantus?' audita est alia vox nota, adveniente Persio Vislio.

amens, Harrius currendo effugere conatus est, sed pumilio genua amplexus eum in terram cum fragore iecit.

'bene habet,' inquit in talis Harrii considens. 'nunc accipe chartam Valentinam tuam cantantem:

tam virides oculos habet ac modo condita rana,
     nigrior est crinis, tabula nigra, tuo.
Obscurum Dominum qui debellare valebat
     heros divinus sit meus ille, precor.'

Harrius aurum omne quod erat in argentaria Gringotts dedisset ut statim in nihil evanesceret. fortiter conatus cum omnibus aliis ridere, surrexit, pedibus ob pondus pumilionis torpentibus, dum Persius Vislius quantum potuit discutit turbam, cuius nonnulli prae hilaritate lacrimabantur.

'abite, abite, tintinabulum quinque abhinc minuta insonuit, abite nunc ad studia,' inquit, nonnullos discipulorum iuniorum deturbans. '*et* tu, Malfoy.'

Harrius, oculos convertens, Malfonem se inclinantem et aliquid sursum rapientem vidit. ille, maligne subridens, id Crabbi Goylique demonstravit, et Harrius intellexit eum diarium Ruddlis habere.

'id redde,' inquit Harrius submissim.

'quidnam Potter in hoc scripsit?' inquit Malfoy, qui, ut manifestum erat, annum in integumento inscriptum non animadverterat, et putavit se diarium Harrii ipsius habere. conticuere adstantes. Ginnia oculos a diario ad Harrium convertebat, perterrita visu.

'id redde,' inquit Persius severe.

'cum id inspexero,' inquit Malfoy, diarium ita iactans ut Harrium lacesseret.

Persius inquit, 'ut Praefectus scholae –', sed Harrius, ira incensus, baculo extracto, clamavit, '*Expelliarmus!*' et eodem modo ac Snape Lockhartem armis exuerat, sic accidit ut diarium e manibus Malfonis in aera volaret, quod Ronaldus, late subridens, cepit.

'Harri!' inquit Persius voce magna. 'non licet uti arte magica in transitionibus. scilicet, necesse erit mihi hoc referre!'

sed id non curae erat Harrio, de Malfone triumphaverat, quod semper pluris intererat quam ut quinque puncta Gryffindor-ensibus adimerentur. Malfoy videbatur furibundus esse, et cum Ginnia eum praeteriret in auditorium ingressura, maligne eam inclamavit, 'nescio an Potter chartam tuam Valentinam multum amaverit!'

Ginnia, vultu manibus obtecto, in classem cucurrit. hirriens, Ronaldus quoque baculum deprompsit, sed Harrius eum abstraxit. non necesse erat Ronaldo per totam classem Carminum Magicorum limaces evomere.

neque Harrius aliquid admodum novum in diario Ruddlis prius animadvertit quam ad classem Professoris Flitvici advenerunt. ceteri libri omnes atramento puniceo perfusi sunt. diarium, tamen, tam mundum erat quam fuerat antequam ampulla atramenti fracta id totum obruit. quod conatus est Ronaldo demonstrare, sed ille rursus baculo suo laborabat; bullae magnae et purpureae ex extrema parte sicut flores cresce-bant, neque quidquam aliud eum multum tenebat.

*

illa nocte Harrius ante contubernales omnes cubitum iit. in causa fuit partim quod putabat se non posse ferre Fredericum et Georgium vel semel recinentes, *'tam virides oculos habet ac modo condita rana'*, et partim quod diarium Ruddlis rursus scrutari volebat, et sciebat Ronaldum putare se tempus perdere.

Harrius in lecto suo quattuor postibus instructo sedit et per paginas vacuas percurrit quarum haud una vestigium atramenti punicei habebat. deinde ampullam novam de armario quod iuxta lectum erat deprompsit, stilum in id immersit lituramque in paginam primam diarii demisit.

atramentum in charta per secundum splendebat et tum, quasi in paginam absorberetur, evanuit. commotus, stilo iterum onerato, Harrius scripsit, 'nomen meum est Harrius Potter.'

punctum temporis, verba in pagina fulgebant priusquam ea quoque, vestigio nullo relicto, demersa sunt. tum, demum, aliquid accidit.

e pagina remanantia, in ipso atramento suo, venerunt verba quae Harrius nunquam scripserat.

'*salve, Harri Potter. nomen meum est Tom Ruddle. quomodo diarium meum nactus es?*'

haec verba, quoque, abibant, sed priusquam evanuerunt, Harrius aliquid rescribere coeperat.

'aliquis id in latrinam demergere conatus est.'

responsum Ruddlis avide exspectavit.

'*fortuna secunda usus, modo diuturniore quam atramento ea quae memini memoriae prodidi. sed semper sciebam quosdam futuros esse qui hoc diarium perlegi nollent.*'

'quid vis dicere?' Harrius litteris incomptis scripsit, ita commotus ut lituras in pagina faceret.

'*volo dicere hoc diarium terribilia in memoria tenere. ea quae celata sunt. ea quae facta sunt in Schola Hogvartensi Artium Magicarum et Fascinationis.*'

'ea est ubi nunc adsum,' Harrius celeriter scripsit. 'sum in schola Hogvartensi, et terribilia facta sunt. an tu aliquid scis de Camera Secretorum?'

cor pulsabatur. responum Ruddlis celeriter venit, litteris magis vacillantibus, quasi ille festinaret ut omnia sibi nota narraret.

'*scilicet, de Camera Secretorum scio. cum ego in schola adfui, nobis dixerunt eam esse fabulam, eam non rem veram esse. sed mentiti sunt. cum quintanus essem, Camera aperta est, et belua, nonnullis discipulis oppugnatis, denique unum interfecit. homo qui Cameram aperuerat a me captus expulsus est. sed Praeses, Professor Dippet, cum eum puderet rem talem in schola Hogvartensi factam esse, me veritatem dicere vetuit. nuntiatum est puellam casu fortuito mortuam esse. mihi merito meo tropaeum pulchrum, splendens, caelatum dederunt et me admonuerunt ut tacerem. sed sciebam id rursus posse fieri. belua adhuc vivebat, neque ille qui eam liberare poterat in vincula coniectus est.*'

Harrius ita festinabat rescribere ut ampullam atramenti paene inverteret.

'nunc iterum fit. tres impetus facti sunt neque quisquam scire videtur quis sit auctor eorum. quis erat proximo tempore?'

'*si vis, id tibi demonstrare possum,*' respondit Ruddle. '*non tibi verbis meis credendum est. intra memoriam meam noctis illius qua eum cepi te ducere possum.'*

Harrius moratus est, stilo supra diarium suspenso. quid Ruddle dicere volebat? quomodo ipse poterat intra memoriam alienam duci? trepide oculos ad ianuam dormitorii convertit quod tenebricosum fiebat. cum diarium respiceret verba nova creari videbat.

'da mihi id tibi demonstrare.'

Harrius partem minimam secundi cunctatus verbum unum scripsit.

'esto.'

paginae diarii moveri coeperunt quasi vento forti captae neque constiterunt priusquam ad medium mensem Junium pervenerunt. ore hianti, Harrius vidit quadratum parvum die tertio decimo Junii assignatum mutatum esse, ut videbatur, in exiguum album televisificum.

manibus paulum trementibus, librum sustulit ut oculum in fenestram parvam premeret, et priusquam intellegeret quid fieret, procumbebat; fenestra latior fiebat, sensit corpus lectum relinquere et per aperturam paginae in turbinem coloris et umbrae praecipitatus est.

sensit pedes terram solidam ferire, et stat, tremebundus, dum formae obscurae ei circumdatae subito se ita ordinant ut recte discerni possent.

statim sciebat ubi esset. hoc conclave rotundum cum imaginibus dormientibus erat sedes officii Dumbledoris – neque tamen Dumbledore erat qui pone scrinium sedebat. magus rugosus, imbecillus visu, calvus praeter crines paucos et canentes, epistulam legebat candelarum luce usus. hunc hominem Harrius nunquam antea viderat.

'da veniam,' inquit voce incerta, 'tibi intervenire nolebam ...'

sed magus non suspexit. legere non destitit, frontem paulum contrahens. Harrius scrinio propius appropinquavit et inquit balbutiens, 'hem – an tantum abibo?'

nihilominus magus eum neglexit. visus est eum ne audivisse quidem. ratus fieri posse ut magus surdus esset, Harrius clarius locutus est.

'me paenitet quod te turbavi, nunc abibo,' inquit, paene clamans.

magus, epistula suspirans implicata, surgit, Harrium praeterit neque eum aspiciens ad vela fenestrae praetendenda
vadit.

extra fenestram caelum valde rubrum erat; solis, ut videbatur,
occasus erat. magus ad scrinium regressus consedit et pollices
rotavit, ianuam spectans.

Harrius sedem officii circumspexit. nullus erat phoenix
Fawkes; nullae machinae stridentes argenteae. haec erat schola
Hogvartensis quam Ruddle noverat, itaque hic magus ignotus,
neque Dumbledore, Praeses erat, et Harrius ipse vix erat plus
phantasmate, omnino invisibilis hominibus qui quinquaginta
abhinc annos vixerant.

pulsata est ianua sedes officii.

'intra,' inquit magus senex voce imbecilla.

intravit puer circa sedecim annorum, petasum acutum
exuens. insigne argenteum praefecti in pectore splendebat.
multo altior erat Harrio, sed capillos nigerrimos quoque habebat.

'salve, Ruddle,' inquit Praeses.

'an me arcessivisti, Professor Dippet?' inquit Ruddle. visus
est trepidare.

'sede,' inquit Dippet. 'modo epistulam a te mihi missam
legebam.'

'oh,' inquit Ruddle. consedit, manus artissime inter se
complexus.

'mi puer carissime,' inquit Dippet benigne. 'non potest fieri
ut per me tibi liceat per aestatem in schola manere. nonne vis
domum redire ad ferias agendas?'

'haud ita,' inquit Ruddle statim. 'multo gratius mihi sit in
schola Hogvartensi manere quam redire ad illud – ad illud –'

'ferias agis in orphanotrophio Mugglium, nonne?' inquit
Dippet curiose.

'ita vero, domine,' inquit Ruddle, nonnihil erubescens.

'an tu es Mugglibus natus?'

'sum sanguinis mixti, domine,' inquit Ruddle. 'pater Muggles,
mater maga erat.'

'an parentes ambo sunt –?'

'mater mox postquam natus sum mortua est, domine. in
orphanotrophio mihi dixerunt eam tantum satis vixisse ut

me Tomasium a patre et Musvocem ab avo nominaret.'

Dippet lingua glocidavit, aeque dolens cum eo.

'sic enim res habet, Tom,' inquit suspirans, 'fortasse potuissemus e tua sententia haec componere, sed in hac conditione ...'

'an dicis de vi totiens illata, domine?' inquit Ruddle, et cor Harrii saliit, et propius appropinquavit, veritus ne quid se praeteriret.

'ita vero,' inquit Praeses. 'necesse est, mi puer carissime, ut intellegas quam stultum sit si per me tibi liceat in schola post finem termini manere, tanto magis quod nuper, rem tragicam, mortua est puella illa parvula et misella ... multo tutior eris in orphantrophio tuo. re vera, Ministerium Magicum etiam nunc de schola claudenda loquitur. nil adhuc profecimus in – hem – auctore omnium harum molestiarum inveniendo ...'

oculi Ruddlis dilati erant.

'domine – si auctor capiatur ... si haec omnia finem habeant ...'

'quorsum haec?' inquit Dippet, voce admodum stridula, se in sella attolens. 'Ruddle, an vis dicere te aliquid scire de his impetibus?'

'haud ita, domine,' inquit Ruddle celeriter.

sed Harrius non dubitavit quin idem esset 'haud ita' ac ipse Dumbledori dixerat.

Dippet se reclinavit, spe paulo deiectus, ut videbatur.

'licet abeas, Tom ...'

Ruddle de sella lapsus est et pedibus terram pulsantibus conclave reliquit. Harrius eum secutus est.

de scalis involutis et mobilibus descenderunt, iuxta gurgilionem in transitu qui tenebricosus fiebat emergentes. Ruddle constitit, et Harrius idem fecit, eum spectans. Harrius videre poterat Ruddlem in cogitatione gravi defixum esse. labrum mordebat, fronte contracta.

tum, quasi aliquid subito constituisset, festinans abiit. Harrius silentio post eum lapsus est. neque quemquam alium prius viderunt quam ad Vestibulum pervenerunt, ubi magus altus cum crinibus longis et fluentibus alburni coloris et barba Ruddlem e scalis marmoreis vocavit.

'quid facis sic sero circumerrans, Tom?'

Harrius inhians magum intuitus est. Dumbledore erat sed quinquaginta annis natu minor.

'necesse erat mihi Praesidem visere, domine,' inquit Ruddle.

'nunc igitur ad lectum festina,' inquit Dumbledore, acie illa intenta oculorum Ruddlem contemplans quam Harrius tam bene novit. 'non convenit his diebus circum transitus ambulare, non ex quo ...'

suspirium ab imo pectore duxit, iussit Ruddlem molliter cubare incessuque forti abiit. Ruddle eum e conspectu abeuntem spectavit et tum, celeriter motus, via recta de scalis lapideis ad carceres descendit, Harrio proxime sequente.

sed, quod Harrium fefellit, Ruddle eum neque in transitum celatum neque in cuniculum secretum duxit sed in carcerem ipsum in quo Potionibus cum Snape studebant. facibus non accensis, cum Ruddle ianuam trudendo paene clausisset, Harrius eum vix videre poterat immotum iuxta ianuam stantem transitumque exteriorem spectantem.

Harrio videbatur eos ibi unam saltem horam manere. nil poterat videre nisi figuram Ruddlis ad ianuam adstantem, aciem oculorum per foramen intendentem, exspectantem sicut statuam. et eo ipso tempore cum Harrius exspectare et trepidare destitisset, et coepisset velle se posse ad tempus praesens redire, aliquid se movens ultra ianuam audivit.

aliquis secundum transitum serpebat. quicunque erat, Harrius eum carcerem praetereuntem audivit in quo ipse et Ruddle celati sunt. Ruddle, silens ut umbra, sensim per ianuam iit et secutus est, Harrio in digitos erecto eum sequente, oblito se non audiri posse.

circa quinque minuta vestigia secuti sunt, dum Ruddle subito constitit, capite ad sonitus novos inclinato. Harrius ianuam crepitu aperiri et tum aliquem susurro rauco loqui audivit.

'agedum ... hinc mihi auferendus es ... agedum ... in cistam ...'

inerat voci illi aliquid familiaritatis.

Ruddle subito circa angulum saliit. Harrius post eum incessit. figuram obscuram pueri ingentis inclinati ante ianuam apertam videre poterat cui proxima erat cista maxima.

'salve, Rubeus,' inquit Ruddle acriter.

puer, ianua cum fragore clausa, surrexit.

'quid facis huc degressus, Tom?'

Ruddle propius accessit.

'res acta est,' inquit. 'tu mihi deferendus eris, Rubeus. dicunt scholam clausum iri nisi impetus finem habeant.'

'quid tu –'

'non puto te in animo habuisse quemquam occidere. sed non decet monstra domi fovere. opinor te id modo liberavisse ut se exerceret et –'

'nunquam neminem occidit!' inquit puer amplus, pedem in ianuam clausam referens. a tergo eius, Harrius susurrum et crepitum novum audire poterat.

'agedum, Rubeus,' inquit Ruddle, etiam propius appropinquans. 'parentes puellae mortuae cras hic aderunt. quod minimum est, schola Hogvartensis debet curare ut id quod filiam eorum interfecit trucidetur ...'

'non erat ille!' puer infremuit, voce per transitum obscurum resonante. 'non id faciat! nunquam id faciat!'

'cede loco,' inquit Ruddle, baculo deprompto.

incantamentum eius transitum lumine subito et flammifero illuminavit. ianua quae a tergo pueri ampli erat tanta vi et momento aperta est ut eum in murum adversum impelleret. et inde processit aliquid quod ex Harrio ululatum longum et acutum elicuit quem nemo nisi ipse audire videbatur.

corpus habebat vastum, humile, saetosum et crura nigra inter se implicata; multos oculos fulgentes et par forcipum novaculo non minus acutorum – Ruddle baculum rursus sustulit, sed sero erat. res eum propulit dum effugit, adverso transitu et e conspectu ruens. Ruddle festinans surrexit, cursum eius observans; baculum sustulit, sed puer ingens in eum insiluit, et baculo rapto eum rursus propulit, clamans, 'NOOOOOOON!'

scaena rotata est, tenebrae universae factae sunt, Harrius sensit se decidere cumque fragore advenit corpore extenso in lectum suum quattuor postibus instructum quod erat in dormitorio Gryffindorensium, diario Ruddlis aperto in stomacho iacente.

priusquam tempus habuit spiritus reciperandi, ianua dormitorii aperta, ingressus est Ronaldus.

'ecce te,' inquit.

Harrius se sublevavit. sudabat et tremebat.

'quid est?' inquit Ronaldus, eum vultu perturbato aspiciens.

'erat Hagrid, Ronalde. quinquaginta abhinc annos Hagrid Cameram Secretorum aperuit.'

Cornelius Fudge

semper notum fuerat Harrio, Ronaldo Hermionique Hagridum ominibus infaustis animalia magna et monstruosa amare. dum primani sunt in schola Hogvartensi, draconem in casula lignea sua alere conatus erat, et longum sit tempus priusquam obliviscantur canis ingentis tribus capitibus quem 'Lanigerum' nominaverat. et si Hagrid, cum puer erat, audivisset monstrum alicubi in castello abditum esse, nihil omisisset, quod Harrius certum habebat, ut id oculis aspiceret. poterat fieri ut ille doleret quod monstrum tam diu inclusum esset, et putaret occasionem ei dandam esse multorum crurum extendendorum; Harrius clare imaginari poterat Hagridum, puerum tredecim annorum, conantem collare lorumque ei aptare. sed non minus certum habebat nunquam futurum fuisse ut Hagrid in animo haberet quemquam de industria occidere.

animo dimidio Harrius volebat se non invenisse modum diario Ruddlis utendi. nam iterum atque iterum Ronaldus et Hermione eum narrare quid vidisset iubebant, dum eum pertaesum est narrationis illius et sermonum longorum et repetitorum qui narrationem secuti sunt.

'*potest* fieri ut Ruddle hominem innocentem ceperit,' inquit Hermione. 'fortasse aliud monstrum nescioquod homines oppugnabat ...'

'quot monstra putas hunc locum posse capere?' rogavit Ronaldus voce hebeti.

'semper sciebamus Hagridum expulsum esse,' inquit Harrius misere. 'et apparet violentiae illi finem factum esse Hagrido remoto. sin aliter, Ruddle praemium suum non accepisset.'

Ronaldus aliud temptavit.

'Ruddle *certe* videtur similis esse Persio – quis tandem eum rogavit ut Hagridum deferret?'

'sed monstrum aliquem *interfecerat*, Ronalde,' inquit Hermione.

'et Ruddle ad orphanotrophium aliquod Mugglium rediisset si scholam Hogvartensem clausissent,' inquit Harrius. 'non eum reprehendo quod hic manere voluit ...'

Ronaldus labrum momordit, tunc inquit temptabundus, 'Hagrido in Angiportu Nocturno obviam iisti, Harri, nonne?'

'Carnivoram Defensionem Contra Limaces emebat,' inquit Harrius celeriter.

tres illi tacuerunt. post intervallum longum, Hermione quaestionem omnium difficillimam voce haesitanti proposuit: 'an putatis nobis eundum esse ad Hagridum *rogandum* de his rebus omnibus?'

'sit salutatio sane iucunda,' inquit Ronaldus. 'salve, Hagrid, an vis nobis dicere num nuper in castello aliquid insanum et hirsutum liberaveris?'

denique, constituerunt nihil Hagrido dicere nisi impetu alio facto, et cum semper plures dies praeterirent neque susurrus vocis corpore carentis audiretur, sperare coeperunt nunquam necesse fore cum eo colloqui de causa cur expulsus esset. iam paene quartus mensis erat ex quo Justinus et Nicolaus Paene Capite Carens Petrifacti erant, et paene omnes credere videbantur percussorem, quicunque esset, in perpetuum secessisse. Peevem tandem taedium ceperat carminis sui de 'pessime Potter' scripti, die quodam in Herbologia Ernestus Macmillan Harrium admodum comiter rogavit ut sibi traderet hamam repletam fungis salientibus, Martioque mense complures Mandragorarum convivium sonans et raucum in Viridario Tertio instruxerunt. quod Professorem Cauliculam laetitia magna affecit.

'simulac alii in vasa aliorum se movere conari coeperint, sciemus eos esse plane adultos,' inquit Harrio. 'tunc poterimus miseros illos in ala valetudinaria iacentes recreare.'

*

secundani iussi sunt aliquid novum feriis Pascalibus deliberare. tempus advenerat studiorum anni tertii eligendorum, Hermioni, saltem, rem gravissimam.

'hoc possit totum futurum nostrum mutare,' inquit Harrio Ronaldoque, dum indicibus studiorum novorum incumbunt, notas ad ea apponentes.

'nil volo nisi Potiones omittere,' inquit Harrius.

'non possumus,' inquit Ronaldus maeste. 'nisi necesse esset vetera studia omnia retinere, Defensionem Contra Artes Obscuras abiecissem.'

'sed id est studium maximi momenti!' inquit Hermione, offensa.

'non ut doctum est a Lockharte,' inquit Ronaldus. 'nil ab eo didici nisi Pixios non esse liberandos.'

Neville Longifundus epistulas ab omnibus magis familiaribus utriusque sexus acceperat, aliis alia studia sibi eligenda suadentibus. confusus et sollicitus, sedebat indices studiorum legens, lingua protrusa, homines rogantes utrum eis Arithmancia difficilior videretur esse quam studium Runarum Antiquarum. Decanus Thomas, qui, ut Harrius, cum Mugglibus adoleverat, aliquando tandem oculis clausis indicem baculo fodicavit et studia ea elegit quae baculo tetigerat. Hermione, consilio nullius audito, studiis omnibus se ascripsit.

vultu torvo Harrius sibi subrisit cum reputaret quid Avunculus Vernon et Amita Petunia dicturi essent si cum eis de curriculo vitae suae magicae colloqui conaretur. aliquid consilii, tamen, accepit: Persius Vislius ei impertire cupiebat ea quae experientia didicerat.

'refert quo *ire* velis, Harri,' inquit. 'nunquam maturius est de futuro cogitare, itaque studium Divinationis suadeam. dicunt Studia Mugglensia parum difficilia esse, sed egomet puto magos oportere scientiam certam societatis non magicae habere, praesertim si in animo habeant cum eis coniuncti laborare – vide patrem meum qui continuo in negotiis Mugglium versatur. frater Carolus semper erat generis magis rustici, itaque Curam Animalium Magicorum delegit. elige quod optime facis, Harri.'

sed Harrius sentiebat nil esse nisi ludum Quidditch quod optime faceret. denique, eadem studia nova delegit ac Ronaldus, ratus si parum proficeret, saltem aliquem familiarem adfuturum esse qui sibi auxilio esset.

*

in proximo certamine ludi Quidditch Gryffindorenses contra Hufflepuffanos certaturi erant. Silvius poscebat ut turma se noctibus singulis post cenam exerceret ut Harrius vix ad quidquam vacaret nisi ad ludum Quidditch et pensa domestica. tempora exercitationis, tamen, meliora, aut saltem sicciora fiebant, et vespere diei Saturni qui ante certamen erat ad dormitorium ascendit ut scoparum manubrium ibi relinqueret, ratus Gryffindorenses nunquam occasionem meliorem habuisse Poculi ludi Quidditch reportandi.

sed non diu hilari erat animo. in summis scalis ad dormitorium ferentibus Nevillo Longifundo obviam ibat, qui videbatur amens esse.

'Harri – nescio quis id fecerit. inveni tantum –'

Harrium trepide spectans, Neville ianuam trudendo aperuit.

quae in vidulo Harrii fuerant ubique disiecta erant. pallium eius humi dilaceratum iacebat. vestimenta stragula de lecto quattuor postium detracta erant et loculo ex armario quod iuxta lectum stabat extracto ea quae in eo fuerant supra culcitam sparsa erant.

Harrius ad lectum transiit, ore hiante, paginas nonnullas solutas libri *Transitus cum Trollis* pedibus premens.

dum cum Nevillo vestimenta stragula in lectum retrahit, Decanus et Seamus ingressi sunt. Decanus voce magna deos hominesque contestatus est.

'quid accidit, Harri?'

'nescio,' inquit Harrius. sed Ronaldus vestes Harrii scrutabatur. sinus omnes inversi erant.

'aliquis aliquid quaerebat,' inquit Ronaldus. 'an aliquid abest?'

Harrius incipiebat omnia sua tollere atque in vidulum inicere. dum ultimum librorum Lockhartis in eum reicit, tum demum sensit quid abesset.

'diarium Ruddlis abiit,' inquit Ronaldo voce submissa.

'*quid?*'

Harrius motu subito capitis ianuam dormitorii demonstravit et Ronaldus eum exeuntem secutus est. festinantes rursus ad locum communen Gryffindorensem descenderunt, qui semivacuus erat, et se Hermioni adiunxerunt, quae sola sedebat, librum legens nomine *Runae Antiquae Facilius Factae.*

Hermione, nuntio audito, stupere videbatur.

'sed – nemo nisi Gryffindorensis furari poterat – nemo alius signum nostrum novit ...'

'rem acu tetigisti,' inquit Harrius.

*

postridie, cum expergiscerentur, caelum erat splendidum cum aura levi et iucunda.

'tempestas non possit aptior esse ad ludum Quidditch!' inquit Silvius alacriter a mensa Gryffindorensi, pateras turmae ovis rudicula peragitatis onerans. 'agedum, Harri, opus est tibi ientaculo bono.'

Harrius aciem oculorum secundum mensam frequentem Gryffindorensium direxerat, animo volvens num possessor novus diarii Ruddlis recta ante oculos esset. Hermione ei suaserat ut furtum nuntiaret, sed ille ab eo refugit. necesse sit doctorem certiorem de diario facere et quotus quisque erat qui sciret cur Hagrid quinquaginta abhinc annos expulsus esset? nolebat is esse qui rem totam referret.

dum ab Atrio Magno cum Ronaldo Hermioneque discedit ad necessaria ludo Quidditch colligenda, addita est cura nova et gravissima cumulo crescenti curarum quae Harrium opprimebant. in scalas marmoreas pedem modo posuerat cum id iterum audivit: *'nunc occide ... liceat mihi lacerare ... laniare ...'*

exclamavit et Ronaldus Hermioneque ambo ab eo salierunt perturbati.

'vox illa!' inquit Harrius, supra umerum spectans. 'eam modo denuo audivi – nonne vos audivistis?'

Ronaldus abnuit, oculis dilatatis. Hermione, tamen, manum fronti applicuit.

'Harri, puto me modo aliquid intellexisse. eundum est mihi in bibliothecam.'

et cursu abiit, scalas ascendens.

'*quid* intellegit?' inquit Harrius animo distracto, adhuc circumspiciens, conans invenire unde vox venisset.

'multo plus quam ego,' inquit Ronaldus, capite abnuens.

'sed cur ei eundum est in bibliothecam?'

'quod Hermione id solet facere,' inquit Ronaldus, umeros allevans ac contrahens. 'si res ambigitur, eundum est in bibliothecam.'

Harrius stabat, animo incerto, vocem iterum auribus capere conatus, sed nunc post tergum eius homines ab Atrio Magno emergebant, voce magna loquentes dum per ostia exeunt ad campum lusorium ituri.'melius sit si festines,' inquit Ronaldus. 'paene hora undecima est – mox erit tempus certaminis.'

Harrius sursum ruit ad Turrem Gryffindorensem et Nimbo MM capto se multitudini trans campos fluitanti adiunxit, sed mens eius adhuc in castello, cum voce corpore carenti, morabatur, et dum vestes coccineas in cella ad vestem mutandam designata induebat, id solum eum consolabatur quod omnes nunc foras ierant ad certamen spectandum.

turmae in campum intrantes plausu maximo salutatae sunt. Oliver Silvius circa postes volare coepit ad certamen se parans, Magistraque Hooch pila emisit. Hufflepuffani, qui ludebant flavis vestibus canariensibus induti, conferti stabant, de ratione ludendi novissima colloquentes.

Harrius scoparum manubrium modo ascendebat cum Professor McGonagall campum transire coepit modo partim militari, partim cursorio, ingens megaphonium purpureum ferens.

cor Harrii cecidit sicut lapis.

'certamen hoc abolitum est,' Professor McGonagall per megaphonium clamavit, stadium frequens allocuta. maledictis et clamoribus audita est. Oliver Silvius, vultu obstupefacto, ad terram regressus ad Professorem McGonagall cucurrit neque de scoparum manubrio descendit.

'at Professor!' clamavit. 'nobis ludendum est ... Poculum ... *Gryffindor* ...'

Professor McGonagall eum neglexit neque destitit per megaphonium clamare: 'discipulis omnibus redeundum est ad loca communia domestica, ubi Capita Domuum eos de re praesenti docebunt. quam celerrime potestis, amabo vos!'

tum, megaphonio demisso, Harrium ad se manu iactanda arcessivit.

'Potter, melius sit, sententia mea, si mecum venias ...'

animo volvens quomodo fieri posset ut illa ipsum nunc suspicaretur, Harrius Ronaldum se a turba querentium seiungentem vidit; eis ad castellum proficiscentibus currens appropinquavit. Harrius miratus est quod Professor McGonagall non repugnavit.

'ita vero, fortasse melius sit si tu quoque venias, Visli.'

alii discipulorum circumfusorum querebantur quod certamen abolitum est, alii perturbati videbantur. Harrius et Ronaldus Professorem McGonagall in scholam redeuntem et scalas marmoreas ascendentem secuti sunt, neque hoc tempore in sedem officii cuiusquam ducti sunt.

'hoc vos admodum perturbabit,' inquit Professor McGonagall voce mirum in modum placida dum alae valetudinariae appropinquant. 'alius factus est impetus ... alius impetus *duplex*.'

viscera Harrii modo horribili inversa sunt. Professor McGonagall ianuam trudendo aperuit, et ille et Ronaldus ingressi sunt.

Magistra Pomfrey supra puellam quintanam crinibus longis et crispatis se inclinabat. Harrius eam agnovit ut Ravenclavensem quam forte rogaverant qua via ad locum communem Slytherinorum eundum esset. et in lecto iuxta eam erat –

'*Hermione!*' Ronaldus ingemuit.

Hermione iacebat omnino immota, oculis apertis et vitreis.

'inventae sunt prope bibliothecam,' inquit Professor McGonagall. 'nescio an alter vestrum hoc explicare possit. in pavimento erat iuxta eas ...'

speculum parvum et rotundum levabat.

Harrius et Ronaldus capite abnuerunt, ambo Hermionem intuentes.

'vos ad Turrem Gryffindorensem reducam,' inquit Professor McGonagall graviter. 'necesse enim est ut discipulos velint nolint alloquar.'

*

'discipuli omnes ad locum communem domesticum non serius quam hora sexta vespere redibunt. post tempus illud e dormitoriis exire vetantur. ad classes omnes a doctore ducemini. non licet discipulis balneo uti nisi doctore comitante. omnes exercitationes et certamina futura ludi Quidditch postponenda sunt. finis erit occupationum vespertinarum.'

Gryffindorenses in loco communi conferti silentio Professorem McGonagall audiverunt. illa, membrana cuius verba recitaverat convoluta, voce paulum strangulata inquit, 'vix mihi addendum est me perraro ita doluisse. schola claudetur, ut veri simile est,

nisi auctor huius violentiae inventus erit. si quis opinatur se fortasse aliquid de hac re scire, ei suadere velim ut prodeat.'

per foramen imagine celatum inelegantius ascendit, et
Gryffindorenses statim inter se colloqui coeperunt.

'ceciderunt iam duo Gryffindorenses, ut omittam simulacrum
Gryffindorense, Ravenclavensem unam Hufflepuffanumque
unum,' inquit amicus Visliorum, Lee Jordanus, eos digitis
numerans. 'miror quod *nemo* doctorum animadvertit Slytherinos
omnes incolumes esse. nonne *apparet* totum hoc negotium a
Slytherinis coepisse? *heres* Slytherinus, *monstrum* Slytherinum –
cur non Slytherinos omnes tantum expellunt?' infremuit, quibus
verbis auditis alii adnuerunt, alii pauci plauserunt.

Persius Vislius in sella pone Lee Jordanum posita sedebat,
sed, rem insolitam, nolebat, ut videbatur, sententiam dicere.
pallidus videbatur et stupens.

'Persius stupet,' Georgius Harrio submissim inquit. 'puella
illa Ravenclavensis – Penelope Claraqua – est Praefecta. id nescio
an crediderit monstrum ausurum esse *Praefectam* oppugnare.'

sed una tantum aure Harrius audiebat. non poterat, ut videbatur, animo expellere imaginem Hermionis in lecto valetudinarii iacentem quasi e lapide sculptam. et nisi auctor mox captus
sit, ei ad Dursleos regresso vita reliqua cum eis agenda sit. Tom
Ruddle Hagridum detulerat quod vitam orphanotrophii
Mugglium sibi imminentem, schola clausa, ferre non poterat.
Harrius nunc accurate sciebat quid ille sensisset.

'quid faciamus?' in aure Harrii Ronaldus submissim inquit.
'an putas eos Hagridum suspicari?'

'necesse est eamus ad colloquendum cum eo,' inquit Harrius,
animo certo. 'non possum credere eum hoc tempore auctorem
esse, sed si olim monstrum liberavit, sciet quomodo Camera
Secretorum intranda sit, quod initium est.'

'sed McGonagall nos iussit in turre nostra manere nisi stud-
eremus –'

'sententia mea,' inquit Harrius, voce etiam submissiore,
'tempus adest Amictum veterem patris iterum depromere.'

*

res una et sola Harrio a patre hereditate obvenerat: Amictus
Invisibilitatis longus et argenteus. neque facultatem aliam

habebant oculorum omnium fallendorum dum e schola furtim exeunt Hagridi visendi causa. hora solita cubitum ierunt, exspectaverunt dum Neville, Decanus Seamusque, colloquio de Camera Secretorum perfecto, demum dormirent, tum surrexerunt, vestes iterum induerunt, seque Amictu obtexerunt.

iter per transitus tenebricosos et desertos castelli factum non erat iucundum. Harrius, qui compluriens antea per castellum noctu erraverat, nunquam id tam celebratum post solis occasum viderat. paria doctorum, Praefectorum simulacrorumque per transitus contendebant, oculos circumferentia ne quid insolitum fieret. Amictus Invisibilitatis non eos prohibuit quin strepitum aliquando facerent, et in discrimine maximo versati sunt ubi Ronaldus digitum pedis offendit, dum paucas modo ulnas a loco qua Snape stationem agebant distant. grates egerunt quod Snape sternuit paene eo ipso tempore cum Ronaldus male dixit. levamento eis erat ad ostia quercea pervenire et ea leniter aperire.

nox erat clara, caelo astris distincto. ad fenestras illuminatas domus Hagridi festinaverunt neque prius Amictum exuerunt quam usque ad ianuam anticam eius pervenerunt.

paucis secundis postquam eam pulsaverunt, vi magna ab Hagrido aperta est. quo facto, frontibus inter se adversis stabant. Hagrid autem manuballistam in eos intendebat, Dentato cane illo Molossico, a tergo suo voce magna latrante.

'oh,' inquit, telo demisso, eos contemplans. 'quid vos duo hic facitis?'

'quid est cum illo?' inquit Harrius, manuballistam digito demonstrans dum ingrediuntur.

'nihil ... nihil,' Hagrid murmuravit. 'exspecto ... nil interest ... sedete ... theanam potionem faciam ...'

vix scire visus est quid faceret. ignem paene exstinxit, aquam a fervefactorio in eum effundens, et tum vas theanum motu subito et trepido manus immanis fregit.

'an bene habes, Hagrid?' inquit Harrius. 'an de Hermione audivisti?'

'scilicet, audivi,' inquit Hagrid, voce paulum tremente.

semper oculos trepide ad fenestras coniciebat. pocula magna aquae ferventis eis ambobus dedit (oblitus erat sacculos theanos addere) et tum ipsum libi fructuosi segmentum in pateram ponebat, cum ianua sonitu magno pulsata est.

Hagrid libum fructuosum manu demisit. Harrius et Ronaldus, oculis pavidis inter se coniectis, se rursus Amictu Invisibilitatis operuerunt et in angulum pedem rettulerunt. Hagrid, cum pro certo haberet eos celatos esse, manuballista capta, ianuam rursus vi magna aperuit.

'salve, Hagrid.'

aderat Dumbledore. ingressus est, vultu gravissimo, sequente altero, homine sane novissimo.

advena erat brevis et corpulentus, crinibus canis et incomptis vultuque sollicito. confusionem novam vestium gerebat: indumentum virile virgis tenuissimis ornatum, fasciam puniceam, pallium longum et nigrum caligasque acutas atque purpureas. sub bracchio ferebat petasum meloneum coloris galbini.

'ille est patronus Patris!' Ronaldus anhelavit. 'Cornelius Fudge, Minister Artis Magicae!'

Harrius Ronaldum cubito fortiter fodicavit ut illum tacere cogeret.

Hagrid pallidus et sudabundus factus erat. in unam sellarum se demisit et oculos a Dumbledore in Cornelium Fudgem convertit.

'res mala, Hagrid,' inquit Fudge, voce admodum attenuata. 'res pessima. necesse erat mihi venire. quattuor impetus in Mugglibus natos facti. id satis est. nunc aliquid Ministerio agendum est.'

'ego nunquam,' inquit Hagrid, Dumbledorem oculis supplicibus contemplatus, 'tu scis me nunquam, Professor Dumbledore, domine ...'

'necesse est ut intellegas, Corneli, me omnino Hagrido confidere,' inquit Dumbledore, fronte contracto Fudgem contemplans.

'en, Albe,' inquit Fudge, sibi displicens. 'scis vitam praeteritam Hagridi quam sit ei adversa. Ministerio aliquid est faciendum – gubernatores scholae nobiscum collocuti sunt.'

'denuo, Corneli, tibi admoneo discessum Hagridi haudquaquam auxilio futurum esse,' inquit Dumbledore, cuius oculi caerulei igne quodam pleni erant quem Harrius nunquam antea viderat.

'rationem rei ex mea parte habe,' inquit Fudge, digitis petasum meloneum versans. 'in summis difficultatibus versatus sum. necesse est ut videar aliquid facere. si evenerit Hagridum non fuisse auctorem, redibit neque quisquam plus dicet. sed ille mihi auferendus est. necesse est. munere non fungerer –'

'an me auferes? inquit Hagrid, tremebundus. 'quo me auferes?'

'paulisper modo aberis,' inquit Fudge, aciem oculorum Hagridi non ferens. 'non est supplicium, Hagrid, sed potius cautio. si alius captus erit, liberaberis et satisfactionem plenam accipies ...'

'num me ad Azkaban auferes?' inquit Hagrid voce rauca.

priusquam Fudge responderet, ianua iterum vi magna pulsata est.

Dumbledore respondit. nunc, vice versa, costae Harrii cubito fodicatae sunt: anhelitum enim qui audiri poterat emiserat.

Dominus Lucius Malfoy in casulam Hagridi fortiter incessit, pallio longo et nigro involutus, vultu frigido et contento subridens. Dentatus fremere coepit.

'iam ades, Fudge,' inquit, eum approbans. 'bene est, bene ...'

'quid tu hic facis?' inquit Hagrid furens. 'exi domo mea!'

'homo carissime, mihi crede, amabo te, me nullam voluptatem capere quod in tua – hem – num tu hunc locum domum appellas?' inquit Lucius Malfoy, labrum superius contorquens dum casulam circumspicit. 'ad scholam tantum adveni et doctus sum Praesidem hic adesse.'

'et quidnam me voluisti, Luci?' inquit Dumbledore. comiter locutus est, sed oculi caerulei adhuc igne flagrabant.

'res sane *horribilis*, Dumbledore,' inquit Dominus Malfoy languide, depromens volumen longum membranae, 'sed gubernatores sentiunt tempus iam advenisse ut tu ab officio recedas. hoc est Instrumentum Abrogationis Temporalis – invenies id manibus duodecim omnium subscriptum esse. vereor ne sentiamus te non iam scholae rationibus consulere. quot impetus nunc facti sunt? duo alii erant hodie tempore postmeridiano, nonne? si id diutius fiet, mox nemo Mugglibus natus in schola

Hogvartensi relictus erit, quod scilicet damnum *horrendum* scholae afferat.'

'quid hoc novae rei est, Luci?' inquit Fudge, vultu perturbato. 'abrogatio temporalis Dumbledoris ... haud ita, haud ita ... nihil est quod hoc tempore minus volumus ...'

'Praesidem creare – aut officium eius in tempus abrogare – est gubernatorum munus, Fudge,' inquit Dominus Malfoy blande. 'et quod Dumbledore hos impetus prohibere non potuit ...'

'at vero, Luci, si *Dumbledore* haec non potest prohibere –' inquit Fudge, cuius labrum superius nunc sudabat, 'quis tandem *potest*?'

'id nondum apparet,' inquit Dominus Malfoy, maligne subridens. 'sed cum nos omnes, duodecim viri, suffragia tulerint ...'

Hagrid saliens surrexit, capite nigro et capillato tectum stringens.

'et quot homines minis aut exactionibus violentis persequi debuisti ut consentirent, Malfoy?' infremuit.

'eheu, eheu, furor iste, si scire vis, aliquando te pessum dabit, Hagrid,' inquit Dominus Malfoy. 'te admoneam ne custodes Azkabani sic inclames. haudquaquam id amabunt.'

'Dumbledorem capere non potestis!' voce tanta clamavit Hagrid ut Dentatus, Molossicus ille canis, in calatho tremeret et vagiret. 'si eum abstuleritis, Mugglibus nati spe omni deicientur! mox erunt hoccisiones!'

'tranquillus sis, Hagrid,' inquit Dumbledore acriter. Lucium Malfonem aspexit.

'si gubernatores me ab officio amovere volunt, Luci, scilicet recedam.'

'at –' inquit Fudge, balbutiens.

'*haud ita!*' infremuit Hagrid.

Dumbledore oculos candidos et caeruleos ab eis Malfonis frigidis et glaucis non averterat.

'nihilominus,' inquit Dumbledore, lentissime et clarissime locutus, ne quis eorum verbum amittere posset, 'invenietis me tantum *re vera* a schola discessisse cum nemo hic remaneat qui mihi fidelis sit. invenietis quoque in schola Hogvartensi auxilium semper eis datum iri qui id rogent.'

secundum unum, Harrio paene persuasum est oculos micantes Dumbledoris conversos esse ad angulum qua ipse et Ronaldus celati stabant.

'sententias sane admirabiles dicis,' inquit Malfoy, se inclinans. 'omnes desiderabimus rationem tuam – hem – singularem rerum gerendarum, Albe, et speramus modo fore ut successor tuus possit prohibere ullas –ah – "hoccisiones".'

ad ianuam casae fortiter incessit, eam aperuit Dumbledoremque exeuntem se inclinando salutavit.

Fudge, petasum meloneum manibus huc illuc vertens, exspectavit dum Hagrid ante se exiret, sed Hagrid loco constitit, suspirium altum duxit accurateque inquit, 'si quis aliquid *novi* cognoscere velit, nil debeat facere nisi *araneos* sequi. sic recta via ducantur! nec plura dico.'

Fudge eum contemplatus est stupens.

'sit ita, venio,' inquit Hagrid, lacernam pellibus talparum confectam induens. sed Fudgem per ianuam secuturus rursus constitit et voce magna inquit, 'et me absente aliquis Dentatum alere debebit.'

ianua sonitu magno clausa, Ronaldus Amictum Invisibilitatis exuit.

'nunc valde laboramus,' inquit voce rauca. 'discessit Dumbledore. nihil obstat quin scholam hac nocte claudant. cottidianus erit impetus eo absente.'

Dentatus vagire coepit, ianuam clausam pedibus radens.

Aragog

aestas per campos castello circumdatos serpebat; caelum et lacus ambo in colorem caeruleum pervincarum mutati sunt et flores instar brassicarum in viridariis florere coeperunt. sed Harrio, cum non posset videre Hagridum a fenestris castelli incessu forti per campos euntem Dentato proxime sequente, scaena nescio-quomodo displicebat; neque, re vera, magis placebat quam pars interior castelli, ubi tanta fuit confusio rerum.

Harrius et Ronaldus Hermionem visere conati erant, sed nunc non licebat advenis in alam valetudinariam inire.

'pericula plura non iam suscipimus,' eis Magistra Pomfrey severe inquit per foramen ianuae valetudinarii. 'scilicet, me paenitet repulsae, sed percussor facillime potest redire ad hos conficiendos ...'

Dumbledore absente, timor, ut nunquam antea, pervagatus erat, ut sol externos castelli muros tepefaciens fenestras arrectariis instructas non visus sit penetrare. vix vultus in schola conspici poterat quin videretur anxius ac perturbatus, et si risus ullus per transitus auditus est, sonus eius erat stridulus atque affectatus et mox compressus est.

Harrius verba ultima Dumbledoris sibi saepe iteravit. *'tantum re vera a schola discessero cum nemo hic remanebit qui mihi fidelis est ... in schola Hogvartensi auxilium semper dabitur eis qui id rogant.'* sed quid proderant haec verba? quem tandem auxilium rogare debebant, omnibus non minus se ipsis confusis ac perterritis?

id quod Hagrid de araneis oblique admonuerat erat multo facilius intellegere – sed infeliciter accidit ut ne unus quidem araneus in schola superesse videretur quem sequerentur. Harrius quocumque ibat eos quaerebat, Ronaldo (admodum invito) auxiliante. impediti sunt, scilicet, quod non eis licebat soli aberrare, sed eundum erat per castellum conferto gradu cum ceteris Gryffindorensibus. plerique condiscipulorum laetari videbantur quod a classe ad classem praesidii causa a doctoribus ducebantur, sed Harrio molestissimum erat.

unus homo, tamen, terrore et suspicione in quibus versabantur perfrui videbatur. Draco Malfoy circa scholam superbiens ibat quasi modo Caput Scholae creatus esset. neque Harrius intellexit quid eum tantopere delectaret ante classem Potionum habitam circa semimenstruum post discessum Dumbledoris atque Hagridi, ubi, statim pone Malfonem sedens, Harrius forte eum audivit verbis exsultantibus Crabbem Goylemque alloquentem.

'semper putabam posse fieri ut Pater esset is qui Dumbledorem amoveret,' inquit, non curans vocem submittere. 'vobis dixi eum putare Dumbledorem esse Praesidem quem pessimum schola unquam haberet. potest fieri ut nunc Praesidem bonum nacturi simus, qui non *volet* Cameram Secretorum clausam esse. McGonagall non diu manebit, est modo suffecta ...'

Snape Harrium celeriter praeteriit, nil dicens de sede et lebete vacuo Hermionis.

'domine,' inquit Malfoy voce magna. 'domine, cur *tu* officium Praesidis non petis?'

'non decet sic loqui, Malfoy,' inquit Snape, quamquam non potuit se cohibere quominus clauso subrideret labro. 'officium Professoris Dumbledoris a gubernatoribus in tempus modo abrogatum est. ausim dicere eum satis brevi tempore ad nos rediturum esse.'

'ita vero,' inquit Malfoy, dum sibi placens subridet. 'sententia mea, suffragium Patris accipias, domine, si officium petere velis. *ego* Patri dicam te esse doctorem quem hic habeamus optimum, domine ...'

Snape sibi placens subrisit dum incessu forti carcerem pervagatur, neque, quod fortunate evenit, Seamum Finnigan animadvertit, qui se in lebetem vomere simulabat.

'admodum miror quod Lutosanguines omnes non iam

sarcinas colligaverunt,' Malfoy verba resumpsit. 'sponsionem quinque Galleonum faciam proximum moriturum esse. me paenitet quod non erat Granger ...'

fortunate accidit ut eo momento tintinabulum sonuerit; Ronaldus enim, verbis novissimis Malfonis auditis, de scamno desiluerat et inter tumultum saccos et libros colligentium non visus est ubi ad Malfonem pervenire conatus est.

'sinite me eum aggredi,' Ronaldus infremuit, dum Harrius et Decanus bracchia eius complectantur. 'non est mihi curae, non opus est mihi baculo, eum manibus nudis interficiam –'

'festinate, vos omnes mihi ad Herbologiam ducendi sunt,' supra capita discipulorum Snape latravit, et abierunt, crocodili more, Harrio, Ronaldo Decanoque agmen cogente, Ronaldo autem adhuc se liberare conante. neque prius tutum erat eum solvere quam Snape eos e castello duxit, et trans aream holerum colendorum ad viridaria ibant.

classis Herbologiae erat admodum deiecta; aberant enim iam duo de numero, Justinus atque Hermione.

Professor Caulicula eos omnes iussit operam dare ficis rugosis Abyssinicis putandis. Harrius, cum iisset ut fasciculum manualem stilorum flaccidorum in acervum materiae fertilitati augendae abiceret, obviam factus est Ernesto Macmillan ita ut frontibus adversis starent. Ernestus spiritum altum duxit et inquit, accuratissime, 'velim modo dicere, Harri, me paenitere quod tibi aliquando diffisus sim. scio te nunquam Hermionem aggressurum fuisse et rogo ut mihi ignoscas quod tantas nugas dixerim. nunc omnes iam aeque laboramus, et, igitur –'

manum pinguem porrexit quam Harrius prensavit.

Ernestus et amica sua Hannah venerunt ut operam darent fico eodem rugoso atque Harrius et Ronaldus.

'Draconem Malfonem istum,' inquit Ernestus, virgas mortuas defringens, 'haec res tota maxime delectare videtur, nonne? si scire vultis, sententia mea *ille* potest esse heres Slytherinus.'

'gratulor tibi de sapientia tua,' inquit Ronaldus, qui, ut videbatur, minus libenter quam Harrius Ernesto veniam dederat.

'an *tu* putas illum esse Malfonem, Harri?' Ernestus rogavit.

'minime,' inquit Harrius voce tam firma ut Ernestus et Hannah eum intuiti sint.

uno post secundo, Harrius aliquid conspexit quod eum coegit manum Ronaldi falcibus putatoriis pulsare.

'*vae!* quid tu –'

Harrius terram paucis distantem pedibus digito demon-strabat. complures aranei magni trans humum properabant.

'ita vero,' inquit Ronaldus, conatus, neque eventu bono, videri laetus. 'sed non possumus eos nunc sequi ...'

Ernestus et Hannah audiebant curiose.

Harrius araneos aufugientes spectavit.

'Silvam Interdictam petere videntur ...'

quo audito, Ronaldus etiam infelicior visus est.

cum classis finem haberet, Professor Snape discipulos ad classem Defensionis Contra Artes Obscuras duxit. ceteris progredientibus, Harrius et Ronaldus eo animo cessaverunt ut loquerentur neque exaudirentur.

'necesse est ut Amictu Invisibilitatis iterum utamur,' Harrius Ronaldo inquit. 'Dentatum nobiscum ducere possumus. solet cum Hagrido in Silvam inire, potest fieri ut ille nescioquomodo nobis auxilio sit.'

'esto,' inquit Ronaldus, qui baculum trepide huc illuc digitis movebat. 'hem – nonne – nonne dicunt versipelles in Silva inesse?' addidit, dum in sedibus solitis in aversa parte auditorii Lockhartis considunt.

nolens ei illud roganti respondere, Harrius inquit, 'in ea sunt quoque bona. centauri sunt boni, et monocerotes.'

Ronaldus nunquam antea in Silvam Interdictam inierat. Harrius eam semel modo intraverat, et speraverat se nunquam iterum id facturum esse.

Lockhart in conclave saliens intravit et classis eum mirans intuita est. unus quisque doctorum aliorum solito gravior vide-batur, sed vultus Lockhartis minime ab hilaritate afuit.

'agitedum,' clamavit, ore renidenti circumspiciens, 'cur tot vultus tristes video?'

homines oculos iratos inter se coniecerunt, neque quisquam respondit.

'nonne vos intelligitis,' inquit Lockhart, lente locutus, quasi omnes stultiores essent, 'periculum abiisse? homo nocens amotus est.'

'quis hoc dicit?' inquit Decanus Thomas voce magna.

'mi iuvenis carissime, Minister Artis Magicae Hagridum non cepisset nisi centesima parte ex centum pro certo habuisset eum esse nocentem,' inquit Lockhart, voce tali usus quasi explicaret rem unam rei alteri additam res duas facere.

'certe id fecisset,' inquit Ronaldus, voce etiam maiore locutus quam Decanus.

'suspicor me *paulum* plus scire de comprehensione Hagridi quam te, Domine Visli,' inquit Lockhart, visus sibi placere.

Ronaldus dicere coepit se ab eo dissentire, nescioquomodo, sed sententiam mediam interrupit ubi calcem severam Harrii sub scamno accepit.

'nonne meministi nos non adfuisse?' Harrus mussavit.

sed quod hilaritas Lockhartis tam inepta erat, quod oblique dicebat se semper putavisse Hagridum hominem malum esse, quod confidebat rem totam iam finem habere, haec omnia Harrium ita vexabant ut librum *Lucubratio cum Larvis* recta in vultum stultum Lockhartis iacere maxime cuperet. sed potius satis habuit litteris incomptis Ronaldo scribere: '*hac nocte rem faciamus.*'

quo perlecto, Ronaldus gluttum magnum fecit et sedem vacuam in qua Hermione sedere solebat oculis limis contemplatus est. animo, ut videbatur, aspectu eius confirmato, capite adnuit.

*

hoc tempore locus communis Gryffindorensium semper valde frequentabatur, quod ab hora sexta non licebat Gryffindorensibus alio usquam abire. multa quoque eis disputanda erant, ut locus communis saepe non vacuefactus sit nisi post mediam noctem.

statim post cenam Harrius abiit ut Amictum Invisibilitatis e vidulo sumeret, et per vesperem in eo consedit, exspectans dum conclave vacuefactum esset. Fredericus et Georgius provocaverunt Harrium et Ronaldum ad certamina pauca Ludi Clamosi Chartarum Explosivarum et Ginnia sedit eos spectans, animo admodum deiecto in sede solita Hermionis. Harrius et Ronaldus de industria sibi ut semper vincerentur permittebant, conati ludos celeriter conficere, sed nihilominus nox intempesta erat cum Fredericus, Georgius Ginniaque tandem cubitum ierunt.

Harrius et Ronaldus exspectaverunt dum procul audirent ianuas duorum dormitoriorum clausas esse priusquam se Amictu rapto obtexerunt et per foramen imagine celatum ascenderunt.

aliud iter difficile per castellum fecerunt, doctores omnes fallentes. tandem ad Vestibulum pervenerunt, ostiorum querceorum repagula laxaverunt, se inter ea aegre inseruerunt, stridorem omnem comprimere conati, in camposque luna illuminatos ingressi sunt.

'scilicet,' inquit Ronaldus subito, dum trans herbas nigras incedunt, 'potest fieri ut in Silvam perveniamus neque quidquam inveniamus quod sequamur. fortasse aranei illi re vera non illuc ibant. sane videbantur plus minus illuc se movere sed ...'

vox deficiebat sperans.

domum Hagridi pervenerunt, tristem et miseram fenestris vacuis. cum Harrius ianuam trudendo aperiret, Dentatus, eis visis, prae gaudio insanivit. solliciti ne ille incolas omnes castelli latratu alto et bombienti excitaret, festinantes eum bellariis e mellaceo conditis aluerunt, quae e capsa sumpserunt quae erat in pluteo qui supra focum exstabat, et dentes eius conglutinaverunt.

Amictum Invisibilitatis Harrius in mensa Hagridi reliquit. non sit opus eo in Silva nigerrima.

'agedum, Dentate, imus ambulatum,' inquit Harrius, crus eius mulcens, et Dentatus laete domo ruit eos secutus, ad marginem Silvae cucurrit ad sycamorumque magnam minxit.

cum Harrius, baculo deprompto, '*lumos!*' murmuravisset, lumen exiguum in extrema parte apparuit, quod vix satis erat ad semitam eis vestigia araneorum petentibus illuminandam.

'bene fecisti,' inquit Ronaldus. 'meum quoque accendam, sed tu scis – fieri posse ut explodatur aut aliquid ...'

Harrius umerum Ronaldi leniter pulsavit, herbas demonstrans. duo aranei soli a lumine baculi in umbram arborum festinabant.

'sit ita,' Ronaldus suspiravit, quasi pessima aequo animo exspectaret, 'paratus sum. eamus.'

itaque, cum Dentato circumcursante radicesque arborum et folia odorante, in Silvam inierunt. semita fulgore baculi Harrii collucente, agmen parvum araneorum continuo progrediens secuti sunt. circa viginti minuta ierunt, nihil locuti, auribus erectis si quid forte audirent nisi virgas dissilientes et folia crepitantia. deinde, cum arbores, ut nunquam antea, densatae essent ita ut non iam stellas supra capita videre possent et baculum Harrii solum inter tenebras tantas fulgeret, duces araneos a semita abire viderunt.

Harrius constitit, videre conatus quo aranei irent, sed omnia nisi circulus eius parvus lucis nigerrima erant. nunquam antea tam alte in Silvam penetraverat. animo vivido meminisse potuit Hagridum se admonuisse ne a semita Silvae discederet cum novissime hic adesset. sed Hagrid nunc milia multa aberat, sedens, ut veri simile erat, in cella Azkabani, et eos quoque iusserat araneos sequi.

aliquid madidum manum Harrii tetigit et ille retro saliit, pedem Ronaldi premens, sed nihil erat nisi nasus Dentati.

'quid tu censes?' Harrius Ronaldo inquit, cuius oculos vix cernere poterat, collucentes luce baculi sui.

'hactenus venimus,' inquit Ronaldus.

itaque umbras micantes araneorum in arbores secuti sunt. nunc non poterant ire celerrime; radices enim arborum et stipites obvii eis obstiterunt, vix videndi in tenebris paene totis. Harrius anhelitum calidum Dentati in manum suam emissum sentire poterat. compluriens, eis consistendum erat, ut Harrius inclinatus araneos luce baculi inveniret.

ierunt, ut eis videbatur, non minus semihoram, vestibus ramis humilibus et vepribus impeditis. post intervallum, animadverterunt terram declivem videri, quamquam arbores non minus densae quam antea erant.

deinde Dentatus latratum magnum et resonantem subito edidit, quo audito et Harrius et Ronaldus terrore perculsi sunt.

'quid?' inquit Ronaldus voce magna, oculis in tenebras profundas convertens, et cubitum Harrii manu firmissima complectens.

'aliquid illic se movet,' inquit Harrius submissim. 'audi ... sonat velut aliquid magnum.'

audiverunt. aliquantum a dextera distans, aliquid magnum illud ramos frangebat dum viam per arbores secabat.

'haud ita,' inquit Ronaldus, 'haud ita, haud ita, haud –'

'tace,' inquit Harrius amens. 'id te audiet.'

'*me*ne audiet?' inquit Ronaldus voce praeter solitum acuta. 'Dentatum iam audivit!'

tenebrae pupulas opprimere videbantur dum stabant, perterriti, exspectantes. auditus est sonus novus et crepitans, tunc silentium.

'quid putas id facere?' inquit Harrius.

'potest fieri ut se paret ad insiliendum,' inquit Ronaldus.

exspectaverunt, trementes, vix ausi se movere.

'an putas id abiisse?' Harrius susurravit.

'nescio –'

tum, a dextera, subito flagravit lux, tam candida inter tenebras ut ambo manus sursum iacerent ad oculos defendendos. Dentatus vagiit et aufugere conatus est, sed vepribus implicatus etiam magis vagiit.

'Harri!' Ronaldus clamavit, vocis impotens ob curas solutas. 'Harri, est autocinetum nostrum!'

'*quid?*'

'agedum!'

Harrius vestigiis incertis Ronaldum ad lucem secutus est, titubans et pedem offendens, et post momentum in apertum emerserant.

autocinetum Domini Vislii stabat vacuum in medio circulo arborum crassarum sub tecto ramorum densorum, luminibus anterioribus accensis. dum Ronaldus, ore hianti, ei appropinquat, lente ad eum se movit, haud aliter ac canis magnus caeruleus dominum salutans.

'hic semper adfuit!' inquit Ronaldus laete, autocinetum circumiens. 'aspice id. Silva id agreste reddidit ...'

alae autocineti scalptae et luto oblitae erant. coeperat, ut apparuit, sponte sua circa Silvam errare. Dentatus id minime amare videbatur; prope Harrio manebat, qui eum trementem sentire poterat. spiritu eius rursus lentiore facto, Harrius baculum rursus in vestes inseruit.

'et nos putabamus id nos oppugnaturum esse!' inquit Ronaldus in autocinetum incumbens et id mulcens. 'animo mecum volvebam quo abiisset!'

oculis limis Harrius humum lampade versatili illuminatam

scrutatus est, signa araneorum plurium quaerens, qui tamen omnes a fulgore lucum anteriorum aufugerant.

'vestigia amisimus,' inquit. 'agedum, eamus ad eos inveniendos.'

Ronaldus non locutus est. non se movit. oculi in locum defixi sunt qui erat circa decem pedes supra solum Silvae, recta a tergo Harrii. vultus erat prae terrore lividus.

Harrius ne tempus quidem sui convertendi habebat. crepitus magnus erat et subito sensit aliquid longum et hirsutum medium suum amplexum se humo ita tollere ut in inversum penderet. luctans, perterritus, crepitus plures audivit, vidit crura Ronaldi quoque humo sublata Dentatumque vagientem atque ululantem audivit – post momentum, in arbores obscuras abripiebatur.

capite inverso, Harrius vidit id quod eum tenebat cruribus sex longissimis et hirsutis incedere, primum autem par se artissime amplecti sub duabus forcipibus nigris et splendentibus. a tergo sui, audire poterat alterum animalium, Ronaldum scilicet ferens. in intimam partem Silvae movebantur. Harrius Dentatum audire poterat pugnantem ut se a monstro tertio liberaret, voce magna vagientem, sed Harrius non clamare potuisset etiam si voluisset; videbatur vocem cum autocineto in aperto reliquisse.

nunquam sciebat quamdiu esset in amplexu animalis; tantum sciebat tenebras subito satis attenuatas esse ut posset videre humum foliis opertam iam araneis fervere. collum in obliquum aegre porrigens, sensit se ad marginem caveae ingentis pervenisse a qua arbores omnes ita remotae essent ut stellae lumine claro scaenam illuminarent quam pessimam unquam oculis suis conspexisset.

aranei. non aranei exigui similes eis qui supra folia humi iacentia fluitabant. aranei instar caballorum, octo oculis, octo cruribus, nigri, hirsuti, gigantes. exemplar immensum quod Harrium ferebat de clivo arduo descendit ad araneam nebulosam et cupulatam quae erat in media ipsa cavea, dum socii id ab omnibus partibus obsident, animis commotis et forcipibus crepantes quod onus eius conspexerant.

Harrius, ab araneo liberatus, cecidit et terram genibus

manibusque simul tetigit. iuxta eum sonitu magno Ronaldus et
Dentatus descenderunt. Dentatus non iam ululabat, sed
immotus silentio tremebat. Ronaldus videbatur in eadem condi-
cione esse atque Harrius sentiebat se esse. ululatus tacitus
nesciocuius generis os distendebat et oculi protrudebantur.

Harrius subito sensit araneum illum qui eum demiserat
aliquid dicere. difficile fuerat id intellegere, quod quotiens
verbum dixit totiens forcipibus increpuit.

'Aragog!' clamavit. 'Aragog!'

et e media aranea nebulosa et cupulata lentissime emersit
araneus instar elephanti parvi. canities nigritiae corporis et
crurum immixta est, et oculi omnes capitis deformis et forcip-
iferi erant lactei. ille caecus erat.

'quid est?' inquit, forcipibus celeriter crepitans.

'homines,' increpuit araneus qui Harrium ceperat.

'an est Hagrid?' inquit Aragog, appropinquans, octo oculis
lacteis incerte vagantibus.

'advenae,' inquit araneus qui Ronaldum attulerat.

'occidete eos,' inquit Aragog, querens. 'dormiebam ...'

'sumus amici Hagridi,' Harrius clamavit. cor a pectore discessisse videbatur ut in faucibus pulsaretur.

crepitus forcipum araneorum ab omnibus partibus caveae
auditus est.

Aragog moratus est.

'nunquam antea Hagrid homines in caveam nostram misit,'
inquit lente.

'Hagrid malis urgetur,' inquit Harrius, celerrime spirans. 'ea
est causa cur venerimus.'

'an malis urgetur?' inquit araneus ille aetate provectus, et
Harrius putavit se audire vocem sollicitam sub forcipibus crepi-
tantibus latentem. 'sed cur vos misit?'

Harrius secum deliberavit num surgeret, sed rem repudiavit;
dubitabat enim num crura se sustentatura essent. itaque humi
iacens locutus est, voce quam poterat placidissima.

'rati, illi qui sursum in schola sunt, Hagridum mo- mo-
aliquid in discipulos emisisse, eum in Azkaban abduxerunt.'

Aragog forcipibus furiose increpuit, et ab omnibus partibus
caveae sonus turba araneorum redditus est. haud multum plausu

differebat nisi quod plausus non soleret Harrium ita terrere ut nausearet.

'sed id factum est multos abhinc annos,' inquit Aragog querens. 'plurimos abhinc annos. id bene memini. ea erat causa cur eum a schola abire cogerent. crediderunt me esse monstrum incolens quod appellant Cameram Secretorum. putaverunt Hagridum, Camera aperta, me liberavisse.'

'et tu ... tu non venisti a Camera Secretorum?' inquit Harrius, qui sudorem frigidum in fronte sentire poterat.

'ego!' inquit Aragog, irate crepitans. 'ego non natus sum in castello. oriundus sum e terra longinqua. viator me Hagrido dedit cum ovum eram. Hagrid tantum puer erat, sed me in armario castelli celatum curavit, frustisque mensae ademptis me nutriit. Hagrid est mihi amicus bonus, et vir bonus. cum inventus essem, et ob puellae mortem culpatus, me defendit. ex quo tempore hic in Silva vivo, ab Hagrido adhuc visitatus. uxorem etiam Mosagam mihi invenit, et videtis quantum aucta sit familia nostra, quod Hagridi beneficio solum debemus ...'

quod reliquum virtutis erat Harrius sibi sumpsit.

'itaque tu nunquam – nunquam quemquam aggressus es?'

'nunquam,' inquit araneus vetus voce rauca. 'naturae meae convenisset, sed Hagridum veritus nunquam homini iniuriam feci. corpus puellae interfectae in balneo inventum est. nunquam partem aliam castelli vidi nisi armarium in quo adolevi. genus nostrum tenebras et quietem amat ...'

'attamen ... an scis quid *vero* puellam illam interfecerit?' inquit Harrius. 'quod, quidquid id est, rediit et iterum homines aggreditur –'

verbis eius obstrepuere tempestas crepitus magna et susurrus multorum crurum longorum se irate moventium; formae magnae et nigrae ubique circa eum versabantur.

'id quod in castello vivit,' inquit Aragog, 'est animal antiquum quod nos aranei praeter alia omnia timemus. bene memini quomodo Hagridum orarem ut me liberaret, cum sentirem bestiam scholam circumerrare.'

'quid est?' inquit Harrius insistens.

plures crepitus magni, plures susurri; aranei videbantur propius appropinquare.

'de illo non loquimur!' inquit Aragog ferociter. 'id non nomi-
namus. ne Hagrido quidem nomen portenti illius dixi
quamquam me saepe rogavit.'

Harrius re perseverare nolebat, araneis ab omnibus partibus
propius appropinquantibus. Aragogem, ut videbatur, sermonis
taedebat. in araneam cupulatam lente pedem referebat, sed
aranei, collegae eius, nihilominus unciatim lente ad Harrium
Ronaldumque progrediebantur.

'itaque abibimus tantum,' Harrius desperans Aragogi
clamavit, cum a tergo susurrum foliorum audiret.

'num abibitis?' inquit Aragog lente. 'nescio an ...'

'at – at –'

'filii filiaeque iussu meo Hagrido non nocent. sed carnem
recentem tam libenter in medium nostrum errantem eis dene-
gare non possum. vale, amice Hagridi.'

Harrius celeriter conversus est. pedibus paucis distans, ab alto
ei imminens, erat murus continuus araneorum, crepitantium,
oculis multis in capitibus nigris et deformibus splendentibus ...

etiam cum manum ad baculum sumendum extenderet,
Harrius sensit id parum proficere, numero enim illi superiores
erant, sed cum stare conaretur, paratus mori pugnans, auditus
est sonus magnus et longus, et lux ignea per caveam sicut
flamma emissa est.

autocinetum Domini Vislii tonans de clivo descendebat,
lucibus anterioribus flagrantibus, bucina stridente, araneos
obvios deturbans; nonnulli ceciderunt supini, cruribus
immensis in aera iactatis. autocinetum coram Harrio et Ronaldo
stridens constitit et ianuae repente apertae sunt.

'Dentatum cape!' Harrius clamavit, se in sedem anteriorem
praecipitans; Ronaldus canem Molossicum medium amplexus,
eum, vagientem, in partem posteriorem autocineti iecit. ianuae
sonitu magno clausae sunt. Ronaldus acceleratorium non tetigit
sed autocineto non opus eo erat; machina infremente, profecti
sunt, araneos plures percutientes. clivum festinantes ascenderunt, cavea relicta, et mox per Silvam magno cum fragore
ibant, ramis fenestras ferientibus dum autocinetum callide per
spatia latissima serpit, semitam, scilicet, sibi bene notam
secutum.

Harrius oculis obliquis Ronaldum contemplatus est. os illius adhuc apertum est quasi ululatum tacitum emittens, neque oculi iam protrusi sunt.

'an bene habes?'

Ronaldus oculos recta in frontem direxit, voce carens.

viam per virgulta vi fecerunt, Dentato voce magna in sede posteriore ululante, et Harrius vidit speculum alare praerumpi dum quercum magnam aegerrime praetereunt. post decem minuta clamosa et turbulenta, arboribus attenuatis, Harrius hic illic aliquid caeli rursus videre poterat.

autocinetum tam subito constitit ut in vitrum anterius paene iacti sint. ad marginem Silvae pervenerant. Dentatus tam cupidus erat exeundi ut se in fenestram iecerit et cum Harrius ianuam aperuisset ad domum Hagridi ruit, caudam inter crura habens. Harrius quoque exiit, et post minutum plus minus, Ronaldus, sensum membrorum reciperare visus, eum secutus est, cervice adhuc rigida et oculis defixis. Harrius grates agens autocinetum manu mulsit dum id retro in Silvam it et e conspectu evanescit.

Harrius in casulam Hagridi rediit ut Amictum Invisibilitatis arcesseret. Dentatus stragulo celatus in calatho tremebat. Harrius foras regressus Ronaldum invenit in area peponum colendorum vehementer vomentem.

'araneos sequere,' inquit Ronaldus imbecillius, manica os detergens. 'nunquam Hagrido ignoscam. fortunati sumus quod vivimus.'

'sponsionem faciam eum putavisse Aragogem amicos suos non laesurum esse,' inquit Harrius.

'rem Hagridi acu tetigisti!' inquit Ronaldus, murum casulae pulsans. 'ille semper putat monstra non tam mala esse quam alii dicant, et aspice modo quo hac ratione ductus sit! in cellam Azkabani!' nunc tremebat impotens sui. 'cur tandem nos illuc immisit? quid cognovimus, scire velim?'

'Hagridum nunquam Cameram Secretorum aperuisse,' inquit Harrius, amictum supra Ronaldum iaciens et bracchium eius fodicans ut se moveret. 'innocens erat.'

Ronaldus fremitum magnum edidit. liquebat eum non putare exclusionem Aragogi in armario esse hominis innocentis.

dum castellum propius imminet Harrius Amictum paulum

movit ut pro certo haberet pedes celatos esse, tum ostia crepitantia trudendo semiaperta fecit. magna cum cura trans Vestibulum redierunt et scalas marmoreas ascenderunt, spiritum comprimentes cum transitus praeterirent qua custodes vigiles ambulabant. tandem ad salutem loci communis Gryffindorensis pervenerunt, qua ignis in favillam fulgentem collapsus erat. Amictu exuto, scalas involutas in dormitorium ferentes ascenderunt.

Ronaldus in lectum cecidit neque vestes exuere curavit. Harrius, tamen, non sensit se perquam somnolentum esse. in margine lecti quattuor postibus instructi sedit, dicta omnia Aragogi animo meditans.

animal quod alicubi in castello latebat videbatur esse, sic secum animo volvebat, monstrum eiusdem generis ac Voldemart – etiam monstra alia id nominare nolebant. sed neque ipse neque Ronaldus propius sciebant quid esset aut quomodo victimas suas Petrificaret. ne Hagrid quidem unquam cognoverat quid esset in Camera Secretorum.

Harrius, cruribus in lectum iactatis, in pulvinis reclinatus est, lunam spectans sibi micantem per fenestram turris.

non videre poterat quid aliud sibi faciendum esset. ubique ad claustra non perrumpenda pervenerant. Ruddle hominem innocentem ceperat, heres Slytherinus effugerat, neque quisquam dicere poterat utrum is qui hoc tempore Cameram aperuisset idem esset an alius. nemo alius erat quem rogarent. Harrius recubuit, dicta Aragogi adhuc animo meditans.

soporus fiebat cum quod videbatur spes ultima eorum ei succurrit et subito sedere coepit corpore erecto.

'Ronalde,' per tenebras sibilavit. 'Ronalde!'

Ronaldus excitatus vagitum modo Dentati edidit, oculos huc illuc insane convertit Harriumque vidit.

'Ronalde – dico de puella illa quae mortua est. Aragog dixit eam in balneo inventam esse,' inquit Harrius, rhoncum Nevilli in angulo stertentis neglegens. 'quid si illa a balneo nunquam discessit? quid si ibi adhuc manet?'

Ronaldus oculos fricuit, ad lunam frontem contrahens. et tum rem intellexit.

'*num* putas – num putas eam esse *Myrtam Maerentem*?'

Camera Secretorum

'totiens in balneo eramus, et illa tres modo latrinas aberat,' inquit Ronaldus acerbe, dum postridie ientaculum sumunt, 'et eam rogare poteramus, et nunc ...'

satis difficile fuerat conari araneos quaerere. effugere a doctoribus satis diu ut in balneum puellarum furtim ineant, in balneum illud puellarum, praeterea, quod proximum erat loco in quo impetus primus factus est, paene impossibile futurum erat.

sed aliquid accidit in prima classe, Transfiguratione, quod primum post hebdomadas multas Cameram Secretorum ex animis eorum expulit. post decem minuta studendi, Professor McGonagall nuntiavit examina Kalendis Iuniis, die septimo ab hodierno die, coeptura esse.

'*examina?*' ululavit Seamus Finnigan. 'num *examina* adhuc habemus?'

fragor magnus a tergo Harrii auditus est ubi baculum Nevilli Longifundi lapsum crus unum scrinii eius in nihilum redegit. quod cum baculo suo vibrando Professor McGonagall restituisset, se ad Seamum, fronte contracta, convertit.

'ideo hoc tempore schola aperta manet, neque ratio alia est, ut vos disciplinam accipiatis,' inquit severe. 'itaque examina modo solito fient, et spero vos omnes res diligenter repetere.'

res diligenter repetere! nunquam Harrio succurrerat examina fore hoc statu rerum in castello. mumuribus multis dissentium per conclave auditis, Professor McGonagall etiam artius frontem contraxit.

'Professor Dumbledore praecepit ut schola quantum fieri posset more solito administraretur,' inquit. 'necesse est igitur, quod vix a me vobis demonstrandum est, cognoscere quantum hoc anno didiceritis.'

Harrius par cuniculorum alborum despexit qui ei in calceos mutandi erant. quidnam hac parte anni didicerat? nil, ut videbatur, meminisse poterat quod sibi in examine utile esset.

si vultum Ronaldi vidisses, credidisses eum modo iussum esse abire ut in Silva Interdicta viveret.

'an tu imaginari potes me hac re utentem examina subire?' Harrium rogavit, sublato baculo, quod modo coeperat sibilum magnum edere.

*

tribus diebus ante examen primum, Professor McGonagall hora ientaculi aliud nuntiavit.

'vobis laetarum rerum nuntia venio,' inquit, quae verba ei qui in Atrio Magno erant non silentio acceperunt sed clamoribus effrenatis.

'Dumbledore redit!' nonnulli laete clamaverunt.

'heredem Slytherinum cepisti!' stridit puella ad mensam Ravenclavensem sedens.

'certamina ludi Quidditch iterum fient!' Silvius infremuit animo commoto.

tumultu sedato, Professor McGonagall inquit, 'Professor Caulicula me docuit Mandragoras nunc demum ad sectionem paratos esse. hac nocte eos qui Petrifacti sunt recreare poterimus. vix vos omnes mihi admonendi sunt posse fieri ut unus eorum nobis dicere possit quis, aut quid, eos oppugnaverit. spero nos ad finem huius anni horribilis hominem nocentem capturos esse.'

clamores erupti sunt. Harrius, oculis in mensam Slytherinam coniectis, non miratus est quod Draco Malfoy non se clamoribus immiscuerat. Ronaldus, tamen, felicior visus est quam per multos fuerat dies.

'haud igitur intererit quod Myrtam nunquam rogavimus!' inquit Harrio. 'prope est ut Hermione excitata ad haec omnia respondeat! scilicet, insaniet cum cognoverit nos tribus diebus examina subituros esse. studia non repetivit. fortasse benignius sit eam relinquere ubi sit dum examina finem habeant.'

illo ipso tempore, Ginnia Vislia advenit et iuxta Ronaldum

consedit. videbatur anxia ac trepida, et Harrius animadvertit manus eius in gremio torqueri.

'quid est?' inquit Ronaldus, plus farinae avenaceae sibi sumens.

Ginnia nil dixit, sed oculis sursum deorsum coniectis mensam Gryffindorensem vultu perterrito lustravit qui quendam in memoriam Harrii reduxit, quamquam ille nesciebat quis esset.

'dic, obsecro,' inquit Ronaldus, eam spectans.

Harrius subito intellexit cui similis esset Ginnia. illa huc illuc in sella paulum agitabatur, haud aliter ac Dobbius iam iam rem vetitam nuntiaturus.

'necesse est ut aliquid tibi dicam,' Ginnia mussavit, cavens ne Harrium aspiceret.

'quid est?' inquit Harrius

Ginnia videbatur verbis idoneis carere.

'*quid?*' inquit Ronaldus.

Ginnia os aperuit neque vox ulla secuta est. Harrius procubuit et tacite locutus est, ut Ginnia et Ronaldus soli se audire possent.

'an est aliquid de Camera Secretorum? an tu aliquid vidisti? an aliquem more inusitato se gerentem?'

Ginnia spiritum altum duxit, et eo ipso momento, apparuit Persius Vislius, vultu defesso et lurido.

'si satis edisti, sedem illam mihi sumam, Ginnia. esurio, nunc nuper vigiliis defunctus.'

Ginnia saliens surrexit quasi sella vi electrica modo imbuta esset, oculos perterritos breviter in Persium coniecit disceditque festinans. Persius consedit et vas a media mensa arripuit.

'Persi!' inquit Ronaldus irate. 'aliquid magni momenti illa nobis tunc dictura erat!'

potionem theanam mediam hauriens, Persius strangulatus est.

'quale erat?' inquit, tussiens.

'tantum eam rogavi num quid insolitum vidisset, et illa dicere coepit –'

'oh – id – id nihil ad Cameram Secretorum attinet,' inquit Persius statim.

'quomodo id cognovisti?' inquit Ronaldus, superciliis sublatis.

'si quidem, hem, scire vis, Ginnia, hem, nuper mihi intervenit cum ego – sed hoc in medio relinquamus – caput est quod me aliquid facientem conspexit, et ego, hem, eam iussi de re tacere. exspectabam, fatebor enim, eam fidem praestituram esse. nihil est, re vera, ego tantum potius –'

Harrius nunquam viderat Persium adeo sibi displicere.

'quid faciebas, Persi?' inquit Ronaldus, subridens. 'agedum, dic nobis, non ridebimus.'

Persius non subrisit vice sua.

'cedo mihi paniculos illos, Harri, esurio.'

*

Harrius sciebat fieri posse ut arcanum totum sine auxilio ipsorum postridie solveretur, sed occasionem cum Myrta colloquendi si oblata erat praetermittere nolebat – quam Harrius gaudens medio mane nactus est, cum ad Historiam Magicae Artis a Gilderoy Lockharte ducerentur.

Lockhart, qui quotiens eis affirmaverat periculum omne abiisse, totiens statim convictus erat, nunc sibi omnino persuaserat vix operae pretium esse eos incolumes per transitus ducere. crines non tam nitidi erant quam solebant esse; paene noctem totam, ut videbatur, pervigilaverat, tabulatum quartum circumiens.

'audite verba mea,' inquit, eos circa angulum ducens, 'prima verba quae ex oribus venient miserorum qui Petrifacti sunt erunt, '*erat Hagrid.*' fateor me mirari quod Professor McGonagall putat opus esse omnibus his praecautionibus salutaribus.'

'tecum consentio, domine,' inquit Harrius, quo audito Ronaldus libros demisit admirans.

'gratias tibi ago, Harri,' inquit Lockhart benigne, dum morantur ut agmen longum Hufflepuffanorum praeteriret. 'nos enim doctores satis occupati sumus, etsi non discipulos ad classes ducimus neque totam noctem in custodia sumus ...'

'ita est,' inquit Ronaldus, rem intellegens. 'cur tu non nos hic relinquis, domine? nos transitus unus tantum manet.'

'quod mihi suades bonum videtur, Visli,' inquit Lockhart. 're vera abire debeo ad classem proximam parandam.'

et abiit festinans.

'ad classem parandam,' Ronaldus eum discedentem contemnens allocutus est. 'propius est ut ille abierit ad crinem crispandum.'

ceteris Gryffindorensibus ante se progredi permiserunt, deinde deversi de transitu secundario ruerunt festinantesque balneum Myrtae Maerentis petiverunt. sed tum ipsum cum sibi de consilio praeclaro gratularentur ...

'Potter! Visli! quid facitis?'

erat Professor McGonagall, ore quantum potuit constricto.

'nos – nos –' inquit Ronaldus balbutiens, 'ibamus – ut viseremus –'

'Hermionem,' inquit Harrius. et Ronaldus et Professor McGonagall eum contemplati sunt.

'iam diu eam non videmus, Professor,' Harrius celeriter plura dicebat, pedem Ronaldi premens, 'et in animo habebamus furtim in alam valetudinariam inire, si scire vis, et ei dicere Mandragoras iam paene paratos esse et, hem, eam iubere tranquillo esse animo.'

Professor McGonagall eum adhuc intuebatur, et momentum temporis, Harrius putabat eam vi diruptum iri, sed cum loqueretur, vox eius erat mirum in modum infirma.

'scilicet,' inquit, et Harrius, miratus, lacrimam in oculo eius arguto splendentem vidit. 'scilicet, intellego hoc maxime animos percussisse amicorum eorum qui sunt ... vobiscum consentio. sit ita, Potter, scilicet licet vobis visere Dominulam Grangeram. Professorem Binns certiorem faciam quo iveritis. dic Magistrae Pomfrey me vobis licentiam dedisse.'

Harrius et Ronaldus abierunt, vix credere ausi se detentionem vitavisse. dum angulum circumeunt, clare audiverunt Professorem McGonagall de naribus umorem efflantem.

'illa,' inquit Ronaldus fervens, 'erat fabula quam optimam tu unquam finxisti.'

nunc nil eis reliquum erat nisi in alam valetudinariam ire et dicere Magistrae Pomfrey eis per Professorem McGonagall licere Hermionem visere.

Magistra Pomfrey eos admisit, sed reluctans.

'nulla prorsum *ratio* est colloquendi cum homine Petrifacto,' inquit, et eis fatendum erat eam vera dixisse cum iuxta Hermionem consedissent. manifestum erat Hermionem omnino ignorare quod homines advenissent sui visendi causa, tantopere autem profuturum esse hortari armarium quod iuxta lectum staret ut tranquillo esset animo quantopere Hermionem ipsam.

'nihilominus scire velim num percussorem viderit,' inquit Ronaldus, vultum Hermionis rigidum animo tristi contemplans. 'nam si eos omnes furtim aggressus est, nemo unquam sciet ...'

sed Harrius vultum Hermionis non contemplabatur. magis tenebatur dextera eius, quae in summis lodicibus contracta iacebat et cum propius se inclinaret, vidit chartam in pugno implicatam esse.

cum comperisset Magistram Pomfrey nusquam prope adesse, Ronaldo eam demonstravit.

'conare eam extrahere,' Ronaldus susurravit, sellam ita movens ut Harrium a conspectu Magistrae Pomfrey celaret.

haud erat opus facile. Hermionis dextra tam arte chartam complectabatur ut Harrius non dubitaret quin eam conscissurus esset. Ronaldo vigilante, charta, post minuta complura plena anxietatis, tracta et contorta, tandem soluta est.

pagina erat a libro veterrimo bibliothecae direpta. Harrius eam cupide explanavit et Ronaldus se propius inclinavit ut eam quoque legeret.

> e multitudine bestiarum et monstrorum horrendorum quae per terram nostram vagantur nullus est novior aut funestior quam Basilicus, qui quoque Rex Serpentium appellatur. hic anguis, qui immensus fieri, et per saecula centena vivere potest, nascitur ab ovo gallinae cui incubat bufo. occisiones eius mirum in modum fiunt, nam Basilicus non dentes solum mortiferos et venenatos habet, sed etiam aciem letificam, et quicumque lampade oculi eius infixus erit statim morietur. aranei a Basilico fugiunt ut ab hoste pernicioso, et Basilicus ipse solum a galli cantu fugit, qui mortem ei affert.

et verbum unum subscriptum erat, manu quam Harrius agnovit esse Hermionis. *fistulae.*

non aliter erat ac si quis subito lucem in animo suo accendisset.

'Ronalde,' spiravit, 'rem habemus. haec est explicatio. monstrum Camerae est *Basilicus* – serpens immensus! *ea* est causa cur vocem illam ubique audiverim, neque quisquam alius audiverit. est quod linguam Parselstomicam intellego ...'

Harrius suspexit lectos qui circa eum erant.

'Basilicus homines interficit eis aspiciendis. sed nemo mortuus est – quod nemo recta in oculum eius spectavit. Colin eum per machinam photographicam vidit. Basilicus pelliculam omnem ussit quae intus erat, sed Colin modo Petrifactus est. Justinum ... necesse est Justinum Basilicum per Nicolaum Paene Capite Carentem vidisse! Nicolaus, quamquam flatu maximo eius oppressus, tamen non poterat *iterum* mori ... et Hermione atque illa Praefecta Ravenclavensis repertae sunt cum speculo iuxta eas posito. Hermione modo intellexerat monstrum esse Basilicum. sponsionem quamlibet tecum faciam eam admonuisse hominem cui primo obviam iret ut speculo primum angulos circumspectaret! et puella illa speculum deprompsit – et –'

Ronaldus stupebat.

'et Domina Norris?' susurravit cupide.

Harrius animum intendit, imaginatus quid nocte Vesperis Sanctae factum esset.

'aqua illa ...' inquit lente, 'fluitans a balneo Myrtae Maerentis. sponsionem faciam Dominam Norrem imaginem modo vidisse ...'

paginam quam manu tenebat oculis cupide lustravit. quam quo diligentius inspexit, eo magis animo comprehendit.

'*galli cantus mortem ei affert!*' recitavit. Hagridi galli occisi sunt! heres Slytherinus nolebat gallum usquam in vicinitate castelli habere cum semel Camera aperta esset! *aranei ab eo fugiunt!* omnia inter se conveniunt!'

'sed quomodo Basilicus locum circumiit?' inquit Ronaldus. 'anguem permagnum ... aliquis vidisset ...'

Harrius, tamen, digito verbum demonstravit quod Hermione litteris incomptis in ima pagina scripserat.

'fistulae,' inquit 'fistulae ... Ronalde, operibus hydraulicis usus est. intra muros vocem illam audivi ...'

Ronaldus bracchium Harrii subito complexus est.

'aditus Camerae Secretorum!' inquit voce rauca. 'quid si est balneum? quid si est in –'

'*balneo Myrtae Maerentis?*' inquit Harrius.

ibi sederunt, animis ita commotis ut id vix credere possent.

'ab hoc sequitur,' inquit Harrius, 'ut non possim esse Parselstomicus qui solus est in schola. heres Slytherinus est quoque huius generis. sic Basilico moderati sunt.'

'quid faciamus?' inquit Ronaldus, cuius oculi micabant. 'an recta ad McGonagallem eamus?'

'eamus ad conclave doctorum,' inquit Harrius, sursum saliens. 'decem minutis illa aderit, prope est intervallum.'

deorsum cucurrerunt. cum nollent reperiri in transitu alio latentes, recta in conclave desertum doctorum inierunt, quod erat magnum et laqueatum sellarumque fusci ligni plenum. Harrius et Ronaldus circum id spatiati sunt, animis commotioribus quam ut considerent.

sed tintinabulum quod intervallum nuntiaret nunquam insonuit.

potius, resonans per transitus audita est vox Professoris McGonagall, arte magica aucta.

'*discipulis omnibus statim redeundum est ad dormitoria domestica. doctoribus omnibus ad conclave doctorum redeundum est. nolite morari, vos amabo.*'

Harrius celeriter conversus est ut Ronaldum intueretur.

'num impetus alius factus est? num hoc tempore?'

'quid faciamus?' inquit Ronaldus, horrescens. 'an ad dormitorium redeamus?'

'haud ita,' inquit Harrius, circumspiciens. a sinistra erat vestiarium deforme qualecumque, palliorum doctorum plenum. 'huc intremus. audiamus quid fiat. deinde eis dicere poterimus quid cognoverimus.'

in eo se celaverunt, murmura audientes hominum centenorum supra capita euntium, et fragorem ianuae conclavis doctorum aperiendae. a mediis sinibus situ corruptis palliorum, doctores singulos in conclave intrantes spectaverunt. alii haesitare videbantur, alii prorsus timere. deinde Professor McGonagall advenit.

'factum est,' inquit doctoribus silentio congregatis. 'discipula a monstro ablata est. usque in Cameram ipsam.'

Professor Flitvicus stridorem edidit. Professor Caulicula os subito manibus operuit. Snape sellam aversam artissime complexus inquit, 'quomodo id compertum habere potes?'

'heres Slytherinus,' inquit Professor McGonagall, quae pallidissima erat, 'nuntium alium reliquit. recta sub primo. *sceletus eius in Camera in perpetuum iacebit.*'

Professor Flitvicus lacrimas effundere coepit.

'quis est?' inquit Magistra Hooch, quae genibus laxatis in sellam collapsa erat. 'quis discipularum?'

'Ginnia Vislia,' inquit Professor McGonagall.

Harrius sensit Ronaldum iuxta se in imum vestiarium delabi.

'cras discipuli omnes nobis domum mittendi erunt,' inquit Professor McGonagall. 'hic est finis scholae Hogvartensis. Dumbledore semper dicebat ...'

ianua conclavis doctorum iterum cum fragore aperta est. punctum temporis, insane elatus Harrius pro certo habuit Dumbledorem adfuturum esse. sed erat Lockhart, et renidebat.

'date veniam – dormitabam – quid mihi deest?'

animadvertere non videbatur vultus doctorum aliorum se contemplantium habere aliquid mirum in modum odio simile. Snape prodiit.

'vir adest idoneus,' inquit, 'vir maxime idoneus. puella a monstro rapta est, Lockhart. in Cameram Secretorum ipsam ablata. nunc demum occasionem habes virtutis tuae probandae.'

Lockhart palluit.

'ita est, Gilderoy,' addidit Professor Caulicula. 'nonne proxima modo nocte dicebas te semper novisse ubi esset aditus Camerae Secretorum?'

'ego – hem – ego –' inquit Lockhart balbutiens.

'ita vero, nonne mihi dixisti te compertum habere quid intus esset?' pipitavit Professor Flitvicus.

'q-quid ais? id non memoria teneo ...'

'ego certe memoria teneo te dixisse te paenitere quod monstrum non aggressus esses antequam Hagrid comprehensus esset', inquit Snape. 'nonne dixisti rem totam male gestam esse, et tibi ab initio committendam fuisse?'

Lockhart oculis conversis vultus collegarum humanitate carentium intuitus est.

'ego ... ego re vera nunquam ... potest fieri ut vos rem parum intellexeritis ...'

'itaque rem tibi relinquemus, Gilderoy,' inquit Professor McGonagall. 'haec nox erit tempus maxime idoneum ad id faciendum. curabimus ne quis adsit qui te impediat. monstrum solus aggredi poteris. nunc demum res tota tibi commissa est.'

Lockhart circumspexit desperans, sed nemo ei subvenit. neque iam ullo modo pulcher videbatur. labrum tremebat et cum risu solito hianti careret visus est mento debili et corpore infirmo esse.

's-sit ita,' inquit, 'ero – ero in sede officii – rem parans.'

et a conclavi discessit.

'esto,' inquit Professor McGonagall, quae naribus extensis contemptum significabat, 'sic *eum* hinc e medio amovimus. Duces Domuum ire debent ut discipulos certiores faciant quid acciderit. dicite Hamaxostichum Rapidum Hogvartensem eos primo mane domum reportaturum esse. rogo ut ceteri vestrum curetis ne discipuli ulli extra dormitoria relicti sint.'

doctores surrexerunt, et abierunt singuli.

*

prope erat ut is dies esset pessimus vitae totius Harrii. ille sedebat in angulo loci communis Gryffindorensis cum Ronaldo, Frederico Georgioque, neque quidquam inter se dicere poterant. Persius aberat. ierat ut strigem ad Dominum Dominamque Visliam mitteret, tum se in dormitorio incluserat.

nullum postmeridianum tempus unquam tam longum fuerat quam illud, neque Turris Gryffindorensis unquam simul tam frequentata, simul tam quieta fuerat. prope solis occasum, Fredericus et Georgius cubitum ierunt, cum non diutius ibi sedere possent.

'illa aliquid sciebat, Harri,' inquit Ronaldus, primum locutus ex quo in vestiarium conclavis doctorum inierunt. 'ea est causa cur capta sit. neque erat stultum aliquid ad Persium attinens. aliquid de Camera Secretorum cognoverat. ea debet esse causa cur illa –' Ronaldus oculos fricuit furens. 'puri enim sanguinis erat. non potest alia causa esse.'

Harrius solem sanguinolentum sub horizontem occidentem videre poterat. nunquam aegrior fuerat. si modo aliquid facere possent. qualecumque.

'Harri,' inquit Ronaldus, 'an putas nescioquomodo fieri posse ut illa non – tenes quid dicam?'

Harrius nesciebat quid sibi dicendum esset. non videre poterat quomodo Ginnia adhuc vivere posset.

'dicam quod sentio,' inquit Ronaldus. 'nobis eundum est ut Lockhartem videamus. ei dicendum est quid sciamus. ille conabitur in Cameram inire. possumus ei dicere ubi putemus eam esse, et Basilicum illic inesse.

Harrius quod consilium aliud non poterat excogitare, et quod aliquid facere cupiebat, consensit. Gryffindorenses eis circumdati tam tristes erant, et Vislios adeo miserabantur, ut nemo eos prohibere conaretur dum surgunt, conclave transeunt per foramenque imagine celatum discedunt.

caelo vesperascente, ad sedem officii Lockhartis descendunt. multum videbatur intus agi. sonitus rasurae rerumque graviter cadentium et passus festinatos audire poterant.

Harrius ianuam pulsavit subitoque factum est intus silentium. tum foramine tenuissimo ianuae facto, oculum unum Lockhartis foras spectantem viderunt.

'oh ... Domine Potter ... Domine Visli,' inquit, ianua minimo latius aperta. 'hoc tempore, admodum occupatus sum. vos amabo si festinabitis ...'

'Professor, aliquid novi tibi afferimus,' inquit Harrius. 'putamus id tibi auxilio fore.'

'hem – si scire vis – non est admodum –' latus vultus Lockhartis quod videre poterant videbatur sibi maxime displicere. 'velim dicere – hem – sit ita.'

ianua ab eo aperta, ingressi sunt.

paene tota sedes officii eius nudata erat. duo viduli magni stabant humi aperti. vestimenta, viridi colore petrae nephriticae, lilacea caeruleoque colore mediae noctis festinanter complicata in uno inclusa erant; in altero libri temere sibi immixti sunt. imagines quae parietes obtexerant nunc confertae erant in cistas quae in mensa erant.

'an tu aliquo abibis?' inquit Harrius.

'hem, si scire vis, ita est,' inquit Lockhart, praeconium sui publicum magnitudinis naturalis ab aversa parte ianuae rapiens dum loquitur, et involvere incipiens. 'rogatus arcessitusque sum ... res inevitabilis ... eundum est ...'

'quid soror mea?' inquit Ronaldus spastice.

'quod ad id attinet – infelicissimum est,' inquit Lockhart, oculos eorum vitans dum loculum vi aperit et quod intus erat in saccum transferre incipit. 'neminem magis paenitet quam me –'

'tu es doctor Defensionis Contra Artes Obscuras!' inquit Harrius. 'non licet tibi nunc abire! non dum hic versamur in tot rebus obscuris!'

'non est ut dicis ... cum munus susciperem ...' Lockhart mussavit, nunc tibialia vestimentis ingerens, 'nihil erat in specificatione muneris ... non exspectavi ...'

'num dicis te *aufugere*?' inquit Harrius incredulus. 'tot rebus a te in libris tuis gestis?'

'libri possunt animos hominum decipere,' inquit Lockhart delicate.

'tu eos scripsisti!' clamavit Harrius.

'puer carissime,' inquit Lockhart, se erigens et Harrium fronte contracta contemplans. 'fac prudens sis. ne pars quidem dimidia librorum meorum veniisset nisi homines putarent *me* omnia illa fecisse. nemo vult legere de nescioquo mago Armeniae vetere et deformi, etsi versipelles a vico arcuit. ille in involucro primo horribilis videatur. ab elegantia vestis omnino abhorruit. et maga quae larvam Bandonis expulit labrum fissum habebat. necesse est ut haec intellegatis ...'

'tune igitur nil fecisti nisi laudem accipere rerum ab alienis multis gestarum?' inquit Harrius incredulus.

'Harri, Harri,' inquit Lockhart, capite impatienter abnuens, ' multo difficilius est. laborandum erat. hi homines mihi investigandi erant. necesse erat eos accurate rogare quomodo facta sua fecissent. tum necesse erat eos Incantamento Memoriae fascinare ne meminissent quid fecissent. praeter omnia, Incantamentis Memoriae meis elatus sum. immo, opus multi laboris fuit, Harri. non solum sunt nomina libris subscribenda neque imagines photographicae pervulgationis causa reddendae, si scire vis. si famam requiris, opus tibi erit labore longo et duro.'

vidulos, operculis fragore demissis, clausit et clavi occlusit.

'quid plura?' inquit. 'puto omnia facta esse. ita vero. res una tantum reliqua est.'

baculo deprompto, ad eos conversus est.

'me maxime paenitet, pueri, quod nunc vos mihi fascinandi erunt Memoriae Incantamento. non fieri potest ut vobis liceat secreta mea ubique divulgare. nunquam librum alium vendam ...'

Harrius in ipso temporis discrimine baculum cepit. Lockhart suum vix sustulerat, cum Harrius voce magna clamavit, '*expelliarmus!*'

Lockhart vi retro pulsus est, supra vidulum cadens. baculum alte in aera volavit, quod Ronaldus cepit et e fenestra aperta iecit.

'non debuisti sinere Professorem Snapem id nos docere,' inquit Harrius furibundus, vidulum Lockhartis de via calce amovens. Lockhart eum suspiciebat, iterum infirmus factus. Harrius baculum adhuc in eum dirigebat.

'quid me vis?' inquit Lockhart imbecillius. 'nescio ubi sit Camera Secretorum. nihil est quod faciam.'

'fortuna bona uteris,' inquit Harrius, mucrone baculi cogens Lockhartem surgere. 'putamus *nos* scire ubi sit. *et* quod intus sit. eamus.'

Lockhartem coegerunt e sede officii exire, de scalis proximis descendere per transitumque obscurum ubi nuntii in pariete fulgebant progredi, ad ianuam Balnei Myrtae Maerentis.

Lockhartem primum immiserunt. Harrium iuvabat quod eum trementem vidit.

Myrta Maerens in cisterna latrinae ultimae sedebat.

'oh, tu hic ades,' inquit, cum Harrium videret. 'quid hoc tempore vis?'

'te rogare volo quomodo mortua sis,' inquit Harrius.

vultus Myrtae omnis statim mutatus est. nemo unquam, ut videbatur, eam rem tam blandam rogaverat.

'ooooh, horribile erat,' inquit delectata. 'hoc loco accidit. in hoc cubiculo ipso mortua sum. id tam bene memini. me celaveram quod Oliva Hornby me de perspecillis meis vexabat. ianua occlusa, ego flebam, et tunc aliquem intrantem audivi. novum aliquid dixerunt. prope est ut lingua aliena usi sint. sed ut id omittam, me maxime perturbavit quod *puer* loquebatur. itaque ianuam reseravi ut eum iuberem latrina sua uti, et tum –' Myrta arrogantia se inflavit, vultu splendente, '*mortua* sum.'

'quomodo?' inquit Harrius.

're vera, nescio,' inquit Myrta voce summissa. 'memini tantum me vidisse par oculorum magnorum et flavorum. corpus totum nescioquomodo subito immotum factum est, et tum lente avolabam ...' Harrium somnolenta contemplata est. 'et tum reveni iterum. certum enim mihi erat Olivam Hornby inquietare. oh, eam paenitebat quod olim perspicilla mea deriserat.'

'ubinam oculos vidisti?' inquit Harrius.

'alicubi illic,' inquit Myrta, fusorium quod ante latrinam stabat incerte demonstrans.

Harrius et Ronaldus ad id festinaverunt. Lockhart procul remotus stabat, vultu perterrito.

simile erat fusorio ordinario. id totum scrutati sunt, et quod intus erat et quod extra, nec non fistulas quae subter erant. et tum Harrius id vidit: in latere unius epitoniorum aeneorum scalptus erat anguis exiguus.

'ex epitonio illo aqua nunquam fluit,' inquit Myrta alacriter, cum id vertere conaretur.

'Harri,' inquit Ronaldus, 'dic aliquid. aliquid lingua Parselstomica.'

'at –' Harrius rem diligenter meditatus est. nunquam lingua Parselstomica loqui potuerat nisi ubi angui vero obviam iit. oculis defixis scalpturam exiguam contemplatus est, conans imaginari eam esse veram.

'fac te aperias,' inquit.

Ronaldum aspexit, qui capite abnuit.

'Latine locutus es,' inquit.

Harrius anguem respexit, sibi persuadens ut crederet eum esse vivum. si caput moverat, lux candelarum effeciebat ut is videretur se movere.

'fac te aperias,' inquit.

verba tamen non eadem erant atque audiverat; sibilo novo ab eo emisso, epitonium statim luce candidissima incanduit et volvi coepit. post secundum, fusorium moveri coepit. fusorium, re vera, omnino e conspectu demersum est ita ut fistula magna patesceret, satis lata ut homo ei illaberetur.

Harrius Ronaldum anhelantem audivit iterumque suspexit. constituerat quid facturus esset.

'illuc descendam,' inquit.

iter ei non repudiandum erat, hoc tempore cum aditum Camerae invenissent, si quidem casu minimo, tenuissimo, mirabilissimo Ginnia adhuc vivere poterat.

'ego quoque,' inquit Ronaldus.

intervallum erat.

'nunc, ut videtur, vix vobis me opus est,' inquit Lockhart, subridens umbra risus soliti. 'ego tantum –'

manum ansae imposuit, sed Ronaldus Harriusque ambo bacula in eum direxerunt.

'tibi licet anteire,' inquit Ronaldus hirriens.

pallidus et baculo carens, Lockhart ad aditum appropinquavit.

'pueri,' inquit, voce imbecilla, 'pueri, quid proderit?'

Harrius tergum eius baculo fodicavit. Lockhart crura in fistulam demisit.

'ego re vera non puto –' dicere coepit, sed a Ronaldo impulsus e conspectu lapsus est. Harrius celeriter secutus est. in fistulam lente demissus, digitos laxavit.

haud aliter erat ac ruere de clivo infinito, mucoso, tenebricoso. fistulas plures videre poterat in omnes partes deversas, sed nullam sua maiorem, quae cursum huc illuc deflexit, alte declinans, et sensit se etiam altius carceribus sub schola cadere. Ronaldum a tergo audire poterat, curvamina leviter pulsantem.

et tum ipsum, cum coepisset anxius esse quid futurum esset cum humum incideret, fistula aequata est, et ab extrema parte madido cum sonitu expulsus in solum umidum advenit cuniculi tenebricosi e lapidibus facti, satis magni ut in eo staret. haud procul ab eo Lockhart humo surgebat, muco obsitus et tam pallidus quam simulacrum. Harrius locum dedit cum Ronaldus quoque e fistula stridens volaret.

'multa milia sub schola debemus esse,' inquit Harrius, voce in cuniculo nigro resonante.

'prope est ut sub lacu simus,' inquit Ronaldus, oculis limis muros nigros et mucosos lustrans.

tres omnes conversi oculos in tenebras adversas fixerunt.

'*lumos!*' baculo Harrius murmuravit, et id rursus accensum

est. 'agitedum,' inquit Ronaldo et Lockharti, et profecti sunt, pedibus alapas magnas in solo madido facientibus.

cuniculum tam tenbricosum erat ut paulum modo a fronte videre possent. umbrae baculo illuminatae in muris madidis monstruosae videbantur.

'mementote,' Harrius inquit submissim, dum caute progrediuntur, 'si quid motus videritis statim oculos claudite ...'

sed cuniculus erat tam quietus quam sepulchrum, et sonitus improvisus quem primum audiverunt erat *crepitus* magnus pedis Ronaldi prementis quod inventum est esse ratti caput. Harrius, baculo ut solum inspiceret demisso, id ossibus parvis animalium opertum vidit. viribus summis nisus ne imaginaretur qualis esset aspectus Ginniae si eam invenissent, Harrius primus iit, circum sinum obscurum cuniculi.

'Harri, est aliquid illic nobis adversum ...' inquit Ronaldus voce rauca, umerum Harrii complexus.

gelidi facti, spectaverunt. Harrius imaginem adumbratam rei ingentis et curvatae, trans cuniculum totum porrectae, aegre videre poterat. ea non se movebatur.

'potest fieri ut dormiat,' spiravit, duos alios respiciens. manus Lockhartis oculos comprimebant. Harrius ad rem aspiciendam conversus est, corde tam celeriter micante ut doleret.

lentissime, oculis quam artissimis neque tamen sensu videndi amisso, Harrius prorepsit, baculo alte sublato.

lux labebatur supra membranam anguis immensam viridis coloris vividi ac venenati, quae iacebat contorta et vacua trans solum cuniculi. animal quod id exuerat debuit esse non minus viginti pedes longum.

'edepol,' inquit Ronaldus imbecillius.

post eos erat motus subitus. genua Gilderoy Lockhartis collapsa erant.

'surge,' inquit Ronaldus acriter, baculum ad Lockhartem dirigens.

Lockhart surrexit – tum se in Ronaldum praecipitavit, eum prosternens.

Harrius prosiluit, sed sero erat. Lockhart se erigebat, anhelans, baculum Ronaldi tenens et vultu iterum renidenti.

'hic est finis rerum audendarum, pueri!' inquit. 'parte huius membranae sursum ad scholam relata, eis dicam me serius fuisse quam ut puellam conservem, vosque ambo *tragice* mentem amississe corpore eius lacerato conspecto. memoriae vestrae valedicite!'

baculo Ronaldi fasciola adhaerenti magica conglutinato alte supra caput sublato, clamavit, '*obliviate!*'

baculum vi pyroboli parvi diruptum est. Harrius, bracchiis supra caput coniectis, lapsus supra spiras membranae, currendo vitavit fragmenta magna tecti cuniculi quae in solum cum tonitru cadebant. post momentum, stabat solus murum solidum rupis fractae contemplans.

'Ronalde!' clamavit. 'an bene habes, Ronalde?'

'hic adsum!' vox involuta Ronaldi a tergo rupis collapsae audita est. 'ego bene habeo. non item hic balatro – baculo percussus est.'

ictus hebes auditus est et 'vae!' magnum. sonabat non aliter ac si Ronaldus crus inferius Lockhartis modo calce petivisset.

'quid nunc?' vox Ronaldi inquit, velut desperans. 'non possumus ad te penetrare. labor erit diutinus ...'

Harrius tectum cuniculi suspexit. fissurae ingentes in eo apparuerant. nunquam conatus erat arte magica aliquid scindere tantum quantae erant hae rupes, neque hoc videbatur tempus idoneum rei temptandae – quid si cuniculus totus collabatur?

ictus alius et 'vae!' aliud a tergo rupium audita sunt. illi tempus perdebant. multas iam horas Ginnia in Camera Secretorum erat. Harrius sciebat unum modo faciendum esse.

'mane illic,' Ronaldo clamavit. 'mane cum Lockharte. ego porro ibo. nisi hora una rediero ...'

erat intervallum plurima significans.

'conabor aliquid huius rupis movere,' inquit Ronaldus, qui videbatur conari vocem firmam servare. 'ut tu possis – possis huc redire. et, Harri –'

'te mox videbo,' inquit Harrius, aliquid confidentiae voci trementi inicere conatus.

et solus praeter membranam ingentem anguis profectus est.

mox strepitus longinquus Ronaldi nitentis ut rupes moveret abiit. cuniculus iterum atque iterum cursum mutavit. nervi omnes corporis Harrii iniucundum in modum distendebantur.

ad finem cuniculi pervenire cupiebat, sed maxime timebat quid inventurus esset cum illuc pervenisset. et tum, demum, dum circa alium etiam sinum repit, adversum sibi murum solidum vidit in quo scalpti sunt duo serpentes implicati, oculis smaragdis magnis et splendentibus instructis.

Harrius appropinquavit, faucibus aridissimis. non necesse erat simulare hos angues lapideos veros esse, oculi nescioquomodo vivi videbantur.

conicere poterat quid sibi faciendum esset. tussiculam edidit, et oculi smaragdini micare videbantur.

'*fac te aperias*,' inquit Harrius sibilo summisso tenuique.

serpentes divisi sunt, muro cum fragore aperto, pars utraque leniter e conspectu lapsa est Harriusque, toto tremebundus corpore, intravit.

Heres Slytherinus

in extrema parte camerae longissimae atque obscure illuminatae stabat. columnae lapideae sublimes pluribus serpentibus scalptis implicatae tectum in tenebras evanescens retinebant, umbras nigras et longas iacientes per caliginem novam et viridantem quae locum implebat.

corde celerrime micante, Harrius stabat silentium frigidum audiens. an poterat fieri ut Basilicus in angulo umbroso post columnam lateret? et ubi erat Ginnia?

baculo deprompto, inter columnas flexuosas prodiit. vestigia singula accurate facta de muris umbrosis clare resonuerunt. oculos artatos tenebat, paratus eos occludere si motum vel minimum senserat. cava oculorum anguium lapideorum eum sequi videbantur. plus semel, motu subito stomachi, putavit se videre unum se movere.

deinde, cum se cum pari ultimo columnarum exaequaret, statua tam alta quam Camera ipsa ei imminere coepit, stans iuxta murum aversum.

Harrio collum extendendum erat ut in vultum immensum longe supernum suspiceret: ille erat antiquus simiaeque similis, cum barba longa et tenui quae paene ad imas vestes magi fluitantes atque e lapide factas cecidit, ubi duo pedes ingentes et cani in levi pavimento camerae stabant. et inter pedes prona iacebat figura parva vestibus nigris et crinibus rubris et flammeis.

'*Ginnia!*' Harrius murmuravit, ad eam currens et in genua concidens. 'Ginnia! ne mortua sis! ne mortua sis, amabo te!' baculo reiecto, umeros Ginniae complexus eam invertit. vultus eius tam pallidus erat quam marmor, neque minus frigidus, oculis tamen clausis ita ut non esset Petrifacta. sed igitur necesse erat eam esse ...'

'Ginnia, amabo te, expergiscere!' Harrius murmuravit desperans, eam concutiens. caput Ginniae nequiquam huc illuc volvebatur.

'illa non expergiscetur,' inquit vox mollis.

Harrius saliit et genibus nisus se contorsit.

puer altus nigris capillis in columnam proximam se inclinabat, spectans. mirum in modum forma eius adumbrata est, quasi Harrius eum per fenestram nebulosam aspiceret. satis tamen liquebat quis esset.

'an tu es Tom – *Tom Ruddle?*'

Ruddle capite adnuit, oculis a vultu Harrii haud aversis.

'quid vult illud, illa non expergiscetur?' inquit Harrius desperans. 'num est – num est –?'

'vivit adhuc,' inquit Ruddle. 'sed aegerrime.'

Harrius eum intuitus est. Tom Ruddle fuerat discipulus scholae Hogvartensis quiquaginta abhinc annos, sed hic stabat, lumine novo ac nebuloso eum circumfulgente, haud die uno plus sedecim annos natus.

'an es simulacrum?' Harrius inquit incerte.

'memoria sum,' inquit Ruddle submissim. 'in diario quinquaginta annos conservata.'

manum extendit ad solum propinquum digitis pedum immensis statuae. diarium parvum et nigrum quod Harrius in balneo Myrtae Maerentis invenerat ibi apertum iacebat. secundum temporis, Harrius mirabatur quomodo id illuc pervenisset, sed graviora ei facienda erant.

'subveniendum est mihi a te, Tom,' inquit Harrius, caput Ginniae iterum tollens. 'illa est nobis hinc amovenda. est Basilicus ... nescio ubi sit, sed potest iam iam advenire. auxilium a te peto ...'

Ruddle non se movit. Harrius, sudabundus, dimidia parte Ginniae humo sublata, se inclinavit ut baculum rursus tolleret.

sed baculum abierat.

'an vidisti –?'

sursum suspexit. Ruddle eum adhuc spectabat, baculum Harrii inter digitos longos volvens.

'gratias tibi ago,' inquit Harrius, manum ad id porrigens.

anguli labrorum Ruddlis risu contorti sunt. Harrium adhuc intuebatur, baculum temere volvens.

'audi,' inquit Harrius instanter, genibus pondere inerti Ginniae labentibus, '*nobis eundum est.* si Basilicus venerit …'

'non veniet priusquam vocatus erit,' inquit Ruddle placide.

Harrius Ginneam humum rursus demisit, quod non poterat eam diutius sustinere.

'quid vis dicere?' inquit. 'agedum, da mihi baculum. potest fieri ut sit mihi opus illo.'

Ruddle latius subrisit.

'non tibi illo opus erit,' inquit.

Harrius eum intuitus est.

'quid vult illud, mihi non erit –?'

'diu hoc exspectavi, Harri Potter,' inquit Ruddle. 'occasionem tui videndi. tecum colloquendi.'

'vide modo,' inquit Harrius, impatiens factus. 'non mihi videris rem intellegere. sumus in *Camera Secretorum.* postea colloqui possumus.'

'nunc colloquemur,' inquit Ruddle, adhuc late subridens, et baculum Harrii in sinum suum inseruit.

Harrius eum intuitus est. novissimum aliquid hic agebatur.

'quomodo Ginnia in hanc condicionem redacta est?' rogavit lente.

'quaestio sane iucunda,' inquit Ruddle benigne. 'et fabula admodum longa. sententia mea, causa vera cur haec sit condicio Ginniae est quod, corde intimo aperto, secreta omnia advenae invisibili patefecit.'

'quid dicis?' inquit Harrius.

'diarium,' inquit. 'diarium *meum.* in eo iam menses multos Ginnula scribit, me docens de omnibus curis miserandis aerumnisque suis: quomodo fratres se *lacessant,* quomodo sibi ad scholam eundum fuerit cum vestibus librisque de manu secunda acceptis, quomodo –' oculi Ruddlis splendebant, 'non putaverit Harrium Potterum, praeclarum illum, bonum magnumque, *unquam* se dilecturum esse …'

dum loquitur, Ruddle nunquam oculos a vultu Harrii avertit. aspectus paene esuriens in eis inerat.

'maxime *taedet* cogi audire curas parvas atque ineptas puellae undecim annorum,' plura dicebat. 'sed patiens eram. rescripsi, aeque cum ea sentiebam, animo eram benigno. Ginnia me prorsus *amabat. nemo unquam mecum sicut tu, Tom, consensit … gaudeo quod hoc diarium habeo cui confidam … idem est ac familiarem habere quem mecum in sinu circumferre possum …'*

Ruddle risum stridulum ac frigidum emisit non sibi convenientem. quo audito, crines cervicis Harrii erecti sunt.

'etsi ipse id dico, Harri, semper eos illicere potui quibus mihi opus fuit. itaque Ginnia animam suam mihi effusit, et accidit ut anima eius id prorsus esset quod mihi opus erat. semper fortior fiebam vescens timoribus altissimis eius secretisque obscurissimis. potens fiebam, multo potentior quam parva Dominula Vislia. satis potens ut Dominulam Visliam nonnullis secretis *meis* alere inciperem, ut paulum animae *meae* in *eam* refundere inciperem …'

'quid vis dicere?' inquit Harrius, cuius os aridissimum factum erat.

'an nondum divinavisti, Harri Potter?' inquit Ruddle molliter. 'Ginnia Vislia Cameram Secretorum aperuit. gallos scholasticos strangulavit murosque nuntiis minacibus oblevit. serpentem Slytherinum in quattuor Lutosanguines felemque Squibi immisit.

'haud ita,' Harrius susurravit.

'ita vero,' inquit Ruddle, placide. 'scilicet, primo non *sciebat* quid faceret. lepidissimum erat. utinam tu potuisses videre quae novissima in diario scripsit … multo iucundiora facta sunt … *'carissime Tom,'* recitavit, vultum horrescentem Harrii spectans, *'puto me memoriam amittere. vestes pinnis gallorum obtectae sunt neque scio quomodo illuc pervenerint. carissime Tom, non meminisse possum quid nocte Vesperis Sancti fecerim, sed feles oppugnata est et a fronte pigmento ubique aspersa sum. carissime Tom, Persius semper mihi dicit me pallidam esse neque coloris mei. puto eum mihi diffidere … hodie impetus alius factus est neque scio ubi fuerim. Tom, quid faciam? puto me insanam fieri … puto me eam esse quae omnes oppugnet, Tom!'*

Harrius pugnos fecerat, unguibus alte palmas fodientibus.

'longissimum erat priusquam Ginnia, puella parva ac stulta,

diario confidere destitit,' inquit Ruddle, 'sed demum suspiciosa facta id amittere conata est. et illo tempore *tu* in scaenam prodiisti, Harri. *tu* id invenisti, quod mihi gaudio maximo erat. ex omnibus qui id tollere poterant, *tu* id fecisti, homo ipse cui maxime obviam ire cupiebam ...'

'et cur mihi obviam ire cupiebas?' inquit Harrius. ira ardebat et difficile erat voce firma loqui.

'quod Ginnia, si scire vis, me de omnibus rebus tuis docuit, Harri,' inquit Ruddle, 'de *miraculis* omnibus vitae tuae.' oculi supra cicatricem fulgure in fronte Harrii factam erraverunt, et vultus magis esuriens factus est. 'sciebam me debere plura de te cognoscere, tecum colloqui, tibi, si possem, obviam ire. itaque tibi demonstrare constitui quomodo, rem praeclaram, Hagridum, balatronem illum, cepissem, ut tu mihi magis confideres.'

'Hagrid est amicus meus,' inquit Harrius, voce nunc trementi. 'tu crimine falso eum accusavisti, nonne? putavi te errare, sed –'

Ruddle risum stridulum iterum edidit.

'verba mea verbis Hagridi opposita sunt, Harri. nonne imaginari potes quomodo res Armandoni isti Dippeto videretur? hic, Tom Ruddle, pauper sed ingeniosus, orbus sed tam *fortis,* Praefectus scholae, discipulus perfectus; ibi, Hagrid, vastus atque errabundus, secunda quaque hebdomade in malis versatus, sub lecto catulos versipellium alere conans, in Silvam Interdictam furtim discedens ut cum trollis luctaretur. sed, fatebor, etiam *ego* miratus sum quam bene consilium procederet. putabam *aliquem* debere intellegere non posse fieri ut Hagrid esset heres Slytherinus. *ego* quinque annos totos consumpseram in investigatione quam accuratissima Camerae Secretae et in aditu secreto inveniendo ... scilicet, Hagrid neque ingenii neque potestatis satis habebat!

'solus doctor Transfigurationis, Dumbledore, videbatur putare Hagridum esse innocentem. Dippeto persuasit ut ille Hagridum retentum artibus saltuarii institueret. ita vero, puto posse fieri ut Dumbledore coniectaverit quid factum sit. Dumbledore nunquam videbatur me tantum diligere quantum doctores alii ...'

'sponsionem faciam Dumbledorem haudquaquam a te falsum esse,' inquit Harrius, dentibus clausis.

'certe me diligenter custodivit, quod mihi molestissimum erat, postquam Hagrid expulsus est,' inquit Ruddle neglegenter. 'sciebam non tutum fore Cameram iterum aperire dum discipulus manerem. sed nolebam tot et tam longos annos perdere quos in ea quaerenda egeram. diarium relinquere constitui, cuius in paginis me ipsum, iuvenem sedecim annorum, conservaveram, ut aliquando, fortuna bona usus, alium in vestigia mea ducerem, et opus nobile Salazar Slytherini conficerem.'

'nec tamen id confecisti,' inquit Harrius triumphans. 'nemo hoc tempore mortuus est, ne feles quidem. paucis horis haustus Mandragarum paratus erit et omnes qui Petrifacti sunt iterum recte valebunt.'

'nonne iam tibi dixisti,' inquit Ruddle submissim, 'mea non diutius interesse Lutosanguines occidere? multos iam menses, metam habeo novam – *te.*'

Harrius eum intuitus est.

'imaginare tecum quanta fuerit ira mea cum, diario novissime aperto, inveni litteras Ginniae mihi scriptas, non tuas. illa enim, cum te cum diario vidisset, pavescebat. quidsi modum rei illius gerendae invenias, et tibi secreta omnia eius repetam? quid si, peius etiam, tibi dicam quis gallos strangulaverit? itaque puellula illa improba ac stulta exspectavit dum dormitorium tuum desertum esset, et diarium iterum furata est. sed sciebam quid mihi faciendum esset. mihi liquebat te heredem Slytherinum investigare. a rebus omnibus mihi de te a Ginnia dictis sciebam te nihil omissurum esse quominus arcanum detegeres – praesertim si quis familiarissimorum tuorum oppugnatus esset. et Ginnia mihi dixerat scholam totam fremere quod tu lingua Parselstomica loqui posses ...

'itaque Ginniam coegi iubere omnes valere verbis suis in muro scriptis et huc degressam exspectare ... luctata est, lacrimavit factaque est *molestissima.* sed non multum vitae in ea reliquum est: nimium in diarium imposuit, in me. satis ut demum mihi liceret paginas eius relinquere. adventum tuum exspecto ex quo huc advenimus. sciebam te venturum esse. multa te rogare velim, Harri Potter.'

'qualia?' Harrius sputavit, digitis adhuc compressis.

'quid igitur?' inquit Ruddle, iucunde subridens. 'quomodo accidit ut infans nulla indole magica insoliti generis praeditus magum omnium aetatum maximum vincere posset? quomodo *tu* effugisti nil nisi cicatricem passus, ducis autem Voldemortis vires omnes deletae sunt?'

rubor novus in oculis eius esurientibus nunc fulgebat.

'cur tibi curae est quomodo effugerim?' inquit Harrius lente. 'post te vixit Voldemort.'

'Voldemort,' inquit Ruddle molliter, 'est praeteritum, praesens, futurum meum, Harri Potter …'

baculum Harrii de sinu depromptum per aera movere coepit, verba tria luculenta scribens:

TOM MUSVOX RUDDLE

tum baculo vibrato litterae nominis eius se denuo ordinaverunt:

SUM DUX VOLDEMORT

'videsne?' susurravit. 'nomine iam in schola Hogvartensi utebar, scilicet, tantum inter familiares intimos. num putas me nomine patris, Mugglis squalidi, in perpetuum usurum fuisse? me, cuius in venis materno genere labitur sanguis Salazar Slytherini ipsius? mene nomen servare Mugglis, hominis foedi et vulgaris, qui me deseruit etiam antequam natus sum, nullam ob aliam causam nisi quod invenit uxorem suam esse magam? haud ita, Harri. mihi nomen aliud finxi, nomen quod sciebam magos ubicunque terrarum aliquando dicere verituros esse cum factus essem magus maximus orbis!'

mens Harrii obtorpuisse videbatur. stupens Ruddlem intuitus est, puerum parentibus orbatum qui cum adolevisset parentes Harrii ipsius occiderat, et tot alios … tandem se loqui coegit.

'non es,' inquit, voce submissa et odii plena.

'quid non sum?' inquit Ruddle acriter.

'non es magus maximus orbis terrarum,' inquit Harrius, celeriter spirans. 'me paenitet quod opinionem tuam fallam, et cetera, sed magus maximus orbis terrarum est Albus Dumbledore. omnes id dicunt. etiam cum valeres, non ausus es conari scholam Hogvartensem occupare. Dumbledore te perspexit qualis esses in schola et nunc te non minus terret, ubicunque his diebus te celas.'

risus a vultu Ruddlis abierat, in aspectum sane sinistrum mutatus.

'Dumbledore ex hoc castello *memoria* sola mei expulsus est!' sibilavit.

'non tam longe abiit quam putes!' Harrius respondit. temere loquebatur, volens Ruddlem terrere, cupiens magis quam credens id esse verum.

Ruddle os aperuit, sed gelidus factus est.

a nescio quo loco veniebat cantus. Ruddle se celeriter conversus in cameram inanem despexit. cantus maior fiebat. novus, formidolosus, inhumanus erat; crinem capitis Harrii sustulit et videbatur cor eius tumefacere et parte dimidia plus solito augere. tum, cantu tam alte surgente ut Harrius sensit eum intra costas vibrare, flammae in summa columna proxima eruperunt.

avis punicea, instar cycni, apparuerat, cantu novo ad tectum cavernosum pipitans. caudam habebat splendentem atque auream tam longam quam caudam pavonis et ungues fulgentes aureosque, qui fasciculum pannosum tenebant.

post secundum, avis recta ad Harrium volabat. re pannosa quam ferebat ad pedes eius demissa, in umerum graviter descendit. dum pinnas magnas complicat, Harrius suspiciens vidit eam habere rostrum longum, acutum, aureum oculosque nigros atque argutos.

avis cantando destitit. sedit tranquilla et tepens iuxta genam Harrii, Ruddlem oculis firmis contemplans.

'ille est phoenix …' inquit Ruddle, eum sagaciter respiciens.

'an es Fawkes?' Harrius spiravit et sensit ungues aureos avis umerum leniter premere.

'et illa –' inquit Ruddle, rem pannosam a Fawke demissam nunc contemplans, 'est vetus Petasus Distribuens scholae.'

neque errabat. consutus et tritus et sordidus, Petasus ad pedes Harrii immotus iacebat.

Ruddle iterum coepit ridere. tanta vi ridebat ut camera obscura risu sonaret, quasi Ruddles decem simul riderent.

'hoc est quod Dumbledore ad defensorem mittit! avis cantans et petasus vetus! an sentis te esse fortem, Harri Potter? an nunc sentis te esse tutum?'

Harrius non respondit. etiam si ignorabat quid prodessent Fawkes aut Petasus Distribuens, tamen non diutius solus erat, et virtute crescente exspectavit dum Ruddle ridendo desisteret.

'ad rem, Harri,' inquit Ruddle, adhuc late subridens. 'bis – in praeterito *tuo,* in futuro *meo* – convenimus. et bis te occidere non potui. *quomodo tu superstes eras?* dic mihi omnia. quo longius loqueris,' addidit leniter, 'eo longius vives.'

Harrius rem celeriter animo volvebat, fortunam suam pendens. Ruddle baculum habuit. Harrius autem ipse Fawkem et Petasum Distribuentem habuit, quorum neuter multum in certamine singulorum profuturus erat. certe res pessima videbatur. sed quo longius Ruddle ibi stabat, eo magis vita e Ginnia hauriebatur … et interea Harrius subito animadvertit formam Ruddlis clariorem et firmiorem fieri. si cum Ruddle ei pugnandum erat, quo citius, eo melius.

'nemo scit cur vires tuas amiseris impetu in me facto,' inquit Harrius repente. 'ipse id nescio. sed scio cur me *occidere* non potueris. quod mater mea mortua est ut me conservaret. mater mea vulgaris et *Mugglibus nata,'* addidit, ira compressa tremens. 'illa te prohibuit me interficere. et vidi qualis tu re vera sis. naufragus es. vix vivis. id est quo viribus omnibus tuis pervenisti. in latebris lates. res spurca et foeda es!'

vultus Ruddlis contortus est. tum eum in risum horribilem coegit.

'sic. mater tua mortua est ut te conservaret. ita vero, id est incantamentum potens contrarium. nunc intellegere possum – in te nihil prorsus extraordinarium habes. id enim in animo volvebam. quod mirum in modum similes sumus, Harri Potter. necesse est ut tu etiam hoc animadverteris. nos ambo sumus sanguinis mixti, orbi, a Mugglibus educati. prope est ut nos duo simus Parselstomici qui soli in scholam Hogvartensem advenerunt post Slytherinum magnum ipsum. sumus etiam nonnihil similes *visu* … sed nil te prorsus a me servavit nisi fortuna bona. nil aliud scire volebam.'

Harrius stabat, animo intento, exspectans dum Ruddle baculum levaret. sed risus contortus Ruddlis se iterum latius extendebat.

'nunc, Harri, exemplum parvum in te faciam. vires Ducis

Voldemortis, heredis Salazar Slytherini conferamus cum praeclaro illo Harrio Pottero et armis quae optima Dumbledore ei dare potest.'

oculum ridentem in Fawkem et Petasum Distribuentem coniecit, deinde abiit. Harrius, metu per crura torpida ascendente, Ruddlem spectavit inter columnas altas consistentem atque in vultum lapideum Slytherini suspicientem qui ei altus in crepusculo imminebat. Ruddle, ore late aperto, sibilavit – sed Harrius intellexit quid diceret.

'dic mihi, Slytherin, maxime quattuor magnorum Hogvartensium.'

Harrius celeriter conversus est ut in statuam suspiceret, Fawke in umero huc illuc agitato.

vultus immensus et lapideus Slytherini se movebat. horrore perculsus, Harrius os eius semper latius hiscens vidit ita ut foramen ingens et nigrum factum sit.

et in ore statuae aliquid se movebat. ab ima parte aliquid sursum serpebat.

Harrius pedem rettulit dum in murum obscurum Camerae impactus est, et oculis arte compressis sensit alam Fawkis avolantis genam suam stringere. Harrius clamare volebat, 'ne me reliqueris!' sed quid spei habebat phoenix serpentium regi oppositus?

ingens aliquid pavimentum lapideum camerae percussit, Harrius id tremescere sensit. sciebat quid fieret, id sentire poterat, paene videre poterat serpentem se ex ore Slytherini evolventem. tum vocem sibilantem Ruddlis audivit: *'eum occide.'*

Basilicus ad Harrium se movebat, ille corpus eius ponderosum trans pavimentum pulverulentum serpens audire poterat. oculis adhuc arte compressis, Harrius occaecatus in obliquum currere coepit, manibus porrectis, viam petens. Ruddle ridebat …'

Harrius pedibus offensavit. in lapidem graviter cecidit et in ore sanguinem gustavit. serpens vix pedes ab eo aberat, eum appropinquantem audire poterat.

sono magno et explosivo spuendi recta supra caput audito, aliquid grave Harrium tanta vi percussit ut in murum impactus sit. exspectans dum dentes corpus suum penetrarent sibilos plures efferos audivit aliquidque insane de columnis reverberatum.

non poterat se prohibere. oculis satis late aperuit ut oblique videret quid fieret.

serpens immensus viridis coloris splendentis et venenati tam crassus quam stipes quercus se alte in aera sustulerat et caput eius magnum atque obtusum inter columnas temulenter agitabatur. Harrius, tremens et paratus oculos claudere si anguis se converterat, vidit quid illum devertisset.

Fawkes circa caput eius volitabat, et Basilicus eum furens petebat dentibus longis atque acutis velut ensibus.

Fawkes se praecipitavit. rostro eius longo atque aureo e conspectu demisso, imbre repenti sanguinis nigri solum aspersum est. cauda anguis huc illuc agitata non multum afuit quin Harrium percuteret, et priusquam Harrius oculos clauderet, ille conversus est. Harrius recta in vultum eius spectavit, viditque ambos oculos eius magnos tumidos flaventesque a phoenice transfixos esse; sanguis in solum fluebat et anguis cruciatus spuebat.

'haud ita!' Harrius Ruddlem clamantem audivit. *'relinque avem! relinque avem! puer est a tergo tuo! eum adhuc olfacere potes! eum occide!'*

serpens caecatus huc illuc agitabatur, animo confuso, adhuc funestus. Fawkes caput eius circumvolabat, carmine novo pipians, nasum squamosum Basilici hic illic fodiens dum sanguis ex oculis perditis effunditur.

'me adiuva, me adiuva,' Harrius murmuravit insane, 'aliquis, quilibet!'

anguis cauda humum rursus verrebat. Harrius caput celeriter demisit. aliquid molle faciem percussit.

Basilicus Petasum Distribuentem in bracchia Harrii impulerat. Harrius eum arripuit. nil aliud ei reliquum erat, spes unica erat. eum in caput vi imposuit seque pronum in terram iniecit cum cauda Basilici iterum supra eum laberetur.

'me adiuva .. me adiuva ...' Harrius putavit, oculis arte sub petaso compressis. *'me adiuva, precor!'*

vox nulla respondit. potius petasus se contraxit, quasi manus invisibilis eum artissime constringeret.

aliquid durissimum et gravissimum in caput summum Harrii impactum est, eum paene exanimans. petasum summum rapuit eum exuturus et sensit aliquid longum et durum sub eo latere.

gladius argenti fulgentis intra Petasum apparuerat, capulo carbunculis splendente qui instar ovorum habebant.

'occide puerum! relinque avem! puer est a tergo tuo! naribus utere – fac eum olfacias!'

Harrius in pedibus stabat, paratus. caput Basilici cadebat, corpore contorto columnas percutiente dum terga convolvit ut ei opponeretur. cava oculorum vasta et sanguinolenta videre poterat, necnon rictum late extensum, satis late ut se totum devorare posset, dentibus instructum tam longis quam fuit ensis suus, acutis, micantibus, venenatis …

ille ictum temere emisit, qui ab Harrio vitatus muro Camerae impactus est. ictum alium emisit, et lingua bifurca latus Harrii vehementer cecidit. ille manibus ambabus gladium sustulit.

Basilicus ictum alium emisit, et hoc tempore ad id quod petiit pervenit. Harrius, omni corporis pondere nisus, gladium in summum os serpentis capulo tenus impulit.

sed dum cruor tepidus bracchia Harrii madefacit, paulo supra cubitum dolorem ardentem sensit. dens unus longus et venenatus semper altius in bracchium demittebatur et in fragmenta dissolvit cum Basilicus in obliquum conversus, humum, tremescens, cecidit.

Harrius de muro delapsus est. dentem qui venenum per corpus diffundebat comprehensum e bracchio eripuit. sed sciebat sero esse. dolor acutissimus lente constanterque e vulnere diffundebatur. tum ipsum cum, dente demisso, cruorem suum vestimenta madefacientem spectaret, acies oculorum hebetata est. Camera vertigine coloris surdi dissolvebatur.

frustum puniceum praeternatavit et Harrius crepitum mollem unguium iuxta se audivit.

'Fawkes,' inquit Harrius parum clare, 'rem optime gessisti, Fawkes …' sensit avem caput pulchrum loco imponere anguis dente transfixo.

vestigia resonantia audire poterat et tum umbra obscura ante se mota est.

'mortuus es, Harri Potter,' vox Ruddlis supra eum inquit. 'mortuus. etiam avis Dumbledoris id novit. an vides quid faciat, Potter? lacrimat.'

Harrius nictavit. caput Fawkis nunc clare oculis videri poterat, nunc obscure. lacrimae densae margaritarum similes de pinnis nitidis labebantur.

'hic sedens te morientem spectabo, Harri Potter. licet morari. haud festino.'

Harrius sensit se somnolentum esse. circumiacentia omnia contorqueri videbantur.

'sic finem habet praeclarus ille Harrius Potter,' inquit vox longinqua Ruddlis. 'solus in Camera Secretorum, ab amicis desertus, tandem a Duce Obscuro victus quem tam imprudenter provocavit. mox ad matrem tuam carissimam, Lutosanguinem illam, redieris, Harri … illa tibi emit annos duodecim temporis mutuati … sed tandem Dux Voldemort te occupavit, quod sciebas necesse esse.'

si hoc est mori, putavit Harrius, non est tam malum. etiam dolor eum relinquebat …

sed nesciebat an hoc esset mori. potius quam nigrescere, Camera videbatur minus obscura fieri. Harrius nutum parvum capitis fecit et Fawkes aderat, adhuc capite incumbens supra bracchium Harrii. area margarita candicans lacrimarum ubique circum vulnus splendebat – nisi quod nullum *erat* vulnus.

'abi, avis,' inquit vox Ruddlis subito. 'ab eo abi. te *iussi* abire!'

Harrius caput sustulit. Ruddle baculum Harrii in Fawkem dirigebat; fragor erat velut manuballisti et Fawkes iterum volare coepit, aurum cum colore poeniceo turbine commiscens.

'lacrimae phoenicis …' inquit Ruddle submissim, bracchium Harrii intuens. 'scilicet … potestates salutares … oblitus sum …'

oculos in vultum Harri convertit. 'sed nil interest. re vera, malo id sic fieri. ego et tu soli, Harri Potter … ego et tu …'

baculum sustulit.

tum, pennis stridentibus, Fawkes rediens supra capita eorum lapsus est et aliquid in gremium Harrii cecidit – *diarium*.

partem minimam secundi, et Harrius et Ruddle, baculo adhuc sublato, id intuiti sunt. tum, de improviso atque imprudens, quasi id semper in animo habuisset, Harrius dentem Basilici humi sibi proximum iacentem arripuit et recta in librum medium immersit.

ululatus erat longus, horribilis, acutus. atramenti torrens e diario effusus est, supra manus Harrii fluens, humum inundans. Ruddle contortus huc illuc agitabatur, ululans et corporis impotens et tum ...

abierat. baculum Harrii humum sonans cecidit et silentium erat. silentium praeter *stillicidium* constans atramenti adhuc e diario manantis. venenum Basilici medium perurens in eo foramen torridum fecerat.

toto tremens corpore, Harrius se humo levavit. caput versabatur quasi iter multorum milium pulvere Tubali usus modo fecisset. lente, baculum suum et Petasum Distribuentem collegit, et, vi ingenti nisus, gladium splendentem ab ore summo Basilici reciperavit.

tum gemitus tenuis ab extrema parte Camerae auditus est. Ginnia movebatur. dum Harrius ad eam festinat, se sublevavit. obstupefacta, oculos convertit a forma ingenti Basilici mortui, trans Harrium vestibus sanguinolentis indutum, deinde ad diarium quod ille manu tenebat. tremens anhelitum magnum duxit et lacrimas per vultum effundere coepit.

'Harri – oh, Harri – conatus sum id tibi h-hora ientaculi dicere, sed coram Persio non *p-poteram*. ego auctor eram, Harri, sed ego – ego i-iuro me n-noluisse – R-Ruddle me coegit, me occupavit – et – *quomodo* illam – illam rem occidisti? u-ubi est Ruddle? id quod novissimum memini est eum e diario exeuntem –'

'bene est,' inquit Harrius, diarium tollens, et foramen dentis Ginniae demonstrans. 'Ruddle periit. ecce! ille *et* Basilicus. agedum, Ginnia, hinc exeamus –'

'expellar!' Ginnia lacrimavit, dum Harrius illi aegre surgenti auxilium fert. 'sperabam me ad scholam Hogvartensem venturam esse ex quo Gullielmus huc venit et nunc mihi abeundum erit et – *q-quid dicent Matercula et Paterculus?*'

Fawkes eos exspectabat, in aditu Camerae pendens. Harrio hortante, Ginnia prodiit; spiras immobiles Basilici mortui transcenderunt, et per caliginem resonantem in cuniculum redierunt. Harrius ianuas lapideas a tergo se sibilo molli claudentes audivit.

cum pauca minuta adverso cuniculo progressi essent, sonus longinquus saxi lente amoti ad aures Harrii pervenit.

'Ronalde!' Harrius clamavit, viam festinans. 'Ginnia valet! eam habeo!'

clamorem strangulatum sed laetum Ronaldi audivit, et sinum proximum circumeuntes vultum eius alacrem viderunt spectantem per foramen satis magnum quod in saxis collapsis facere potuerat.

'*Ginnia!*' Ronaldus bracchium per foramen in saxis factum porrexit ut eam primam pertraheret. 'vivis! id non credo! quid accidit?'

eam amplecti conatus est, sed Ginnia eum reiecit, lacrimans.

'sed nunc bene habes, Ginnia,' inquit Ronaldus, vultu renidenti eam contemplans. 'res iam finem habet, res – unde venit avis illa?'

Fawkes per foramen lapsus erat, Ginniam secutus.

'est Dumbledoris,' inquit Harrius, corpore compresso se in foramen inserens.

'et quomodo *gladium* nactus es?' inquit Ronaldus, ore hianti telum quod in manu Harrii splendebat contemplans.

'id explicabo cum hinc evaserimus,' inquit Harrius, oculis obliquis Ginniam intuens.

'at –'

'postea,' inquit Harrius celeriter. nondum putabat prudens esse dicere Ronaldo quis Cameram aperuisset, saltem, non coram Ginnia. 'ubi est Lockhart?'

'ibi moratur,' inquit Ronaldus subridens et subito motu capitis oculos eorum adverso cuniculo ad fistulam dirigens. 'aegre est ei. venite ad videndum.'

ducti a Fawke, cuius alae latae et puniceae inter tenebras fulgorem mollem et aureum emittebant, usque ad ostium fistulae redierunt. Gilderoy Lockhart ibi sedebat, clausis labellis sibi placide cantans.

'memoria eius abiit,' inquit Ronaldus. 'Incantamentum Memoriae male cessit. eum percussit potius quam nos. ille omnino ignorat quis sit, aut ubi sit, aut qui nos simus. eum iussi venire et hoc loco morari. se ipsum in periculum vocat.'

Lockhart eos omnes benigne suspexit.

'salvete,' inquit. 'hic est locus novi generis, nonne? an vos hic habitatis?'

'haud ita,' inquit Ronaldus, superciliis sublatis Harrium contemplans.

Harrius inclinatus oculos sursum in fistulam longam atque obscuram direxit.

'an cogitavisti quomodo hinc sursum redituri simus?' Ronaldo inquit.

Ronaldus capite abnuit, sed Fawkes ille phoenix praeter Harrium se praecipitaverat et nunc ante eum volitabat, oculis argutis inter tenebras splendentibus. pinnas longas atque aureas caudae vibrabat. Harrius eum incerte aspexit.

'ille, ut videtur, vult ut tu capias ...' inquit Ronaldus, visus dubitare. 'sed multo gravior es quam ut avis te illuc trahat.'

'Fawkes,' inquit Harrius, 'non est avis ordinaria.' ad alios celeriter conversus est. 'necesse est ut alius alium capiat. Ginnia, tu cape manum Ronaldi. Professor Lockhart –'

'te adloquitur,' inquit Ronaldus acriter Lockharti.

'tu cape manum alteram Ginniae.'

Harrius gladium et Petasum Distribuentem balteo inseruit, Ronaldus partem aversam vestium Harrii cepit Harriusque manu porrecta pinnas caudae Fawkis mire calidas cepit.

levitas nova per corpus totum diffundi videbatur, et post secundum, cum sibilo magno, sursum per fistulam volabant. Harrius Lockhartem qui sub eo pendebat audire poterat dicentem, 'mirum! mirum! hoc arti magicae simillimum est!' aura frigida per crinem Harrii ruebat neque prius itinere frui destiterat quam ad finem pervenerunt – quattuor omnes pavimentum madidum balnei Myrtae Maerentis percutiebant, et dum Lockhart petasum corrigebat, fusorium fistulam celans in locum relabebatur.

Myrta stupens eos aspexit.

'vivis,' inquit Harrio voce sensu carenti.

'non necesse est loqui quasi spem perdideris,' inquit voce torva, dum maculas sanguinis et muci de perspecillis deterget.

'oh ... fateor me modo rem animo volvisse. si mortuus esses, te libenter in partem latrinae meae accepissem,' inquit Myrta, colore argenteo erubescens.

'pro pudor!' inquit Ronaldus, dum e balneo exeunt in transitum exteriorem obscurum desertumque. 'Harri! puto Myrtam coepisse te *diligere*! aemulam habes, Ginnia!'

sed lacrimae de vultu Ginniae adhuc tacite fluebant.

'quo nunc eamus?' inquit Ronaldus, vultu sollicito Ginniam contemplans. Harrius signum digito dedit.

Fawkes praeibat, auro splendens dum eos per transitum ducebat. passibus fortibus post eum ierunt, et paucis post momentis, ad ianuam sedis officii Professoris McGonagall advenerunt.

quam Harrius pulsavit et trudendo aperuit.

Dobbii Praemium

momentum temporis, fuit silentium dum Harrius, Ronaldus, Ginnia Lockhartque in limine stant, sordibus et muco et (quod ad Harrium attinebat) sanguine obtecti. tum ululatus auditus est.

'Ginnia!'

erat Domina Vislia, quae ante focum sederat lacrimans. saliendo surrexit, neque multo postea eam secutus est Dominus Vislius, amboque in filiam se coniecerunt.

Harrius, tamen, praeter eos spectabat. Professor Dumbledore prope pluteum qui supra focum exstitit stabat renidens, iuxta Professorem McGonagall, quae anhelitus magnos sui stabiliandi causa reddebat, pectus amplexa. Fawkes praeter aurem Harrii sonitu magno sibilanti volavit et in umero Dumbledoris consedit, tum ipsum cum Harrius cum Ronaldo in amplexum artum Dominae Visliae raperetur.

'vos eam servavistis! vos eam servavistis! *quomodo* id fecistis?'

'nos omnes, ut mihi videtur, id scire velimus,' inquit Professor McGonagall imbecillius.

Domina Vislia Harrium omisit, qui paulum cunctatus ad scrinium transiit et in eo Petasum Distribuentem, gladium carbunculis aptum et quod reliquum erat diarii Ruddlis deposuit.

tum coepit eis omnia narrare. prope quartam horam inter silentes et stupentes locutus est: eis dixit de voce corpore carenti a se audita, quomodo Hermione tandem sensisset ipsos Basilicam in fistulis audire; quomodo ipse et Ronaldus araneos in Silvam secuti essent, Aragogem autem ipsis dixisse ubi victima ultima Basilici mortua esset; quomodo coniectavisset Myrtam Maerentem fuisse victimam, posse autem fieri ut aditus Camerae Secretorum esset in balneo eius …

'sit ita,' Professor McGonagall illi subiecit quid diceret, cum sermonem intermissiset, 'invenisti igitur ubi aditus esset – centum regulas scholae obiter infringens, pace tua addiderim – sed quo *tandem* modo vos omnes illinc vivi evasistis, Potter?'

itaque Harrius, voce iam propter sermonem tam longum irraucescente, eis dixit de adventu tempestivo Faucis et de ense sibi a Petaso Distribuenti dato. sed tum cunctatus est. diarium Ruddlis adhuc omiserat – et Ginniam ipsam. stabat illa capite in umerum Dominae Visliae inclinato, et lacrimae de genis silentio fluebant. quidsi eam expulerunt? Harrius pavescens in animo volvebat. diarium Ruddlis iam inutile erat ... quomodo demonstrare poterant illum fuisse qui eam haec omnia facere coegisset?

natura duce, Harrius Dumbledorem aspexit, qui imbecillius subrisit, perspecillis semilunaribus lucem ignis reddentibus.

'id *mea* maxime interest,' inquit Dumbledore leniter, 'quomodo Dux Voldemort Ginniam fascinare posset, cum ab auctoribus meis certior factus sum eum in praesens celatum esse in silvis Albaniae.'

curarum remissio, remissio spiritum recreans, rapida et praeclara Harrium perfudit.

'q-quid dicis?' inquit Dominus Vislius voce stupida. '*Quendam?* fasc-inare Ginniam? sed Ginnia non est ... num Ginnia fuit ...'

'hoc erat diarium,' inquit Harrius celeriter, id tollens et Dumbledori demonstrans. 'Ruddle id scripsit sedecim annos natus.'

Dumbledore, diario ab Harrio accepto, de naso longo et distorto paginas ustas et madefactas diligenter scrutatus est.

'praeclare factum,' inquit submissim. 'scilicet, prope est ut post hominum memoriam ille fuerit praeclarissimus discipulorum Hogvartensium.' ad Vislios se convertit, qui videbantur omnino confusi esse.

'perpauci sciunt Ducem Voldemortem olim appellatum esse Tom Ruddlem. ipse eum docui, quinquaginta abhinc annos, in schola Hogvartensi. evanuit postquam scholam reliquit ... longe lateque peregrinatus est ... ita se in Artes Obscuras immersit, inter longe pessimos generis nostri versatus est, tot periculosas transfigurationes magicas subiit, ut cum Dux Voldemort rursus emersisset, vix erat agnoscendus. vix quisquam Ducem Voldemortem coniungebat cum puero callido et pulchro qui quondam Caput huius scholae fuerat.'

'sed Ginnia,' inquit Domina Vislia, 'quid negotii est Ginniae nostrae cum – cum – *isto*?'

'd-diarium eius!' Ginnia inquit, lacrimas effundens. 'in eo s-scripsi, et totum per annum ille r-rescripsit -'

'*Ginnia!*' inquit Dominus Vislius, obstupefactus. 'an *nihil* te docui? quid tibi semper dixi? noli quidquam fidum habere quod ipsum cogitare potest *nisi videre potes ubi cerebrum suum habeat.* cur diarium non mihi ostendisti, aut matri tuae? *liquebat* rem suspiciosam eius generis esse plenam Artis Magicae Obscurae!'

'i-ignara eram,' inquit Ginnia, lacrimas effundens. 'id inveni in uno librorum quos mihi Matercula nacta est. p-putavi aliquem tantum id ibi reliquisse et oblitum esse …'

'Dominulae Visliae statim in alam valetudinariam eundum est,' Dumbledore voce firma intervenit. 'rem terribilem passa est. poena nulla erit. magi seniores et sapientiores quam illa a Duce Voldemorte decepti sunt.' passibus firmis ad ianuam incessit et eam aperuit. 'lecto requiescere et fortasse potare potionem magnam et fumantem socolatae calidae. haec animum meum semper hilarant,' addidit, oculis micantibus in eam benigne despiciens. 'invenies Magistram Pomfrey adhuc vigilare. illa sucum Mandragarum iam distribuit – ausim dicere victimas Basilici iam iam experrecturas esse.'

'itaque Hermione bene valet!' inquit Ronaldus alacriter.

'detrimentum diuturnum non passa est,' inquit Dumbledore.

Domina Vislia Ginniam secum abduxit, Domino Vislio sequente, adhuc maxime perturbato, ut videbatur.

'si scire vis, Minerva,' inquit Professor Dumbledore cogitabundus Professori McGonagall, 'sententia mea, haec omnia digna sunt *dape* bona. pergratum mihi feceris si abieris ad coquos excitandos.'

'sit ita,' inquit Professor McGonagall voce firma, se quoque ad ianuam conferens. 'an tuum erit, me absente, cum Pottero et Vislio agere?'

'certo,' inquit Dumbledore.

illa discessit, et Harrius Ronaldusque dubii Dumbledorem contemplati sunt. quid tandem Professor McGonagall voluerat locuta de *agendo* cum illis? num – *num* – poenas daturi erant?

'vobis ambobus dixi, ni fallor, vos mihi expellendos fore si plures scholae regulas infregissetis,' inquit Dumbledore.

Ronaldus os aperuit horrescens.

'quod demonstrat optimum quemque nostrum nonnunquam debere verba sua repudiare,' Dumbledore plura locutus est, subridens. 'vos ambo Praemia Extraordinaria ob Merita in Scholam accipietis et - quid igitur? – ita vero, ut mihi videtur, unus quisque vestrum puncta ducenta pro Gryffindorensibus accipiet.'

Ronaldus non minus erubuit quam flores Lockhartis Valentiani et os iterum clausit.

'sed quidam nostrum partem suam huius rei audacis et periculosae prorsus tacere videtur,' Dumbledore addidit. 'cur tam modestus es, Gilderoy?'

Harrius resiluit. Lockhartis omnino oblitus erat. conversus Lockhartem in angulo conclavis stantem et adhuc incerte subridentem vidit. cum Dumbledore eum adloqueretur, Lockhart supra umerum spectavit ut videret cuinam ille loqueretur.

'Professor Dumbledore,' Ronaldus celeriter inquit, 'res adversa deorsum in Camera Secretorum incidit. Professor Lockhart –'

'an ego sum Professor?' inquit Lockhart, paulum miratus. 'di boni, rem pessime gessi, nonne?'

'conatus est Incantamentum Memoriae facere, sed ignitio baculi mendosa erat.' Ronaldus Dumbledori submissim explicuit.

'eheu,' inquit Dumbledore, caput huc illuc agitans, mystace longo et argenteo tremente, 'gladio tuo iugulatus es, Gilderoy!'

'quid dicis de gladio?' inquit Lockhart, parum intellegens. 'gladium non habeo. puer ille habet, tamen.' digito Harrium demonstravit. 'gladium tibi commodabit.'

'pergratum mihi feceris si Professorem Lockhartem quoque ad alam valetudinariam duxeris,' Dumbledore Ronaldo inquit. 'paulo diutius cum Harrio colloqui velim ...'

Lockhart foras ambulavit. Ronaldus Dumbledorem et Harrium curiose respexit dum ianuam claudit.

Dumbledore ad sellam quandam foco propinquam transiit.

'fac considas, Harri,' inquit, et Harrius consedit, nescio quare trepidans.

'primum, Harri, tibi gratias agere volo,' inquit Dumbledore, oculis iterum micantibus. 'necesse est ut fidem veram in Camera inferiore mihi praestiteris. nil aliud Fawkem ad te arcessere potuit.'

phoenicem, qui ad genu eius devolaverat, manu mulsit. Harrius aegre subrisit dum Dumbledore eum spectat.

'itaque Tom Ruddli obviam iisti,' inquit Dumbledore cogitans. 'puto eum *maxime* a te retentum esse ...'

subito, aliquid quod animum Harrii vexabat ex ore eius effundebatur.

'Professor Dumbledore ... Ruddle dixit me sibi similem esse. de miris similitudinibus locutus est ...'

'*ita*ne dixit?' inquit Dumbledore, Harrium sub superciliis promissis atque argenteis cogitabundus contemplans. 'et quid tu sentis, Harri?'

'non sentio me ei similem esse!' inquit Harrius, voce maiore locutus quam voluerat. 'ego enim – ego sum *Gryffindorensis,* ego sum ...'

sed tacuit, quod dubitatio latens in animum eius rursus emerserat.

'Professor,' post momentum iterum coepit, 'Petasus Distribuens mihi dixit me – me rem bene gesturum fuisse inter Slytherinos. omnes aliquantisper putabant me esse heredem Slytherini ... quod lingua Parselstomica loqui possum ...'

'tu lingua Parselstomica loqui potes, Harri,' inquit Dumbledore placide, 'quod dux Voldemort – qui solus e maioribus Salazar Slytherini superest – lingua Parselstomica loqui potest. nisi multum fallor, nonnullas suas potestates tibi eadem nocte transtulit ac tibi cicatricem dedit. quod non in animo habebat, ut mihi videtur...'

'an Voldemort partem sui in *me* inseruit?' inquit Harrius, obstupefactus.

'certe videtur sic factum esse.'

'itaque *debeo* esse inter Slytherinos,' inquit Harrius oculos in vultum Dumbledoris desperanter conversus. 'Petasus Distribuens potestatem Slytherini in me videre poterat, et –'

'te inter Gryffindorenses posuit,' inquit Dumbledore placide. 'me audi, Harri. forte multas animi indoles habes quas Salazar Slytherin magni in discipulis a se electis aestimavit. facultatem suam rarissimam linguam Parselstomicam loquendi ... ingenium fertile ... constantiam ... neglegentiam quandam regularum,' addidit, mystace iterum tremente. 'nihilominus Petasus Distribuens te inter Gryffindorenses posuit. causam rei scis. eam excogita.'

'nullam ob aliam causam me inter Gryffindorenses posuit,' inquit Harrius voce victa, 'nisi quod eum rogavi ne me inter Slytherinos poneret ...'

'*rem acu tetigisti,*' inquit Dumbledore, iterum renidens. 'et ea est causa cur tu *disimillimus* sis Tom Ruddli. multo magis optiones nostrae, Harri, demonstrant quid re vera simus quam facultates nostrae. Harrius in sella immotus sedit, stupidus. 'si vis argumentum habere, Harri, te esse partem veram Gryffindor-ensium, *hoc,* sodes, diligentius inspice.'

Dumbledore manum trans scrinium Professoris McGonagall porrexit, ensem argenteum sanguine maculatum cepit Harrioque tradidit. torpens, Harrius eum invertit, carbunculis ignis luce flagrantibus. et tum nomen paulum sub capulo caelatum vidit.

Godric Gryffindor.

'solus Gryffindorensis verus eum e Petaso extrahere potuisset, Harri,' inquit Dumbledore simpliciter.

per minutum, neuter eorum locutus est. tum Dumbledore, cum loculum unum scrinii Professoris McGonagall trahendo aperuisset, stilum ampullamque atramenti deprompsit.

'opus est tibi, Harri, cibo et sopore aliquo. suadeo ut ad dapem descendas, dum ego ad Azkaban scribo – necesse est ut saltuarium nostrum reducamus. et mihi scribendus est nuntius *Vati Cottidiano,* quoque,' addidit cogitabundus. 'nobis opus erit doctore novo Defensionis Contra Artes Obscuras. eheu, videmur eos celeriter amittere, nonne?'

Harrius surrexit et ad ianuam transiit. manum modo ad ansam porrexerat, tamen, cum ianua tanta vi effracta est ut de muro resiliret.

Lucius Malfoy ibi stabat, vultu pleno furoris. et tremens sub bracchio, fasciisque multis devinctus, erat *Dobbius*.

'salve, Luci,' inquit Dumbledore benigne.

Dominus Malfoy Harrium paene prostravit dum in conclave festinans incedit. Dobbius eum currens secutus est, demissus ad marginem pallii eius, vultu valde perterrito.

'sic!' inquit Lucis Malfoy, oculis frigidis in Dumbledorem infixis. 'rediisti. gubernatores officium tuum in tempus abrogaverunt, sed tu nihilominus ad scholam Hogvartensem redire dignatus es.'

'quid igitur, Luci?' inquit Dumbledore, vultu subridens sereno. 'ceteri gubernatores undecim numero mihi hodie nuntios miserunt. haud multum aliter erat, fatebor enim, ac grandine strigum opprimi. audiverant filiam Arturi Visli occisam esse et me rogaverunt ut huc statim redirem. videbantur putare, consilio mutato, me omnium aptissimum esse qui hoc munere fungeretur. mirissima quoque mihi narraverunt. complures eorum putare videbantur te minatum esse te familias suas carminibus defixurum esse nisi ab initio dixissent se velle officium meum in tempus abrogare.'

Dominus Malfoy etiam pallidior solito factus est, sed oculi manebant constricti et pleni furoris.

'impetusne igitur iam prohibuisti?' inquit, labrum superius contorquens. 'nocentemne cepisti?'

'cepimus,' inquit Dumbledore, subridens.

'*quid igitur?*' inquit Dominus Malfoy acriter. 'quis est?'

'idem ac prius, Luci,' inquit Dumbledore. 'nisi hoc tempore Dux Voldemort rem per alium agebat. hoc diario usus est.'

librum parvum et nigrum cum foramine magno in medio facto levavit, Dominum Malfonem curiose spectans. Harrius, tamen, Dobbium spectabat.

elphiculus aliquid sane novum faciebat. oculis magnis in Harrium significanter defixis, semper diarium, deinde Dominum Malfonem digito demonstrabat, quo facto caput pugno vehementer pulsabat.

'video …' Dominus Malfoy lente Dumbledori inquit.

'consilium callidum,' inquit Dumbledore voce aequa, aciem adhuc recta dirigens in oculos Domini Malfonis. 'quod nisi Harrius hic –' Dominus Malfoy oculos celeriter atque acriter in Harrium coniecit, 'et amicus eius Ronaldus hunc librum invenissent, quid igitur? – potuit fieri ut Ginnia Vislia culpam omnem acciperet. nemo unquam demonstrare potuisset eam non sponte sua egisse …'

Dominus Malfoy nihil dixit. vultus eius subito velut personatus est.

'et cogita,' Dumbledore plura locutus est, 'quid tunc fieri potuerit … Vislii sunt inter eminentissimas familias nostras sanguinis puri. cogita quid futurum fuerit cum Arturio Vislio et lege eius de Mugglibus Defendendis, si filia propria eius inventa sit Muggles oppugnans atque occidens. felicissime evenit ut diarium repertum sit et memoriae Ruddlis ex eo deletae sint. quis scit quid aliter evenire potuerit …'

Dominus Malfoy se loqui coegit.

'felicissime,' inquit rigide.

et nihilominus, a tergo eius, Dobbius primum diarium, deinde Lucium Malfonem digito demonstrabat, et tum pugno caput pulsabat.

et subito Harrius rem intellexit. Dobbio capite adnuit, qui pedem in angulum rettulit, nunc auribus contorquendis se crucians.

'nonne scire vis quomodo Ginnia diarium illud nacta sit, Domine Malfoy?' inquit Harrius.

Lucius Malfoy irascens ad eum conversus est.

'quomodo scire possim quomodo puellula stulta id nacta sit?' inquit.

'quod tu id ei dedisti,' inquit Harrius. 'apud Vibramen et Litturas. librum Transfigurationis veterem eius sustulisti et in eum diarium furtim inseruisti, nonne?'

manus candidas Domini Malfonis comprimi et relaxari vidit.

'argumentis id confirma,' sibilavit.

'oh, nemo id nunc facere poterit,' inquit Dumbledore, Harrio subridens, 'Ruddle enim e libro evanuit. te, autem, Luci, admoneam ne reliqua alia rerum scholasticarum Ducis Voldemortis tradas. si plura apud innocentes inventa erunt, puto Arturium Vislium, ne alios dicam, re investigata curaturum esse ut illa te reum demonstrent …'

Lucius Malfoy momentum temporis immotus mansit, et Harrius clare vidit dextram eius motu subito concitari quasi eam ad baculum porrigere cuperet. sed potius ad elphiculum domesticum conversus est.

'abimus, Dobbi!'

ianuam trahendo aperuit, et dum elphiculus festinans ei appropinquat, ictu calcis eum recta per eam propulit. Dobbium prae dolore ululantem dum usque per transitum ibat audire poterant. Harrius momentum temporis immotus mansit, intente cogitans. tum id ei succurrit.

'Professor Dumbledore,' inquit festinans, an licet mihi pace tua diarium illud Domino Malfoni *reddere?*'

'sane, Harri,' inquit Dumbledore placide. 'sed festina. sis memor dapis.'

Harrius, diario rapto, e sede officii ruit. ululatus Dobbii plenos doloris circa angulum recedentes audire poterat. celeriter, animo agitans num ullo modo fieri posset ut res proposita bene gereretur, Harrius, uno calceorum suorum remoto, tibiale mucosum et sordidum exuit et diarium illi inseruit. tum per transitum obscurum cucurrit.

in scalis summis eos deprehendit.

'Domine Malfoy,' anhelavit, cursum festinatum aegre comprimens. 'aliquid tibi habeo.'

et tibiale male olens in manum Luci Malfonis compellit.

'quid tu –'

Dominus Malfoy, cum tibiale diario dereptum abiecisset, furibundus oculos a libro perdito ad Harrium convertit.

'exitum vitae inucundum aliquando habebis eundem ac parentes, Harri Potter,' inquit voce submissa. 'illi quoque erant stulti et nimis curiosi.'

abiturus se convertit.

'veni, Dobbi! dixi, *veni!*'

sed Dobbius non se movit. tibiale sordidum et mucosum Harrii sublatum velut thesaurum inaestimabilem aspiciebat.

'dominus tibiale Dobbio dedit,' inquit elphiculus mirans. 'dominus id Dobbio dedit.'

'quid est?' sputavit Dominus Malfoy. 'quid dixisti?'

'Dobbius tibiale nactus est,' inquit Dobbius incredulus. 'a domino abiectum Dobbius cepit, et Dobbius – Dobbius est *liber.*'

Lucius Malfoy stetit rigefactus, elphiculum intuens. tum ictum in Harrium emisit.

'per te servum perdidi, puer!'

sed Dobbius clamavit, 'tu Harrium Potterum non laedes!'

diruptio magna erat, et Dominus Malfoy retroactus est. magno cum fragore per gradus ternos simul delapsus in tabulatum inferius pervenit similis acervo rerum confusarum. surrexit, vultu livido, et baculum deprompsit, sed Dobbius digitum longum et minacem sustulit.

'nunc abibis,' inquit ferociter, digitum deorsum ad Dominum Malfonem dirigens. 'Harrium Potterum non tanges. nunc abibis.'

Lucio Malfoni nil reliquum erat. cum par illud novissime oculis ira incensis contemplatus esset, pallio sibi circumfuso e conspectu festinavit.

'Harrius Potter Dobbium liberavit!' inquit elphiculus voce stridula, Harrium suspiciens, luna per fenestram proximam immissa oculis orbiculatis reddita. 'Harrius Potter Dobbium liberavit!'

'vix minus facere poteram, Dobbi,' inquit Harrius, late subridens. 'fac modo promittas te nunquam rursus conaturum esse vitae meae subvenire.'

vultus elphiculi deformis et brunnus subito risu lato dentesque aperienti diductus est.

'res una sola in quaestione est, Dobbi,' inquit Harrius, dum Dobbius tibiale Harrii manibus trementibus induit. 'an meministi te mihi dixisse haec omnia nihil ad Illum Qui Non Est Nominandus attinere? quid igitur?'

'submonitio erat, domine,' inquit Dobbius, oculis latioribus factis, quasi id satis liqueret. 'Dobbius te submonebat. Dux Obscurus, antequam nomen mutavit, libere nominari poterat, tenesne?'

'esto,' inquit Harrius imbecillius. 'quid igitur? melius sit si

discedam. tempus est dapis, et amica mea Hermione iam vigilare debet ...'

Dobbius bracchia Harrio medio circumiecit et eum amplexus
est.

'Harrius Potter est multo maior quam Dobbius sciebat!' inquit
lacrimans. 'vale, Harri Potter!'

et cum ultimo crepitu magno Dobbius evanuit.

*

Harrius nonnullis dapibus Hogvartensibus adfuerat, sed haec
erat ceteris nescioquomodo dissimilis. omnes vestes cubitorias
gerebant, et festum per noctem totam productum est. Harrius
nesciebat quae esset pars optima, essetne cum Hermione ad se
curreret, clamans, 'rem solvisti! rem solvisti!' an esset cum
Justinus a mensa Hufflepuffanorum festinans transiret ut manus
secum coniungeret et veniam sine fine peteret quod se suspicatus esset, an esset cum Hagrid, cum tertia hora et dimidia
advenisset, vi tanta umeros Harrii et Ronaldi pulsaret ut in
pateras suas iuris Anglici impacti sint, an esset cum ipse et
Ronaldus, quadringentis punctis acceptis, Poculum Domesticum
ad Gryffindorenses secundo in ordine anno reportarent, an esset
cum Professor McGonagall surgeret ut eis omnibus diceret
examina abolita esse animos discipulorum recreandi causa (*eheu!*
inquit Hermione), an esset cum Dumbledore nuntiaret
Professorem Lockhartem, fortuna adversa usum, non posse anno
proximo redire, quod ei abeundum esset ad memoriam
reciperandam. quo audito nonnulli doctores clamoribus laetis
se immiscuerunt.

'pro pudor!' inquit Ronaldus, sibi sumens libum transat-
lanticum baccarum conditura confertum. 'moribus eius
assuescebam.'

*

quod reliquum erat termini aestivi inter vaporem solis flagrantis
praeteriit. ad statum solitum schola Hogvartensis redacta erat,
rebus paucis modo et parvis mutatis. classes Defensionis Contra
Artes Obscuras abolitae sunt ('sed hanc disciplinam satis exer-
cuimus, velimus nolimus,' inquit Ronaldus Hermioni parum
contentae) et Lucius Malfoy a gubernaculis scholae remotus erat.
Draco non iam per scholam superbus incedebat quasi locum

possideret. truculentus potius ac difficilis videbatur. Ginnia Vislia, autem, rursus bene beateque vivebat.

ocius aderat tempus domum redeundi in Hamaxosticho Rapido Hogvartensi. Harrius, Ronaldus, Hermione, Fredericus, Georgius Ginniaque loculum sibi solis nacti sunt. voluptatem quam plurimam ceperunt ex horis paucis sibi reliquis quibus licebat ante ferias artem magicam exercere. Ludo Clamoso Chartarum Explosivarum certaverunt, pyromata Philibusteri Frederici et Georgii quae ultima omnium habebat accenderunt, et alii alios exercitationis causa arte magica exarmaverunt. cuius artis Harrius peritissimus fiebat.

paene ad Crucem Regis pervenerant cum Harrius aliquid meminerat.

'Ginnia – quid Persium vidisti facientem quod nolebat te cuiquam narrare?'

'oh, illud,' inquit Ginnia, submissim cachinnans. 'quid igitur? Persius *amicam* habet.'

Fredericus acervum librorum in caput Georgii demisit.

'*quid?*'

'est illa Praefecta Ravenclavensis, Penelope Claraqua,' inquit Ginnia. 'illa est cui per aestatem totam anno proximo scribebat. cum ea in omnibus partibus scholae clam convenit. ingressa semel in auditorium vacuum eos oscula iungentes interrupi. ille valde perturbatus est cum illa – tenes quid dicam? – oppugnata esset. num eum deridebitis?' addidit anxie.

'non hercle vero,' inquit Fredericus, qui aspectum talem habebat quasi dies natalis ocius venisset.

'minime,' inquit Georgius, ridens submissim.

Hamaxostichus Rapidus Hogvartensis, celeritate tardata, denique constitit.

Harrius stilum et aliquid membrani deprompsit et ad Ronaldum Hermionemque conversus est.

'hic appellatur numerus telephonicus,' inquit Ronaldo, eum bis litteris incomptis scribens, membranum dividens et eis tradens. 'patrem tuum aestate proxima docui quomodo telephonio uteretur – id sciet. per telephonium me apud Dursleos vocate. an bene habet? duos menses alios non ferre possum neminem habens quocum colloquar nisi Dudleum ...'

'avunculus et matertera, tamen, gloriabuntur, nonne?' inquit Hermione, dum de hamaxosticho descendunt et se turbae adiungunt conferto gradu ad claustrum fascinatum eunti. 'cum audiverint quid tu hoc anno feceris?'

'eos gloriaturos esse?' inquit Harrius. 'an deliras? totiens mori poteram neque id effeci? illi furebunt …'

et coniuncti per portam ad mundum Mugglensem redierunt.